Lars Vasa Johansson, geboren 1966 in Stockholm, ist Drehbuchautor, Musiker und einer der gefragtesten script doctors in Schweden. Er war an diversen Film- und Fernsehproduktionen beteiligt und arbeitete außerdem als Schlagzeuger und Komponist. «Holla die Waldfee!» ist sein erster Roman.

«Lieben Sie Bücher, die Sie zum Lachen bringen und gleichzeitig Ihr Herz berühren? Wenn Sie noch dazu eine Vorliebe für dunkle Wälder und schwedische Mythen haben, wird diese zauberhafte Geschichte Sie an das Sofa fesseln, bis die letzte Seite gelesen ist.»
(Bonniers Book Club)

«Ein hochorigineller Roman und vor allem ein großer Spaß.» *(Bokboxen)*

«Feelgood im Zauberwald: ein urkomisches Lesevergnügen!» *(M Magasin)*

«Skurril und sehr amüsant!» *(InStyle)*

«Eine Geschichte, die vor Charme sprüht und ein Lächeln auf das Gesicht zaubert.» *(Tara)*

«Sehr schräg, sehr amüsant.» *(Neue Presse)*

Lars Vasa Johansson

Holla die Waldfee!

Roman

Aus dem Schwedischen
von Ursel Allenstein und
Antje Rieck-Blankenburg

Rowohlt Taschenbuch Verlag

Die Originalausgabe erschien 2016
unter dem Titel «Den stora verklighetsflykten»
bei Bokförlaget Forum, Stockholm.

Veröffentlicht im Rowohlt Taschenbuch Verlag,
Reinbek bei Hamburg, März 2018

Redaktion Dr. Annika Krummacher
Umschlaggestaltung Hafen Werbeagentur, Hamburg
Umschlagabbildungen Eddie O'Bryan/Moment, 4x6,
Serg Myshkovsky/E+/Getty Images
Satz aus der Dolly PostScript, PageOne,
bei Dörlemann Satz, Lemförde
Druck und Bindung CPI books GmbH, Leck, Germany
ISBN 978 3 499 27271 4

Holla die Waldfee!

Prolog

Die Alten, die um den Tisch versammelt saßen, warteten darauf, dass sich die Königin des Waldes zu den unheilverkündenden Gerüchten äußerte, die in der letzten Zeit kursierten.

Wir sind zu schwach, dachte sie. Wir sind zu wenige. Wir sind zu alt. Was wir brauchen, ist tollkühner Mut. Wenn schon nicht aus unseren eigenen gebrechlichen Reihen, dann vielleicht von einem Außenstehenden. Wenn es hart auf hart kommen sollte, könnten wir vielleicht sogar einen von ihnen opfern.

Die Königin des Waldes streckte sich und gähnte. Vielleicht sollte sie die Sache noch einmal überschlafen. Bislang war es schließlich nur ein Gerücht. Ein Flüstern im Wind:

Der Tränentriefer ist zurück.

1

Eine Cremeschnitte mit einem Plastiklöffel zu essen ist eine echte Herausforderung. Daher ist eine Kuchengabel zu empfehlen, denn man benötigt ein stabiles Besteckteil, um die oberste Blätterteigschicht mit dem festen Zuckerguss und dem Johannisbeergelee zu zerteilen. Ansonsten besteht die Gefahr, dass das ganze Gebäckstück zerdrückt wird. Eine feste Oberfläche und eine weiche Füllung aus Sahne und Vanillecreme, die bei Druck leicht nach außen entweicht. Eigentlich ein ziemlich unpraktisch konstruiertes Gebäck.

Ich hatte irgendwo zwischen Askersund und Karlsborg auf einem Rastplatz mit Aussicht auf den Vätternsee geparkt, der in der Junisonne glitzerte. Mein Handy schaltete ich aus, um für zehn Minuten meine Ruhe zu haben, und dann setzte ich mich mit meinem Gebäck auf die Motorhaube.

Ich blickte auf meine Armbanduhr. Es war kurz vor elf und Zeit für mein alljährliches Geburtstagsritual. Heute vor fünfundvierzig Jahren war ich um exakt 10:59 Uhr im Söder-Krankenhaus in Stockholm geboren worden. Je älter man wird, desto weniger Grund besteht eigentlich zum Feiern. Dennoch hatte ich es mir zur Gewohnheit gemacht, meinen Geburtstag mit einer kleinen privaten Auszeit zu zelebrieren, in der ich ein Stück Torte oder Ähnliches aß, ganz egal, wo ich mich gerade befand. Dieses Jahr stand außerdem mein fünfundzwanzigjähriges Berufsjubiläum als Zauberer an, was mich mit großem Stolz erfüllte. Und das war definitiv ein Grund zum Feiern.

Ich war nicht allein auf dem Rastplatz. Auf einem der vollgekritzelten Holztische hatte eine Familie mit zwei kleinen Kindern ihr Mittagessen ausgebreitet. Der Geruch ihrer Eibrote stieg mir in die Nase, während mich von der anderen Seite der scharfe Gestank zweier Dixie-Klos anwehte, die ein Stück entfernt von meinem Wagen standen. Außerdem schwirrten hier jede Menge nervtötende Fliegen umher. Alles in allem kein idealer Platz für mein Vorhaben, aber dies war der einzige Ort, den ich pünktlich zu meiner Geburtsstunde hatte ansteuern können.

«Glückwunsch, Anton. Gute Arbeit. Wirklich großartig», murmelte ich und widmete mich der Cremeschnitte.

Ich hatte sie morgens in einem Supermarkt außerhalb von Södertälje gekauft. Zum Sonderpreis, wegen des nahenden Verfallsdatums. Da ich zu meinem Geburtstagsritual nur mich selbst und meine Gedanken eingeladen hatte, fand ich es angemessen, die Kosten niedrig zu halten. Nach einem Vormittag im warmen Auto sah die Cremeschnitte allerdings nicht gerade appetitlicher aus. Beim Versuch, die obere Blätterteigschicht zu durchstoßen, zerbrach der Plastiklöffel wie ein trockener Zweig. Also umfasste ich den vorderen Teil des Löffels mit Daumen und Zeigefinger und begann an der Seite die Sahnefüllung herauszugraben. Dabei höhlte ich das Gebäckstück so weit aus, bis der Blätterteig Schlagseite bekam. Nach ein paar Löffeln hatte ich genug. Vielleicht hätte ich lieber eine Packung Kekse kaufen sollen.

Ich schloss den Deckel der eingedellten Plastikverpackung und warf die Cremeschnitte in einen Mülleimer hinter den stinkenden Toilettenkabinen. Die Familie mit den Eibroten hatte ihre Picknickutensilien inzwischen auf dem gesamten Holztisch ausgebreitet. Servietten, Thermoskannen, Aluschälchen und Plastikdosen, Trinkgläser und Kaffeebecher. Die Kleinkinder kleckerten und alberten herum, während sich ihre Eltern nach Kräften bemühten, sie in Schach zu halten und dabei selbst etwas in den Magen zu bekommen. Der Vater war ungefähr in meinem Alter. Ich beobachtete ihn eine Weile lang und fragte mich, ob er wohl neidisch auf mich wäre, wenn er wüsste, dass ich in der Unterhaltungsbranche arbeitete, während er in der brütenden Sommerhitze Kind und Kegel herumkutschieren und den Tag von morgens bis abends durchorganisieren musste, um ein Chaos zu verhindern.

Ich war unterwegs zu einem Auftritt in einem Altersheim, das am Stadtrand von Karlsborg lag. Danach erwartete mich ein Hotelzimmer mit einem frischbezogenen Bett und Erdnüssen aus der Minibar. Dem Vater der Kleinkinder hingegen stand das Säubern verschmierter Kinderfinger bevor, an denen eingetrocknetes Ei klebte.

Genau das schätzte ich an meiner zehnminütigen Geburtstagsauszeit. Es war eine ausgezeichnete Gelegenheit, mir bewusst zu machen, wie privilegiert ich war. Freiheit. Nur ich und die Straße bis zum fernen Horizont.

Die Mutter löste gerade ein buntes Geschenkband von einer weißen Pappschachtel und hob eine Marzipantorte heraus, die sie auf den Tisch stellte. Die Kinder halfen ihr, die Kerzen hineinzustecken, und als alle angezündet waren, wurde lauthals «Hoch soll er leben» gesungen. Zwei Männer mittleren Alters, die ihre Geburtstage auf ein und demselben Rastplatz feierten – das war schon ein merkwürdiger Zufall. Die Kinder sangen furchtbar falsch, aber mit unerschütterlichem Enthusiasmus. Für ihren Vater schien allein die Geste zu zählen, denn er strahlte während des Katzenkonzerts übers ganze Gesicht.

Nachdem er die Kerzen ausgeblasen hatte, küsste ihn seine Frau lange und leidenschaftlich. Ich kehrte ihnen den Rücken zu, weil ich mein privates Zehnminutenritual nicht damit vergeuden wollte, eine glückliche Familie anzuglotzen. Zurück am Wagen, schaltete ich mein Handy wieder ein. Keine verpassten Mails oder Anrufe von Gratulanten. Meine Eltern hatten sich schon am Morgen gemeldet, und ansonsten gab es nicht so viele Leute, die wussten, dass ich heute Geburtstag hatte. Eigentlich ganz angenehm.

Als Kind fand ich, dass mein Geburtstag immer etwas unterging, weil er so nah an Mittsommer lag, doch mittlerweile machte es mir nichts mehr aus. Fünfundvierzig zu werden ist wie gesagt nicht unbedingt ein Grund zum Feiern.

2

Wenn es gut lief, absolvierte ich pro Jahr an die hundert Auftritte, verteilt über das ganze Land. Ich fuhr, wohin mein Navi mich führte, und manchmal wusste ich kaum, in welcher schwedischen Provinz ich mich gerade befand. Um eine Kleinstadt von der anderen unterscheiden zu können, machte ich mir einen Spaß daraus, verschiedenste nutzlose Fakten über die von mir bereisten Orte zu sammeln. Karlsborg beispielsweise ist für seine Miniaturen bekannt, wie den niedrigsten Küchentisch Schwedens, den kleinsten Vogelkäfig Skandinaviens oder auch einen der kürzesten Schnürsenkel der Welt.

Kurz vor dem Stadtzentrum von Karlsborg liegt das Altersheim *Igel*, das in einem vierstöckigen braunen Gebäude aus den Achtzigern untergebracht ist. In den vergangenen zwei Jahren war ich hier bereits drei Mal aufgetreten.

Als ich in den frischgestrichenen, aber dennoch trostlosen Aufenthaltsraum kam, standen darin bereits um die zwanzig Stühle, zwischen denen einige Plätze für Rollstühle frei gelassen worden waren. So weit, so gut. Mein Blick fiel auf einen Putzmann, der gerade um die Stühle herumsaugte. Der Staubsauger machte einen Höllenlärm. Ich stellte meinen schweren schwarzen Zauberkoffer mit den Metallbeschlägen auf dem Boden ab und warf einen befremdeten Blick auf die Fläche, die eigentlich für meinen Auftritt vorgesehen war. Dort befanden sich nämlich zwei Tischtennisplatten, auf denen halbfertige Puzzles ausgebreitet lagen. Die junge Altenpflegerin, die darauf bestanden hatte, mich in den Raum zu begleiten, obwohl ich den Weg bereits kannte, erklärte mir, dass die Bewohner gerade erst begonnen hätten, die Puzzles zu legen, weshalb es doch sinnvoll wäre, wenn die Tischtennisplatten an Ort und Stelle stehen bleiben könnten.

Aufgrund meiner Größe von einem Meter neunzig bin ich es gewohnt, auf Menschen hinabzuschauen. Auch die Altenpflegerin mit ihren knallrot gefärbten Haaren bildete hier keine Ausnahme, da sie fast zwei Köpfe kleiner war als ich. Erst starrte ich aufgebracht zum Putzmann hinüber, um ihn dazu zu bringen, den lärmenden Staubsauger auszuschalten, allerdings ohne Erfolg, da er mir den Rücken zugewandt hatte. Dann warf ich der Altenpflegerin einen wütenden Blick zu.

«Ich bin dreihundert Kilometer weit gefahren und habe nichts als ein paar Bissen einer fast abgelaufenen Cremeschnitte im Magen. Sie müssen also entschuldigen, wenn ich etwas irritiert klinge. Aber wo soll hier Ihrer Meinung nach bitte schön mein Auftritt stattfinden?»

Ich breitete die Arme aus, um ihr mit einer dramatischen Geste zu signalisieren, dass einfach nicht genug Platz war – weder auf der Fläche mit den Stühlen noch dort, wo die Tischtennisplatten aufgestellt waren. Die Altenpflegerin erkundigte sich, ob es möglich wäre, dass das Publikum in einem Kreis säße. Vielleicht könne ich ja in der Mitte stehen und dort zaubern. Bei dem Lärm hörte ich ihre Worte kaum. Ich gestikulierte wild in Richtung Putzmann, woraufhin dieser mich endlich bemerkte.

«Könnten Sie bitte den Staubsauger ausschalten? Ich versuche hier zu arbeiten. Ich putze ja auch nicht um Sie herum, wenn *Sie* versuchen zu arbeiten, oder?»

Der Putzmann brummelte vor sich hin, schaltete den Staubsauger aus und verließ schlurfend den Aufenthaltsraum. Die rothaarige Altenpflegerin wiederholte ihre Frage und wollte wissen, ob es für mich in Ordnung wäre, in der Mitte des Sitzkreises aufzutreten. Ich zuckte mit den Achseln. Schon rein aus Prinzip bereitete mir die Tatsache große Probleme, dass zwei unfertige Puzzlespiele wichtiger waren als meine Bühne, aber ich war schließlich ein ernsthafter Zauberer und keiner dieser Fernsehclowns mit Tänzerinnen, aufwendigen Requisiten und sonstigem Hokuspokus, bei dem das Publikum in einem gewissen Winkel zur Bühne sitzen musste.

«Klar kann ich in der Mitte stehen. Wollen wir zuerst gemeinsam die Stühle an Ort und Stelle rücken, und dann schauen Sie nach meinem Imbiss?»

«Ich geh jetzt nach Hause. Hab Feierabend.»

«Es war aber abgemacht, dass ein kleiner Imbiss für mich bereitsteht, wenn ich am Veranstaltungsort eintreffe. So sieht es jedenfalls der Vertrag vor. Darin ist übrigens auch zu lesen, dass am Auftrittsort eine Fläche zur Verfügung steht, auf der ich zaubern kann. Beispielsweise eine Bühne oder ein kleiner freier Bereich ohne Tischtennisplatten.»

«In der Cafeteria kann man belegte Brote kaufen.»

«Gut, dann stelle ich die Stühle bereit, und Sie holen mir derweil ein paar belegte Brote.»

«Ich geh jetzt nach Hause. Hab Feierabend. Belegte Brote gibt's in der Cafeteria.»

Angesichts ihrer unsensiblen roboterhaften Antwort schüttelte ich nur den Kopf.

«Kein Problem. Dann stelle *ich* die Stühle bereit, und anschließend schaue ich, ob ich in der Cafeteria ein paar belegte Brote auftreiben kann. Dann brauchen *Sie* gar nichts zu tun. Ist das ein Angebot?»

Meine Ironie überstieg offenbar bei weitem den Verstand der rothaarigen jungen Dame. Sie nickte nur zufrieden, begann auf ihrem Handy herumzutippen und zog ab.

Mein letzter Auftritt vor dem Mittsommerwochenende, das mein Leben verändern sollte, war ein voller Erfolg. Nach einem Trick, bei dem ich ein Sektglas aus einem Zylinder gezaubert hatte, fragte ich die alten Leute im Publikum, ob sie nicht Lust hätten, ein wenig gemeinsam zu singen. So etwas machte ich normalerweise nicht, doch ich dachte mir, dass ein paar Mittsommerlieder wie «Die kleinen Frösche» oder «Die kleine Krähe» dem Anlass angemessen wären. Das Publikum reagierte begeistert und wartete darauf, dass ich begann.

«Ach, da ist mir gerade etwas eingefallen. Ich habe nämlich heute Geburtstag. Ich erwarte zwar nicht, dass Sie mir ein Ständchen bringen, aber wir könnten doch zusammen ein Lied singen, dessen Text Sie alle kennen. Was halten Sie davon?»

Ich stimmte «Hoch soll er leben» an. Die Senioren konnten den Takt nicht halten und wurden immer langsamer, obwohl ich meinen Zauberstab als Taktstock einsetzte. Da nach dem Lied keiner von ihnen die Initiative zu einem vierfachen Hurra ergriff, musste ich es auch diesmal selbst anstimmen. Ein Mann im Rollstuhl erlitt während der Hurrarufe einen Hustenanfall und gab ein Röcheln von sich, das die ganze weitere Vorstellung begleitete. Es war ziemlich nervtötend.

Wenn man vor älteren Leuten auftritt, sollte man lieber

keine Kartentricks vorführen, die darauf aufbauen, dass sich einer der Zuschauer eine Spielkarte merkt, da es leicht zu Verwirrungen kommen kann. Von der Gesangseinlage abgesehen, brachte ich deshalb die einstudierten Nummern, die ich seit meiner Teenagerzeit Tausende von Malen vor jedem nur denkbaren Publikum wiederholt hatte. Vor alten Leuten, jungen Leuten, nüchternen oder auch betrunkenen. Ein Violinist kann sein ganzes Leben lang dieselben klassischen Stücke spielen, ohne dass man ihm unterstellt, er würde in seiner Entwicklung stagnieren, und genauso verhielt es sich mit mir und meinen bewährten Zaubertricks.

Die Herausforderung lag für mich gerade darin, sie immer weiter zu verfeinern und zu perfektionieren, und zwar die technische wie die visuelle Präsentation. Auch die Tagesform spielte eine entscheidende Rolle. Manchmal dauerte ein Trick etwas länger oder kürzer als am Tag darauf, genau wie es auch mit einem Musikstück der Fall ist.

Manche Zauberer nennen sich Illusionisten und präsentieren aufwendige Shownummern mit Lichteffekten und Rauch, Tänzerinnen und jeder Menge humoristischen Einlagen, «denkwürdigen» Monologen und anderem Schnickschnack, für den die breite Masse offenbar bereit ist, viel Geld auszugeben. So etwas war nichts für mich. Ein guter Zauberer benötigt auf der Bühne keine beweglichen Spiegelwände, hydraulischen Rampen oder eine aparte Assistentin, die das Publikum ablenkt. Wenn ich ein unbegrenztes Budget hätte, würde ich vermutlich ein paar *etwas* größere und spektakulärere Nummern vorführen, doch ich legte Wert auf den persönlichen Kontakt mit dem Publikum und auf die Tatsache, dass die Leute aus nächster Nähe sehen konnten, wie ich agierte.

Nach der Vorstellung rief mich mein Agent Pontus Bergström an. Sein Stall von Künstlern bestand aus einigen Kabarettisten und Schriftstellern, die Lesungen veranstalteten, zwei DJs, diversen Dokusoap-Stars, einem Hypnotiseur und mir.

«Hallo, Anton. Ich habe eine gute und eine schlechte Nachricht. Welche willst du zuerst hören?»

Ich bat ihn, mit der guten anzufangen.

«Ich habe am Wochenende einen Wettbewerb im Luftpistolenschießen gewonnen! Die Siegerprämie waren zehn Pfund Kaffee und zwei Kilo exklusives Rinderfilet.»

Ich hatte bis dahin nicht einmal gewusst, dass Pontus in seiner Freizeit Schießsport betrieb. Doch ich gratulierte ihm und bat ihn, mir die schlechte Nachricht zu nennen.

«Skövde und Vänersborg haben abgesagt.»

«Was?» war alles, was ich nach einer Weile verblüfften Schweigens hervorbrachte.

«Leider. Basmati hatte kurzfristig eine Lücke in ihrer Planung, und für die Betriebsfeier in Vänersborg wollten die dann doch lieber sie haben. Und das Einkaufszentrum in Skövde will irgendein Event mit den lokalen Basketballerinnen ausrichten. Da konnten sie dich nicht auch noch unterbringen.»

«Aber wir haben doch einen Vertrag, oder? Können sie es sich denn einfach anders überlegen?»

In diesem Jahr hatte ich zwar weniger Auftritte als in all den Jahren zuvor, aber es war noch keiner abgesagt worden. Bis heute.

«Ich weiß, es ist absolut tote Hose, aber ich muss flexibel sein und will den Leuten nichts aufschwatzen, was sie nicht haben wollen. Basmati ist ein Fernsehstar, sieht gut aus und kann Cocktails mixen. Das kommt bei Firmenfesten gut an, und wir sprechen hier von einem Malerbetrieb, da geht es wahrscheinlich ziemlich wild zu. Das hätte sowieso nicht zu dir gepasst.»

Ich seufzte ein paar Mal laut auf, um Pontus meinen Missmut zu signalisieren.

«Das heißt, vor Mittsommer habe ich nichts mehr im Terminplan? Dann kann ich ja auch gleich wieder nach Hause fahren.»

Ich fluchte im Stillen darüber, dass ich schon im Hotel in Karlsborg eingecheckt hatte. Laut Plan hatte ich das Ganze ruhig angehen lassen wollen. Ich hatte mir vorgenommen, mir einen Film anzusehen, dann auszuschlafen und am nächsten Tag weiter nach Skövde zu fahren.

«Du hast mir übrigens die Auftrittstermine für Juli noch nicht geschickt. Wie sieht's denn da aus?»

Pontus zögerte.

«Um ehrlich zu sein, ziemlich mau. Aber das gilt nicht nur für dich, auch bei den meisten anderen läuft es gerade etwas zäh. Eigentlich flutscht es nur bei Kicki Hjort so richtig.»

Ich knirschte mit den Zähnen. Kicki Hjort war eine fünfundsechzigjährige Frau, die einmal fast ertrunken wäre und eine Nahtoderfahrung gemacht hatte, bei der ihr Engel erschienen waren. Sie hatte nicht nur ein Buch darüber geschrieben, das sich mehrere hunderttausend Mal verkaufte, sondern auch Vereine und Unternehmen besucht und dort von ihrem Erlebnis berichtet. Das Publikum fand ihre Schilderungen offenbar sehr inspirierend, was mir völlig unbegreiflich war. Der Job eines Zauberers besteht darin, sein Publikum zu täuschen. Das Publikum *will* geradezu getäuscht werden. Meine Zuschauer waren sich jedenfalls immer im Klaren darüber, dass ich nicht wirklich zaubern konnte. Niemand glaubte allen Ernstes, dass sich Spielkarten auf wundersame Weise von meinem Platz auf der Bühne über den Kosmos bis in die Anzugtasche eines Zuschauers bewegten. Doch wenn eine ältere Dame in der Gegend herumfuhr und irgendetwas von Engeln faselte, kapierte offenbar niemand, dass sie die Leute ebenso täuschte wie ich.

«Ach übrigens, treten Sebastian und Charlotta nicht auch gerade irgendwo in deiner Nähe auf?»

Ich verdrehte die Augen, obwohl Pontus mich nicht sehen konnte.

«Keine Ahnung, ich hab ihre Auftrittstermine nicht immer im Blick», antwortete ich und hörte selbst, wie gereizt ich klang.

«Ich glaub, sie haben gestern oder vorgestern in der Sparbanken Arena in Lidköping eine große Sommershow veranstaltet. Mit achttausend Gästen. Ausverkauft. Ist dir klar, wie viel Kohle die beiden verdienen? Absolut fantastisch!»

«Ich habe übrigens heute Geburtstag», sagte ich, um so schnell wie möglich das Thema zu wechseln.

«Tatsächlich? Glückwunsch.»

«Danke. Wann hat Kicki Hjort eigentlich Geburtstag?»

«Ich weiß es nicht aus dem Kopf, aber ich kann mal im Kalender nachschauen.»

«Ihr Geburtstag steht also in deinem Kalender und meiner nicht?»

Er versuchte sich an einer halbherzigen Erklärung, woraufhin ich das Thema fallenließ und das Telefonat beendete, nicht ohne Pontus noch einmal zum Sieg beim Luftpistolenschießen zu gratulieren. Er freute sich, wobei ihm offenbar mein säuerlicher Tonfall entging. Ich brachte nicht die Energie auf, ihm zu erklären, dass bei der Ankündigung einer guten und einer schlechten Nachricht normalerweise beide Nachrichten den Empfänger betreffen sollten. Ein Arzt sollte seinem Patienten also beispielsweise nicht die gute Nachricht präsentieren, dass er selbst fünfzig Millionen von seiner Oma geerbt habe, während die schlechte wäre, dass sein Patient unheilbar an Krebs erkrankt sei.

3

Es gelang mir nicht, mein Hotelzimmer zu stornieren, da ich es bereits einige Stunden «bewohnt» hatte. Dabei war ich nur kurz drinnen gewesen und hatte meine Tasche aufs Bett gestellt, aber ich hatte keine Lust, mich mit dem Kleingedruckten in den kundenverachtenden Geschäftsbedingungen des Hotels herumzuschlagen. Ich duschte, ging hinunter in die Bar und bestellte ein Bier. Es war eine ziemlich durchschnittliche Hotelbar, und die Gäste waren eine Mischung aus herumreisenden Geschäftsleuten und Menschen aus dem Ort. Neben mir setzte sich eine Frau an die Theke. Sie sah aus, als wäre sie in meinem Alter. Eine typische Vertreterin, schick gekleidet und zurechtgemacht, mit ein paar Kilos zu viel, höchstwahrscheinlich aufgrund der ungesunden Lebensweise, die ihr Beruf mit sich brachte. Dabei war sie auf eine professionelle Weise attraktiv, die vermutlich ankam, wenn man in einer männerdominierten Branche Waren verkaufte. Wir nickten einander zu. Sie bestellte sich einen Drink und begann mit mir einen Smalltalk über das Wetter (sonnig und warm).

Sie hätte mich wahrscheinlich als groß und schlank mit blauen Augen und kurzen dunkelblonden Haaren beschrieben, bekleidet mit einem gutsitzenden schwarzen Anzug und sorgfältig geputzten Schuhen. Ein durchschnittliches Aussehen ohne irgendwelche markanten Züge. Weder hübsch noch hässlich. An der Grenze zu langweilig und ungefährlich, was bei einem Smalltalk übers Wetter mit einem fremden Mann in einer Hotelbar je nach ihren persönlichen Absichten von Vor- oder auch von Nachteil sein konnte. Ich hatte jedenfalls nichts dagegen, mich ein wenig mit ihr zu unterhalten. Im Lauf des Gesprächs erfuhr ich, dass sie Sportkleidung verkaufte, noch nicht die Funktion aller blinkenden Lämpchen auf dem Armaturenbrett ihres neuen Firmenwagens herausgefunden hatte und dass hier in der Bar ein superleckeres Clubsandwich serviert wurde.

Ich hatte mein zweites Bier gerade zur Hälfte ausgetrunken und war mir ziemlich sicher, dass ich noch ein drittes trinken würde, als sie mich nach meinem Sternzeichen fragte. In einem Versuch, ihr mein Desinteresse zu signalisieren, zuckte ich mit den Achseln, doch es gelang ihr schließlich, herauszubekommen, dass ich Krebs bin. Zum Glück ließ sie dieses Thema bald wieder fallen und fragte mich stattdessen nach meinem Beruf. Wenn Frauen erfuhren, dass ich als professioneller Zauberer auftrat, reagierten sie ausgesprochen unterschiedlich. Manche wurden neugierig und wollten, dass ich ihnen einen Zaubertrick vorführte, um mich anschließend zu löchern, wie er funktionierte. Doch ein Zauberer verrät niemals seine Tricks – das ist ein ungeschriebenes Gesetz, das alle Profis befolgen. Die anderen blickten eher misstrauisch drein, ungefähr so, wie die meisten Erwachsenen reagieren, wenn sie von jemandem erfahren, dass er als Clown arbeitet. Mitunter erkundigten sie sich noch, ob man wirklich davon leben könne.

In diesem Fall fand die Frau an der Bar meinen Beruf offenbar spannend, und ich vermutete schon, dass sie mich gleich bitten würde, einen Trick vorzuführen. Aber ich hatte mich geirrt.

«Haben Sie schon einmal dieses Paar im Fernsehen gesehen? Ich glaube, sie heißen Sebastian und Charlotta. Die beiden zaubern *irre* gut. Ich habe letztes Wochenende die Umweltgala geschaut. Dabei ist diese Charlotta in einen Tigerkäfig gestiegen, der über dem Publikum heruntergelassen wurde, und alle haben gedacht, dass jeden Moment ein Tiger herauskommen würde. Doch dann hat sie ein Tuch gelüftet, unter dem stattdessen ein Katzenjunges saß, noch dazu mit dem Armband eines Mädchens aus dem Publikum um den Hals. Wirklich *irre* gut! Ich komme einfach nicht dahinter, wie der Trick funktioniert!»

Sicher hätte ich punkten können, indem ich ihr erzählte, dass ich die beiden von früher kannte. Und dass Sebastian als Jugendlicher so starkes Lampenfieber hatte, dass er vor jeder Vorstellung Durchfall bekam, oder dass man alle Komponenten der Illusionsnummer mit dem Tigerkäfig bei einer Firma in Las Vegas bestellen konnte. Sie erforderte weder großes Talent noch besondere Finesse. Man musste sie nur teuer bezahlen, die Anweisungen genau befolgen und das Ganze einstudieren. Doch angesichts der Tatsache, dass gerade meine Auftritte bis Mittsommer abgesagt worden waren, fehlte mir die Energie, mich über Sebastian und Charlotta auszulassen.

Ich bestellte kein drittes Bier mehr.

Stattdessen verbrachte ich den Abend beim Versuch, mit meinem alten Laptop ins Internet zu gelangen. Gegen elf Uhr ging ich noch einmal nach unten an die Rezeption und warf einen kurzen Blick in die Bar. Die Frau war noch immer dort. Sie saß mit einem gutgekleideten Mann an einem Tisch und aß ein Clubsandwich. Die beiden lachten und unterhielten sich mit übertriebenen Gesten. Vermutlich über Horoskope oder irgendwelche anderen uninteressanten Dinge.

Ich beugte mich über den Tresen, doch ich schaffte es nicht, Blickkontakt mit der jungen Rezeptionistin aufzunehmen, die tief versunken war in die Lektüre von Kicki Hjorts Buch über Nahtoderfahrungen und Engel.

«Sorry, dass ich störe», sagte ich und winkte, als befänden wir uns zehn Meter voneinander entfernt. «In der Minibar gibt es nur trockengeröstete Erdnüsse, aber die sind ungenießbar.»

Endlich hob sie den Kopf und schaute mich an.

«Es ist, als würde ich Nüsse mit einer Staubschicht darauf essen», fuhr ich fort. «Davon bekommt man ja Hustenanfälle. Ich hätte gern ganz gewöhnliche Erdnüsse.»

«Tja, wir haben aber nur diese Erdnüsse», erklärte sie und widmete sich wieder ihrem Bestseller.

«Ich habe keinesfalls vor, diese schweineteuren Erdnüsse zu bezahlen, wenn man davon Hustenanfälle bekommt. Ich hatte nicht einmal vor, hier zu übernachten, aber es war leider schon zu spät, um die Buchung zu stornieren. Deswegen schlage ich vor, dass Sie ein wenig guten Willen zeigen und mir normale Erdnüsse besorgen.»

«Die Erdnüsse in der Minibar sind leider die einzigen, die wir haben.»

«Ich habe Sie sehr wohl verstanden, aber finden Sie es angemessen, dass ich als Ihr Gast Nüsse essen muss, von denen ich Hustenanfälle bekomme?»

«Sie müssen die Nüsse ja nicht essen, wenn Sie sie nicht mögen.»

Ich warf eine zerknüllte Erdnusstüte auf den Tresen.

«Die Nüsse an sich sind in Ordnung. Ich mag nur die Röstung und den Staub nicht. Sobald ich beim Kauen einatme, muss ich husten. Für diese hier werde ich jedenfalls nichts bezahlen.»

«Okay, Sie bekommen sie umsonst, auch wenn Sie schon die ganze Tüte leer gegessen haben, obwohl Sie sie nicht mögen.»

Ihr Ton gefiel mir ganz und gar nicht. Es war Zeit für klare Worte. Ich deutete mit dem Finger durch die Eingangstür hinaus auf einen 7-Eleven-Laden, der auf der anderen Straßenseite lag.

«Jetzt werde ich Ihnen mal zeigen, wie leicht es ist, ein Minimum an Entgegenkommen zu demonstrieren. Ich gehe kurz rüber und kaufe eine große Tüte gewöhnliche Erdnüsse. In maximal fünf Minuten bin ich zurück. Erinnern Sie sich daran, nachdem Sie einen Kunden verloren haben, der von nun an nicht mehr in Ihrem Hotel absteigen wird. Gerade mal fünf Minuten hätte es gedauert, mich zufriedenzustellen, aber Sie haben sich dagegen entschieden.»

«Es tut mir leid, wenn Sie nicht zufrieden sind, aber ich kann meinen Platz hier nicht verlassen.»

«Können oder wollen Sie es nicht?», fragte ich mit eindringlichem Blick, bevor ich in Richtung Ausgang marschierte.

«Wenn Sie sowieso gerade einkaufen gehen, wären Sie dann so lieb, mir Kaugummi mitzubringen? Zuckerfreies, gerne Spearmint oder Ocean frost», rief sie mir nach, als ich schon halb auf der Straße war.

Aus dem Büro hinter der Rezeption lugte ein langhaariger junger Mann hervor. Er winkte mir zu.

«Gehen Sie rüber zum 7-Eleven? Könnten Sie mir bitte ein Päckchen Marlboro mitbringen?»

4

In der Nacht warf ich mich von einer Seite auf die andere und konnte einfach nicht einschlafen. Also stand ich um kurz vor eins auf und packte rasch meine Sachen zusammen, um auszuchecken und nach Hause zu fahren. Ich konnte natürlich nicht ahnen, dass diese Entscheidung eine Serie von bizarren und denkwürdigen Ereignissen auslösen würde. Zu diesem Zeitpunkt wusste ich nur, dass ich lieber mitten in der Nacht nach Hause fahren wollte, als mich im Bett eines Hotelzimmers herumzuwälzen und die Zeit totzuschlagen.

Vor mir lag eine drei- bis vierstündige Autofahrt durch die Sommernacht. Ich würde also noch vor dem Frühstück zu Hause in Sundbyberg sein, was etwas nördlich von Stockholm liegt. Zu Hause in meiner hellen und relativ frischrenovierten Mietwohnung. Die alte schwerhörige Dame aus der Wohnung nebenan war vor ein paar Monaten verstorben. Was natürlich traurig für sie war, aber angenehm für mich, da ich nun nicht mehr alle Tierfilme durch die Wand mithören musste, die sie sich in viel zu hoher Lautstärke im Fernsehen anschaute. Kurz nachdem meine Nachbarin gestorben war, hatte irgendein Hausbewohner angefangen, davon zu reden, dass es in der Wohnung der Alten spukte. Einige Interessenten hatten sich die Wohnung angeschaut, doch als sie erfuhren, dass diese von einem schwerhörigen Gespenst heimgesucht wurde, verzichteten sie lieber darauf, sie zu mieten.

Obwohl es schon eine ganze Weile her war, dass die Menschheit in dem Glauben lebte, die Erde wäre eine Scheibe, geschahen selbst in unserer modernen Zeit noch Dinge wie diese in Sundbyberg. Die Leute lehnten eine günstige Dreizimmerwohnung mit einem unbefristeten Mietvertrag ab, weil jemand das Gerücht verbreitet hatte, dass es dort spukte. Beinahe taten mir die abergläubischen Idioten leid, die sich gegen die Wohnung entschieden, auch wenn es mir an und für sich lieb war, vorerst keine neuen Nachbarn zu bekommen.

Bevor ich auf Mittsommertournee ging, hatte ein Umzugswagen vor dem Haus gestanden, und ich war ein wenig besorgt, dass nun jemand neben mir einziehen würde. Ich bin keiner, der den Nachbarn misstrauisch nachspioniert, doch in diesem Fall ging es mich ja persönlich an. Also stand ich eine Weile mit dem Ohr an der Wand und lauschte. Doch es war kein Laut zu hören. Ich blieb im Treppenhaus stehen, um zu sehen, ob die Möbelpacker in meine Etage hochkämen, was aber nicht der Fall war. Wenn es nach mir ginge, könnte die Wohnung gern bis zum Sankt-Nimmerleins-Tag leer stehen.

Als ich Karlsborg verließ, war es schwül, und ein Gewitter lag in der Luft. Kurz vor der Grenze zwischen den Provinzen Västergötland und Närke fiel mir ein, dass ich vergessen hatte, mir vom Hotelpersonal das Geld für das Kaugummi und die Zigaretten geben zu lassen. Ich fluchte laut und verbrachte einige Kilometer meiner monotonen Nachtfahrt damit, gedanklich eine aufgebrachte Mail an die Geschäftsstelle der Hotelkette zu formulieren – mit einer Beschwerde über schlechten Service, die falsche Erdnusssorte und kundenfeindliche Geschäftsbedingungen beim Stornieren von Buchungen. Als plötzlich vor mir auf der dunklen Straße blinkende Baustellenleuchten und Warndreiecke aufblitzten, wurde ich abrupt aus meinen Überlegungen gerissen. Hinter einer Absperrung stand eine dampfende Asphaltwalze quer auf der Straße, umgeben von Straßenarbeitern. Ich schaltete das Autoradio aus, in dem einschläfernde Hintergrundmusik dudelte, bremste ab und hielt an. Ein unrasierter Arbeiter in einem orangefarbenen Overall trat an die Fahrerseite meines Wagens. Ich ließ das Fenster herunter.

«Die Straße ist gesperrt», erklärte er und deutete mit einer ausladenden Bewegung auf eine schmale Abzweigung. «Fahren Sie da vorne links und dann vor Tiveden rechts in Richtung Olshammar, dann kommen Sie wieder auf die richtige Straße.»

Er hatte eine Zigarette im Mundwinkel hängen, und ich wedelte demonstrativ den Qualm weg, der ins Innere meines Autos drang.

«Links und dann rechts in Richtung Olshammar, und zwar *vor* Tiveden, verstanden?»

Der autoritäre Ton des Straßenarbeiters war absolut unangebracht.

«Danke, aber ich habe ein Navi dabei, falls ich Probleme mit der Rechts-Links-Orientierung bekommen sollte», brummte ich und deutete mit dem Kopf auf mein Handy, das in einer Halterung auf dem Armaturenbrett steckte.

Ich fuhr die Scheibe wieder hoch und bog links ab. Als ich merkte, dass ich auf einer kurvenreichen Landstraße gelandet war, die von dichtem dunklem Kiefernwald gesäumt war, schaltete ich das Fernlicht ein.

Nach ungefähr zehn Minuten tauchte am Straßenrand ein Schild mit der Aufschrift NATIONALPARK TIVEDEN auf.

Da es nirgends eine Abzweigung gab, fuhr ich weiter. Aber hätte nicht schon *vor* Tiveden ein Hinweisschild stehen sollen? Irgendetwas mit O, meinte ich mich zu erinnern. Ich hatte nicht so genau zugehört, weil der rauchende Straßenarbeiter auf mich eingeredet hatte, als wäre ich ein Idiot, der selbst die einfachste Erklärung nicht kapierte. Links von der Straße öffnete sich der Kiefernwald zu einem nebelverhangenen Feld. Ich fingerte an meinem Handy herum und versuchte mich auf der Karte zu orientieren.

Plötzlich erblickte ich im Schein des Fernlichts direkt vor mir auf der Straße einen riesigen roten Klumpen.

Und schon im nächsten Augenblick stieß ich mit einem Chesterfieldsofa zusammen.

5

Schon immer hatte ich ein Faible für deutsche Automarken. Bereits in jungen Jahren beschloss ich, die von mir angestrebte steile Karriere durch immer hochwertigere deutsche Autos zu symbolisieren. Angefangen mit Volkswagen über Audi und BMW bis hin zu Mercedes und Porsche. Während ich mit dem roten Chesterfieldsofa zusammenstieß, von der Straße abkam und aufs Feld schlitterte, streifte mich der Gedanke, dass es ganz gut war, meinen dreizehn Jahre alten VW Passat noch nicht durch einen neueren Wagen ersetzt zu haben.

Mein Kopf flog zur Seite und schlug gegen die Fahrertür. Dann verlor ich womöglich für einige Sekunden das Bewusstsein, denn als ich aus dem Wagen stolperte, war ich so verwirrt, als wäre ich gerade aus dem Tiefschlaf aufgewacht. Mein Herz hämmerte wie wild, und meine Fingerspitzen waren kalt und leicht taub. Ich bewegte meine Arme und Handgelenke, um mich zu vergewissern, dass noch alles funktionierte. Doch nichts schien verstaucht oder gar gebrochen zu sein.

Das Sofa war an den Straßenrand geschleudert worden, hatte den Zusammenstoß im Gegensatz zu meinem Wagen jedoch relativ unbeschadet überstanden. Die Vorderräder meines Passats wiesen in entgegengesetzte Richtungen. Das sah nicht gut aus. Ich setzte mich hinters Lenkrad. Der Fahrersitz wackelte in seiner Verankerung, und ich richtete die Rückenlehne neu ein, die sich ein Stück nach vorn geneigt hatte. Der Motor sprang zwar an, aber der Wagen ließ sich nicht mehr lenken. Hinzu kam, dass alle Gegenstände im Wageninneren, die nicht fest installiert waren, in Richtung Windschutzscheibe und Armaturenbrett katapultiert worden waren. Als ich im Fußraum nach meinem Handy griff, verzog ich das Gesicht. Es war in mehrere Teile zerlegt worden. Zwar gelang es mir, das Gerät wieder zusammenzusetzen, doch es gab keinen Ton mehr von sich.

Bestimmt gibt es Personen, denen an einem Tag gleich mehrere Missgeschicke passieren. Man vergisst etwas, lässt Gegenstände fallen, verwechselt Dinge oder sagt etwas Falsches. Es ist also durchaus menschlich, Fehler zu machen, aber wie zum Teufel kann man auf der Straße ein Sofa verlieren, ohne es zu merken? Es musste irgendeinem LKW von der Ladefläche gerutscht sein, denn es hatte ja wohl kaum jemand das Sofa absichtlich mitten auf die Straße gestellt. Da jedoch niemand in der Nähe war, den ich zur Verantwortung hätte ziehen können, reagierte ich mich mit einigen Tritten gegen das Sofa ab, was mir aber hauptsächlich Fußschmerzen einbrachte.

Dann schaute ich nach meiner Ausrüstung im Kofferraum. Ich besaß nur wenige empfindliche Gegenstände, und zum Glück schien alles den Crash unbeschadet überstanden zu haben. Eigentlich bin ich kein Mensch, der andauernd an seinem Handy herumspielt, doch nachdem ich eine gute halbe Stunde am Straßenrand gestanden und darauf gewartet hatte, dass endlich ein Auto vorbeikam, erfasste mich ein Unbehagen beim Gedanken daran, dass ich nicht einmal den Abschleppdienst rufen konnte. Oder überhaupt telefonieren.

Hinter meiner Schläfe hämmerte es, und mein Schlüsselbein schmerzte vom abrupten Einrasten des Sicherheitsgurts. Aber vor allem war ich sauer. Ich beschloss, mich auf den Weg zu machen und nach einem Haus mit Telefon Ausschau zu halten.

Das Risiko, dass jemand in meinen Wagen einbrach, hielt ich für gering. Außer einigen Requisiten und meinem maßgeschneiderten Bühnenanzug lag darin nichts Wertvolles. Auch mein Laptop war so alt, dass sich vermutlich kein verwöhnter schwedischer Dieb dafür interessieren würde. Nur das abgenutzte Spielkartenset aus dem Koffer steckte ich ein. Auf der Rückseite der Karten stand in einer hübschen verschnörkelten Schrift «Anton». Meine Glückskarten. Ich war zwar weder sentimental noch abergläubisch, doch diese Karten wollte ich auf gar keinen Fall verlieren. Vor einigen Jahren hatte ich insgesamt zwanzig Kartenspiele dieser Art bei einer Firma bestellt, die T-Shirts, Kaffeebecher, Stifte und sonstige Büroartikel bedruckte, und dies war das letzte Set, das mir geblieben war. Mir ein neues zu bestellen, hätte zwar keine Unsummen verschlungen, doch meine Finanzen konnten momentan jede Schonung gebrauchen. Ich wagte kaum daran zu denken, was es kosten würde, mein dreizehn Jahre altes Auto, das ich zehn Jahre lang abbezahlt hatte, abschleppen und reparieren zu lassen.

Ich überlegte, ob ich der Straße in Fahrtrichtung folgen oder mich aufs freie Feld begeben sollte, um herauszufinden, was sich auf der anderen Seite befand. Ich entschied mich für das Feld, da es aussah, als wäre es irgendwann einmal ein Acker gewesen. Logischerweise müsste sich dann irgendwo in der Nähe auch ein Haus befinden.

Leichter Nebel hing über dem Boden, und schon bald sah ich die Straße, meinen Wagen und das rote Sofa nicht mehr.

Im Nachhinein betrachtet, kommt es mir vor, als wäre ich während dieses Spaziergangs vom Nebel verschluckt worden, um kurz darauf in einer neuen Welt wieder aufzutauchen.

Das Gras war taunass und der Untergrund weich. Leider endete auch das Feld an einem Kiefernwald. An den Stämmen hingen diverse Schilder, die selbstgezimmert aussahen und im Abstand von ungefähr zehn Metern an die Baumrinde genagelt worden waren. Es waren dreieckige Sperrholzplatten, die jemand orange gestrichen, mit einer roten Umrahmung versehen und dann mit schwarzem Filzstift beschrieben hatte.

PRIVATGELÄNDE
Zutritt strengstens verboten!

Die Not kennt kein Gesetz. Ich ignorierte das Verbot. Hoffentlich wohnte der Eigentümer des Grundstücks in der Nähe. Es dauerte nicht lange, bis ich zu einem weiteren Schild der Marke Eigenbau gelangte.

LEBENSGEFÄHRLICHE STROMLEITUNG
Warnung!
Bitte verlassen Sie das Gelände!

Was für ein merkwürdiges Schild. Ich schaute mich um. Weit und breit war keine Stromleitung zu sehen. Allerdings entdeckte ich eine weiße Linie, die sich über den Boden zog und bei näherer Betrachtung aus grobkörnigem Salz zu bestehen schien. Neben der Linie steckten hier und da Bündel von Besteckteilen wie Messer und Gabeln und auch der eine oder andere Teelöffel im Boden. Das Besteck war fleckig und sah altmodisch aus, vielleicht war es sogar aus Silber. Das Besteckbündel zu meinen Füßen wurde von einer Schnur zusammengehalten, an der ein langer schmutziger Stoffstreifen hing. Er war mit altnordischen Runen bestickt. Ich versuchte die Zeichen zu entziffern, begriff allerdings kein Wort.

Womöglich gehörte der Grund und Boden einem exzentrischen Künstler, und es handelte sich um eine Art Installation. Oder die Messer, Gabeln, Stoffstreifen und die weiße Linie aus Salz markierten auf besonders kreative Weise eine unterirdisch verlegte Stromleitung.

Ich machte einen großen Schritt über die Linie hinweg, ging weiter in den Wald hinein und warf einen Blick auf meine Casio-Uhr, die ich eigentlich schon vor vielen Jahren gegen eine TAG Heuer oder ein anderes Schweizer Modell hatte austauschen wollen. Erstaunt stellte ich fest, dass es schon halb sechs Uhr morgens war. Womöglich war ich schon stundenlang herumgeirrt. Höchstwahrscheinlich war ich von dem Zusammenprall mit dem Sofa doch benommener als angenommen und hatte vielleicht sogar eine Gehirnerschütterung davongetragen.

Verwirrt sah ich mich im Morgennebel zwischen Zweigen und Ästen, Heidekraut und moosbewachsenen Felsblöcken um. Eigentlich hätte es um diese Zeit längst hell sein müssen, doch die dichten hochgewachsenen Bäume hüllten den Wald in Dunkelheit. Die absolute Stille war mir fast unheimlich. Der intensive Geruch nach Kiefernnadeln stach mir in die Nase.

Als ich weiterging, drangen vereinzelte Sonnenstrahlen durch die Baumwipfel und erleuchteten eine nebelumwobene moosbewachsene Lichtung, die sich vor meinen Augen öffnete. Der Anblick ließ mich an eines dieser unwirklich anmutenden naturromantischen Stillleben denken, die man als Bildschirmschoner auf dem Computer installieren kann. Vermutlich befand ich mich im Nationalpark Tiveden. Irgendwo hatte ich gehört, dass sich dort ein großes Gebiet skandinavischen Urwalds befand. Nur hoffentlich kein unberührter unbewohnter Urwald. Die handgefertigten Schilder deuteten zwar daraufhin, dass in der Umgebung Menschen wohnten, aber dennoch beschlich mich das beunruhigende Gefühl, in der falschen Richtung unterwegs zu sein. Weg von der Zivilisation und hinein in die Wildnis. Nachdem ich die Lichtung überquert hatte, erblickte ich eine schmale Schotterstraße, die unterhalb eines nebligen Abhangs lag. So schnell es das unwegsame Gelände zuließ, stieg ich den Abhang hinunter. Erneut stieß ich auf eine Reihe von Schildern.

WARNUNG VOR BÄREN
Sehr gefährlich!
Zutritt unbedingt vermeiden!

Das war nun wirklich ein schlecht formuliertes Schild. Gab es denn überhaupt Bären im Nationalpark? Ich war mir nicht sicher, bemühte mich jedoch, schneller vorwärtszukommen, und als ich die Schotterstraße erreichte, entdeckte ich in ungefähr fünfzig Meter Entfernung ein rotes Holzhäuschen. Aus dem Schornstein stieg eine spärliche Rauchsäule auf. Endlich hatte ich ein bisschen Glück.

«Hej.»

Ich zuckte zusammen und fuhr herum. Hinter mir am Waldrand stand ein kleines Mädchen von ungefähr zehn Jahren. Ihre Haut war blass, sie hatte langes helles Haar und trug ein weißes Kleid, das ihr bis zu den nackten Füßen reichte.

«Ich brauche sieben verschiedene Blumen, die ich in der Mittsommernacht unter mein Kopfkissen legen kann. Wollen Sie mir suchen helfen?» Das Mädchen sprach mit monotoner schleppender Stimme.

Ich deutete auf das rote Häuschen. «Wohnst du dort? Sind deine Eltern zu Hause?»

Sie schüttelte den Kopf. Die Morgensonne fiel auf ihr Haar, in dem eine Perlenspange aufblitzte.

«Du ... leider habe ich es ziemlich eilig. Ich hatte einen Autounfall und bräuchte dringend ein Telefon.»

Ich kehrte ihr den Rücken zu und ging in Richtung Haus.

«Sie wollen mir also nicht beim Blumenpflücken helfen?»

Ich blieb stehen und drehte mich erneut um. Das Mädchen stand unbeweglich am Waldrand. Es wirkte weder fröhlich noch traurig.

«Ich brauche dringend ein Telefon», wiederholte ich. «Ach übrigens, gibt es eigentlich Bären hier? Falls ja, solltest du äußerst vorsichtig sein.»

«Die Bären trauen sich nicht hierher», antwortete das Mädchen und schaute mich in einer Art und Weise an, die mir etwas altklug vorkam.

«Sind Sie sicher, dass Sie mir nicht helfen wollen, sieben Blumen zu pflücken?»

«Vollkommen sicher. Und außerdem träumst du bestimmt nicht von dem Mann, den du einmal heiraten wirst, nur weil du dir in der Mittsommernacht sieben Blumen unter das Kopfkissen legst. Das ist nichts als Aberglaube. Höchstwahrscheinlich wirst du nur von Ohrenkneifern gebissen. Und im Übrigen hast du ja noch ein paar Jahre Zeit, ehe du dir Gedanken über deine Hochzeit machen musst.»

Das Mädchen senkte den Blick und verschwand langsam rückwärts in den dichten dunklen Wald hinein, was etwas theatralisch anmutete. So jung und schon eine kleine Diva, dachte ich und ging auf das rote Häuschen zu.

6

Nachdem ich mehrfach angeklopft hatte, wurde die Tür des Häuschens geöffnet, und ich blickte in die erstaunten Gesichter einer Frau und eines Mannes, die beide um die siebzig Jahre alt waren. Die zwei waren recht knochig und sehnig und hatten wettergegerbte Haut, doch der Blick aus ihren blauen Augen war wach und aufmerksam. Der Mann hatte dichtes glattes und sonnengebleichtes Haar, das ihm knapp über die Ohren reichte und in der Mitte gescheitelt war. Die grauen Haare der Frau hingegen waren dünn und lagen platt am Kopf an. Sie erinnerten mich an eine Baskenmütze aus Zuckerwatte. Es hatte fast den Anschein, als hätten die beiden die Frisuren miteinander getauscht. Beide trugen eine Latzhose. Sein Hemd war rot, ihres grün.

«Guten Morgen», sagte die alte Frau. «Wie kommen Sie denn hierher? Haben Sie die Schilder nicht gesehen?»

«Vielleicht spricht er kein Schwedisch», wandte der alte Mann ein. «Ich hab ja gesagt, dass wir mehrsprachige Schilder aufstellen sollten.»

Die Frau schüttelte den Kopf. «Die schwedischen Schilder reichen völlig aus. Es sind sowieso schon viel zu viele.»

Der Mann runzelte die Stirn und nickte dann. «Womöglich sinkt der Abschreckungseffekt, je mehr Schilder dort stehen. Wir sollten das Thema bei der nächsten Ratssitzung ansprechen und auf eine Vereinheitlichung der Schilder drängen.»

Ich hob die Hand, um mich bei ihnen in Erinnerung zu bringen und ihre interne Schilderdebatte zu beenden.

«Ich habe die Schilder sehr wohl gesehen, und ich weiß auch, dass ich mich hier auf einem Privatgrundstück befinde. Es tut mir leid, dass ich einfach so in Ihre Besitztümer eingedrungen bin, aber ich bräuchte ...»

«Besitztümer?», unterbrach mich die Alte. «Der Wald gehört uns nicht. Er gehört sich selbst. Wir, die Bewohner des Waldes, stellen die Schilder auf, damit niemand von außerhalb hereinkommt und in Gefahr gerät.»

«Aber jetzt, wo Sie schon einmal hier sind, dürfen wir Ihnen vielleicht einen Kaffee und ein Stück Biskuitrolle anbieten?», warf der Alte ein.

Ich schüttelte den Kopf und versuchte mein Anliegen vorzubringen, bevor sie erneut das Wort ergriffen.

«Ich hatte einen Unfall und würde gern Ihr Telefon benutzen.»

«Einen Unfall? Hier?»

«Nein, auf der Landstraße, nicht weit von hier. Allerdings weiß ich nicht genau, wo. Anfänglich bin ich über ein nebliges Feld oder einen Acker gelaufen, bis ich in den Wald gekommen bin, wo ich jede Menge Schilder und eine weiße Linie gesehen und schließlich eine Schotterstraße erreicht habe, die hierherführte ...»

«Haben Sie die Linie etwa zerstört?», unterbrach mich die Alte, und ich spürte leichte Aggressionen in mir aufsteigen.

«Was meinen Sie genau?»

«Sind Sie auf das Besteck getreten, oder haben Sie die Salzlinie mit den Schuhen verwischt?»

«Nein, ich habe einen großen Schritt über die Linie gemacht. Ich habe sie gar nicht berührt», erklärte ich.

«Gut. Sie schützt nämlich alle Außenstehenden vor den Lebewesen auf unserer Seite und darf auf keinen Fall durchbrochen werden.»

«Aha. Haben Sie denn möglicherweise ein Telefon, das ich kurz benutzen dürfte?»

«Selbstverständlich. Die nächste asphaltierte Straße liegt allerdings über zehn Kilometer entfernt. Sie müssen also ein ganzes Stück gelaufen sein. Kommen Sie doch herein.»

Sie zogen mich in den Flur, schüttelten mir die Hand und stellten sich als Gunnar und Greta vor. Ihr Häuschen war recht wohnlich und gemütlich eingerichtet. Zwar herrschte eine gewisse Unordnung, aber alles war sauber und gepflegt. Eine der Türöffnungen schien in ein enges Schlafzimmer zu führen und eine andere in eine kleine Küche. Es roch nach Kümmel und geöltem Holz, und ich hatte den Eindruck, dass fast alles in diesem Haus selbstgezimmert war.

Ich nahm einen dampfenden Becher Kaffee von Gunnar entgegen, während ich die Biskuitrolle dankend ablehnte. Greta führte mich zu einer Kommode, auf der ein unmodernes Telefon stand. Daneben lag ein großes goldfarbenes Wollknäuel. Ich berührte es mit dem Finger. Es war hart und wirkte ziemlich schwer. Ich fragte mich, ob es sich womöglich um einen Goldklumpen handelte und was er in diesem Fall wohl wert wäre.

Greta schob sich zwischen den Goldklumpen und mich, nahm den Hörer ab und reichte ihn mir. Ich rief die Auskunft an und wurde erst mit dem Rettungsdienst verbunden und dann mit einem Abschleppdienst in der Nähe. Mit Gunnars und Gretas Hilfe beschrieb ich, wo mein Auto ungefähr stand. Der Mann am anderen Ende der Leitung sicherte mir zu, meinen Wagen abzuschleppen und zu einer Tankstelle zu bringen, deren Adresse er mir nannte. Dort würde er prüfen, was kaputtgegangen sei und ob es sich gleich vor Ort reparieren ließe oder ob der Wagen in eine Werkstatt gebracht werden müsste. Ich könne auf jeden Fall noch im Lauf des Vormittags zur Tankstelle kommen, um nach meinem Wagen zu schauen. Seine Auskünfte klangen sehr professionell und unkompliziert, doch im Hinblick auf meine negativen Erfahrungen mit Automechanikern im Allgemeinen wollte ich mich lieber nicht zu früh freuen.

Kurz nachdem ich aufgelegt hatte, fiel mir ein, dass ich den Fahrersitz nicht erwähnt hatte, der nach dem Zusammenstoß nicht mehr fest in seiner Verankerung saß, aber womöglich war das keine große Sache.

Gunnar bot mir an, mich später zur Tankstelle zu fahren, die ungefähr eine Stunde entfernt lag. Dankend nahm ich sein Angebot an und setzte mich in einen verschlissenen, aber bequemen Sessel. Ich empfand es als äußerst angenehm, sitzen zu können. Schließlich war ich die ganze Nacht auf den Beinen gewesen. Ich trank einen Schluck Kaffee. Er war unerwartet heiß, und ich erfuhr, dass es sich um Kochkaffee handelte. Er schmeckte erstaunlich gut. Nach einigen Schlucken nahm ich schließlich doch ein Stück von der Biskuitrolle, die Gunnar nach einem alten Rezept selbst gebacken hatte. Mit Preiselbeeren, wie er erklärte. Ich hörte nur mit halbem Ohr zu, während er eingehend und leidenschaftlich beschrieb, wie man eine Biskuitrolle backte, sich über die Beschaffenheit der Eier und des Zuckers ausließ, die Funktion des Backpulvers erläuterte, die Backdauer erwähnte und die Frage erörterte, warum es wichtig sei, den Teig mit dem Schneebesen gegen den Uhrzeigersinn zu rühren, damit er schön luftig wurde. Niemals im Uhrzeigersinn.

Immer gegen den Uhrzeigersinn. Ich nickte hin und wieder, um Interesse vorzuschützen. Jedenfalls mochte ich die Biskuitrolle und nahm mir noch ein weiteres Stück, als ganz plötzlich der Henkel meines Kaffeebechers abbrach und mir das Gefäß aus der Hand fiel. Der kochend heiße Kaffee ergoss sich über meinen Schoß und verbrühte mich dort, wo man sich am allerwenigsten verbrühen möchte. Der Schmerz setzte mit leichter Verzögerung ein. Es dauerte ein paar Sekunden, bis ich laut aufschrie und aus dem Sessel aufsprang.

Greta wischte den verschütteten Kaffee mit einem Lappen auf. Gunnar entschuldigte sich dafür, dass der Becher kaputtgegangen war. Ich ging rastlos auf dem knarrenden alten Holzfußboden auf und ab, während ich mit zusammengebissenen Zähnen stöhnte.

«Was haben Sie denn mit Ihrer Stirn gemacht?», fragte Greta.

«Stirn? Wieso?», fragte ich, während ich gedanklich mit meinem verbrühten Schritt beschäftigt war.

Die beiden Alten schauten mich mit großen Augen an. Sie wirkten geradezu ängstlich. Gunnar drehte meinen Oberkörper so, dass ich mich im Spiegel über der Kommode sehen konnte. Seitlich auf meiner Stirn etwas oberhalb der Schläfe befanden sich mehrere Rußflecken, die an kleine schmutzige Fingerabdrücke erinnerten. Ich zuckte mit den Achseln. Wenn man nach einem Unfall stundenlang im Wald herumirrt, gibt es Tausende von Situationen, bei denen man sich Rußflecken auf der Stirn holen kann. Ich begriff nicht, warum sie ihnen überhaupt Bedeutung beimaßen.

Die beiden wechselten beunruhigte Blicke, bevor sich Greta wieder an mich wandte. «Sie sind im Wald nicht zufällig einem kleinen Mädchen begegnet?»

«Doch», antwortete ich erstaunt. «Kurz nachdem ich aus dem Wald gekommen und die Schotterstraße ein Stück hinuntergegangen war. Wieso?»

«Hat das Mädchen Sie gebeten, sieben Blumen zu pflücken, die es in der Mittsommernacht unter sein Kopfkissen legen will?», fragte Gunnar.

«Ja», antwortete ich und zog den Stoff meiner nassen Hose leicht nach oben.

«Und haben Sie ihm geholfen?», fragte Greta.

«Nein, ich hatte keine Zeit dafür. Und keine Kraft. Und keine Lust.»

Greta rang angestrengt nach Luft. «Sie sind mit einem Todesfluch belegt!»

Dann erhob sie drohend ihren Zeigefinger gegen mich.

«Wie konnten Sie die Bitte nur ablehnen? Wenn ein kleines Mädchen einen um Hilfe bittet, dann hilft man ihm doch, begreifen Sie das nicht?»

«Das war das erste Unglück», brummte Gunnar unheilverkündend, während er seinen Blick auf den zerbrochenen Kaffeebecher richtete.

Langsam ging mir das rätselhafte Verhalten der beiden Alten auf die Nerven, und ich fragte sie, wovon sie eigentlich redeten.

«Das Kind ist eine Fee, die jedes Jahr in der Mittsommerzeit durch den Wald streift», erklärte Greta. «Wenn man ihr hilft, die Blumen zu pflücken, geschieht einem nichts. Aber wenn man ihr nicht hilft, wird man mit einem Todesfluch belegt und immer wieder von Unglück heimgesucht, bis man es nicht mehr aushält und sich schließlich das Leben nimmt. Nach dem Tod bleibt die Seele des Unglücklichen für immer und ewig in einer Perle an der Haarspange des Mädchens eingeschlossen.»

Ich nickte kurz und wischte mir dann mit dem Handrücken das «Todesmal» von der Stirn. «Also, haben Sie vielen Dank für den Kaffee. Könnten Sie mir vielleicht eine Landkarte ausleihen? Dann finde ich allein zu dieser Tankstelle.»

Ich hoffte, sie hörten an meinem Tonfall, dass ich langsam genug von ihrem Gefasel hatte. Doch Gunnar schüttelte nur den Kopf. «Sie können jetzt nicht einfach wegfahren. Wir müssen erst ein reinigendes Ritual mit Ihnen durchführen, damit Sie den Fluch wieder loswerden.»

Ich brauchte ungefähr zehn Minuten, um ihnen zu versichern, dass mit mir alles in Ordnung war. Dass ich nicht an übernatürliche Waldwesen glaubte und auch nicht daran, dass ich von einem Fluch heimgesucht worden war oder dass plötzlich irgendein Unglück über mich hereinbrechen würde. Schließlich gaben sie ihre Überzeugungsversuche auf, bestanden aber darauf, mich zur Tankstelle zu fahren. Ich willigte ein, obwohl ich den Verdacht hatte, dass Gunnar und Greta trotz ihrer wachen blauen Augen womöglich etwas verwirrt und leicht senil waren.

Wir fuhren mit dem Auto auf verschlungenen Schotterstraßen durch den, wie mir schien, unendlichen Urwald. Vermutlich hätte ich den Weg mit Hilfe der Karte nie allein gefunden. Greta fuhr vorsichtig, und ich spürte Gunnars prüfenden Blick von der Rückbank im Nacken. Er machte sich wahrscheinlich ernsthaft Sorgen, dass mich ein Unglück ereilen könnte, während wir zusammen im Auto saßen. Ich erzählte ihnen von dem Sofa, mit dem ich in der vergangenen Nacht zusammengestoßen war, und erklärte, dass es merkwürdige und nahezu unbegreifliche Dinge gab, die auch ganz ohne den Einfluss übernatürlicher Kräfte geschehen konnten. Dass beispielsweise der Henkel eines Kaffeebechers viel eher aufgrund eines Risses im Porzellan als durch die magische Einwirkung einer Waldfee abbrach. Greta ignorierte meine Ausführungen und meinte, dass vermutlich kosmische Kräfte am Werk gewesen seien und mir das Sofa in den Weg gestellt hätten, um mir eine Botschaft zu vermitteln. Ich nickte nur und beschloss, ihre lächerliche Theorie, dass der Kosmos eine Art allmächtiges Bewusstsein besaß und mit den Menschen kommunizierte, indem er ihnen Sofas in den Weg stellte, nicht weiter zu kommentieren.

In einer engen Kurve hielt Greta abrupt an. Als ich sie nach dem Grund fragte, deutete sie auf eine dicke Salzlinie, die quer über den Weg gestreut war. Gunnar stieg aus dem Wagen und holte ein Paket grobkörniges Salz aus dem Kofferraum. Sorgfältig füllte er die Linie an den Stellen wieder auf, wo die Reifen sie zerstört hatten. Dann richtete er in der Fahrspur einige Besteckteile auf, die platt gefahren worden waren, bevor er wieder einstieg und sich auf die Rückbank setzte.

«Wir schützen wie gesagt die Außenstehenden davor, dass Fabelwesen jeder Art aus dem Wald kommen und ihr Unwesen treiben», erklärte Gunnar und setzte sich auf der Rückbank zurecht. «Und zwar mit Hilfe von Salz, Silber und einer alten Beschwörungsformel mit altnordischen Runen. Es funktioniert wirklich gut.»

«Super» war alles, was mir dazu einfiel.

Allmählich lichtete sich der Urwald von Tiveden, und wir erreichten eine Teerstraße und näherten uns damit wieder der modernen Zivilisation. Die Tankstelle lag direkt an einer Autobahnausfahrt. Ich hatte keine Ahnung, wo wir uns gerade befanden, doch auf dem Gelände parkte neben einem Abschleppwagen wie versprochen mein alter Passat, und davor sah ich einen jungen Mann mit Kopfhörern stehen.

Ich erhielt einen Zettel mit Gretas und Gunnars Telefonnummer und dazu einen gefühlten halben Meter in Frischhaltefolie eingewickelte Biskuitrolle.

«Es ist wichtig, dass Sie auf der Heimreise in regelmäßigen Abständen ein Stück essen», erklärte Gunnar. «Die Biskuitrolle schützt Sie vor bösen Geistern und Flüchen. Sie bietet zwar keinen umfassenden Schutz, ist aber allemal besser als gar nichts. Trotzdem sind Sie nach wie vor mit einem Todesfluch belegt und werden weiterem Unglück ausgesetzt sein, also seien Sie vorsichtig.»

Ich beschloss, seine Aussage nicht weiter zu kommentieren, sondern nickte lediglich und behauptete, ich würde die beiden anrufen, falls ich das ganze Unglück nicht länger aushalten könne, das mir womöglich bevorstand. Zu meinem Erstaunen umarmte Greta mich herzlich, und die beiden wünschten mir viel Glück. Es war fast rührend, wie aufrichtig besorgt sie um mich waren. Aber auch nur fast. Wir verabschiedeten uns, und dann fuhren Gunnar und Greta wieder zurück in den unendlichen Urwald.

7

Die Biskuitrolle schmeckte an und für sich recht gut, aber ich wollte sie dennoch nicht mit mir herumschleppen. Deshalb warf ich sie an der Tankstelle in den nächsten Papierkorb. Dann wandte ich mich dem Mann zu, der neben dem Abschleppwagen stand. Laute Musik drang aus seinen riesigen Kopfhörern. Aber er machte sich nicht die Mühe, sie abzunehmen, während er mir erklärte, was an der Lenkung kaputtgegangen (und jetzt repariert worden) war, und mich fragte, wohin er die (verdammt hohe) Rechnung für das Abschleppen und die Reparatur schicken sollte. Ich nannte ihm meine Adresse. Nur zu gern hätte ich den hohen Preis hinterfragt, denn Ausgaben dieser Größenordnung konnte ich mir eigentlich nicht leisten, doch ich kannte mich leider mit Kfz-Reparaturkosten nicht gut genug aus, um vernünftig argumentieren zu können. Immerhin hatte ich mein Auto innerhalb eines halben Tages in fahrtüchtigem Zustand zurückbekommen. Vielleicht konnte ich die Rechnung ja an den Kosmos schicken, der mir das Sofa angeblich in den Weg gestellt hatte.

«Haben Sie auch den Sitz repariert?»

«Den Sitz?»

Ich öffnete die Fahrertür und zog leicht an der Rückenlehne.

«Er scheint sich gelockert zu haben. Keine Ahnung, ob es

schon vor dem Zusammenstoß so war, aber ich glaube nicht.»

«Am Telefon haben Sie das aber nicht erwähnt.»

«Ich dachte, Sie hätten gesagt, dass Sie alles reparieren würden, was kaputt ist.»

Der Mann prüfte die Stabilität des Fahrersitzes und zuckte mit den Achseln.

«Er ist wahrscheinlich einfach nur alt und abgenutzt. Wenn Sie wollen, kann ich den Wagen in die Werkstatt fahren und alles noch mal im Detail prüfen.»

In meinen Ohren klang das viel zu aufwendig und zeitraubend. Vor allem jedoch zu teuer.

«Nicht nötig. Ich werde mir sowieso bald ein neues Auto kaufen. Wahrscheinlich einen Audi. Oder einen BMW.»

Ich dankte ihm für seine Hilfe und betrat den Tankstellenshop. Allmählich musste ich auch mal etwas Herzhaftes essen. Ich stellte fest, dass die belegten Brote im Kühltresen trocken und alt aussahen, und griff mir eine Tüte mit ganz normalen gesalzenen Erdnüssen. Zwischen den Regalen schlich ein junger Mann mit fettigen Haaren umher. Er war blass und dünn und trug eine viel zu große Daunenjacke, was mir angesichts der warmen Jahreszeit merkwürdig vorkam. Ein typischer Ladendieb, dachte ich und beschloss, ein Auge auf ihn zu haben. Doch in dem Moment tauchte in meinem Augenwinkel etwas auf, das meinen Blick nach draußen lenkte.

Durchs Fenster sah ich einen enorm protzigen Tourneebus, der gerade auf die Tankstelle einbog. Er sah blank gewienert aus, glänzte in Lila und Silber, und auf der Längsseite prangte in großen Lettern ein schrilles Logo:

Verdammt. Meine Schultern sanken herab. Schweden ist von der Fläche her eines der größten Länder Europas, obwohl es weniger als zehn Millionen Einwohner hat. Mit anderen Worten, es ist extrem dünn besiedelt. Wieder einmal typisch, dass die Personen, die ich momentan am wenigsten treffen wollte, ausgerechnet diese Route gewählt hatten, um von der Arena in Lidköping nach Stockholm zu fahren. Noch dazu schienen sie beschlossen zu haben, ausgerechnet an dieser Tankstelle anzuhalten. Ich war ungewaschen, trug einen zerknitterten schmutzigen Anzug und hatte zudem einen Kaffeefleck im Schritt meiner Anzughose und eine zerbeulte alte Rostlaube als Auto. Allein der Gedanke war kaum zu ertragen, Sebastian mit seinem solariumgebräunten Gesicht und dem vor Erfolg strotzenden Blick gegenüberzustehen. Ebenso wenig würde ich es ertragen können, wie Charlotta zwischen Sebastian und mir hin- und herblickte, um letztlich mit zufriedener Miene festzustellen, dass sie sich für den richtigen der beiden Zauberer entschieden hatte. Vielleicht würden die beiden mich auch gar nicht wiedererkennen, aber ich wollte lieber kein Risiko eingehen. Der Tankstellenshop hatte zwei Ausgänge, und ich eilte auf den zu, der zu einer Waschanlage auf der Rückseite führte.

«Hallo, wollen Sie nicht zahlen?»

Ich stellte fest, dass ich die Tüte mit den Erdnüssen noch in der Hand hielt, drehte mich um und nickte der jungen Frau an der Kasse entschuldigend zu. Sie war höchstens zwanzig und trug einen langen blonden Pferdeschwanz.

«Sorry, ich hab vergessen, dass ich sie noch in der Hand hatte», erklärte ich und ging zurück in den Laden.

«Kommen Sie bitte mit ins Büro», forderte sie mich auf und deutete auf eine Tür hinter sich.

Ich warf einen Blick nach draußen, wo der Tourneebus an der Tanksäule stand. Es war zwar durchaus möglich, dass Sebastian und Charlotta längst viel zu erfolgreich waren, um an einem Ort wie diesem aus ihrem Bus zu steigen, doch ich wollte es lieber nicht drauf ankommen lassen.

Ich machte eine beschwichtigende Handbewegung und lächelte das Mädel entwaffnend an.

«Ich habe zwar vergessen zu bezahlen, aber ich war gerade mal zwei Schritte von Ihrem Shop entfernt, da müssen Sie doch nicht gleich landesweiten Alarm auslösen. Nach maximal fünf Sekunden gesetzeswidrigen Verhaltens stehe ich doch jetzt hier.»

Doch die Verkäuferin lächelte nicht zurück. Vielleicht war sie noch zu jung, um schon einen Sinn für Humor entwickelt zu haben.

«Wir tolerieren hier keine Ladendiebstähle. Kommen Sie bitte mit ins Büro.»

«Und ich toleriere keine Blödheit. Es war doch nur ein Versehen. Schauen Sie, ich lege die Erdnüsse schon wieder ins Regal zurück.»

Was ich auch mit einer übertriebenen Geste tat.

«Ich mag Ihren Ton nicht», sagte das Mädel.

«Ich Ihren auch nicht», konterte ich.

So ging es eine Weile hin und her. Je länger wir diskutierten, desto weniger mochte ich ihren Ton. Wahrscheinlich dachte sie dasselbe über mich. Doch ich hatte keine Lust, noch länger meine Zeit zu verschwenden, und hielt beide Hände abwehrend in die Luft, um ihr zu signalisieren, dass die Diskussion beendet war. Dann ging ich eilig durch die Hintertür hinaus und auf meinen Wagen zu. Ich kauerte mich für ein paar Minuten in den Fahrersitz, bis Sebastians und Charlottas protziger Tourneebus majestätisch von der Tankstelle in Richtung Autobahn rollte. Es gab keinerlei Anhaltspunkte dafür, dass sie überhaupt ausgestiegen waren und etwas gekauft hatten.

Jedenfalls war die Luft wieder rein. Es war Zeit, aufzubrechen. Als plötzlich die Beifahrertür aufgerissen wurde, zuckte ich erschrocken zusammen. Der junge Mann mit der viel zu großen Daunenjacke, den ich im Shop gesehen hatte, sprang ins Auto und setzte sich neben mich.

«Fahr, fahr, *fahr*!»

Aus seiner vollgestopften Jacke fielen diverse belegte Brote, Tüten mit Süßigkeiten und einige Duftbäumchen. Ich wollte gerade protestieren, als die Heckscheibe meines Wagens eingeschlagen wurde. Es klang so, als hätte jemand mehrere gefüllte Eierkartons zertreten. Im Rückspiegel entdeckte ich die junge Frau aus dem Tankstellenshop. Bewaffnet mit einem Baseballschläger, kam sie geradewegs auf die Fahrertür zu. Und sie sah alles andere als fröhlich aus.

8

Als ich dreizehn Jahre alt war, nahmen meine Eltern mich mit auf eine einwöchige Reise nach London. Allerdings fühlte ich mich gar nicht wohl dort. Überall waren zu viele Leute. Und zu viele Eindrücke für mich. Lange Schlangen vor Museen und Sehenswürdigkeiten. An jedem Zebrastreifen Horden von lärmenden Touristen aus aller Welt. Ich hätte es vorgezogen, im Hotelzimmer zu bleiben und in Ruhe zu lesen, doch als meine Eltern mich nach dem Grund fragten, wollte ich nicht zugeben, dass mir die vielen Leute und die große Stadt ein bisschen unheimlich waren. Stattdessen zuckte ich nur die Achseln und kam doch mit nach draußen.

«Wenn du uns nicht erzählst, was du willst, wie sollen wir es dann wissen?», sagten meine Eltern immer zu mir.

Vielleicht weiß man manchmal nicht, was man will, und vielleicht will man auch nicht zu viel von sich selbst preisgeben, indem man sagt, was man fühlt und denkt. Ich hatte oft den Eindruck, dass mein Vater und meine Mutter sich nicht besonders für mich interessierten und das Elterndasein eigentlich nicht ihr Ding war. Zu Hause hatten wir einen Haufen Fotoalben mit Bildern von ihren Reisen durch ganz Europa, die sie gemacht hatten, bevor es mich gab. Kopenhagen, Hamburg, Amsterdam, Brüssel und viele andere Städte. Auf allen Bildern wirkten sie glücklich.

Wenn meine Eltern mich baten, «zu erzählen, was ich

wollte», fühlte ich mich an die Wand gedrängt. Mich beschlich das Gefühl, als erwarteten sie etwas ganz besonders Schlaues und Bedeutungsvolles von mir, damit sich das Kinderkriegen für sie gelohnt hatte. Manchmal wusste ich wie gesagt nicht genau, was ich wollte, weshalb es oft am einfachsten war, mit den Schultern zu zucken und zu tun, was sie mir sagten.

In London aß ich mein allerersten Tandoori Chicken (und bin seither ein großer Fan der indischen Küche), und ich besuchte Madame Tussauds Wachsfigurenkabinett (wo ich mich schnell langweilte). Außerdem gingen meine Eltern und ich ins Kaufhaus Harrods, das zu dieser Zeit etwas Besonderes war. Vielleicht ist es das auch heute noch, zumindest war es wesentlich größer als das Einkaufszentrum in Skärholmen.

In der Spielzeugabteilung entdeckte ich einen Zauberkasten. Auf dem Deckel war ein Magier in einem schwarzen Mantel und mit der zeittypischen Vokuhila-Frisur abgebildet. Vor ihm schwebte seine leichtbekleidete Assistentin in der Luft. Die dramatische Geste des Zauberers sollte wohl veranschaulichen, wie er sie in Trance versetzt und auf diese Weise zum Levitieren gebracht hatte. Der Kasten enthielt Requisiten und Anleitungen für zwanzig einfache, aber todsicher funktionierende Tricks. Ein paar Münztricks, Kartentricks, Seiltricks, Taschentuchtricks und so weiter. Natürlich gab es auch in Schweden Zauberkästen, aber ich war in einem Alter, in dem es nicht mehr cool war, in Spielzeugläden zu gehen. Diesen Zauberkasten hingegen wollte ich unbedingt haben. Ich weiß nicht, warum, vielleicht war es die Abbildung auf dem Deckel, die in meinem Unterbewusstsein den Traum wachrief, leichtbekleidete Damen durch dramatische Gesten in Trance zu versetzen.

Ehe wir nach Hause zurückflogen, ging ich jedenfalls noch einmal zu Harrods und kaufte den Kasten von meinem Taschengeld.

Ich wuchs in Mälarhöjden südlich von Stockholm auf, in einem kleinen Einfamilienhaus, das im Schatten eines größeren Hauses lag, von dem aus man auf ein noch größeres Haus blickte, von wo aus man einen herrlichen Blick auf den Mälarsee hatte. Es war ein ruhiges Wohngebiet, in dem ausschließlich Erwachsene und Rentner lebten. Es gab keine Gleichaltrigen, mit denen ich mich hätte anfreunden können, aber ich war sowieso am liebsten allein und fühlte mich deshalb niemals einsam.

In unserem Haus gab es genügend Bücher. Ziemlich wenig Belletristik, fast nur Sachbücher. Ich verbrachte meine Freizeit überwiegend damit, in meinem Zimmer zu liegen und zu lesen. Ich las Bücher über den Zweiten Weltkrieg, den industriellen Fischfang, große Komponisten, den Aufstieg und Fall des Osmanischen Reichs, Astronomie, die Pest und das europäische Mittelalter, berühmte Kathedralen, die Geschichte der Landwirtschaft, den Bau des Panamakanals und vieles mehr.

Mein Vater war Architekt und meine Mutter leitende Angestellte bei einer Hotelkette. Unsere nächsten Nachbarn waren alt und wortkarg, aber höflich. Ein paar Häuser weiter wohnte ein Schäferhund, der höchstens einmal in der Woche bellte, aber abgesehen davon war Mälarhöjden ein Hort der Geborgenheit für ein Kind.

Der nächste Vorort ist Bredäng. Dort besuchte ich die Schule ab der siebten Klasse. In Bredäng ging es ein bisschen rauer zu, weshalb ich eine Strategie entwickelt hatte, um die Schultage möglichst unbeschadet zu überstehen. Während der Pausen lungerte ich nie draußen herum. Ich kam so spät wie möglich in die Schule und harrte am Ende des Unterrichts dort aus, bis alle anderen Schüler gegangen waren. Neben dem Büro des Rektors gab es einen Aufenthaltsraum, wo ich allein herumsaß und die Nase in ein dickes Buch steckte. Auf diese Weise konnte eine ganze Woche vergehen, ohne dass ich ein Wort mit jemandem wechseln musste.

In der Schulkantine war es schwieriger, ungestört zu bleiben. Dort lernte ich auch Sebastian kennen. Er spielte Schlagzeug in einer Band und hatte damit bei den beliebten Schülern einen Fuß in der Tür. Sebastian war einen Kopf kleiner als ich, hatte langes, dünnes Haar, das schon im Jugendalter lichter wurde, und einen kräftigen Körperbau. Wir gingen in dieselbe Klasse, hatten uns bis zu jenem Tag jedoch nicht einmal gegrüßt. Ich hatte von meinen Eltern zu Weihnachten eine Uhr mit Minitaschenrechner von Casio bekommen. Damals war so etwas wohl ziemlich teuer und fortschrittlich. Sebastian stand hinter mir in der Schlange zur Essensausgabe, und als ich mich nach einem Teller streckte, sah er die Uhr an meinem Handgelenk.

«Hat die einen Minirechner?»

Ich nickte und schaufelte mir Gulasch auf den Teller.

«Darf ich sie mir für die Mathearbeit nachher ausleihen?»

Ich machte eine schnelle Risikoanalyse. Wenn ich seine Bitte ablehnte, würde er vielleicht mit Wut und Gewalt reagieren. Wenn ich mit Ja antwortete, war die Chance, meine Uhr jemals wiederzusehen, ziemlich gering. Beide Alternativen waren beunruhigend.

«Oder willst du sie selbst benutzen?»

«Nein», antwortete ich mit einer Stimme, die rau und jämmerlich zugleich klang, weil ich seit dem Frühstück keinen Ton gesagt hatte.

Ich räusperte mich ein paar Mal und wunderte mich, warum ich die Vorlage nicht genutzt und behauptet hatte, ich bräuchte die Uhr tatsächlich selbst, um bei der Mathearbeit zu schummeln.

«Du bekommst sie nach der Schule zurück.»

Das bezweifelte ich stark, nahm die Uhr aber dennoch ab und gab sie ihm.

Nach der letzten Stunde liefen wir uns in einem Kiosk neben der U-Bahn in die Arme. Es hätte mich nicht gewundert, wenn er gesagt hätte, die Uhr sei kaputtgegangen, «verschwunden» oder etwas in der Richtung. Sebastian stellte sich gerade mit größter Sorgfalt eine Naschtüte zusammen. Der Alte im Kiosk seufzte, als er mit seiner Zange die einzelnen Süßigkeiten herausangeln, aneinandergeklebte Fruchtgummifrösche trennen und Kaubonbons aus Lakritze zusammenkneifen musste, um zu prüfen, dass sie nicht trocken und hart waren. Sebastian ignorierte die müden Blicke des Alten und nahm sich viel Zeit, um seine kleine Tüte zu komponieren.

Hinter ihm bildete sich eine Schlange aus ungeduldigen Kunden, aber das kümmerte ihn nicht. Er hatte offenbar keinerlei Bedenken, den ganzen Laden mit seiner Bestellung aufzuhalten. Als er endlich seine Tüte bekam und bezahlte, drehte er sich zu mir um und gab mir die Uhr. Ich betrachtete das Zifferblatt und die Tasten. Die Uhr sah tatsächlich unversehrt aus.

«Danke fürs Leihen.»

Mit diesen Worten drückte er mir die Naschtüte in die Hand. Ich muss irrsinnig erstaunt ausgesehen haben, wie ich dastand, die Uhr in der einen Hand, die Naschtüte in der anderen.

Sebastian war keine große Leuchte in der Schule, nicht

mal im Vergleich zu den anderen Idioten in Bredäng, und er erklärte mir lang und breit, wie dankbar er sei, dass ich ihm indirekt bei der Mathearbeit geholfen hatte. Irgendetwas an der Art, wie er seine Gefühle zeigte, gefiel mir. Bei mir zu Hause zeigte ja niemand, was er fühlte und dachte, am allerwenigsten ich selbst.

«Du darfst sie dir gern wieder ausleihen, falls du sie noch mal brauchst», presste ich hervor und angelte mir ein saftiges Lakritzbonbon, das genau die richtige Zähigkeit hatte, aus der Tüte.

Und so kam es, dass Sebastian und ich Freunde wurden. Es ging sehr schnell, aber vielleicht ist das ja immer so, wenn man sich anfreundet. Ich hatte keinen Vergleich, weil er mein erster Freund war.

Die darauffolgenden Wochen mit meinem ersten Freund waren so, als wäre ich in einen Wirbelwind von neuen Eindrücken geraten. Langsam, aber sicher lockerte ich meine eingeübten Rituale, ich hörte auf, mich ständig zurückzuhalten, und ließ mich von Sebastian mitreißen.

Zu Beginn der achtziger Jahre schafften sich viele Leute einen Videorekorder an, und während einer kurzen Phase überschwemmten Leihfilme aus den finstersten Ecken der Welt den schwedischen Markt. Die Medien gaben sich entsetzt über die sogenannten Gewaltvideos, und meine Eltern nahmen die Schreckenspropaganda natürlich für bare Münze. Sie prüften strengstens, was in den Videorekorder geschoben wurde, und kurz darauf gab es auch eine staatliche Kontrolle. Zu dieser Zeit erinnerte Schweden ein klein wenig an Nordkorea, denn der Staat reglementierte, was die Leute in ihrer Freizeit zu tun und zu lassen hatten.

Zu Hause bei Sebastian gab es überhaupt keine Regeln. Noch vor dem totalen Verbot von Gewaltvideos war es Sebastian gelungen, eine ansehnliche Menge an Horrorfilmen zu sammeln. Wir verbrachten Mittagspausen, Abende und ganze Wochenenden damit, Videos zu schauen. Seinem Vater war es total egal, was Sebastian machte, und seine Mutter war nie da, weil sie vollauf damit beschäftigt war, sich im Zentrum von Stockholm mit Drogen vollzudröhnen.

Bei mir zu Hause wurde Wert auf gesunde Ernährung gelegt. Vollkornbrot, Müsli und Vollwertkost gemäß der Lebensmittelpyramide, die Fett und Zucker nur in moderaten Mengen empfahl. Bei Sebastian hingegen durfte man zum Abendessen Chips essen und Cola trinken. Manchmal übernachtete ich am Wochenende bei ihm. Es war ein phantastisches Freiheitsgefühl, auch wenn die Wohnung, in der er lebte, dreckig und verkommen war.

Wenn Sebastians Vater betrunken war, kam er manchmal auf die Idee, Zigaretten auf seinem Sohn auszudrücken. Dann durfte Sebastian bei mir übernachten. Meine Eltern waren damit einverstanden. Vielleicht fanden sie es gut, dass ich endlich jemanden gefunden hatte, mit dem ich Zeit verbrachte. Mein Interesse für dicke Sachbücher teilte Sebastian nicht unbedingt, also lagen wir meistens in meinem Zimmer herum und redeten. Über das Leben, über alle Mädchen, bei denen wir nie eine Chance haben würden, und was wir einmal werden wollten, wenn wir groß waren. Ob Sebastian versuchen sollte, ein richtig guter Schlagzeuger zu werden, oder lieber Bodenleger wie sein Vater.

Wir waren vielleicht vierzehn oder fünfzehn, als ich an einem Abend, an dem uns die Gesprächsthemen ausgingen, den Zauberkasten aus London hervorholte. Ich weiß noch, dass mir das ein bisschen kindisch vorkam oder zumindest nicht so cool, wie italienische Kannibalenfilme zu sehen und zuckrige Cornflakes direkt aus der Packung zu essen. Jedenfalls führte ich einen der wenigen Tricks vor, die ich mir in der kurzen Zeit, in der ich mich für den Koffer interessierte, beigebracht hatte. Zu meiner großen Verwunderung war Sebastian zutiefst beeindruckt. Ich erinnere mich noch gut daran, wie er den Zauberkasten mit großen Augen öffnete, als wäre er eine Schatzkiste. Und wie er sich wunderte, dass ich eine so coole Sache bei mir zu Hause hatte und sie einfach im Bücherregal verstauben ließ.

Ich glaube, ich zuckte nur mit den Achseln und sagte etwas wie: «Ach, den habe ich zufällig entdeckt, als wir in London waren.» Sebastian war noch nie im Ausland gewesen, und als er erfuhr, dass der Kasten aus England stammte, machte das die Sache in seinen Augen nur noch cooler. Ich bot ihm an, ihn sich auszuleihen, wenn er wolle. Er wollte nicht. Er hatte Angst, der Kasten könnte kaputtgehen, wenn er ihn mit zu sich nach Hause ins Chaos nahm. Stattdessen schlug er vor, wir sollten mit dem Zaubern anfangen. Und zwar gemeinsam.

9

Fahr, fahr, *fahr!*», wiederholte der junge Typ mit der Daunenjacke.

Das mit dem Baseballschläger bewaffnete Mädel aus dem Tankstellenshop streckte eine Hand nach dem Griff der Fahrertür aus. Rein instinktiv trat ich das Gaspedal durch, raste vom Tankstellengelände und fuhr grob fahrlässig auf einen Kreisverkehr, wo wir um Haaresbreite von einem laut hupenden Sattelschlepper zermalmt worden wären.

«Hier rechts! Und dann links!»

«Verdammte Scheiße!», fluchte ich und warf einen Blick auf meine kaputte Heckscheibe.

«Hier rechts», wiederholte der Typ.

Ich bog in eine Straße vor der Autobahnauffahrt ein.

«Und hier links auf die Schotterstraße.»

Ich ging vom Gas.

«Jetzt halte ich an, und dann verlässt du verflucht noch mal meinen Wagen.»

Der Typ schüttelte den Kopf und begann im Ärmel seiner Jacke nach etwas zu suchen.

«Ich hab ein Messer. Du tust genau, was ich dir sage. Fahr schon.»

Aus seinem Ärmel fielen noch diverse Fruchtgummipäckchen und eine kleine Tafel Schokolade, bevor er ein Küchenmesser herauszog. Er richtete die Spitze auf mich.

Doch als ihm das Handy aus der Jackentasche glitt und zwischen die Vordersitze rutschte, hatte er plötzlich andere Sorgen. Mein Kidnapper machte zwar nicht gerade einen angsteinflößenden Eindruck, doch ein Messer ist immer noch ein Messer. Der Typ suchte zwischen dem Diebesgut, das ihm aus der Jacke gefallen war, noch immer nach seinem Handy. Seufzend und fluchend fuhr ich auf der kurvigen Schotterstraße in den Wald hinein.

«Hab meine Autoschlüssel wohl an der Tankstelle verloren», erklärte er. «Ich lass dich frei, wenn wir da sind. Brauchst echt keine Angst zu haben. Ich heiß übrigens Jorma und bin nicht gefährlich.»

Inzwischen hatte er das Messer wieder sinken lassen. Ich hätte ihm meinen Ellenbogen ins Gesicht rammen können, wenn ich die entsprechende Technik beherrscht hätte, doch ich entschied mich dafür, ihn stattdessen zur Rede zu stellen.

«Ich hab keine Angst, aber jetzt glaubt das Mädel von der Tankstelle, dass wir beide unter einer Decke stecken.»

«Unter einer Decke?»

«Ja, dass wir zusammengehören.»

«Wie ein Liebespaar, oder was?»

Ich verdrehte die Augen.

«Natürlich nicht. Dass wir zusammenarbeiten und ich mit den Erdnüssen ein Ablenkungsmanöver gestartet habe, damit du den Laden leer räumen konntest.»

«Aber ich hab doch eine Erdnussallergie», erwiderte Jorma verständnislos.

Er lotste mich auf eine weitere Schotterstraße, die ich von selbst gar nicht gesehen hätte, weil zwei verrostete Autowracks direkt vor der Abzweigung standen. Kies und kleine Steine schlugen gegen den Unterboden. Schließlich erreichten wir mitten im Wald eine überwucherte Lichtung, auf der ein stillgelegter Minigolfplatz lag. Ich hielt neben einem nachlässig aufgestellten Zweimannzelt an.

«Danke fürs Mitnehmen», sagte Jorma und stieg aus.

Er leerte den Inhalt seiner Jacke auf den Boden neben dem Zelt. Ich musterte ihn vom Auto aus. Der Typ war hager, und seine dichte Wuschelfrisur wirkte im Verhältnis zu seinem kleinen Kopf merkwürdig unproportioniert. Er sah wirklich völlig harmlos aus.

Als ich in den Rückspiegel schaute, blieb mein Blick an meinem Spiegelbild hängen. Ich hatte schon wieder zwei Rußflecken auf der Stirn. Sie erinnerten an kleine schmutzige Fingerabdrücke. Einen Augenblick lang musste ich daran zurückdenken, was Gunnar und Greta vorhin von sich gegeben hatten. So wirres Zeug, dass es schon fast komisch war. Ich wischte die Flecken weg, stieg aus dem Wagen und beobachtete, wie Jorma versuchte, die schlaff herunterhängenden Zeltbahnen wieder zu straffen, indem er an einer Leine zog. Es funktionierte nicht besonders gut.

«Jorma war dein Name, oder?»

Er nickte und griff sich eine Tafel Schokolade.

«Wie alt bist du?»

«Einundzwanzig.»

«Dann gehst du also nicht mehr zur Schule? Und hast einen Job?»

«Wieso?»

«Ich möchte, dass du mir die Heckscheibe bezahlst.»

«Aber ich habe sie doch gar nicht eingeschlagen.»

Ich brauchte volle fünf Minuten, um ihm zu erklären, dass das Mädel die Scheibe gar nicht erst eingeschlagen hätte, wenn er nicht in meinen Wagen gesprungen wäre, doch er konnte oder wollte den Zusammenhang nicht erkennen.

«Hör zu, Jorma. Ich habe letzte Nacht kein Auge zugemacht. Wir müssen diese Sache klären, sonst werde ich noch wahnsinnig.»

«Das mit der Scheibe und dass ich dich mit dem Messer bedroht habe, tut mir echt leid. Das war nicht gerade die feine Art. Aber ich bin im Moment einfach nicht flüssig. Ich nehme nämlich gerade an einer Quest teil.»

«An einer Quest?»

«Ja, das ist eine Art Abenteuerspiel, bei dem man bestimmte Dinge finden muss. Du weißt schon, wie bei einem Rollenspiel, wo man loszieht und sich auf die Suche nach einem bestimmten Gegenstand macht. Man ist beispielsweise ein Ritter, ein Magier oder ein Zwerg, der gut mit der Axt umgehen kann, oder man ist ein Heiler, der anderen hilft, wenn sie sich verletzt haben, oder ...»

«Ich weiß, was das Wort Quest bedeutet. Dadurch lösen wir aber nicht das Problem mit meiner Heckscheibe.»

«Es ist nur leider so, dass mein Wagen noch an der Tankstelle steht und dass der Tank fast leer ist. Ich muss mein restliches Geld fürs Benzin aufheben, sonst misslingt die Quest, und ich kann meiner Freundin nicht die magischen Steine bringen, die ich ihr versprochen habe.»

Ich schaute ihn mit müden Augen an. Doch Jorma nahm es als Aufforderung, um eine viel zu lange und ausführliche Erklärung hinterherzuschicken.

«Wir haben uns an Mittsommer kennengelernt, als wir achtzehn waren, und sie kennt sich bestens aus mit magischen Kristallen, Steinen, Mineralien und so. Deshalb habe ich an einer Liebesquest teilgenommen, um für unseren Jahrestag ein paar schöne Steine zu finden, die ich ihr schenken kann. Außerdem haben wir einander versprochen, den anderen nicht andauernd anzurufen. Als die Leute früher auf eine

Quest gegangen sind, gab es ja noch keine Handys und keine Computerspiele mit Fantasywelten. Und wenn ich gefunden habe, was ich suche, werde ich überraschend vor ihrer Tür stehen, was natürlich viel romantischer ist, wenn wir vorher nicht ständig telefonieren. Ich hab zwar bisher noch keine Steine gefunden, aber im Nationalpark soll es von Hexenquarzen und Trollaugen nur so wimmeln.»

Obwohl ich nicht das geringste Interesse an alldem hatte, was Jorma mir erzählte, konnte ich mir ein paar sarkastische Folgefragen nicht verkneifen.

«Aha, das klingt ja superspannend. Und wozu benutzt man magische Steine? Welche geheimnisvollen Kräfte haben sie denn? Kann man mit ihnen auch eine kaputte Heckscheibe reparieren?»

«Es kommt drauf an. Aus Trollaugen kann man ein Schmuckstück herstellen, das gegen Stress hilft, und wenn man schlecht schläft, legt man sich ein Stück Hexenquarz auf den Nachttisch. Ich wusste auch nichts darüber, bis ich mit meiner Freundin unter einer Decke steckte. Sie hat sich schon immer für magische Dinge interessiert, und zwar nicht nur im Spiel, sondern auch im realen Leben.»

«Du benutzt den Begriff ‹unter einer Decke stecken› im falschen Zusammenhang, aber egal. Glaubst du allen Ernstes, dass man besser einschlafen kann, wenn man sich einen Stein auf den Nachttisch legt?»

Jorma nickte mit kindlicher Aufrichtigkeit und biss ein paar Stücke von seiner Schokolade ab. Er wirkte trotz der Sommerwärme und seiner Daunenjacke ausgehungert und verfroren. Irgendetwas an der Art, wie er redete, weckte in mir die Frage, ob er womöglich nicht ganz richtig im Kopf oder nur ziemlich unreif war.

«Du glaubst also nicht an magische Steine und Kristalle?», fragte Jorma mit vollem Mund. «Da bist du aber ganz schön retro. Meine Freundin sagt immer, wir müssen endlich aus dem Hamsterrad der Industrie aussteigen. Wenn wir eine Zukunft haben wollen, müssen wir frei werden, unsere Sinne öffnen und uns wieder auf die Natur und ihre Geheimnisse besinnen.»

«In eurer Vorstellung von einer idealen Gesellschaft besinnt sich die Menschheit also auf die Natur zurück, während man hin und wieder in einen Tankstellenshop spaziert und Süßigkeiten klaut? Wenn alle im Wald herumlaufen und nach magischen Steinen suchen, wer soll sich dann um die Herstellung und Vermarktung der Lebensmittel kümmern, die du dir gerade in den Mund stopfst?»

Jorma zuckte mit den Achseln und wickelte ein eingetrocknetes Käsebrötchen aus der Frischhaltefolie.

«Im Übrigen glaube ich nicht, dass wir hier im Nationalpark Tiveden sind», erklärte ich. «Wir befinden uns eher in der Nähe des Vätternsees. Tiveden liegt hinter der Tankstelle auf der anderen Seite der Hauptstraße. Da bin ich mir ziemlich sicher.»

«Ich hab bisher auch noch keinen einzigen Stein gefunden, du kannst also durchaus recht haben. Danke für den Tipp, echt nett von dir. Kann ich deine Nummer bekommen? Dann melde ich mich nächste Woche, wenn ich von der Quest zurück bin. Ich verspreche dir auch, deine Heckscheibe zu bezahlen.»

Ich ging davon aus, dass ich nie wieder von Jorma hören würde, aber ich hatte keine Lust auf endlose Diskussionen und wollte endlich von hier wegkommen. Da ich keine der wenigen Visitenkarten vergeuden wollte, die ich noch im Handschuhfach liegen hatte, schrieb ich meine Telefonnummer auf eine Quittung, die ich ihm reichte, bevor ich mich wieder hinters Steuer setzte und durch den Wald bis zur Hauptstraße fuhr.

Später sollte ich es bereuen, Jorma den Weg zum Nationalpark Tiveden gezeigt zu haben.

10

Schließlich war ich wieder am Kreisverkehr angelangt. In ausreichender Entfernung zur Tankstelle lag eine Raststätte. Es war früher Nachmittag, und ich haderte ein wenig mit mir, ob ich meine Heimreise sofort oder erst später antreten sollte. Nur ich und die Straße bis zum fernen Horizont.

Von der kaputten Heckscheibe her dröhnte und rauschte es. Ein Geräusch, das mich hoffentlich wach hielt, denn ich war so müde, dass ich wahrscheinlich sofort einnicken würde, wenn ich auch nur für einen Moment die Augen schloss. Allerdings war der Krach verdammt irritierend.

Ich beschloss, erst einmal etwas zu essen und mich für eine halbe Stunde hinzusetzen und auszuruhen. Außerdem musste ich zur Toilette.

Die Raststätte sah aus wie jede andere. Im Gastraum roch es nach Allzweckreiniger und Bratfett. Es waren noch genügend Plätze frei, und außer einer lauten Familie mit Kindern war es relativ ruhig, was mir gut zupasskam. Ich ging an der Kasse vorbei in Richtung Toiletten. Ein kräftig gebauter Mann um die fünfzig mit einer zu kleinen Schürze vor dem Bauch hielt mich auf.

«Toilettenbenutzung nur für Restaurantgäste.»

«Ich hatte ja vor, etwas zu essen. Muss nur kurz hier rein», erklärte ich und deutete mit dem Kopf in Richtung der Toiletten.

«Nur für Restaurantgäste. Sie müssen erst bestellen.»

Ich gab auf, ging zurück zur Kasse und warf einen Blick auf eine kleine erleuchtete Tafel, auf der diverse anspruchslose Gerichte aufgelistet waren.

«Ein Schnitzel, bitte. Aber ich hätte gern Kartoffelecken anstatt Bratkartoffeln.»

Der kräftige Mann trocknete sich die Hände an seiner zu kleinen Schürze ab und tippte die Bestellung in seine Kasse ein.

«Zum Schnitzel gibt es Bratkartoffeln.»

«Ja, das habe ich auf der Speisekarte gesehen, aber ich hätte gern Kartoffelecken.»

«Sie wollen also kein Schnitzel?»

«Doch, ich möchte ein Schnitzel, aber mit Kartoffelecken.»

Gerade waren neue Gäste ins Lokal gekommen, und hinter mir bildete sich eine Schlange. Sie seufzten hörbar, doch ich fand nicht, dass ich mich dafür schämen müsste, eine Bestellung nach meinen Wünschen aufzugeben.

«Zum Schnitzel gibt es Bratkartoffeln», wiederholte der Mann.

«Das sagten Sie bereits, aber Sie haben ja wohl nicht nur eine Kartoffelvariante, oder? Könnte ich dann vielleicht Pommes frites bekommen?»

«Bratkartoffeln.»

«Kroketten?»

«Bratkartoffeln.»

«Rösti?»

«Bratkartoffeln.»

«Salzkartoffeln?»

«Bratkartoffeln.»

«Dann nehme ich einen Schinken-Käse-Salat, nur ohne

Schinken und mit Schafskäse anstelle von Kuhmilchkäse.»

«Die sind schon fertig abgepackt», erklärte der Mann und deutete auf mehrere Salatboxen in der Kühltheke neben der Kasse.

Ich zahlte, bedachte ihn mit einem bösen Blick und ging eilig zu den Toiletten. Allmählich wurde es dringend. Die Tür der Kabine klemmte beim Öffnen und beim Schließen. Ich verlor kostbare Sekunden, als ich an dem klemmenden Schloss herumhantierte, und als ich endlich in der Kabine stand und mich umdrehte, sah ich einen Jungen von ungefähr sieben Jahren auf der Toilette sitzen. Er hatte einen Zeichenblock auf dem Schoß liegen und malte mit schwarzem Filzstift darauf herum.

«Oh, Verzeihung», rief ich überrascht aus und wandte mich wieder zum Gehen.

Doch plötzlich verriegelte sich das Schloss, und ich konnte die Tür nicht mehr öffnen. Ich drückte mehrfach die Klinke hinunter und stieß ein paar Mal mit der Schulter gegen das Türblatt, doch sie war und blieb verschlossen. Zum Glück hatte der Junge keine Angst bekommen, als ich hereingestürmt war. Er malte einfach weiter, während er sein Bedürfnis verrichtete, und ich kehrte ihm den Rücken zu und erklärte, dass das Türschloss klemmte. Schließlich hämmerte ich von innen gegen die Tür und rief um Hilfe. Mein Blick fiel auf den Spiegel über dem Waschbecken. Ich sah ziemlich mitgenommen aus.

«Johan! Bist du bald fertig?», rief eine Frau von der anderen Seite der Tür.

«Das Türschloss klemmt. Ich bin hier drinnen, zusammen mit einem alten Mann», rief Johan zurück.

Seine Mutter begann am Türgriff zu rütteln. Es gefiel mir

nicht, als alter Mann bezeichnet zu werden, schon gar nicht unter diesen Umständen. Mit den Lippen am Türspalt versicherte ich ihr, dummerweise nicht gesehen zu haben, dass die Toilette besetzt war. Jetzt lasse sich das Schloss nicht mehr öffnen. Johans Mutter klang besorgt. Johan spülte und stellte sich neben mich, um sich die Hände zu waschen. Ich wollte ihn gerade bitten, seiner Mutter zu erklären, dass mit ihm alles in Ordnung sei, als die Toilettentür von außen geöffnet wurde.

«Was ist denn hier los?», fragte der kräftige Mann mit der zu kleinen Schürze.

«Das Türschloss hat geklemmt», erklärte ich.

Johan ging hinaus zu seiner besorgten Mutter. Der Mann betätigte mehrfach das Schloss. Doch plötzlich schien der Schließmechanismus einwandfrei zu funktionieren. Ich schüttelte verwirrt den Kopf.

«Also, das ist ja merkwürdig, aber ... als ich aufschließen wollte, hat es nicht funktioniert.»

Johans Mutter und der Wirt musterten mich skeptisch. Ich habe natürlich vollstes Verständnis dafür, wenn sich eine Mutter unter solchen Umständen Sorgen um ihr Kind macht, denn es gibt so viele widerliche Menschen auf der Welt. Doch in diesem Fall war es ja offensichtlich, dass Johan keinen Schaden erlitten hatte, weder physischer noch psychischer Art. Erneut deutete ich halbherzig auf das Türschloss und versicherte, dass man eben noch nicht habe abschließen können, während es jetzt offensichtlich wieder funktioniere. Ich hörte selbst, wie unglaubwürdig meine Worte klangen. Johans Mutter musterte die Finger ihres Sohnes, auf denen der Filzstift schwarze Flecken hinterlassen hatte. Dann richtete sie ihren Blick abwechselnd auf mich und auf ihren Sohn.

«Was haben Sie denn da auf Ihrer Stirn?», fragte sie.

Ich zuckte verständnislos mit den Achseln und schaute in den Spiegel. Oberhalb von meiner Schläfe waren wieder die seltsamen Rußflecken zu sehen.

Der kräftige Mann ergriff meinen Arm und zog mich unsanft aus der Herrentoilette. Daraufhin entspann sich eine erregte Diskussion über die Frage, ob die Farbe von Johans Fingern womöglich auf meine Stirn gelangt war, weil er versucht hatte, sich zu verteidigen. Die Gespräche im Gastraum verstummten. Alle Gäste starrten mich an. Es war peinlich und verdammt unfair. Johan gelang es schließlich, seine Mutter zu beruhigen, indem er ihr erklärte, dass wirklich nichts passiert sei. Der Wirt rückte seine Schürze zurecht und forderte mich auf, umgehend sein Restaurant zu verlassen. Er nahm mir meine Erklärung zu Türschlössern, die erst defekt und dann plötzlich wieder intakt waren, nicht ab. Ich wischte mir die Flecken von der Stirn und trottete aus der Raststätte. Dann hockte ich mich hinter dem Gebäude in ein dornenreiches Gebüsch und verrichtete meine Notdurft.

Als ich zum dritten Mal innerhalb kürzester Zeit in den Kreisverkehr einbog, buhlten mein Hunger, meine Müdigkeit, mein Blutzuckerspiegel und meine schlechte Laune gleichermaßen um Aufmerksamkeit. Die Sonne war inzwischen hinter den Wolken verschwunden, und es lag Regen in der Luft. Als ich plötzlich Jormas Handy zwischen den Vordersitzen erblickte, besserte sich meine Stimmung. Ich begriff nicht, wie er es hatte übersehen können, als er danach suchte. Womöglich hatte es unter all dem Diebesgut gelegen, das aus seiner Jacke gefallen war. Wie auch immer, ich steckte es in die Innentasche meiner Anzugjacke und beschloss, dass es ab jetzt mir gehörte, bis Jorma sich bei mir meldete, um meine Heckscheibe zu ersetzen.

Die Straße wurde schmaler und der Wald immer dichter. Ein Verkehrsschild warnte vor einer einspurigen Brücke in dreihundert Meter Entfernung. Ich stellte fest, dass ich im Kreisverkehr unbegreiflicherweise die Ausfahrt zur Hauptstraße verpasst haben musste. Als ich unvermittelt meinen Frust herausschrie, war ich über mich selbst erstaunt.

«Kann es denn so schwer sein, hier wegzukommen, verflucht noch mal?»

In diesem Augenblick klappte die Rückenlehne des Fahrersitzes nach hinten. Das Steuer glitt mir aus den Händen, und ich starrte plötzlich an die Wagendecke. Mich streifte der Gedanke, dass ich den Mann vom Abschleppdienst wohl doch hätte bitten sollen, den Fahrersitz zu reparieren. Dann geriet der Wagen auch schon ins Holpern und Schwanken.

Ich versuchte mit dem Fuß das Bremspedal zu erreichen und mich wieder aufzusetzen. Dann gab es einen gewaltigen Knall, und der Wagen stoppte ruckartig. Mein Rückgrat wurde wie eine Ziehharmonika zusammengestaucht, und ich biss mir auf die Zunge. Mit einem anhaltenden Ohrensausen befreite ich mich vom Sicherheitsgurt, öffnete die Fahrertür und kroch hinaus auf eine lehmige Böschung. Draußen wurde ich von Regen empfangen, der immer stärker wurde. Ich stellte fest, dass mein Wagen unmittelbar vor einem Kanalufer durch einen Haufen Müllsäcke abgebremst worden war.

Mein Herz schlug heftig und schnell, und ich versuchte mich zu beruhigen, indem ich ein paar Mal tief durchatmete. Die Böschung war übersät von stinkendem Abfall. Wahrscheinlich eine illegale Müllkippe. Darüber hätte man sich zu Recht aufregen können, aber in diesem Fall hatten die Müllsäcke mein Auto und mich glücklicherweise vor einem ungewollten Bad im Kanal bewahrt.

Ich rutschte auf etwas Schmierigem und Klebrigem aus, vermutlich verdorbene Essensreste. Der Himmel war dunkelgrau, und der Regen fühlte sich so eiskalt an, als wäre es ein Herbstmorgen anstelle eines Sommernachmittags. Oben auf der Brücke näherte sich ein Auto. Ich beeilte mich, den immer glitschiger werdenden Abhang hinaufzusteigen, und näherte mich einem dicken Betonpfeiler, der zur Brücke gehörte. Ein Pfeiler, den ich mit verheerendem Ausgang hätte rammen können. Wild fuchtelte ich mit den Armen in Richtung des vorbeifahrenden Wagens.

«Hallo! Anhalten!»

Aus dem Fenster auf der Beifahrerseite wurde ein voller Müllsack geworfen. Es gelang mir nicht, mich rechtzeitig zu ducken, und der Sack traf mich mit einem klatschenden Geräusch mitten im Gesicht. Ich stolperte, fiel hin und rutschte rücklings auf Schlamm und Müll hinunter. Genau wie mein Auto wurde nun ich von den Müllsäcken abgebremst. Als ich versuchte, wieder auf die Füße zu kommen, stützte ich mich gegen die Fahrertür. Wie ich feststellte, lief der Motor noch. Ich öffnete die Tür und sah dabei mein Gesicht im Außenspiegel.

Die schwarzen Flecken auf meiner Stirn waren wieder aufgetaucht.

Ich stöhnte auf und vergrub meine Nase im Ärmel meines Anzugs, um dem Gestank zu entkommen. In diesem Moment gab der Damm aus Müllsäcken nach. Nach einigen Sekunden ratlosen Zögerns gelang es mir gerade noch, den Kofferraum zu öffnen und meine Schultertasche herauszuziehen. Ich hätte natürlich als Erstes daran denken müssen, den Koffer mit meinen Zauberutensilien zu retten, doch ich war einfach zu langsam. Dann rollte mein VW Passat über die Kante und stürzte in den Kanal.

11

Ich besitze fünf maßgeschneiderte Anzüge (oder besser gesagt vier, wenn man den abzieht, der mit dem Auto im Kanal verschwand), was aber nicht so außergewöhnlich ist, wie es klingt. Wenn man einen vernünftigen Schneider findet, kann es durchaus günstiger sein, als Anzüge von der Stange zu kaufen. Mein Schneider heißt Rudolf und hat sein Atelier in Hallonbergen außerhalb von Stockholm. Seine Eltern waren in den vierziger Jahren aus Deutschland nach Argentinien ausgewandert, um vor den Nazis zu fliehen. Rudolf wiederum ist in den Siebzigern aus Argentinien ausgewandert, als die Menschen dort politisch verfolgt wurden.

Zwei meiner maßgeschneiderten Anzüge sind Sonderanfertigungen für die Bühne mit speziell eingenähten verdeckten Taschen. Die Jacketts sind außerdem unter der einen Achsel etwas weiter, damit ich dort Dinge verstecken kann, ohne dass es auffällt. Ich werde hier keine Tricks preisgeben, aber bestimmt hat jeder schon einmal den Ausdruck «ein Ass aus dem Ärmel zaubern» gehört und weiß, dass ein Zauberer unsichtbare Taschen benötigt, um seine Illusionen durchführen zu können. Rudolf leistet mit meinen spezialangefertigten Anzügen jedenfalls ganze Arbeit, was mich dazu veranlasst hat, ihn auch für das Schneidern privater Anzüge zu konsultieren. Es ist ein gutes Gefühl, ein Kleidungsstück zu tragen, das ausschließlich für einen selbst bestimmt ist.

Rudolfs Atelier verfügt über zwei Räume. In dem einen näht er Brautkleider und im anderen Herrenanzüge. In dem Raum, in dem er Anzüge näht, raucht er auch Zigarre. Wenn man also einen neuen Anzug bei ihm abholt, wie ich es vor meiner Mittsommertournee getan hatte, riecht der Stoff leicht nach Zigarrenrauch. Nicht wie in einer alten stinkenden Billardhalle, sondern eher wie in einem Herrenclub.

Genau diesen Geruch versuchte ich zu erschnuppern, als ich die Nase im Ärmelaufschlag meines Jacketts vergrub und im Außenspiegel meines Autos plötzlich zum bestimmt dritten oder vierten Mal die schwarzen Flecken auf meiner Stirn erblickte. Ich wiederholte die Prozedur, während ich meinen Wagen im Kanal untergehen sah, doch alles, was ich wahrnahm, war der Geruch von Regen und feuchtem Müll.

Ich stellte mich an die Straße und wartete eine Viertelstunde lang auf ein vorbeikommendes Auto. Schließlich gab ich auf, schlitterte die Böschung wieder hinunter und hockte mich unter die Brücke. Als ich dort saß und mich gedanklich wieder zu fangen versuchte, kam ich mir vor wie ein Penner – allerdings im maßgeschneiderten Anzug.

Jormas Handy war nicht passwortgeschützt, was mir in dieser Situation wie ein gigantischer Glücksfall vorkam. Ich tippte die erste Ziffer des Notrufs ein, hielt jedoch unschlüssig inne. Stattdessen zog ich den Zettel hervor, den Greta und Gunnar mir in die Hand gedrückt hatten. Ich zögerte erneut, bevor ich schließlich ihre Nummer wählte. Nach zweimaligem Klingeln meldete sich Greta, die unglaublich erleichtert schien, meine Stimme zu hören.

«Hallo, Anton, ich wusste, dass Sie sich bald melden würden. Wie viel Unglück mussten Sie schon über sich ergehen lassen, nachdem wir Sie abgesetzt haben?»

«Im Augenblick kommt mir alles wie ein einziges großes Unglück vor. Es ist leider so, dass ich Ihre Hilfe ...»

«Es ist sicher äußerst aufreibend, mit einem Todesfluch belegt worden zu sein, aber dann leben Sie also noch?»

«Wie Sie hören, ja.»

«Das sind doch wirklich gute Nachrichten. Würden Sie mir bitte den Gefallen tun und einmal bis zehn zählen, damit ich weiß, dass Sie kein Geist sind?»

«Machen Sie Witze?»

«Keineswegs. Halten Sie möglicherweise gerade etwas in der Hand, das Ihnen wichtig ist?»

«Sie meinen, in diesem Augenblick? Ja, ich halte gerade ein Handy in der Hand.»

«Ist es ein Objekt mit hohem Liebhaberwert, ich meine etwas, das Sie nur ungern zurücklassen würden, wenn Sie jetzt das Zeitliche segnen müssten?»

«Hören Sie zu, ich sitze im strömenden Regen unter einer Brücke, und mein Auto ist gerade in einem Kanal versunken. Ich bräuchte dringend Ihre Hilfe.»

«Wir helfen Ihnen natürlich sehr gerne, aber wissen Sie, ein Geist macht immer alles rückwärts. Deswegen würde ich Sie bitten, richtig herum von eins bis zehn zu zählen, damit ich weiß, dass Sie nicht gestorben sind und womöglich vorhaben, uns heimzusuchen.»

Mein genervter Seufzer hatte keinerlei Wirkung auf Greta. Sie bestand auf ihrer Bitte. Ich zählte rasch und monoton von eins bis zehn. Und zwar richtig herum.

«Danke. Sie sagten, Sie sitzen unter einer Brücke?»

«Ja. Die Brücke führt über einen Kanal. Ich weiß nicht genau, wo ich mich befinde, aber ich kann auf dem Navigationsgerät im Handy nachschauen.»

«Ich weiß, welche Brücke und welchen Kanal Sie meinen. Aber wie sind Sie denn dort gelandet, das ist doch die völlig falsche Richtung. Eigenartig, oder?»

«Ich muss im Kreisverkehr falsch abgebogen sein. Aber ich finde es eher verdammt ärgerlich als eigenartig.»

Eine halbe Stunde später hörte ich, wie sich oben auf der Straße ein Auto näherte. Blitzschnell erklomm ich die Böschung und sprang neben Gunnar auf den Beifahrersitz. Er hatte auf der Sitzfläche alte Zeitungen ausgebreitet, denn ich hatte ihn vorgewarnt, dass ich durchnässt und völlig lehmverschmiert war.

«Haben Sie denn wenigstens ein paar Stücke von der Biskuitrolle gegessen?»

«Doch, ich habe ein paar Stücke gegessen», log ich. «Aber jetzt ist sie leider mit dem Auto im Wasser untergegangen.»

Gunnar nickte. Er nahm einen Blumensprüher zur Hand und spritzte mir eine Flüssigkeit ins Gesicht.

«Hey! Was zum Teufel soll das denn?», rief ich und wehrte den Sprüher mit den Händen ab.

Ich verspürte einen bitteren Geschmack auf den Lippen.

«Es tut mir leid, aber das ist eine Art Mückenspray, nur gegen Geister, Fabelwesen und anderes Teufelszeug.»

Er besprühte mich erneut. Ich lehnte mich auf dem Beifahrersitz zurück. In diesem Moment hatte ich nicht einmal mehr die Energie, etwas zu erwidern.

«Genau wie Mückenspray bietet es zwar keinen hundertprozentigen Schutz, aber es hilft zumindest ein wenig. Ich habe es übrigens nach einem uralten Familienrezept hergestellt, und wir mischen es unter alles, was wir essen und trinken. Wie viele Stücke Biskuitrolle haben Sie denn genau gegessen? Es wundert mich nämlich, wie Sie so sehr vom Weg abkommen konnten.»

«Es waren keine übernatürlichen Kräfte, die mich im Kreisverkehr falsch abbiegen ließen. Ich hab seit gestern kein Auge zugemacht und mich schlicht und einfach verfahren. Aber mir fehlt die Kraft, den Abschleppdienst anzurufen und darauf zu warten, dass mein Auto geborgen wird, mir einen Leihwagen zu organisieren und vielleicht noch ein Hotelzimmer für die Nacht zu reservieren, falls sich das alles etwas länger hinziehen sollte.»

«Das verstehe ich natürlich. Sie sind herzlich willkommen, sich bei uns auszuruhen.»

Ich nickte ihm dankbar zu, als wir die Brücke und den Kanal hinter uns ließen und auf die verschlungenen Schotterstraßen einbogen, die uns immer tiefer in den Wald von Tiveden führten.

Gunnar war während der Fahrt ziemlich wortkarg. Der Regen verschlechterte die Sicht erheblich, und ich hatte den Eindruck, dass er sich darauf konzentrieren musste, in diesem Labyrinth aus Kurven, Abzweigungen und kurzen holprigen Streckenabschnitten, die einander zum Verwechseln ähnelten, den richtigen Weg zu finden.

Als sein schon fast skurril anmutendes Uralthandy klingelte, schien er zuerst nicht rangehen zu wollen, doch nach langem Klingeln hielt er es sich schließlich ans Ohr.

Gunnar senkte die Stimme, und mir wurde klar, dass es sich um einen Anruf handelte, den er in meiner Gegenwart lieber nicht angenommen hätte. Er wandte sich auf dem Fahrersitz so weit wie möglich von mir ab und sprach einsilbig und zurückhaltend über einen Tränentriefer oder Tränenschniefer oder irgendetwas in der Art. Dann beendete er das Telefonat und seufzte bekümmert.

Nachdem wir eine Weile durch den aufs Wagendach trommelnden Regen gefahren waren, überquerten wir eine Linie aus grobem Salz, die über die Straße gezogen war. Auch diesmal hielt Gunnar an und besserte die Stellen aus, an denen sie von den Reifen platt gefahren worden war. Ich warf einen Blick auf die Straßenkarte in Jormas Handy. Der Empfang war ziemlich schlecht, offenbar viel schlechter als bei Gunnars Uralthandy. Dem Navi zufolge gab es in dem Gebiet, in dem wir uns gerade befanden, überhaupt gar keine Straßen. Es wurde als durchgehende grüne Fläche angezeigt.

Nach einer halben Stunde meinte ich den Ort wiederzuerkennen, an dem ich dem kleinen Mädchen mit der Perlenhaarspange begegnet war, doch merkwürdigerweise dauerte es noch eine weitere Viertelstunde, bis ich das bekannte rote Häuschen erblickte.

Da ich nicht selbst am Steuer saß und somit nicht eingreifen konnte, blieb mir nichts anderes übrig, als der Tatsache ins Auge zu sehen, dass ich im Urwald völlig die Orientierung verloren hatte.

12

Das Badezimmer im Haus von Gunnar und Greta war zwar etwas eng, aber reinlich. An der Badewanne befanden sich Wasserhähne, deren Machart ich schon lange nicht mehr gesehen hatte. Es gab einen für heißes und einen zweiten für kaltes Wasser. Dadurch ließ sich die Temperatur zwar nicht so leicht regulieren, dennoch war es unglaublich angenehm zu duschen. Ich muss gestehen, dass ich ziemlich beeindruckt von mir selbst war und davon, wie ruhig und abgeklärt ich mit der Tatsache umging, mein Auto und meine gesamte Zauberausrüstung verloren zu haben. Vielleicht fehlte mir durch meinen Hunger und meine Müdigkeit aber auch die Energie, mich aufzuregen. Am nächsten Tag würde ich alles Nötige in Angriff nehmen, das hatte ich zumindest vor. Ich zog mir die frische und trockene Unterwäsche aus meiner Schultertasche an und lieh mir von Gunnar einen hässlich gemusterten Trainingsanzug aus. Greta erbot sich, meinen Anzug zu waschen, doch ich erklärte ihr, dass man ihn nicht einfach in die Waschmaschine stecken dürfte. Sie lachte über meinen besorgten Einwand und meinte, dass es mir wohl nicht ganz leichtfiele, anderen zu vertrauen.

Bevor ich mich an den Tisch setzte, kam Gunnar erneut mit dem Blumensprüher auf mich zu und besprühte mein Gesicht. Ich ließ es über mich ergehen. Das Wohnzimmer diente zugleich als Esszimmer. Greta klappte eine zusätzliche Platte am Ende des Tisches aus, sodass drei Personen daran Platz fanden. Gunnar deckte den Tisch.

Wir setzten uns, und Gunnar tat mir Steckrübenpüree und Eisbein auf. Ich erklärte ihm, dass ich mir auch durchaus selber nehmen könne, doch er bestand darauf und schenkte mir ein Glas schwedisches Malzbier ein. Seit meiner Kindheit hatte ich es nicht mehr getrunken und nicht einmal gewusst, dass es dieses Bier mit dem charakteristischen Geschmack noch zu kaufen gab. Es schmeckte süßlich und irgendwie eigenartig, aber lecker, vielleicht war ich aber auch nur extrem durstig. Ich leerte mein Glas in einem Zug und ließ mir noch einmal nachschenken.

Wenn alte Menschen am Herd stehen, sind die Gerichte oftmals fade und trocken oder auch versalzen, doch das Eisbein war saftig und schmeckte richtig gut. Steckrüben waren nicht gerade meine Leibspeise, aber auch das Püree hatte Greta wohlschmeckend zubereitet. Ich überlegte, ob das Essen wohl mit «Mückenspray gegen Geister, Fabelwesen und anderes Teufelszeug» angereichert worden war, verkniff mir jedoch eine Nachfrage.

Die sättigende Mahlzeit tat mir jedenfalls richtig gut und verlieh mir ein wohlig müdes Gefühl. Gunnar und Greta unterhielten sich ein wenig miteinander. Eigentlich hätte ich ihnen aus Höflichkeit ein paar Fragen zu ihren Lebensgewohnheiten stellen und mich erkundigen müssen, ob sie sich hier draußen im Wald wohl fühlten. Doch ich nahm an, dass sie Rentner waren und nichts weiter zu tun hatten. Also fragte ich lieber nicht. Bis beide ihren Blick auf mich richteten.

«Leben Ihre Eltern eigentlich noch?», fragte Greta.

«Ja», antwortete ich.

«Sehen Sie sie oft?»

«Nein.»

«Haben Sie Geschwister?»

«Nein.»

«Sind Sie verheiratet?»

«Nein.»

«Geschieden?»

«Nein.»

«Wohnen Sie mit jemandem zusammen?»

«Nein.»

«Kinder?»

«Nein.»

Ihre rasch aufeinanderfolgenden persönlichen Fragen vermittelten mir das Gefühl, ausgehorcht zu werden, was mir ganz und gar nicht gefiel. Ich war der Überzeugung, dass es jetzt reichte, doch sie hatte noch eine Frage.

«Dann gibt es also niemanden, der Sie vermissen würde, wenn Sie plötzlich spurlos verschwänden?»

«Wie bitte?»

Greta und Gunnar wechselten rasch einen Blick. Sie lächelten einander zu, vermutlich über irgendeinen internen Scherz, bevor sich Greta wieder an mich wandte.

«Wie viel Unglück ist Ihnen denn nun heute widerfahren?»

Gestärkt von der Dusche und der warmen Mahlzeit, antwortete ich so entgegenkommend und freundlich, wie ich nur konnte.

«Mir fällt es nicht ganz leicht, Ihre Schlussfolgerungen nachzuvollziehen. Ich glaube ehrlich gesagt nicht daran, dass mich eine Waldfee mit einem Todesfluch belegt hat, weil ich ihr nicht beim Blumenpflücken geholfen habe. Mein Tag war voller Rückschläge und unglücklicher Zufälle, aber das hat weder mit meinem Karma noch mit irgendwelchen Flüchen oder den Sternkonstellationen am Himmel zu tun. An manchen Tagen läuft es eben schlechter als an anderen. So einfach ist das.»

Kaum hatte ich zu Ende gesprochen, gab eines meiner Stuhlbeine nach. Mir fiel die Gabel aus der Hand, und ich machte eine Rolle rückwärts über den Fußboden. Ein antiker Vitrinenschrank hielt meine Bewegung auf. Im Schrank begannen die Teller und Tassen zu klappern. Gunnar stellte den kaputten Stuhl wieder auf und schob stattdessen einen Sessel an den Tisch.

«Wir hatten eigentlich längst vorgehabt, diesen Stuhl auszutauschen, aber wir bekommen so selten Essensgäste. Haben Sie sich weh getan?»

«Nein, geht schon», brummte ich und setzte mich in den Sessel.

Gott sei Dank schienen Gunnar und Greta nicht davon auszugehen, dass der wackelige Stuhl durch die Einwirkung übernatürlicher Kräfte zusammengebrochen war. Vielleicht konnten wir dieses lächerliche Thema jetzt endlich abhaken.

Doch Greta dachte offenbar nicht daran. «Sie sagten, dass Sie nicht an übernatürliche Dinge glauben. Das mag daran liegen, dass Sie nicht hier in der Gegend aufgewachsen sind. Aber bestimmt haben Sie schon einmal von der Großen Hexenjagd gehört?», fragte sie.

«Nein», antwortete ich und widmete mich wieder dem guten Essen.

Auf dem niedrigen Sessel war ich zwei Köpfe kleiner als Gunnar und Greta. Ich kam mir vor wie ein Kind.

«Die Große Hexenjagd war der Höhepunkt der Hexenverfolgungen, die in der zweiten Hälfte des siebzehnten Jahrhunderts in Schweden stattfanden. Mehrere hundert Frauen wurden damals auf dem Scheiterhaufen verbrannt. Das führte dazu, dass Hexen, aber auch andere Menschen, deren Lebensweise und Gedanken von der Norm abwichen, aus den Städten und Dörfern in den Wald flüchteten, auch in den Urwald von Tiveden. Gunnar, ich und die meisten anderen Waldbewohner sind Nachkommen von Hexen. Im Zuge der Ausweitung des Straßennetzes und der Verbreitung der Elektrizität blieb den Waldwesen immer weniger Platz, um sich ungehindert zu bewegen. Deshalb flohen sie in die Wildnis, wo sie ihre Ruhe hatten. Und wenn unterschiedliche Wesen auf einem relativ begrenzten Gebiet zusammenleben müssen, kann das schon mal zu Konflikten führen, aber wir bemühen uns, gut miteinander auszukommen.»

Ich hätte einfach nicken und weiteressen sollen, aber ich konnte meinen Mund nicht halten.

«Sie meinen also, der Urwald von Tiveden ist eine Art Ghetto für Hexen, Fabelwesen, Trolle und dergleichen?»

«Nein, die Trolle halten sich weiter im Norden auf», antwortete Greta und lachte, als hätte ich gerade etwas Dummes gesagt.

«Wenn Sie erlauben, dass ich etwas mehr Realitätsbezug in unser Gespräch bringe, dann frage ich mich, warum die vielen Wanderer im Nationalpark von Tiveden bislang noch keinem einzigen übernatürlichen Wesen begegnet sind. Davon hätte man doch sonst schon mal gehört oder Fotos gesehen, nicht wahr?»

«Die Wanderer bewegen sich ausschließlich im touristischen Teil von Tiveden, wo es Wanderwege mit geführten Touren und dergleichen gibt. Außerdem schützt die Linie aus Salz und Silberbesteck alle Außenstehenden davor, dass Fabelwesen und andere Gestalten aus dem Wald kommen und jede Menge Teufelszeug anstellen. Sie hatten schlicht und ergreifend Pech, dass Sie sich trotz aller Hinweisschilder, die wir aufgestellt haben, in den alten Teil von Tiveden hineinverirrt haben. Hier gibt es keine Touristen, dafür aber Waldfeen, die einen mit einem Fluch belegen, wenn man ihnen nicht beim Blumenpflücken hilft.»

«Aber wenn Sie von Hexen abstammen, müssten Sie doch die Zauberkunst beherrschen. Dann könnten sie alle teuflischen Wesen vertreiben und sie beispielsweise mit magischen Feuerbällen in die Flucht schlagen, oder?»

Mir war bewusst, dass ich die beiden auf die Schippe nahm, aber ich konnte mich einfach nicht zurückhalten.

«Warum müssen Menschen denn alles vertreiben und ausrotten, was ihnen unbequem und unangenehm ist?», entgegnete Gunnar. «Warum soll immer alles nur nach unseren Maßstäben gehen? Wenn man im Meer schwimmt, kann es sein, dass man Pech hat und einem Hai in die Quere kommt. Aber wollen Sie deswegen alle Haie töten?»

«Haie gibt es zumindest in der Realität», brummte ich.

Greta und Gunnar wirkten leicht angesäuert. Nach einem kurzen Schweigen lobte ich das gute Essen, um die frostige Stimmung wieder aufzutauen.

«Nehmen Sie manchmal Kopfschmerztabletten ein?», fragte Greta, während sie mir noch eine Scheibe Eisbein auf den Teller legte.

«Wieso fragen Sie?»

«Können Sie genau sagen, wie eine Kopfschmerztablette wirkt? Sind Sie womöglich selbst in der Lage, eine Kopfschmerztablette herzustellen, oder vertrauen Sie darauf, dass die Pille, die Sie schlucken, Ihre Schmerzen lindert?»

«Ich vertraue darauf, dass es schmerzstillende Medikamente gibt, weil es wissenschaftlich bewiesen ist.»

«Kennen Sie den Unterschied zwischen Konfitüre und Marmelade?», fragte Gunnar.

«Darüber habe ich noch nie nachgedacht.»

«Wenn ich Ihnen ein Glas Marmelade vorsetze, glauben Sie dann, dass es Marmelade ist, und wenn ich Ihnen Konfitüre hinstelle, glauben Sie, dass es Konfitüre ist?»

Ich streckte meinen Rücken in einem Versuch, auf Augenhöhe mit ihnen zu diskutieren.

«Sie müssen entschuldigen, aber der Vergleich hinkt enorm. Kopfschmerztabletten, Konfitüre und Marmelade sind nicht ganz dasselbe wie Fabelwesen, Hexen und Todesflüche. Niemand würde an so etwas glauben, nur weil irgendjemand behauptet, dass es existiert.»

Greta rückte ihren Stuhl etwas näher an meinen Sessel heran und fragte mich fast flehend: «Können Sie nicht eine Weile hierbleiben, damit wir Ihnen weiterhelfen können? Gewisse Prozeduren, die nötig sind, um den Todesfluch wieder loszuwerden, lassen sich um Mittsommer herum besonders gut ausführen, und außerdem haben Sie ja niemanden, der zu Hause auf Sie wartet.»

«Wie meinen Sie das?»

«Sie haben keinen engeren Kontakt zu Ihren Eltern und weder Frau noch Kinder. Da können Sie doch ebenso gut hierbleiben, anstatt ganz allein zu Hause zu sitzen.»

«Ich sitze nicht ganz allein zu Hause. Ich gebe am Mittsommerabend ein ... großes Fest.»

«Ach, wie schön. Und wen haben Sie dazu eingeladen?»

«Wie bitte?»

«Sie erscheinen mir nicht gerade wie ein Mensch, der Feste ausrichtet.»

«Worauf gründen Sie Ihre Annahme? Ich hatte gestern Geburtstag, und da ich unterwegs war, konnte ich meine

Freunde, die gern gemeinsam mit mir feiern wollten, nicht einladen. Deshalb gebe ich am Wochenende eine kombinierte Geburtstags- und Mittsommerparty, zu der ich jede Menge Gäste erwarte.»

«Herzlichen Glückwunsch nachträglich. Nennen Sie mir doch bitte drei Personen, die zu Ihrem Fest kommen.»

Ich war so perplex, dass ich mich nicht in der Lage sah, mir auf die Schnelle drei Namen auszudenken, um Gretas nerviger Fragerei zu entgehen. Und wenn ich genauer darüber nachdachte, bekam ich nicht einmal drei real existierende Personen zusammen, die ich zu einem Fest hätte einladen können. Außer meinen Eltern hatte sich an meinem Geburtstag niemand gemeldet, um mir zu gratulieren. Wie gesagt, fünfundvierzig zu werden ist eigentlich kein Grund zum Feiern, aber dennoch ...

«Okay, ich gebe keine Party. Aber ich möchte trotzdem lieber nach Hause fahren.»

Gunnar holte Kaffee und Biskuitrolle (mit Konfitüre gefüllt, nicht mit Marmelade) und setzte sich wieder an den Tisch.

«Ich bin mir im Klaren darüber, dass wir eine Menge Dinge behaupten, die in Ihren kritischen Ohren recht merkwürdig und unrealistisch klingen mögen, aber wollen Sie nicht wenigstens darüber nachdenken? Wir können Ihnen eine kleine Übernachtungsgelegenheit zur Verfügung stellen, wo Sie Ihre Ruhe haben. Und in einer Sache sind wir uns doch sicher einig, nämlich dass Sie ziemlich müde sein dürften. Schlafen Sie erst einmal drüber, und warten Sie ab, wie Sie sich morgen fühlen.»

13

Die Übernachtungsgelegenheit erwies sich als ein alter Wohnwagen, der ein Stück von Gretas und Gunnars Haus entfernt auf einer kleinen Anhöhe stand, eingeklemmt zwischen zwei dichten Kiefern. Ein schmaler Pfad führte hinauf. Es hatte aufgehört zu regnen. Der intensiv würzige und frische Geruch des feuchten Waldes stieg mir in die Nase.

Der alte Wohnwagen hatte sowohl Strom als auch Wasser. In den Siebzigern musste es ein richtiges Luxusmodell gewesen sein. Inzwischen war er etwas heruntergekommen, und drinnen roch es leicht muffig, aber es war sauber. Während Greta das Bett bezog, zeigte mir Gunnar, wie die Kochplatte und die Duschkabine funktionierten. Auf dem kleinen Tisch vorm rückwärtigen Fenster lag eine Wasserwaage. Er erklärte mir, dass der Wohnwagen eine leichte Tendenz hatte, sich in Richtung des steilen Abhangs auf der anderen Seite der Anhöhe zu neigen.

«Wenn Sie also auf dieser Seite sitzen, wäre es ratsam, hin und wieder mal einen Blick auf die Wasserwaage zu werfen.»

Ich schaute aus dem Fenster und entdeckte ein paar Meter vom Wohnwagen entfernt ein starkes Gefälle. Reihenweise Kiefern schienen in der diesigen Schlucht zu verschwinden.

«Es besteht aber keine Gefahr, dass er hinunterrollt, oder?», fragte ich leicht beunruhigt.

Gunnar schüttelte den Kopf.

«Normalerweise nicht, aber da es den ganzen Tag geregnet hat, ist der Boden etwas aufgeweicht. Und außerdem haben sich die Umstände verändert.»

Er reichte mir einen gefüllten Blumensprüher.

«Auch wenn Sie nicht an das glauben, worüber wir gesprochen haben, empfehle ich Ihnen, sich am ganzen Körper damit einzusprühen, bevor Sie sich schlafen legen. Es wäre schade, wenn Sie mitten im Schlaf ein weiteres Unglück ereilen würde.»

Ich setzte mich an den Tisch, wippte ein wenig auf der weichen, mit Kunststoff bezogenen Sitzbank auf und ab und schlug mit der Schulter ein paar Mal leicht gegen die hintere Wand. Der Wohnwagen stand bombenfest. Ich ging hinaus und kniete mich auf den Boden. Die doppelten Reifen waren mit stabilen Holzkeilen fixiert. Gunnar und Greta kamen ebenfalls heraus und erkundigten sich, was ich da untersuchte. Ich deutete auf die Reifen.

«Wenn sich der Wohnwagen heute Nacht auch nur einen Millimeter näher auf die Kante zu bewegt, verspreche ich Ihnen, den Fluch ernst zu nehmen. Und ich verspreche auch, keine skeptischen Fragen mehr zu stellen. Die Reifen können unmöglich über diese Holzkeile rollen.»

Gunnar und Greta lächelten mich nur vielsagend an. Ich stieg wieder in den Wohnwagen.

«Ach ja, eine letzte Sache noch, dann lassen wir Sie auch in Ruhe», sagte Greta. «Wenn es heute Nacht viermal klopft, dürfen Sie auf keinen Fall die Tür öffnen.»

Gunnar nickte beipflichtend.

«Nee, okay. Gute Nacht», sagte ich und wollte gerade die Tür schließen.

«Es gibt nämlich einen Nachtklopfer, der nachts in dieser

Gegend umherstreift. Daher ist es enorm wichtig, dass Sie nicht öffnen, wenn es viermal klopft», fuhr Greta fort.

«Ein Nachtklopfer?»

«Eine Art Fabelwesen. Niemand weiß, wie der Nachtklopfer aussieht, weil derjenige, der ihm nach viermaligem Klopfen die Tür öffnet, spurlos verschwindet. Also machen Sie auf keinen Fall auf.»

«Danke für den Hinweis, ich werde ihn beherzigen. Übrigens würde ich als Nachtklopfer versuchen, die Leute zu täuschen, indem ich statt viermal nur zwei- oder dreimal anklopfe. Es erscheint mir nicht besonders clever, die Leute vorzuwarnen. Das ist ja so, als würde ein Bankräuber die Angestellten informieren, bevor er die Bank stürmt. Warum soll man sich an umständliche Regeln halten, die die eigenen Chancen verringern? Wenn ich ein Nachtklopfer wäre, würde ich vielleicht sogar gleich die Tür aufreißen, anstatt überhaupt anzuklopfen. Aber was weiß ich schon? Es dürfte nicht ganz leicht sein herauszufinden, welche Überlegungen ein Geschöpf anstellt, das gar nicht existiert.»

Ich grinste Gunnar und Greta an, doch sie lächelten nicht zurück. Dann bedankte ich mich für das Essen und für ihre Gastfreundschaft und zog die Tür von innen zu. Draußen begann es zu dämmern, doch es würde noch eine ganze Weile dauern, bis es dunkel wurde. Der Blumensprüher stand neben der Wasserwaage auf dem Tisch. Ich ging den Inhalt meiner Schultertasche durch. Eine Zahnbürste, Zahncreme, ein Rasierer und Wäsche zum Wechseln. Dann versuchte ich mit Jormas Handy ins Internet zu gelangen, um herauszufinden, was in der Welt passiert war und ob ich irgendwelche Mails erhalten hatte. Und um gegebenenfalls nachzulesen, worin der Unterschied zwischen Konfitüre und Marmelade bestand.

Doch der Empfang war schlecht. Nachdem ich es aufgegeben und das Handy wieder eingesteckt hatte, blieb ich noch eine Weile sitzen, den Blick auf den Blumensprüher gerichtet. Meine Hand bewegte sich zögerlich über die Tischplatte. Schließlich ergriff ich ihn und besprühte mich. Ich verzog beim bitteren Geschmack auf meinen Lippen das Gesicht. Er erinnerte mich ein wenig an herben Branntwein.

Das Bett war schmal, hart und recht kurz. Ich legte mich auf den Rücken und versuchte mich auszustrecken. Es war ziemlich unbequem. Ich schaute an die Decke und schloss die Augen. Erneut warf ich einen Blick an die Decke und hatte Schwierigkeiten, die Augen offen zu halten. Vielleicht sollte ich noch einmal aufstehen, mir die Zähne putzen und den Trainingsanzug ausziehen?

Ein paar Sekunden später war ich eingeschlafen. Ich träumte, dass ich von einem bedrohlichen Klopfen an der Tür geweckt wurde und vor lauter Angst meinen Kopf unters Kissen steckte.

14

Sebastian und ich lernten die Tricks aus dem Zauberkasten in- und auswendig. Wir wetteiferten darum, wer am besten war, rein freundschaftlich natürlich. Und wir entwickelten neue Tricks auf der Grundlage der Dinge, die wir uns bereits angeeignet hatten.

Ich will nicht angeben, aber das größere Talent von uns beiden hatte ich. Es fiel mir leicht, neue Tricks zu erlernen. Bei Sebastian war es genau umgekehrt. Man sollte meinen, durch das Schlagzeugspielen wäre er ein bisschen geübt gewesen, was Koordination und Timing anging, doch weit gefehlt. Für jedes noch so kleine Detail brauchte er doppelt so lange wie ich.

Wenn etwas schiefging, gab er den äußeren Umständen oder mir die Schuld. Doch er biss die Zähne zusammen, ging nach Hause und übte die ganze Nacht, und wenn er am nächsten Tag wiederkam, war er ein bisschen besser geworden. Oft wirkte er erschöpft und hohläugig durch den Schlafmangel und den Ärger mit seinem saufenden Vater. Manchmal stank er nach Alkohol und Bratfett, als würde sich die dreckige und verkommene Wohnung, in der er leben musste, in seinen Haaren und Klamotten festsetzen. Aber er kämpfte darum, mit mir Schritt zu halten.

Ich war mir völlig sicher, dass ich mit meinem Talent viel weiter kommen würde als er durch harte Arbeit, aber sein

Fleiß war trotzdem bewundernswert. Das musste ich zugeben, ganz egal, was später zwischen uns geschah.

Eines Montags, als wir wieder einmal in der Schulkantine saßen, war er ungewohnt schweigsam. Kurz zuvor war seine Mutter an einer Überdosis gestorben, und er war am Wochenende auf ihrer Beerdigung gewesen. Weil Sebastian nicht nur mein erster Freund war, sondern auch der erste Mensch in meinem Umfeld, der von einem Trauerfall betroffen war, wusste ich nicht genau, was von mir erwartet wurde. Ich hatte ihm mehrmals mein Beileid ausgesprochen und mich ansonsten ungefähr so wie immer verhalten. Wie dem auch sei – an diesem Tag, in der Schulkantine, unterbreitete mir Sebastian den blödesten Vorschlag, den ich in meinem ganzen Leben gehört hatte.

«Wir sollten anfangen, vor Publikum aufzutreten.»

Erst dachte ich, das sollte ein Witz sein. Aber da hatte ich mich getäuscht. An sich war der Vorschlag nicht so erstaunlich, sondern ein logischer nächster Schritt, aber ich hatte zu diesem Zeitpunkt nie weiter gedacht, sondern einfach nur Spaß daran gehabt, zu Hause in meinem Zimmer Tricks einzuüben. Vor einer Gruppe Fremder aufzutreten war für mich furchteinflößend, ja geradezu undenkbar.

«Ich weiß nicht. Ich glaube, das traue ich mich nicht», sagte ich und bereute es sofort, weil Sebastian nun sicher denken würde, ich wäre ein Feigling.

Das war nicht der Fall.

«Wäre es nicht toll, es wenigstens mal auszuprobieren? Ich könnte im Jugendzentrum nachfragen, die hatten letzte Woche einen Bauchredner da.»

«Aber du bist es ja auch gewöhnt, auf der Bühne zu stehen», sagte ich und spielte auf seine Band an.

«Das stimmt nicht. Unsere Band ist noch nie irgendwo aufgetreten. Ich hätte totalen Schiss.»

«Genau das meine ich.»

«Aber stell dir vor, es würde Spaß machen? Stell dir vor, die Leute fänden uns gut?»

«Stell dir vor, die Leute fänden uns miserabel», konterte ich.

Er zuckte die Achseln. Eine Weile lang aßen wir schweigend weiter, bis er die Gabel beiseitelegte, sich über den Tisch beugte und die Stimme senkte.

«Ich habe mich auf der Beerdigung mit meinem Alten geprügelt. In der Kirche. Vor dem Pfarrer und all meinen Cousins. Schlimmer kann so ein Auftritt auch nicht sein.»

Am Abend konnte ich nicht einschlafen. Bis weit nach Mitternacht lag ich hellwach im Bett und starrte den Zauberkasten an. Das Bild des Magiers im schwarzen Mantel. Die leichtbekleidete Assistentin, die vor ihm in der Luft schwebte.

Der Gedanke, vor einem Publikum aufzutreten, drehte sich in meinem Kopf wie schwere, nasse Klamotten in einer Waschmaschine. Ich dachte auch an Sebastian und wie schlimm es sich anfühlen musste, die eigene Mutter zu verlieren. Ich wünschte, ich hätte ein bisschen mehr mit anderen Leuten kommuniziert, bevor ich ihn kennenlernte, denn dann hätte ich vielleicht eher gewusst, was man einem Freund sagte, der traurig war.

Ein paar Tage später, kurz vor dem Wochenende, teilte ich Sebastian zu meiner eigenen Überraschung mit, dass ich bereit sei, einen Versuch zu wagen, wenn er uns einen Auftritt organisierte.

Unsere Karriere begann im Jugendzentrum von Bredäng, um halb fünf nachmittags in einem Aufenthaltsraum, der rund vierzig Zuschauern Platz bot. Das Publikum sollte aus Jungs und Mädchen bestehen, die sich hier die Zeit zwischen der Schule und dem Abendessen vertrieben. Ich tat mein Bestes, nicht daran zu denken, was passieren würde, wenn wir uns blamierten.

Vor der Show tigerte ich auf dem Flur des Jugendzentrums auf und ab, während Sebastian mit üblen Magenbeschwerden auf der Toilette saß. Fünf Minuten vor Beginn waren erst sieben Zuschauer gekommen. Ich schlug vor, unseren Auftritt abzublasen, aber Sebastian fand, es sei zu spät, um noch einen Rückzieher zu machen. Unsere Umkleidekabine war eine Putzkammer neben dem Aufenthaltsraum. Dort schlüpften wir in die zerknitterten schwarzen Hemden und passende Anzughosen, die wir im Schlussverkauf bei H&M erstanden hatten.

In der Putzkammer erzählte Sebastian, dass er seine Band verlassen hatte und ganz mit dem Schlagzeugspielen aufhören wollte. Damit war er genauso uncool wie ich. Teil eines Magierduos zu sein brachte keinerlei Punkte auf der Machoskala ein, und das Interesse der Mädchen weckte es auch nicht.

Unsere sieben Zuschauer waren jünger als wir und mochten in die Fünfte oder Sechste gehen. Sie schienen nur mäßig beeindruckt, als wir die Bühne (also jenen Bereich des Aufenthaltsraums, in dem keine Stühle standen) zu den Klängen von Michael Jacksons *Thriller* betraten. Ein dramatisches Intro mit Blitzen und heulenden Wölfen. Wir stellten die Musik aus, und eine unbehagliche Stille legte sich über den Raum. Showtime!

Unsere Tricks hatten wir ausgiebig geübt, allerdings hatten wir nicht so genau darüber nachgedacht, wie wir mit dem Publikum umgehen sollten. Mit nervösen Stimmen erklärten wir, was wir zu tun gedachten, und dann taten wir es.

«Jetzt kommt ein Trick mit Taschentüchern», sagte ich.

Anschließend führte ich einen Trick mit Taschentüchern vor und übergab an Sebastian, der so aussah, als müsste er gleich brechen.

«Jetzt kommt ein Trick mit Münzen», sagte er.

Anschließend führte er einen Trick mit Münzen vor. Dann war ich wieder an der Reihe.

«Jetzt kommt ein Trick mit zwei verbundenen Metallringen. Ich werde dafür sorgen, dass sie nicht mehr miteinander verbunden sind.»

Als ich fertig war, verbeugte ich mich steif, und Sebastian übernahm.

«Jetzt werde ich einen Trick mit Papierkugeln und einem Plastikbecher vorführen.»

Ich erinnere mich gar nicht mehr, ob wir zwischen den einzelnen Nummern Applaus bekamen. Es kann durchaus sein, dass wir dem Publikum keine Zeit dafür ließen. Wir spulten unser Programm ab, so schnell es nur ging. Trotzdem war es wohl die längste Viertelstunde meines Lebens.

«Jetzt werde ich einen Trick mit Karten vorführen und brauche dafür einen Freiwilligen aus dem Publikum.»

Dies war ein kritischer Moment der Show. Zu meiner großen Erleichterung stand ein dünnes, kleines Mädchen auf. Ich ging mit dem Kartenspiel auf sie zu, doch leider stellte sich heraus, dass sie aufgestanden war, um den Aufenthaltsraum zu verlassen. Vier weitere Personen folgten ihrem Beispiel. Jetzt waren genauso viele Menschen auf der «Bühne» wie im Publikum. Keines der armen Würstchen, die noch übrig waren, schien bei der Kartennummer mitmachen zu wollen. Wir mussten sie schlicht und ergreifend aus dem Programm streichen und in rasendem Tempo zum Finale übergehen, bei dem Sebastian und ich gemeinsam magische Knoten in einem Seil lösten.

Rein technisch gesehen war alles ziemlich gut gelaufen, weil wir so viel geübt hatten, doch in Sachen Präsentation gab es noch einiges zu verbessern.

Nach der Show stapelten wir die fünfunddreißig aufgebauten Stühle auf zwei Rollwagen und sprachen kein Wort miteinander. Ein Sozialpädagoge mit rotem Bart kam herein und fragte, ob unser Auftritt gut gelaufen sei.

Ich zuckte mit den Schultern.

«Es ist super gelaufen», antwortete Sebastian. «Wir würden gern einen neuen Auftritt buchen.»

Erstaunt betrachtete ich ihn von der Seite. Meinte er das ernst?

Wir verließen das Jugendzentrum, kauften uns jeder eine Tüte Chips und hockten uns auf eine Böschung neben den U-Bahn-Schienen. Sebastian ging mit sich ins Gericht, weil er den Münztrick zu hektisch durchgezogen hatte, ohne dem Publikum eine Chance zu geben, alles genau zu sehen. Trotzdem war er davon überzeugt, dass die beiden Zuschauer, die bis zum bitteren Ende geblieben waren, auch zu unserem nächsten Auftritt kommen würden.

Ich verstand nicht, wie er so positiv denken konnte. Ich selbst hätte am liebsten aufgegeben und mit dem Zaubern aufgehört, um wieder zu Hause in Ruhe Sachbücher zu lesen.

Die Chips rebellierten in Sebastians nervösem Magen, und er übergab sich an einem Zaun. Anschließend kam er zu mir zurück. Und zwar in Topstimmung und in festem Glauben an die Zukunft. Ich ließ mich von seinem Enthusiasmus anstecken.

Und so traten wir weiter in den Jugendzentren der südlichen Vororte von Stockholm auf. Skärholmen, Aspudden, Vårby Gård, ja sogar in Hallunda, das fast zehn Stationen von Mälarhöjden entfernt lag, weshalb es sich anfühlte, als wären wir auf Tournee. Unser Publikum bestand im Schnitt aus fünf Personen. Nachmittagsvorstellungen waren undankbar, wenn man nicht gerade in Las Vegas auftrat. Als wir das nächste Mal ins Jugendzentrum von Bredäng kamen, hatten wir schon acht mittelmäßige Shows auf dem Buckel. Doch unser neuerliches Heimspiel entpuppte sich nicht als der Triumpf, den wir uns erhofft hatten. Im Publikum saßen genau null Personen, aber wir taten unser Bestes, um den leeren Stuhlreihen einen unvergesslichen Nachmittag zu bereiten.

In den achtziger Jahren hatte Mike Oldfield mit *Moonlight Shadow* einen großen Hit gelandet. Sebastian liebte den Song. Im selben Album, beziehungsweise auf derselben Scheibe, wie man damals noch sagte, gab es ein zwanzig Minuten langes Instrumentalstück namens *Crises*.

Wir hatten im Fernsehen und auf Videos gesehen, dass professionelle Magier in ihren Shows Musik einsetzten. Sebastian und ich waren nicht besonders begabt darin, mit dem Publikum zu sprechen, weshalb er vorschlug, dass auch wir mit musikalischer Untermalung zaubern sollten. Ich dagegen war der Meinung, dass wir Pausenfüller einüben sollten, indem wir kurze Texte schrieben und zwischen jeder Nummer eine Geschichte erzählten. Auch das hatten wir bei den Zauberern in Film und Fernsehen gesehen.

Sebastian hielt jedoch daran fest, dass Musik die Lösung all unserer Probleme sei, und schlug für unsere Zwecke *Crises* vor, eine Mischung aus getragenen und temporeichen Passagen mit einem pompösen Finale. Wenn wir unsere Show von fünfzehn auf zwanzig Minuten ausbauten und unsere «langsamen» und «schnellen» Zaubernummern mit der Musik abstimmten, würde das «voll schocken», wie er es ausdrückte.

Doch das Problem bestand genau darin, unsere Illusionsnummern mit der Musik zu synchronisieren. Es erforderte ungeheuer viel Übung. Noch dazu mussten wir unser Repertoire um fünf Minuten und mehrere neue Tricks erweitern. Heutzutage wäre es einfach gewesen, die Musik im Computer abzumischen und die besten Stücke zusammenzuschneiden, aber damals ging es bestenfalls um CDs und darum, die Play- oder Stopptaste zu drücken.

Und Sebastian liebte dieses Stück ohne Wenn und Aber. Vom stillen Anfang bis hin zum schwülstigen Schluss nach zwanzig Minuten und achtundfünfzig Sekunden.

Noch heute setzt er in seinen Shows Elemente aus *Crises* ein – zusammen mit Tänzern, Kunstnebel, Lichteffekten, hydraulischen Rampen, einem sauteuren Bühnenbild und ebensolchen Requisiten. Und mit Charlotta.

Wir pausierten mit unseren Auftritten für einige Monate und probten die neue musikalische Show mit unerbittlichem Ehrgeiz. Vermutlich vermisste uns in dieser Zeit in den südlichen Vororten von Stockholm niemand. In den ersten Wochen war es uns ganz und gar unmöglich, die Tricks so zu erweitern, dass sie zwanzig Minuten ausfüllten, ganz zu schweigen von der Schwierigkeit, sie an das wechselnde Tempo und die Intensität der Musik anzupassen.

Doch Übung macht den Meister. Als es uns am Ende gelang, ohne Schwierigkeiten durch das Stück zu kommen, und wir den letzten Knoten unseres gemeinsamen Seiltricks exakt in dem Moment lösten, als der letzte Akkord des Finales ausklang, fühlten wir uns, als hätten wir ein tausendjähriges Geheimnis gelüftet oder den Weltrekord in irgendeiner Leichtathletikdisziplin gebrochen.

Forscher müssen ein Experiment wieder und wieder mit demselben Ergebnis durchführen, damit etwas als wissenschaftlich belegt gilt. Ein verschwommenes Foto des Ungeheuers von Loch Ness ist keine Zoologie, sondern Wunschdenken. Wir hatten dieselbe Einstellung. Ein zufällig gelungener Versuch zählte nicht. Wir intensivierten unser Training so sehr, dass sich sogar unsere Eltern wunderten, warum wir immerzu dieselbe Musik spielten. Am Ende waren wir bereit für ein Comeback und für die Antwort auf die Frage, ob wir unser Experiment auch außerhalb der geschützten Umgebung eines Labors erfolgreich durchführen konnten.

Leider lautete die Antwort Nein. Wir traten in einem Jugendzentrum in Liljeholmen auf, vier U-Bahn-Stationen von Mälarhöjden entfernt. Das Publikum bestand aus ungefähr zehn Teenagern und einem Lehrer. Wir schwänzten den Nachmittagsunterricht, um frühzeitig im Jugendzentrum einzutreffen und meine Stereoanlage und die Lautsprecher aufzubauen. Sorgfältig prüften wir, ob der Klang überall im Raum gut war. Wir sorgten dafür, dass der CD-Player stabil stand, damit die Musik nicht sprang oder hing, denn wir wollten nichts dem Zufall überlassen. Als wir unter höflichem Applaus die Bühne betraten, stand der Lehrer am Fenster und rauchte. Er drückte seine Zigarette aus und schloss genau in dem Moment, als wir die Musik starteten, das quietschende Fenster.

Schon wenige Minuten später waren wir nicht mehr synchron. Nichts stimmte, und das sah man uns vermutlich auch an. Je schlimmer es sich anfühlte, desto gestresster wurden wir. Unsere Tricks reichten gerade einmal für dreizehn Minuten. Nachdem wir den letzten magischen Knoten in unserem gemeinsamen Seiltrick gelöst hatten, blieben wir wie belämmert stehen, während die Musik weiterlief. Ich erinnere mich, dass ich mich im Krabbengang seitwärts zum CD-Player bewegte und ihn ausstellte.

Im Raum wurde es mucksmäuschenstill. Das Publikum wusste nicht, dass wir sieben Minuten zu früh aufgehört hatten, aber Sebastian und ich waren von unserem eigenen Versagen so schwer getroffen, dass wir einfach nur dastanden und uns erschrocken ansahen. Der Lehrer öffnete erneut das quietschende Fenster und steckte sich eine neue Zigarette an. Als er draußen irgendetwas Lustiges entdeckte, winkte er die Teenager herbei, damit sie es auch sahen. Sebastian und ich blieben wie versteinert stehen, während uns das Publikum buchstäblich den Rücken zukehrte.

Wir unternahmen einige weitere Versuche mit unserer musikalischen Show, mussten jedoch schnell einsehen, dass wir viel zu ehrgeizig gewesen waren und es einen großen Unterschied machte, ob wir vor einem Publikum standen oder in meinem Zimmer, wo nichts auf dem Spiel stand. Wir hielten in Sebastians chaotischem Zuhause eine Krisensitzung ab und verabschiedeten uns von *Crises* und Mike Oldfield. Ich war noch immer der Meinung, wir könnten lernen, mit dem Publikum zu reden, und beschloss, ein Drehbuch zu unseren Tricks zu schreiben. Immerhin hatte ich tonnenweise Bücher gelesen, und wer gut lesen konnte, sollte auch gut schreiben können. Diese Logik mag etwas seltsam anmuten, doch kurz darauf bastelte ich zu einem Kartentrick mit Königen, Damen und Buben eine kleine Geschichte über einen Diebstahl auf einem Schloss in Transsilvanien zusammen. Und so wurde dies zu unserer neuen Strategie. Sebastian überließ mir das Ruder, weil wir mit seiner musikalischen Idee so brutal gescheitert waren, und ich entwickelte Spaß daran, kleine Texte zu unseren Tricks zu schreiben.

Außerdem war es ein interessantes Gefühl, einmal derjenige zu sein, der bestimmte.

Ein paar Monate später hatten wir unser Comeback in einem Jugendzentrum südlich von Stockholm. Diesmal lag es im Vorort Axelsberg, eine U-Bahn-Station von Mälarhöjden entfernt. Eine Nachmittagsshow mit fünfzehn Zuschauern in einem länglichen Aufenthaltsraum. Ich mischte ein Kartenspiel und versuchte, beim Reden möglichst entspannt zu klingen.

«Lasset mich euch mit einer magischen Darbietung beehren. Die Karten bergen ein Rätsel, ein Mysterium. Und dieses Mysterium spielt in einem Schloss in Transsilvanien.»

Sebastian warf mir einen merkwürdigen Blick zu, doch ich verstand nicht, warum. Mit einem eleganten Schwung breitete ich die Karten zu einem Fächer aus und zeigte sie dem Publikum.

«Nun werde ich euch erzählen, wie der Herzkönig herausfand, dass der Karobube Geld von Pik ...»

«Ich bin doch dran», sagte Sebastian plötzlich.

Fast so, als wäre er betrunken und könnte nicht mehr einschätzen, wann der passende Moment war, etwas zu sagen, und wann er besser den Mund hielt. Ich erstarrte und hätte beinahe das Kartenspiel fallen lassen. Doch er hatte recht. Nach einem ziemlich gelungenen Taschentuchtrick mit einer passenden Geschichte über einen erkälteten Werwolf war ich so beflügelt gewesen, dass ich einfach weitergemacht hatte, obwohl Sebastian an der Reihe gewesen wäre.

Wie hatte ich die Reihenfolge so durcheinanderbringen können? Und warum hatte Sebastian nicht die Fassung gewahrt und sich einfach nichts anmerken lassen? In diesem Moment hörten wir Geräusche aus dem Publikum. Zwei Zuschauer lachten, doch es klang keineswegs höhnisch. Nein, das Publikum schien sich zu amüsieren. Als hätten wir etwas Lustiges gesagt und getan.

Sebastian hatte Schweißperlen auf der Stirn, und wir sahen uns erstaunt an.

«Äh … entschuldige. Stimmt ja, du bist dran», stammelte ich. «Wolltest du uns nicht etwas über einen Fluch berichten, der auf Kapitän Blaubarts Silberschatz lastet?»

«Ganz genau», erwiderte Sebastian und ließ ein paar silberfarbene Plastikmünzen durch seine Finger gleiten.

Ich stand immer noch vor der ersten Stuhlreihe und hielt meine gefächerten Karten in der Hand.

«Vielleicht sollte ich lieber ein bisschen zur Seite gehen?», raunte ich durch den Mundwinkel, schob die Karten zusammen und trat ein paar Schritte beiseite.

«Ja, es wäre schon gut, wenn die Zuschauer sehen könnten, was ich mache», erwiderte Sebastian und nahm meinen Platz in der Mitte ein.

Noch mehr Lacher aus dem Publikum, obwohl Sebastian und ich nur angestrengt und dämlich vor uns hinplapperten. Sie schienen zu glauben, unser «witziger Dialog» und unsere Tollpatschigkeit seien Teil des Konzepts.

Sebastian und ich hatten durch Zufall genau unsere Masche gefunden: zwei nervöse Zauberer, die um die Aufmerksamkeit des Publikums buhlten, wild durcheinanderredeten und sich gegenseitig bei ihren Tricks störten.

Später sollte ich wieder Abstand davon nehmen, die Zauberei mit allzu viel Firlefanz zu kombinieren, aber damals, nachdem wir so viele misslungene Auftritte hinter uns hatten, hungerten wir nach Aufmerksamkeit.

Als wir die ersten erlösenden Lacher hörten, war es, als hätten wir eine Droge mit hohem Suchtpotenzial konsumiert. Von diesem Moment an taten wir alles, um das Publikum zum Lachen zu bringen. Wir zauberten weiter, so gut wir konnten. Dabei vergaßen wir keineswegs unsere Requisiten oder sabotierten gar die Tricks, aber die Kombination aus halbwegs professioneller Magie, Humor und unserer gespielten Konkurrenz war eine Erfolgsformel, die uns allmählich unsere ersten bezahlten Jobs einbrachte.

Nach dieser unerwartet gelungenen Vorstellung zogen wir uns in der Rumpelkammer des Jugendzentrums um. Zum ersten Mal wagten wir es, nach einem Auftritt umherzugehen und eventuelle Reaktionen aus dem Publikum zu empfangen. Sebastian blieb mit ein paar Typen neben einem Billardtisch stehen. Ich ging in die Cafeteria, um mir eine Limo und einen Schokokuss zu kaufen. Dort traf ich ein Mädchen, das ein bisschen seltsam aussah. Groß und dünn, eine überdimensionierte Brille und schlammverschmierte Gummistiefel.

«Hallo», sagte sie und stellte sich neben mich in die Schlange.

«Hallo», erwiderte ich.

«Ihr wart lustig.»

«Danke.»

«Wie heißt ihr?»

«Anton.»

«Ich heiße Charlotta. Aber ich meinte eigentlich, wie ihr heißt, wenn ihr zaubert. Habt ihr einen besonderen Namen?»

«Ach so, nein, ich glaube, wir heißen einfach nur Anton und Sebastian.»

Aus Marketingsicht hatte sie eine ziemlich relevante Frage gestellt. Sebastian und ich waren nicht gerade gut darin, zu erzählen, wer wir waren. Für die Zukunft würde es sich lohnen, näher darüber nachzudenken. Charlotta blieb dicht neben mir, während sich die Schlange langsam in Richtung Kasse bewegte. Sie erzählte von anderen Auftritten, die sie im Jugendzentrum gesehen hatte. Eine Dichterlesung, das Konzert einer Hardrockband, eine Breakdance-Vorführung und so weiter. Sie schien nett zu sein, aber ich hatte weiter hinten im Saal zwei viel hübschere Mädchen erspäht, weshalb ich ihr nicht richtig zuhörte. Die anderen beiden waren wirklich unglaublich hübsch. Ich hoffte, sie würden in meine Richtung sehen, und erwog, zu ihnen zu gehen und sie zu fragen, ob sie mich zaubern gesehen hatten.

Aber ich traute mich nicht, sondern blieb in der Schlange stehen, mit Charlottas ständigem Geplauder im Ohr.

Später am Abend war ich wieder zu Hause in Mälarhöjden. Nach einem ausgewogenen und nährstoffreichen Abendessen mit meinen Eltern ging ich auf mein Zimmer und versuchte, für eine Klassenarbeit zu büffeln. Doch es fiel mir schwer, mich zu konzentrieren. Ich konnte nicht aufhören, an die beiden hübschen Mädchen zu denken, die ich mich nicht anzusprechen getraut hatte. Leider ließ mich meine Erinnerung im Stich. Einzig Charlotta tauchte in meinem Kopf auf. Es war, als hätte sie jenen Teil meines Gehirns kaputtgeredet, der sich an hübsche Mädchen erinnerte.

Drei Wochen darauf waren Sebastian und ich wieder in Axelsberg, um einen weiteren gelungenen Auftritt hinzulegen. Über zwanzig Zuschauer! Ich entdeckte Charlotta im Publikum und wurde noch nervöser als sonst. Anschließend kam sie zu mir und fing wieder an zu reden. Diesmal gab es keine hübschen Mädchen, die ich anstarren konnte, weshalb ich gezwungenermaßen auch etwas sagen musste. Anscheinend machte ich das gar nicht so schlecht, denn sie lächelte mich an. Ein Lächeln, das der Startschuss zu meiner ersten Beziehung wurde. Charlotta und ich.

Woraus mit der Zeit Charlotta und Sebastian werden sollte.

Die Königin des Waldes lauschte der Information über den unsympathischen Trottel, der sich nach Tiveden verirrt hatte und von einer Waldfee mit einem Todesfluch belegt worden war. Sie konnte sich nur schwer konzentrieren, weil unter der Außenlampe von Greta und Gunnar ein großer Nachtfalter umherflatterte.

Am allerliebsten wollte die Königin des Waldes cinfach nur schlafen. Das wollte sie eigentlich immer. Sie freute sich nicht gerade darauf, mit einer Waldfee zu verhandeln. Das führte normalerweise dazu, dass alle Beteiligten schlechte Laune bekamen. Aber vielleicht ließe sich dieser Situation auch etwas Positives abgewinnen? Vielleicht konnte dieser unsympathische Trottel von außerhalb zu etwas nützlich sein, jetzt, wo das Flüstern im Wind an Stärke zugenommen hatte. Jetzt, wo es mehr war als ein böses Gerücht.

Der Tränentriefer ist zurück. Der Tränentriefer ist definitiv zurück.

15

Sie haben es doch versprochen», sagte Greta.

Ich zuckte mit den Achseln und wusste nicht recht, wie ich mit ihrem Einwand umgehen sollte.

«Sie haben versprochen, den Fluch ernst zu nehmen, falls der Wohnwagen näher an die Kante heranrollen sollte.»

Eine halbe Stunde zuvor war ich im Wohnwagen aufgewacht. Wegen des unbequemen Betts tat mir der ganze Körper weh, aber ich hatte geschlafen wie ein Stein. Zugleich spukte der Albtraum vom nächtlichen Klopfen noch immer in meinem Kopf herum. Es war doch nur ein Traum gewesen, oder?

Als ich aus dem Bett stieg und meinen Rücken streckte, holte mich die Wirklichkeit langsam wieder ein. Mein Auto war in einem Kanal abgesoffen. Meine Auftritte waren abgesagt worden. Düstere Zukunftsaussichten. Eigentlich war meine ganze Welt aus den Fugen geraten. Ein Gefühl, das noch verstärkt wurde durch die Tatsache, dass der Wohnwagen starke Schlagseite bekommen hatte. Als ich die Tür öffnete, prallte ich gegen den Stamm einer Kiefer, die am Abend zuvor ganz sicher noch nicht dort gestanden hatte. Ich verlor den Kampf gegen einige spitze Zweige und fiel mit dem Gesicht voran in eine schlammige Pfütze.

Auf wundersame Weise hatte sich der Wohnwagen im Lauf der Nacht ein paar Meter weiterbewegt.

Im Wald hingen noch Schleier vom Morgennebel. Greta, Gunnar und ich standen jeder mit einem Becher Kaffee im feuchten Gras vor dem Wohnwagen.

«Ja, er hat sich tatsächlich bewegt. Aber es scheint heute Nacht stark geregnet zu haben. Vielleicht ist er auf dem feuchten Moos ... ins Rutschen geraten.»

Der Wohnwagen war auf unerklärliche Weise mit den Reifen über die Holzkeile gerollt. Der Regen war nicht gerade eine logische Erklärung, aber wie sollte es sonst zugegangen sein? Starker Wind? Nein, das kam mir genauso unwahrscheinlich vor.

«Sind Sie etwa heute Nacht hier gewesen und haben den Wohnwagen verschoben?»

Gunnar schüttelte so heftig den Kopf, dass ihm die langen Haare um die Ohren flatterten. Als er sich mit Armen und Schultern gegen den Wohnwagen stemmte und ihn wieder an die richtige Position bugsierte, erwies er sich als bärenstark.

Ich deutete anklagend mit dem Finger auf ihn.

«Sie sind tatsächlich heute Nacht hier gewesen und haben ihn verschoben. Geben Sie es zu.»

Er schüttelte erneut den Kopf. Diesmal mit einem freundlichen Lächeln.

«Vielleicht war es ja der Nachtklopfer, der sich geärgert hat, weil Sie ihm nicht die Tür geöffnet haben.»

«Ganz bestimmt», brummte ich und trank von meinem Kaffee.

Greta füllte meinen Becher aus der mitgebrachten Thermoskanne auf. Dann half sie Gunnar, die Holzkeile wieder unter die Reifen zu schieben. Als sie fertig waren, nahm ich Blickkontakt zu ihnen auf und versuchte wieder die Oberhand zu gewinnen.

«Es mag sein, dass ich Ihnen gestern etwas versprochen habe. Aber da hatte ich in der Nacht zuvor kein Auge zugemacht und wollte Sie höchstwahrscheinlich nur zum Schweigen bringen, um meine Ruhe zu haben. Aber angenommen, ich würde daran glauben, von einer Waldfee mit einem Todesfluch belegt worden zu sein. Ich behaupte also keineswegs, daran zu glauben, aber angenommen, es wäre so, wie könnte ich mich wieder davon ... befreien?»

Denn ehrlich gesagt war ich schon neugierig darauf, wie man einen Todesfluch wieder loswurde, an dessen Existenz ich natürlich keineswegs glaubte.

«Als Erstes müssen Sie sieben verschiedene Blumen pflücken und sie der Waldfee übergeben», erklärte Greta ebenso selbstverständlich, als spräche sie übers Wetter. «Dadurch verschwindet der Todesfluch zwar nicht, aber wenn Sie ihr Respekt zollen, verhält sie sich Ihnen gegenüber vielleicht etwas wohlwollender und verschont Sie eine Weile lang vom Unglück. Sie schläft gern mit Blumen unter dem Kopfkissen.»

«Benutzen eigentlich alle Waldwesen Kopfkissen?»

«Als Zweites sollten Sie aufhören, das Ganze ironisch zu kommentieren, sondern die Sache ernst nehmen.»

«Ich werde mich bemühen», versprach ich mit einem angestrengten Lächeln.

«Nachdem Sie die Blumen für die Waldfee gepflückt haben, müssen Sie sich drei Prüfungen unterziehen, durch die Sie sich als würdiger Gast in Tiveden erweisen. Wenn Sie diese bestehen, werden Sie Hilfe vom Miststück erhalten.»

«Mist... was?», fragte ich nach und bemühte mich ernsthaft, jegliche Ironie aus meiner Stimme zu verbannen.

«Das Miststück ist die Königin des Waldes. Wenn Sie dem Wald und seinen Bewohnern Respekt erweisen, gelingt es dem Miststück möglicherweise, die Waldfee zur Aufhebung des Fluchs zu überreden.»

Gunnar legte mir freundschaftlich die Hand auf die Schulter.

«Die Moral dieser Geschichte lautet, dass man einem kleinen Mädchen beim Blumenpflücken hilft, wenn es einen darum bittet. Auch wenn das Mädchen in diesem Fall ein rachsüchtiges Wesen ist, das Sie dazu bringen möchte, sich das Leben zu nehmen, um Ihre Seele in ihrer Haarspange einfangen zu können. Doch das Prinzip ist dasselbe. Seien Sie nett zu allen Mädchen. Den großen und den kleinen.»

Nachdem Gunnar seine spießigen Ausführungen beendet hatte, nickte ich, obwohl ich drauf und dran war, einen spöttischen Kommentar abzugeben.

«Zuerst muss ich also sieben Blumen für die Waldfee pflücken, um sie gnädig zu stimmen.»

«Genau», meinte Gunnar und genehmigte sich einen großen Schluck Kaffee.

«Und danach muss ich mich drei Prüfungen unterziehen, um mich des Waldes und des ... Miststücks würdig zu erweisen.»

Das knochige wettergegerbte Paar nickte mir aufmunternd zu.

«Und was sind das für Prüfungen?»

«Beginnen Sie erst einmal mit dem Blumenpflücken», entgegnete Greta freundlich. «Sieben verschiedene Blumen. Entfernen Sie sich nicht allzu weit vom Haus, und versuchen Sie, noch vor Einbruch der Dunkelheit wieder zurück zu sein.»

Gunnar hielt den Blumensprüher hoch und spritzte mir eine ganze Ladung ins Gesicht. Ich ließ es klaglos über mich ergehen.

Eigentlich hätte ich mich dringend darum kümmern müssen, den Abschleppdienst zu rufen, damit er meinen Passat aus dem Wasser zog und ich feststellen konnte, ob sich von meiner Zauberausrüstung im Koffer vielleicht noch irgendetwas retten ließ. Außerdem hätte ich mir einen Leihwagen für die Heimreise organisieren sollen. Doch stattdessen war ich in Gunnars hässlichem Trainingsanzug und in einem Paar zu großer Gummistiefel unterwegs, um einer Waldfee Blumen zu pflücken. Und warum das Ganze? Ich wusste es selbst nicht genau. Als Sebastian und ich uns früher Horrorfilme anschauten, mussten wir manchmal über die verrückten Typen lachen, die sich trotz eindeutiger Beweise weigerten zu glauben, dass sich ein Mörder auf ihrem Dachboden versteckt hielt, dass ihr Nachbar ein Vampir war oder dass das Haus, in dem sie wohnten, direkt über dem Tor zur Hölle errichtet worden war.

Ich besaß zwar keinen untrüglichen Beweis dafür, dass ich von einer Waldfee heimgesucht worden war, ich glaubte ja nicht einmal an Fabelwesen, und dennoch hatte ich mich auf den Weg in den Wald begeben. Vielleicht schadete es auch nicht, ein paar Stunden zu opfern, um Gretas und Gunnars Erwartungen zu erfüllen. Ich hatte es schließlich nicht besonders eilig, nach Hause zu kommen.

Greta hatte mir auf einem Zettel sieben Blumennamen notiert, die angeblich in dieser Gegend blühten. Ich faltete ihn auseinander und las mir die Namen durch, während ich mich bemühte, bemoosten Steinen und knackenden Zweigen auszuweichen.

Glockenblume
Platterbse
Niedrige Schwarzwurzel

Margerite
Hexenkraut
Rote Seerose
Flaumhaarige Schlinge

Von Glockenblumen und Margeriten hatte ich schon gehört. Doch ohne Handy und Internet war mir der Zettel keine große Hilfe, denn ich hatte keine Ahnung, wie diese Blumen aussahen. Greta meinte, ich müsse nicht unbedingt genau diese Blumen pflücken, doch es wäre von Vorteil, wenn ich Rote Seerosen auftreiben könnte, da sie offenbar die Lieblingsblumen der Waldfee waren. Wir hatten gerade Ende Juni, und Seerosen blühten eigentlich erst im Juli und August, doch mit etwas Glück würde ich einen Waldsee finden, auf den tagsüber die Sonne schien und wo vielleicht schon die Seerosen blühten. Greta hatte auf der Rückseite des Zettels eine Karte skizziert, die mich zu einem solchen Weiher führen würde. Zur Orientierung hatte sie auch ihr Häuschen eingezeichnet.

Doch schon nachdem ich ein paar hundert Meter im Zickzack zwischen Bäumen und Felsblöcken zurückgelegt hatte, hatte ich keine Ahnung mehr, wo ich mich befand.

16

Zu Hause in Sundbyberg fällt mir normalerweise gar nicht auf, ob die Luft, die ich einatme, sauber ist oder nicht. Man macht sich schlicht und ergreifend keine Gedanken über so etwas. Es ist einfach nur Luft. Doch im Urwald von Tiveden war sie gehaltvoll und dickflüssig wie Sirup. Der süßliche und intensive Geruch von Baumharz und feuchtem Holz stieg mir in die Nase, und auf der Zunge verspürte ich den Geschmack von Kiefernnadeln.

Ich blieb stehen und schaute mich um. Jeder einzelne Schritt durch das unebene Gelände war mühsam und verursachte mir Atemnot. Der Wald vor mir wirkte dunkel und neblig, obwohl es mitten am Tag war. Mich umgab ein Klangteppich aus sanftem Rauschen.

Plötzlich hatte ich das Gefühl, beobachtet zu werden. Greta hatte mich darauf hingewiesen, dass die Waldfee mich vermutlich im Blick behalten würde. Sie und Gunnar meinten, es wäre gut, wenn sie mich beim Blumenpflücken sah, da es sie womöglich milder stimmen und verhindern würde, dass mir weiteres Unglück zustieß.

Ich befühlte meine Stirn, konnte jedoch keine Spuren von Rußflecken an meinen Fingern erkennen. Das war schon mal ein gutes Zeichen. Doch das Gefühl, beobachtet zu werden, nahm zu. Ich wirbelte herum und war darauf gefasst, das Mädchen im weißen Kleid hinter einem Baum hervorlugen zu sehen. Aber da war niemand. Allerdings entdeckte ich auf dem Boden hinter mir eine Reihe von gelben Blumen, genau dort, wo ich eben entlanggegangen war. Ich begriff nicht, wie ich sie hatte übersehen können, und pflückte eine Handvoll. Dann setzte ich meine anstrengende Wanderung über Stock und Stein fort und geriet immer tiefer in den Wald hinein.

Mir kam das seltsame Gespräch mit Greta und Gunnar in den Sinn, kurz bevor ich mich auf Blumensuche begeben hatte.

«Anton, gibt es eigentlich irgendetwas, wofür Sie sich schämen?», fragte Greta unvermittelt.

«Schämen? Wie meinen Sie das?»

«Da Sie nun das gesamte Wochenende hierbleiben, würden wir gern mehr über Sie erfahren. Das, wofür sich jemand schämt, sagt viel über einen Menschen aus.»

«Ich weiß nicht recht. Wofür schämen Sie sich denn?»

«Ich schäme mich dafür, dass ich Gunnar einmal für eine selbstgebackene Biskuitrolle mit Möhrenpüree gelobt habe, obwohl sie mir überhaupt nicht geschmeckt hat», erzählte Greta.

«Es war ein ziemlich misslungenes Experiment, und ich schäme mich, weil ich nicht gemerkt habe, dass Greta sie nicht mochte, sondern noch mehr davon gebacken habe», warf Gunnar ein.

«Was für ein Fauxpas! Und Ihre Ehe ist an dieser Krise nicht zerbrochen?», entgegnete ich und pfiff darauf, dass mein Tonfall sarkastisch klang.

«Aus diesem Fehler haben wir gelernt, etwas feinfühliger miteinander umzugehen», erklärte Greta und lächelte Gunnar warmherzig zu.

«Und dass man Respekt vor den Zutaten einer Biskuitrolle

haben sollte», meinte Gunnar. «Ich dachte, es würde so ähnlich wie eine Möhrentorte schmecken, aber das Ergebnis war irgendwie eigenartig.»

«Außerdem schäme ich mich, weil ich Gunnar damals so schlecht behandelt habe, als wir noch jung waren und festgestellt hatten, dass wir keine Kinder bekommen können», sagte Greta und faltete die Hände. «Es lag an mir, aber ich habe mich geweigert, es zu akzeptieren. Stattdessen habe ich die Untersuchungsergebnisse vom Arzt versteckt und Gunnar die Schuld in die Schuhe geschoben. Mir wird jetzt noch ganz anders, wenn ich daran denke, wie ungerecht ich war.»

Gunnar legte einen Arm um Gretas Schulter.

«Da wir keine Fabelwesen sind, die Menschenkinder rauben, haben wir über eine Adoption nachgedacht», sagte er. «Ich war damals jung, unerfahren und etwas engstirnig und wollte entweder ein ‹richtiges› Tiveden-Kind oder gar keins haben. Und es gibt noch etwas, wofür Greta und ich uns schämen, nämlich die Tatsache, dass es uns manchmal unangenehm ist, den Leuten von unserer Kinderlosigkeit zu erzählen. Als wären wir dadurch weniger wert. Aber wir haben auch zu zweit ein langes, ausgefülltes und lustiges Leben gehabt. Und *dafür* schämen wir uns nicht.»

Greta nickte. Die beiden blickten mich erwartungsvoll an. Ich wollte gegenüber diesen Menschen, die ich kaum kannte, nicht allzu persönlich werden, doch da wir uns nach meinem elenden Aufenthalt hier wohl nie mehr wiedersehen würden, stand mein Ruf nicht unbedingt auf dem Spiel.

«Ich schäme mich dafür, dass ich nachts als Putzmann bei IKEA gearbeitet habe.»

Sie starrten mich verdutzt an.

«Haben Sie denn etwas gegen IKEA?», fragte Gunnar.

«Oder schämen Sie sich etwa, weil Sie als Putzmann gearbeitet haben?», wollte Greta wissen.

«Ich bin keine Putzkraft, sondern ein professioneller Zauberer.»

Zum Glück begriffen sie, dass ich damit nicht die übernatürlichen Kräfte meinte, die ihrer Auffassung nach im Urwald von Tiveden herrschten. Ich musste ihnen nichts weiter erklären, und sie baten mich auch nicht darum, ihnen einen Zaubertrick vorzuführen, was mir sehr recht war. «Ich fand es unter meiner Würde, staubsaugen zu müssen, um meine Miete bezahlen zu können», erklärte ich. «Es ist unfair. Ich bin nämlich mindestens genauso gut wie gewisse andere Zauberer, die von ihrer Arbeit hervorragend leben können. Vor drei Jahren habe ich mir einen Nebenjob gesucht, und zwar nachts, weil ich nicht wollte, dass mich jemand erkennt. Ich hab es ein paar Monate lang durchgezogen. Und dafür schäme ich mich.»

«Danke, dass Sie uns davon erzählt haben», meinte Greta. «Jetzt wissen wir schon etwas besser, was für ein Mensch Sie sind.»

«Und was machen Sie beruflich?», rutschte es mir heraus, obwohl es mich nicht im Geringsten interessierte. «Sind Sie Rentner?»

«Gunnar war Straßenarbeiter, und ich habe in der Stofffabrik außerhalb von Olshammar gearbeitet. Doch vor zwanzig Jahren haben wir eine Waldnymphe befreit, die in eine Tierfalle geraten war. Zum Dank für unsere Hilfe hat sie zehn Wollknäule in Gold verwandelt. Seitdem arbeiten wir nicht mehr.»

Inzwischen reagierte ich kaum noch auf all die befremdlichen Dinge, die sie von sich gaben. Doch während ich durch den Wald streifte und das Gespräch Revue passieren ließ, fragte ich mich, wieso Greta es nötig fand, dass ich das gesamte Wochenende bei ihnen blieb. Wie umfassend waren diese drei Prüfungen denn bitte? Für einen Augenblick achtete ich nicht darauf, wo ich meine Füße hinsetzte, und blieb mit einem Gummistiefel unter einem hervorstehenden Ast hängen. Ich geriet ins Stolpern, ließ die gelben Blumen fallen und kullerte einen bewaldeten Abhang hinunter. Meine Ellenbogen, die Knie und mein Steißbein stießen dabei gegen jeden scharfkantigen Stein, den der Abhang zu bieten hatte. Deshalb war es geradezu befreiend, kurz darauf über einen kleinen Absatz hinwegzuschweben. Im nächsten Moment landete ich in einem Waldsee.

Das Wasser war so kalt, dass ich anfangs wie gelähmt nach unten sank. Als ich schließlich strampelnd versuchte, wieder an die Wasseroberfläche zu gelangen, verfingen sich meine Arme und Beine in verschlungenem glitschigem Wurzelwerk. Da ich es versäumt hatte, tief Luft zu holen, bevor ich in den See eintauchte, überkam mich Panik. Die Wurzeln zogen sich wie Schlingen zu, und je mehr ich an ihnen zerrte und um mich trat, desto schlimmer wurde es.

Gleich sterbe ich ...

Meine Lungen brannten, und ich hätte mich gedanklich aufs Überleben konzentrieren sollen, doch stattdessen fragte ich mich seltsamerweise, was Sebastian und Charlotta wohl gerade taten. Höchstwahrscheinlich ruhten sie sich nach einem umjubelten und lukrativen Auftritt in der Sparbanken Arena in Lidköping erst einmal aus. Vielleicht saßen sie gerade im Wintergarten ihrer Luxusvilla mit grandioser Aussicht auf eine Meeresbucht.

Der Gedanke an meine erschreckend erfolgreichen früheren Freunde hatte in mir offenbar jede Menge Energie freigesetzt. Ich strampelte noch einmal wild um mich, und endlich gelang es mir, mich aus dem Wurzelgeflecht zu befreien und die Wasseroberfläche zu erreichen. Doch als ich hustend und wasserspuckend wieder auftauchte, wurde eine Heerschaar von Mücken oder Stechfliegen auf mich aufmerksam und versuchte mir in die Nasenlöcher und Augenhöhlen zu kriechen.

Ich fuchtelte fluchend mit den Armen, doch die kleinen geflügelten Biester schienen gegen meine kurzatmigen Verunglimpfungen immun zu sein. In diesem Moment sah ich, dass die gesamte Oberfläche des Waldsees mit runden flachen Blättern und Roten Seerosen bedeckt war. Ich riss zwei Blüten ab und wehrte mich dabei weiter gegen die stürmische Attacke der Mücken, Stechfliegen oder was auch immer es für Viecher waren.

Nachdem ich mir die Seerosen unters Kinn geklemmt hatte, schwamm ich ans Ufer. Schließlich entstieg ich mit schwankenden Schritten dem See und sank ermattet auf einen Baumstumpf. Ich sammelte mich ein paar Minuten, bis ich merkte, dass der Stumpf Teil eines gigantischen Ameisenhaufens war.

Ich weiß, dass es in Schweden schwarze und rote Ameisen gibt, wobei nur Letztere beißen. Außerdem weiß ich, dass sie in einem unglaublich faszinierenden Staatensystem mit Königinnen und Arbeiterinnen leben, dass Ameisenhaufen spektakuläre weitverzweigte Gebilde sind und dass die kleinen Tiere mit Fug und Recht böse werden, wenn man sich auf ihre Nester setzt. Relativ schnell stellte ich fest, dass es sich in diesem Fall um rote Ameisen handelte. Ich sprang auf, suchte das Weite und verbrachte ungefähr zehn Minuten damit, halb nackt herumhüpfend meine Gummistiefel zu leeren und den Trainingsanzug über meinem Kopf hin und her zu schwingen, um die kleinen beißenden Teufel loszuwerden. Sollte die Waldfee tatsächlich hinter mir herschleichen und mich beobachten, lachte sie sich bei meinem Anblick höchstwahrscheinlich gerade schief.

Ich hasste die Waldfee.

Ich hasste kriechende und fliegende Insekten.

Ich hasste Tiveden.

Ich zog mich wieder an und suchte nach weiteren Blumen.

Ich hasste Blumen.

17

Meiner alten wasserdichten Casio-Uhr zufolge war ich drei Stunden lang im Wald herumgeirrt. Mir kam es mindestens doppelt so lang vor. Meine Kleidung war schon seit einiger Zeit wieder trocken, doch überall am Körper juckte es vor lauter Mückenstichen und Ameisenbissen.

Mittlerweile hatte ich einen riesigen Blumenstrauß gepflückt. Es waren mindestens fünfzehn verschiedene Sorten und jeweils mehrere Exemplare. Greta musste nur noch auswählen, welche davon einer Waldfee gefallen könnten. Vorausgesetzt, ich fand den Weg zurück zum roten Häuschen überhaupt wieder. Die von Hand gezeichnete Karte nützte mir jedenfalls herzlich wenig.

Da der Wohnwagen auf einer Anhöhe stand, verließ ich mich auf mein Gefühl und schlug die Richtung ein, in der es bergauf ging. Als ich über ein mit Baumstümpfen durchsetztes Moor wanderte, entdeckte ich ein Zelt. Es stand schief, und die Zeltplanen hingen durch. Ringsherum auf dem Boden lagen Konservendosen und leere Süßigkeitentüten verstreut. Das konnte nur Jormas Zelt sein. Über die gesamte Seite verlief ein langer Riss. Ich trat näher heran und warf einen Blick ins Zeltinnere. Niemand da. Allerdings waren die Wände und der Boden mit roten Flecken übersät, insbesondere an der Stelle, wo die Plane gerissen war. Ich hoffte, dass es sich nur um Ketchup handelte. Oder gab es in diesem Teil von Tiveden womöglich doch Bären?

«Jorma?», rief ich in den Wald hinein.

Meine Stimme klang so dünn, als würde sie vom Dickicht gedämpft. Keine Antwort. Ich umrundete das Zelt in einem weiten Bogen und prägte mir sowohl die Richtung ein, aus der ich gekommen war, als auch die, in die ich vorhatte weiterzugehen.

«Jorma!»

Vielleicht war er gerade auf der Suche nach magischen Steinen und Kristallen. Erneut warf ich einen Blick auf das Zelt. Ich konnte nicht genau ausmachen, ob es aufgeschlitzt oder aufgerissen worden war. Vermutlich hatte Jorma den Schaden selbst verursacht. So musste es sein, redete ich mir ein, da ich weder die Zeit noch die Lust hatte, mich auf die Suche nach ihm zu begeben.

Ich verließ den Zeltplatz und ging weiter in die Richtung, die ich anvisiert hatte.

Normalerweise verbinde ich mit einem Aufenthalt in der Natur Vogelgezwitscher, doch in diesem Wald war alles still und ruhig. Bisher hatte ich im Nationalpark Tiveden keinen einzigen Vogel gehört. Gerade als ich mich darüber wunderte, raschelte es hoch über mir in einem Baumwipfel. Ich schaute nach oben und sah etwas geradewegs auf mich herunterfallen. Ein Vogelnest mit Eiern darin. Natürlich überstanden die Schalen den Fall auf mein Gesicht nicht unbeschadet. Mindestens zehn kleine Eier klatschten mir ins Gesicht, was verdammt weh tat.

Ich taumelte nach hinten. Zu den Schmerzen gesellte sich ein entsetzlicher Gestank. Es brannte in meinen Augen, und mir drehte sich der Magen um, als mir die zähflüssige Eierpampe in die Nase und den Mund rann.

Ich stieß gegen einen Baumstamm und spürte plötzlich etwas Zotteliges im Nacken.

Ein Marder, wie Gunnar mir später erklärte, als er die Schnittwunden in meinem Gesicht mit Wundalkohol desinfizierte. Aber in dem Moment, als das Tier mir vom Baumstamm aus geradewegs ins Gesicht gesprungen war, konnte ich das natürlich nicht erkennen. Ich fuchtelte wild mit den Armen und versuchte den Angreifer abzuschütteln, doch das Tier biss mich in den Finger und schleckte die zerlaufenen Eier in sich hinein. Als der Marder sich den Bauch vollgeschlagen hatte, stieß er sich mit den Krallen ab und sprang zurück auf den Baumstamm. Dann war er verschwunden. Vermutlich satt und zufrieden. Ich wischte mir mein klebriges, brennendes und blutendes Gesicht ab und klaubte die Blumen wieder vom Waldboden auf.

Ich weiß nicht recht, ob man die Marderattacke, den unliebsamen Kontakt mit dem Ameisenhaufen und die Tatsache, dass ich beinahe in einem Waldsee ertrunken wäre, als weitere Unglücke betrachten sollte oder ob all dies nur damit zusammenhing, dass ich mich in einer ungewohnten Umgebung befand. Jedenfalls ließ ich meiner ganzen Wut auf die Waldfee freien Lauf und brüllte: «Ich hab dir einen Riesenstrauß Blumen gepflückt, verdammt noch mal! Jetzt beruhige dich endlich!»

Natürlich erhielt ich keine Antwort. Im Wald blieb es totenstill. So weit war es also schon mit mir gekommen, dass ich ein übernatürliches Wesen anbrüllte. Ich versuchte mich zusammenzureißen. Als ich mich wieder einigermaßen gefangen hatte, setzte ich meine strapaziöse Wanderung über bemooste Steine und widerspenstige Zweige fort.

«Na? Alles in Ordnung?»

Ich fuhr herum. Ein Stück entfernt stand Gunnar und hängte Wäsche auf eine Leine. Im Hintergrund war das rote Häuschen zu sehen. Ich hatte zurückgefunden! Wenn auch nur mit etwas Glück und Gunnars Hilfe, denn hätte er mich nicht angesprochen, wäre ich wahrscheinlich einfach weitergegangen und hätte das Häuschen übersehen.

Nachdem ich geduscht und Gunnar meine Wunden versorgt hatte, setzte ich mich zum Essen an den Tisch. Greta servierte Kartoffelklöße mit zerlassener Butter und Preiselbeerkompott, die ich mit Malzbier hinunterspülte. Nach den Abenteuern des heutigen Tages war ich regelrecht ausgehungert.

Während ich das Essen in mich hineinschaufelte, inspizierte Greta meinen Blumenstrauß. Sie sortierte Unkraut und doppelte Exemplare aus und lobte mich sogar, weil es mir gelungen war, sieben verschiedene Blumensorten zu finden. Besonders begeistert war sie von der Roten Seerose. Ich nickte zufrieden und mit vollem Mund. Zum Nachtisch gab es nicht ganz unerwartet Biskuitrolle. Diesmal mit Himbeerfüllung.

Der Stuhl, auf dem ich saß, brach nicht zusammen, und auch sonst stieß mir während des Abendessens nichts zu, was mir wie ein großer Erfolg vorkam. Da fiel mir wieder ein, was ich noch klären wollte. Ich wandte mich an Greta.

«Bevor ich vorhin losging, meinten Sie, dass ich wohl über das gesamte Wochenende hierbleiben müsse. Wie viel Zeit nehmen denn diese Prüfungen eigentlich in Anspruch?»

«Es hängt davon ab, wie schnell Sie sie bewältigen. Ich vermute, mindestens das gesamte Mittsommerwochenende. Ein wenig Zeit muss man sich dafür schon nehmen.»

«Aha. Dann habe ich wohl etwas nicht ganz mitbekommen. Ich hatte gehofft, das Ganze relativ zügig hinter mich bringen zu können.»

«Wie kommen Sie denn darauf? Haben Sie Erfahrung auf diesem Gebiet?», fragte sie in einer leicht provozierenden Art und Weise, die mir ganz und gar nicht gefiel.

«Sie haben versprochen, den Fluch ernst zu nehmen, wenn sich der Wohnwagen weiter in Richtung Abhang bewegt», warf Gunnar ein und schob sich eine Scheibe von der Biskuitrolle in den Mund. «Ich finde, man sollte Versprechen auch einhalten», fuhr er fort, nachdem er fertig gekaut hatte.

«Hatten wir das Thema nicht schon? Mag sein, dass ich es versprochen habe. Aber wenn ich ehrlich sein soll, glaube ich immer noch nicht recht daran, dass ein Fluch auf mir lastet. Deshalb hatte ich gehofft, es würde wenigstens schnell gehen.»

Greta und Gunnar lachten auf. Ich zuckte verständnislos mit den Achseln und fragte mich, was daran so lustig war.

«Sie haben den halben Tag damit zugebracht, Blumen für eine Waldfee zu pflücken, an deren Existenz Sie nicht glauben», meinte Greta. «Klingt das nicht etwas widersprüchlich? Bereiten Sie auch gerne stundenlang eine Mahlzeit zu, ohne sie aufzuessen?»

Gunnar lächelte ihr anerkennend zu, als hätte sie das Totschlagargument schlechthin vorgebracht. Bedauerlicherweise musste ich Greta recht geben. Meine Überlegungen waren in der Tat widersprüchlich gewesen. Ich konnte all die Merkwürdigkeiten, die die beiden von sich gaben, einfach nicht für bare Münze nehmen. Doch zugleich traute ich mich auch nicht, sie völlig zu ignorieren.

Widersprüchlich – das war eine treffende Beschreibung

meiner Situation. Wie oft hatte ich mir seit dem Unfall gewünscht, dass ich ganz plötzlich in meinem Auto wieder zu mir kommen würde. Dass ich nach dem Zusammenprall mit dem roten Chesterfieldsofa bewusstlos geworden wäre und alles, was in den vergangenen Stunden geschehen war, nur geträumt hätte.

Doch leider schien das nicht der Fall zu sein.

«Na gut, dann dauert es eben etwas länger», meinte ich und bemühte mich dabei so zu klingen, als wäre ich selbst darauf gekommen.

Sie reichten mir die Platte mit der Biskuitrolle.

«Übrigens bin ich vorhin an einem Zelt vorbeigekommen, dessen Plane eingerissen war», erzählte ich und wischte mir einen Klecks Himbeerfüllung aus dem Mundwinkel. «Ich glaube, es gehört einem jungen Mann namens Jorma. Das ist ein Spinner, der wegen einer Quest im Wald unterwegs ist.»

«Ein was?», fragte Greta nach.

«Ein Spinner.»

«Das habe ich nicht gemeint. Das andere Wort hatte ich nicht verstanden.»

«Ach so, Quest? Das ist Englisch und bedeutet so was wie heldenhafter Auftrag. Kommt in vielen Büchern und Filmen vor. Doch der Typ hat sich offenbar eher von irgendwelchen Rollenspielen auf dem Computer inspirieren lassen. Jedenfalls ist er auf der Suche nach magischen Steinen und Kristallen für seine Freundin.»

Ich erntete verständnislose Blicke.

«Na ja, ich kenne ihn nicht näher», fuhr ich fort. «Er ist an der Tankstelle plötzlich in meinen Wagen gesprungen und hat mich zu einem Minigolfplatz gelotst, wo er sein Lager aufgeschlagen hatte. Er hat gedacht, er wäre im Urwald von

Tiveden, doch dann habe ich ihm erklärt, dass er sich auf der falschen Seite der Hauptstraße befindet.»

«Sie haben ihn also hergeschickt?», fragte Gunnar beunruhigt.

«Hergeschickt nicht gerade. Ich hab ihm nur gesagt, dass er vermutlich auf der falschen Seite war.»

«Hatten Sie den Eindruck, dass sich dieser Mann im Wald auskennt?»

«Ich hatte eher den Eindruck, dass er überhaupt keinen Plan hat.»

Jetzt wirkte auch Greta beunruhigt.

«Und nach welchen Steinen hat er gesucht?»

«Ich hab ihm nicht so genau zugehört. War es Hexenquarz? Und Trollohr oder Trollauge?»

Gunnar ging zum Telefon.

«Wie sieht er denn aus?», wollte er wissen.

Ich musste nachdenken.

«Um die zwanzig, mager und blass. Mit fettigen Haaren, vielleicht sind sie aber auch gegelt. Jedenfalls hat er zu viele Haare auf dem Kopf, was irgendwie komisch aussieht. Und er trägt eine viel zu große Daunenjacke.»

«Haben Sie seine Handynummer?»

«Nein, aber ich habe sein Handy. Es ist ihm heruntergefallen, als er in meinem Auto saß.»

Gunnar wählte eine Nummer und sprach wenig später mit jemandem am anderen Ende der Leitung. Er bat ihn oder sie, Ausschau nach einem «Straßenläufer» zu halten, der sich vermutlich auf der Jagd nach verbotenen Steinen im Wald verirrt habe. Nach dem Telefonat fragte ich ihn, was ein «Straßenläufer» sei, und erfuhr, dass die Bewohner von Tiveden die Leute aus der Stadt so nannten. Menschen, die auf Straßen anstelle von Waldwegen gehen.

Ich wandte mich an Gunnar. «Und was meinten Sie mit den verbotenen Steinen? Tut Jorma etwas Unerlaubtes?»

«Nun ja, Hexenquarz zum Beispiel ist ein Stein, den viele Waldfeen gern sammeln. Es wäre bedauerlich, wenn Jorma auf eine dieser Sammlungen stoßen würde. Das heißt, bedauerlich für Jorma.»

Greta und Gunnar schauten mich an wie Eltern, die von ihrem Kind enttäuscht waren, weil es etwas angestellt hatte.

«Ich hab ihn ja gar nicht bewusst hergeschickt. Außerdem habe ich sein Gerede über magische Steine und Kristalle eher als kindisches Gequatsche abgetan.»

Sie wirkten noch immer enttäuscht. Ihre anklagenden Blicke nervten mich langsam.

«Der Typ hat mich einfach gekidnappt! Die Verkäuferin in der Tankstelle hat meine Heckscheibe eingeschlagen, weil sie glaubte, ich wäre sein Komplize und wollte sie beklauen. Er hat mir jede Menge Probleme beschert, deswegen ist es mir auch ziemlich egal, ob er sich im Wald verirrt hat. Warum kümmert sich eigentlich keiner um mich und meine Probleme?»

Endlich hörten Greta und Gunnar auf, mich enttäuscht anzustarren, und blickten zu Boden. Die restliche Biskuitrolle aßen wir schweigend.

18

Ein paar Stunden nach Sonnenuntergang gingen wir hinaus in den Wald. Greta und Gunnar vorneweg mit jeweils einer Petroleumlampe, während ich ihnen mit dem Blumenstrauß folgte, von Mücken zerstochen, mit Ameisen- und Marderbissen traktiert und ziemlich schlecht gelaunt. Am Abend hatte Gunnar noch diverse Anrufe erhalten. Ich hatte den Eindruck, dass er eine Art Warnung vor dem Straßenläufer Jorma herausgegeben hatte, der sich in Tiveden verirrt hatte, woraufhin nun alle Bewohner der Gegend Rundrufe starteten. Und dass alles anscheinend mein Fehler war. Ich fand es verdammt unfair und war ziemlich wütend.

Plötzlich löschten Gunnar und Greta ihre Lampen und zogen mich hinter einen bemoosten Felsblock. Sie deuteten auf einen entwurzelten Baum, der ungefähr zehn Meter von uns entfernt lag. Greta sprach im Flüsterton zu mir.

«Wenn sie daliegt und schläft, legen Sie die Blumen einfach ab und gehen wieder. Sollte sie aber nicht da sein, legen Sie die Blumen unter ihr Kopfkissen und sprechen die Worte, die auf dem Zettel stehen.»

Ich nickte und entfaltete den Zettel, den Greta mir gegeben hatte.

«Und fügen Sie auf keinen Fall irgendwelche ironischen Bemerkungen hinzu. Sagen Sie nur das, was auf dem Zettel steht.»

Ich nickte erneut, und zwar so ironisch und spöttisch wie möglich. Dann verließ ich unser Versteck hinter dem Felsen und versuchte mich lautlos über den unebenen Waldboden vorwärtszubewegen. Doch bei jedem zweiten Schritt trat ich aus Versehen auf trockene Zweige. Offenbar bin ich nicht besonders gut darin, lautlos durch den Wald zu schleichen.

Die Wurzel des umgestürzten Baumes türmte sich vor mir auf. Das mit Erdklumpen bedeckte Wurzelwerk erinnerte mich an eine Riesenspinne in Lauerstellung. Dass Baumwurzeln zuschlagen konnten, wenn man unter ihnen stand, hielt ich natürlich für Unsinn. Trotzdem konnte es nicht schaden, vorsichtig zu sein.

Als ich vor der Baumwurzel stand, warf ich einen Blick in die dunkle Grube, die sich darunter befand. Keine schlafende Waldfee. Nur ein schmutziges Kopfkissen. Greta und Gunnar wollen mich reinlegen, dachte ich skeptisch, sie haben das Kissen selbst dort hineingelegt. Doch dann zwang ich mich, meine Aufgabe ernst zu nehmen. Eine plötzliche Bewegung im Augenwinkel ließ mich unvermittelt aufschauen. Ich warf einen Blick in den blauschwarzen diesigen Wald neben der Baumwurzel. Dabei beschlich mich das Gefühl, von irgendeinem Waldwesen beobachtet zu werden, das sich ein Stück entfernt gerade hinter einem Baum versteckte. Doch es war dunkel, und es herrschte absolute Stille. Soweit ich es erkennen konnte, war niemand zu sehen.

Ich ging in die Hocke, beugte mich langsam unter die Wurzel des Baumes und legte die sieben Blumen unter das Kopfkissen. Wenn die Wurzel jetzt plötzlich zuklappte, würde sie meinen Körper zerquetschen. Ich wollte es mir lieber nicht näher ausmalen. Als ich das Kissen anhob, suchten ein paar daruntersitzende Käfer das Weite. Einige krabbelten auf meine Gummistiefel, und ich schnippte sie wieder hinunter, bevor ich mich auf die Zeilen konzentrierte, die ich von Greta erhalten hatte. Da ich ein Profi bin, konnte ich sie inzwischen fast auswendig. Doch meine Stimme klang ziemlich dünn, als ich mit möglichst wenig Ironie ein übernatürliches Waldwesen anflehte.

«Hier sind deine Blumen. Ich bitte um Nachsehen mit dem unkundigen und respektlosen Benehmen eines unwissenden Straßenläufers. Ich bitte um Verzeihung und Gnade. Bitte erspare mir ein paar Tage lang weiteres Unglück und gib mir die Gelegenheit, diesen Konflikt mit dem Miststück zu lösen. Ich wünsche mir von Herzen, die Sache gemeinsam mit der Königin des Waldes zu klären, und hoffe, mit dieser Gabe meine Reue und meinen großen Respekt vor dir ausdrücken zu können. Ein fröhliches Mittsommerfest!»

Nach einer etwas holprigen Einleitung bekam ich es ziemlich gut hin. Wie gesagt, ich bin ein Profi und habe mich mittlerweile daran gewöhnt, auf Betriebsfeiern und in Altersheimen vor einem gedanklich abwesenden Publikum zu sprechen. Die Formulierungen waren zwar etwas ungelenk, aber das lag schließlich nicht an mir.

Ein beängstigendes Knarren des Baumes ließ mich hochschnellen. Von den verzweigten Wurzeln rieselte ein wenig Erde herab, und nach einer raschen Theaterverbeugung in Richtung des Kopfkissens kehrte ich schnell zurück zu Greta und Gunnar. Sie wirkten recht zufrieden mit mir.

Im Schein der Petroleumlampen traten wir den Rückweg durch den Wald an. Die beiden Alten begleiteten mich bis zum Wohnwagen und wünschten mir eine gute Nacht. Am nächsten Tag stand die erste der drei Prüfungen an, bei denen ich mich des Waldes und einer Audienz beim Miststück als würdig erweisen müsste. Ich kroch in das unbequeme Bett und stellte mich gedanklich auf ein Mittsommerfest ein, das genauso traurig sein würde wie im Jahr zuvor.

Voriges Jahr war ich um Mittsommer herum mit einer Frau zusammen gewesen, die hier anonym bleiben soll. Nennen wir sie Die Frau, die nicht Charlotta war. Damals war ich in Geldnot gewesen und hatte deshalb den Vertrag mit meiner Mobilfunkgesellschaft gekündigt und mich für eine günstigere Alternative entschieden. Dem Kundenbetreuer zufolge würde es ein paar Tage dauern, bis der neue Anschluss aktiviert wurde. Vor Mittsommer würde es vermutlich nichts mehr werden. Die Frau, die nicht Charlotta war, und ich wohnten nicht zusammen, und wir hatten schon ein paar Tage nicht miteinander telefoniert. Doch es stand seit langem fest, dass wir gemeinsam bei ihren Eltern Mittsommer feiern wollten.

Sie wohnten in einem Reihenhaus in Bromma außerhalb von Stockholm. Ich fuhr allein hin und kam vor Der Frau, die nicht Charlotta war, dort an. Im Garten auf der Rückseite des Hauses war der Tisch für ein traditionelles Mittsommeressen gedeckt – mit eingelegten Heringen und allem, was dazugehört. Ihr Vater und ich standen jeder mit einem Glas Bier in der Hand zwischen einigen Apfelbäumen und unterhielten uns über Fußball.

Ich war dem Vater schon drei- oder viermal begegnet. Er redete immer über Fußball, einen Sport, dem ich noch nie etwas abgewinnen konnte. Erwachsene Männer in kurzen Hosen, die sich im Gras wälzen und nach einem Foul so tun, als krümmten sie sich vor Schmerzen, während die Spielzeit unerbittlich weiterläuft. Völlig idiotisch.

Der Vater schenkte mir Bier nach und ließ sich über Bayern München aus. Während er die Spieler und ihre Spieltaktik kommentierte, versuchte ich interessiert zu nicken. In dem Augenblick summte mein Handy. Ich hatte zwei neue Nachrichten erhalten. Eine kam von der Telefongesellschaft, die mir mitteilte, dass mein neues Abo nun freigeschaltet worden sei. Die andere kam von Der Frau, die nicht Charlotta war. Sie hatte sie schon am Vortag gesendet, und die Nachricht war nicht ganz so positiv und außerdem so lang, dass sie das gesamte Display ausfüllte:

Ich bin dir seit einem Monat untreu, habe aber kein schlechtes Gewissen, weil du ein frustrierter Egoist bist. Du hörst mir nicht zu und hast die Liste mit den fünf Punkten, an denen du arbeiten wolltest, einfach ignoriert. Am besten ziehen wir einen Schlussstrich unter unsere Beziehung. Von mir aus kannst du mit deinem ewigen Gerede von deiner sogenannten Karriere ab sofort eine andere langweilen. Ruf mich nicht an.

Ich las die Mitteilung, während ihr Vater mir gerade ein Wahnsinnstor von Bayern München bis ins Detail beschrieb. Ein frustrierter Egoist? Der nicht zuhörte? Eine Liste mit fünf Punkten, an denen ich arbeiten sollte? Von dieser Liste hatte ich noch nie etwas gehört, jedenfalls konnte ich mich an nichts erinnern.

Mein Mund war wie ausgetrocknet, und ich nahm ein paar Schlucke von meinem Bier, während ihr Vater unbeirrt weiterredete. Das Verhältnis zwischen Der Frau, die nicht Charlotta war, und mir war in der letzten Zeit etwas abgekühlt, aber es war Sommer, ich hatte eine ganze Menge Auftritte und war daher mitunter ziemlich müde. Aber ich hatte niemals mit ihr gestritten und auch nicht an ihr herumgenörgelt. Ganz im Gegenteil, ich hatte ihr jede Menge interessante Anekdoten von meinen vielen Reisen durch ganz Schweden erzählt. Von Unannehmlichkeiten mit Hotelzimmern, mehr oder weniger gelungenen Auftritten, unbrauchbaren Wegbeschreibungen und von idiotischen Tankstellen- und Raststättenbetreibern, die keinen Sinn für kundenorientierten Service hatten.

Die Frau, die nicht Charlotta war, arbeitete bei einem Versicherungsunternehmen. Wenn ich mich recht entsann, war es ein Verwaltungsjob, ich war mir aber nicht ganz sicher. Da war mein Arbeitsgebiet ja wohl um Längen interessanter. Oder erwartete sie etwa, dass ich mir Anekdoten über die Verwaltung von Versicherungen anhören sollte? Das klang jedenfalls verdammt öde.

Kurz darauf trat ihre Mutter in den Garten. In den Händen hielt sie eine große Schüssel mit knallroten Erdbeeren und blickte äußerst irritiert drein. Sie teilte uns mit, dass ihre Tochter gerade angerufen und gesagt hätte, dass sie bereits unterwegs sei, aber eine Viertelstunde später kommen würde. Und zwar gemeinsam mit ihrem neuen Freund. Dann verschwand die Mutter wieder im Haus, und ich blieb zwischen den Apfelbäumen bei ihrem Vater stehen. Er mied meinen Blick und studierte stattdessen intensiv das Etikett einer Bierflasche, vermutlich in der Hoffnung, dass ich mich baldmöglichst in Luft auflösen würde. Er wirkte äußerst unangenehm berührt.

Ich hätte das Mittsommeressen, zu dem ich nicht länger eingeladen war, umgehend verlassen sollen, doch stattdessen beschloss ich, die peinliche Situation mit etwas Smalltalk über Fußball zu retten.

«Bayern München ...» Mehr musste ich nicht sagen, um ihrem Vater neuen Glanz in die Augen zu zaubern.

«Die haben übrigens eine verdammt schicke Arena», meinte er und nahm einen großen Schluck Bier.

«Wahrscheinlich steckt viel Geld dahinter», erwiderte ich.

Ihr Vater nickte und überlegte ein paar Sekunden.

«Wo liegt Bayern eigentlich?»

«In Süddeutschland.»

«Aha, und München?»

«In Bayern. Vermutlich heißt der Verein deswegen Bayern München.»

«Aha, sieh mal einer an. Wirklich interessant.»

So kam es, dass ich zu Mittsommer einem Mann die deutsche Geografie nahebrachte, nachdem Die Frau, die nicht Charlotta war, mit mir Schluss gemacht hatte.

Es war fast zwei Uhr nachts, und ich konnte nicht einschlafen, obwohl ich ziemlich müde war. Ich versuchte in dem schmalen Bett eine halbwegs bequeme Position zu finden, kratzte mich an einigen Mückenstichen am Bein und gähnte ausgiebig. Ich erinnerte mich an meinen Sturz in den Waldsee, und es fiel mir schwer, die Tatsache auszublenden, dass meine vermeintlich letzten Gedanken im Leben Sebastian und Charlotta gegolten hatten. Ich gähnte erneut und versuchte an etwas anderes zu denken.

Wenn man sich fest vornimmt, an etwas Bestimmtes nicht zu denken, dann wird man mit hoher Wahrscheinlichkeit an genau das denken, was man aus seinen Gedanken verbannen wollte. Deshalb dachte ich jetzt wieder an Sebastian und Charlotta. Es war schon ziemlich viele Jahre her, dass ich zuletzt mit einem von ihnen gesprochen hatte.

Im vergangenen Sommer hatte ich einmal in der Nähe ihrer protzigen Villa in meinem Auto gesessen und auf das

Grundstück hinter der hohen Hecke geblickt. Ich war gerade auf dem Rückweg von einer kürzeren Tournee und hatte einen spontanen Abstecher in ihr Villenviertel gemacht. Ich weiß noch, dass ich an dem Tag einen Sonnenbrand im Gesicht hatte und die Haut so gerötet war wie bei einem Alkoholiker. Auf gar keinen Fall sollten sie mich in diesem Zustand sehen. Nachdem ich eine halbe Stunde lang ihr Anwesen angestarrt hatte, startete ich schließlich den Motor und fuhr nach Hause.

Mir entfuhr ein genervter Seufzer, weil Leute, an die ich gar nicht denken wollte, so viel Raum in meinen Gedanken einnahmen. Ich starrte an die Decke und erwog, stattdessen Schäfchen zu zählen. Dabei fragte ich mich, warum man eigentlich Schafe zählen sollte und nicht Schweine oder Ziegen.

In diesem Augenblick klopfte es an der Tür.

Einmal.

Zweimal.

Dreimal.

Viermal.

«Gunnar? Greta?»

Keine Antwort.

Ich setzte mich im Bett auf. Es klopfte erneut. Viermal. Laut und deutlich und mit langen Pausen dazwischen. Während ich zur Tür schlich, knackte und knarzte der abgetretene Linoleumboden unter meinen Füßen.

«Jorma?»

Auch diesmal keine Antwort. Die Tür des Wohnwagens besaß kein Fenster, durch das ich hätte hinausspähen können. Irgendjemand stand davor, so viel war klar. Diesmal war es kein Traum wie in der Nacht zuvor. Ich war hellwach, da war ich mir ganz sicher.

Es klopfte erneut. Vier laute Schläge.

Behutsam legte ich mein Ohr an das dünne Türblatt. Von der anderen Seite konnte ich röchelnde Atemzüge vernehmen, die wie eine Mischung aus dem Gurren einer Taube und den vibrierenden Flügelschlägen einer Libelle klangen. Jedenfalls ziemlich unangenehm. Vielleicht hatte sich ein Wanderer mit einer exotischen Lungenkrankheit in der Dunkelheit verirrt und benötigte Hilfe? Vielleicht war es aber auch nur ein Nachbar von Greta und Gunnar, und das eigenartige Geräusch stammte von einer Eule, die auf einem Ast in der Nähe saß? Fieberhaft suchte ich nach einer natürlichen Erklärung. Ich wusste zwar nicht, wer dort draußen stand, aber nur, weil es sich um ein mir unbekanntes Wesen handelte, musste es längst nicht gefährlich oder übernatürlich sein.

Zugleich bereute ich, mich über Fabelwesen und ihre idiotischen Regeln lustig gemacht zu haben. In dieser Situation war es mir durchaus angenehm, vorgewarnt worden zu sein und selbst entscheiden zu können, ob ich nach viermaligem Klopfen öffnen wollte oder nicht. Falls nun tatsächlich der Nachtklopfer dort draußen stand.

Erneut klopfte es viermal nacheinander, und zwar so laut und deutlich, dass das Schloss klapperte. Ich schlich mich auf leisen Sohlen von der Tür weg, kroch nahezu lautlos ins Bett und zog mir die Decke über den Kopf. Ich kniff die Augen zusammen und begrub meinen Kopf unter dem Kissen. So blieb ich liegen, bis es endlich aufhörte zu klopfen. Nach einer ganzen Weile traute ich mich schließlich, unter dem Kopfkissen hervorzulugen. Es dauerte noch ein paar Stunden, bis ich endlich einschlafen konnte.

19

Als ich am frühen Morgen aufwachte, war es sonnig und warm. Nachdem ich ausgiebig geduscht hatte, stand ich vorm Spiegel und betrachtete geistesabwesend mein Gesicht. Diesmal hatte ich erfreulicherweise keine Rußflecken auf der Stirn, doch unter meinen rot geränderten Augen lagen dunkle Ringe, und ich sah alt und verlebt aus. Die Klopfgeräusche der letzten Nacht und der wenige Schlaf hatten Spuren hinterlassen.

Ich stieg aus dem Wohnwagen und ging zum Häuschen, wo mich zum Frühstück Getreidebrei erwartete. Gunnar und Greta drängten sich in der beengten Küche. Er backte gerade eine Biskuitrolle, während sie Blutpfannkuchen machte. Danach schnitten sie getrocknetes Fleisch in lange Streifen und legten sie auf ein Tablett aus unbehandeltem Holz, das sie zuvor mit grobkörnigem Salz bedeckt hatten.

Sie waren bester Laune, als sie mir erklärten, dass sich die Feierlichkeiten am Mittsommerabend in Tiveden stark von den Bräuchen im übrigen Land unterschieden. Hier wurde der längste Tag des Jahres nicht gefeiert, indem man zu Kinderliedern um einen belaubten Mittsommerbaum tanzte. In Tiveden hatte Mittsommer auch nichts mit dem Christentum oder dem Geburtstag von Johannes dem Täufer zu tun.

«Hier dreht sich alles um die Sonne, die Natur und die Fruchtbarkeit. Unsere Traditionen reichen bis in die Wikingerzeit zurück», erklärte Greta und schenkte mir einen Becher Kochkaffee ein. «Der Mittsommerbaum ist bei uns ein dicker Pfahl ohne Laub oder anderen Schmuck. Wir zünden ihn zu Sonnenuntergang an. Er wird Freyas Pfahl genannt.»

Ich hörte nur mit halbem Ohr zu, denn ich wurde die Gedanken an die nächtlichen Klopfgeräusche an der Wohnwagentür einfach nicht los. Sollte es diesen geheimnisvollen Nachtklopfer wirklich geben? Am liebsten hätte ich Gunnar und Greta darauf angesprochen, doch dann hätte ich zugeben müssen, dass ich mich vor lauter Angst mit dem Kopf unterm Kissen verkrochen hatte.

Also sagte ich lieber nichts.

Gunnar machte eine Pause vom Fleischschneiden und verschwand im Schlafzimmer. Greta setzte sich zu mir an den Tisch und füllte mir eine weitere Kelle Getreidebrei auf.

«In der Mittsommernacht ist es Tradition, sich nackt in Freyas Feuchte zu wälzen.»

Offenbar blickte ich reichlich verständnislos drein, denn Greta erklärte mir enthusiastisch nähere Einzelheiten.

«Wissen Sie denn nicht, wer Freya ist? Sie ist die Fruchtbarkeitsgöttin.»

«Das weiß ich, aber ... Sie wälzen sich also in ihrer Feuchte?»

«Wir wälzen uns vor Sonnenaufgang im nächtlichen Tau, was ziemlich erfrischend ist. Außerdem hat es etwas Befreiendes, sich nackt unter freiem Himmel aufzuhalten. Sie können gern mitmachen, wenn Sie möchten.»

Ich lehnte ihr Angebot dankend ab, nahm einen großen Löffel Brei und verschluckte mich fast daran, denn in diesem Moment trat Gunnar aus dem Schlafzimmer. Er trug eine Art Badeanzug aus Farnkraut und erinnerte mich an die grüngekleideten Männer auf den Maiskonservendosen.

Greta schaute ihn mit leuchtenden Augen an. Ich selbst konnte mich vor Lachen kaum halten.

«Das ist ein traditionelles Sonnwendgewand, das alle Männer in Tiveden zu Mittsommer tragen», erklärte er stolz. «Hier wächst jede Menge Farn, also nur zu, falls Sie sich auch in Schale schmeißen wollen.»

«Ich glaube, ich verzichte lieber. Da fällt mir ein, ist mein Anzug eigentlich schon wieder trocken?»

Greta nickte, ohne den Blick von ihrem Mann abwenden zu können. Selbst ein durchtrainierter Zwanzigjähriger hätte in diesem Aufzug unmöglich ausgesehen, und ich fand, Gunnar hätte seinen über siebzigjährigen Körper gern etwas mehr bedecken können. Insbesondere jetzt, wo ich gerade frühstückte. Er setzte sich zu mir an den Tisch. Sein Blättergewand raschelte, als er mir freundschaftlich auf den Rücken klopfte.

«Das ist nur etwas für richtige Kerle», sagte er und warf Greta einen aufreizenden Blick zu, woraufhin sie übers ganze Gesicht strahlte.

Dann holte sie meinen Anzug und eine Plastiktüte. Greta hatte ganze Arbeit geleistet. Der Kaffeefleck im Schritt der Hose war verschwunden, und der schwache Zigarrengeruch aus Rudolfs Atelier war nicht mehr zu vernehmen. Stattdessen duftete der Anzug nach frischer Luft und Kiefernnadeln. In der Plastiktüte lagen meine Schuhe, die sie gewienert hatte, bis sie glänzten, und außerdem mein Glückskartenspiel, das Greta offenbar in die Hände gefallen war, als sie meinen Anzug wusch. Ich dankte ihr für ihre Hilfe, aß meinen Brei auf und verzichtete diesmal auf die Biskuitrolle.

Nach dem Frühstück ging ich zum Wohnwagen und zog mir ein paar Kleidungsstücke aus Gunnars Bauernkollektion an: eine Latzhose, ein rot-schwarz kariertes Flanellhemd und Gummistiefel. Das Kartenspiel steckte ich in eine meiner Beintaschen und traf mich dann wie verabredet mit den beiden Alten. Gunnar und Greta hatten Picknickkörbe mit Essen dabei, und ich musste einen Rucksack tragen, der ziemlich schwer war. Es hieß, dass ich erst später erfahren würde, was er enthielt.

Ein schmaler Pfad führte uns in den Wald. Ich ging hinter Gunnar her und war gezwungen, die ganze Zeit auf sein Hinterteil im Farngewand zu starren. Greta folgte dicht hinter mir und informierte mich über das heutige Programm.

«Ich habe Kontakt zum Miststück aufgenommen, und wir konnten uns auf drei Prüfungen einigen, die Aufschluss darüber geben werden, ob Sie sich Tiveden und seiner Bewohner als würdig erweisen oder nur ein hoffnungsloser Straßenläufer sind. Das Miststück wünscht, dass Sie einer Witwe bei der Herstellung ihres Trauerschmucks helfen, zwei Fahnenmasten versetzen und den Fluch aufheben, der auf einem Herrenhaus liegt.»

«Ein Fluch, der auf einem Herrenhaus liegt?»

«Na ja, Herrenhaus ist vielleicht zu viel gesagt. Es ist eher eine Villa.»

«Über den Begriff Herrenhaus habe ich mich nicht gewundert. Ich wollte wissen, was Sie mit diesem Fluch meinen. Spukt es dort etwa?»

«Genau. Es geht um ein frischverheiratetes junges Paar, das Tiveden verlassen hat und in eine Villa in Askersund gezogen ist. Sie haben einen Wiedergänger im Haus, der ihnen nicht nur den Schlaf raubt, sondern sie auch daran hindert, eine Familie zu gründen.»

«Wäre es dann nicht besser, wenn Sie oder ein anderer Bewohner von Tiveden diese Aufgabe übernehmen würde?

Schließlich kennen Sie sich mit übernatürlichen Geschöpfen und Fabelwesen viel besser aus.»

Zum Glück konnte Greta meine genervte Miene nicht sehen. Vielleicht hatte ich aber auch Glück, dass ich ihren Gesichtsausdruck nicht sah, denn sie klang nun richtig erbost.

«Verstehen Sie denn nicht, was es bedeutet, sich als würdig zu erweisen? Natürlich könnte das Miststück der Witwe helfen und das Problem des jungen Ehepaars lösen, aber es möchte, dass *Sie* es tun. Erst wenn Sie das Miststück davon überzeugt haben, dass Sie es wert sind, wird es seine Machtposition im Wald nutzen und die Waldfee bitten, Sie vom Todesfluch zu befreien. Ich dachte, ich hätte Ihnen das alles schon mehrfach erklärt.»

Ich zuckte mit den Achseln, denn es gefiel mir nicht, wenn Greta in diesem herrischen Ton mit mir sprach. Gunnar räusperte sich.

«Sie müssen ja nicht unbedingt mit dem Spuk beginnen», ermutigte er mich. «Nehmen Sie doch zuerst etwas Leichteres, dann wird sich alles andere schon finden.»

«Na gut. Was war das andere noch mal? Fahnenmasten versetzen? Was heißt das?»

«Die Fahnenmasten heben Sie sich am besten bis zuletzt auf.»

«Aha, und warum?»

«Beginnen Sie lieber mit der Witwe, die Hilfe bei der Herstellung ihres Trauerschmucks benötigt. Im Großen und Ganzen handelt es sich dabei eigentlich nur um einen längeren Spaziergang. Keine der Prüfungen ist besonders schwer. Sie werden das schon hinkriegen.»

Sein lockerer Tonfall klang ein wenig zu bemüht, und ich hatte den Eindruck, dass die beiden mir etwas vorenthielten. Gunnar war ein extrem schlechter Lügner.

20

Der Wald lichtete sich, und wir erreichten eine sonnenbeschienene Grasfläche. Etwa fünfzig Personen tummelten sich auf der Lichtung und deckten eine Reihe von langen Holztischen mit Speisen und Getränken ein. Ich erkannte getrocknetes Fleisch, getrockneten Fisch, Malzbier und Flaschen ohne Etikett, die mit einer klaren Flüssigkeit gefüllt waren. Vermutlich selbstgebrannter Schnaps.

Das Durchschnittsalter lag bei mindestens sechzig. Die Männer trugen Gewänder aus Farnkraut. Wohin ich auch schaute, überall nackte Arme und Beine. Knochige und sehnige oder auch welche mit faltiger und schlaffer Haut.

Die Tische waren kreisförmig um einen Pfahl herum angeordnet, der senkrecht in den Himmel ragte. Er sah aus wie ein Telegraphenmast, und in die Oberfläche waren runenartige Symbole geschnitzt. Ich nahm an, dass es sich um Freyas Pfahl handelte. Im Schatten unter einem Sonnenschirm lag eine kleine grauschwarze Bauernkatze, die das Treiben träge beobachtete.

Greta und Gunnar begrüßten die Leute auf der Lichtung mit freudigem Schulterklopfen. Ich schaute mich um und kam mir verloren und ausgeschlossen vor. Diese Menschen waren offenbar ihre Nachbarn, und ich fragte mich, ob die gesamte Altherren- und Damenfraktion wohl genau wie Greta und Gunnar aus Nachkommen von Hexen bestand, die sich seinerzeit in den Urwald von Tiveden zurückgezogen hatten. Wenn ja, dann war es um den Nachwuchs schlecht bestellt. Oder die jüngere Generation hatte Verstand genug besessen, um wegzuziehen und sich in der Zivilisation anzusiedeln.

Gunnar und Greta stellten mich verschiedenen Leuten vor, denen ich die Hand schüttelte, ohne mir auch nur die Mühe zu machen, mir ihre Namen zu merken. Ich wurde von allen neugierig betrachtet. Vielleicht weil ich ein Ortsfremder war, vielleicht aber auch, weil ich der einzige Mann war, der seinen Körper nicht in Farnkraut gehüllt hatte.

Ich schnappte diverse beunruhigte Äußerungen über einen Straßenläufer auf, der sich irgendwo im Wald verirrt haben sollte. Mir war klar, dass sie auf Jorma anspielten, doch ich teilte ihre Sorge nicht. Schließlich hatte er selbst gefordert, dass wir Menschen uns auf die Natur zurückbesinnen sollten, und da erschien es mir nur gerechtfertigt, wenn er am eigenen Leib erfuhr, wie es war, eine Weile lang ohne jeden Komfort auskommen zu müssen.

Ich kam an mehreren uralten Weibern vorbei, die an einem langen Tisch saßen und sich mit ihren Schnapsgläsern zuprosteten. Sie trugen kleine spitze Hüte und sahen aus wie eine Gruppe klappriger Hexen. Vielleicht waren sie es ja auch. Allerdings spielten sie Scrabble, was mir nicht sonderlich okkult vorkam.

Greta öffnete eine Dose Thunfisch und ging auf die grauschwarze Katze zu. Das Tier gähnte und streckte sich, bevor es sich mit großem Appetit über den Fisch hermachte. Ich blieb neben Gunnar stehen, der sich in der Sommerhitze anscheinend pudelwohl fühlte. Die alten Weiber an dem langen Tisch winkten ihn zu sich heran.

«Ich bin doch gerade eben erst bei euch gewesen, schon vergessen?», rief er und lachte.

Die Weiber wandten sich wieder ihrem Scrabble-Spiel zu.

«Sind die Leute hier eigentlich gebürtige Tivedener, oder wie man sie nennen soll? Also Nachkommen von Hexen und dergleichen?»

«Ganz genau. Eine ziemlich hinfällige altersschwache Runde, wie Sie sehen, und ohne nennenswerten Nachwuchs. Heutzutage besteht kein großer Unterschied mehr zwischen uns Waldbewohnern und euch Straßenläufern, aber früher haben wir ein isoliertes und altmodisches Leben geführt, ungefähr wie diese Leute in Amerika.»

«Welche meinen Sie denn, die Amish People?»

«Nein, die Leute, von denen ich rede, wohnen in Pennsylvania.»

«Ja, dann meinen Sie wohl die Amish People.»

«Nein, ich meine die Leute, die immer noch mit Pferd und Wagen herumfahren.»

«Amish People.»

«Nein, diese Menschen, die keine Reißverschlüsse an ihrer Kleidung tragen.»

«Amish People.»

«Nein, die mit den schwarzen Anzügen, eckigen Bärten und Hüten auf dem Kopf. Die Frauen tragen altmodische lange Kleider. Sie bauen ihre Häuser und Möbel selbst und ...»

«Amish People! Ich bin mir hundertprozentig sicher, dass Sie die Amish People meinen.»

«Praktizieren die denn auch Naturmagie?»

«Nein, ich glaube, sie sind Christen.»

«Dann meine ich nicht die Amish People.»

«Wollen wir noch weiter herumrätseln oder endlich auf das zu sprechen kommen, was Sie mir sagen wollen? Sie haben also ein isoliertes und altmodisches Leben außerhalb der Zivilisation geführt, ungefähr so wie die Amish People.»

«So kann man es ausdrücken. In meiner Kindheit besaßen wir nicht einmal ein Radio. Die Hexentraditionen waren noch höchst lebendig, und ich weiß noch gut, wie meine Mutter Kartoffeln garte, indem sie einen Zauberspruch aufgesagt hat. Das kam mir keineswegs merkwürdig vor, weil es zum Alltag gehörte. Ende der fünfziger Jahre hat irgendjemand hier den ersten Fernseher angeschafft. Ich glaube, es war achtundfünfzig. In diesem Jahr fand die Fußballweltmeisterschaft in Schweden statt, was den Absatz von Fernsehgeräten natürlich in die Höhe trieb – selbst bei uns hier draußen im Wald. Im Nachhinein betrachtet, haben wir dadurch ein wenig den Kontakt zur Natur und zu den alten Zauberkünsten verloren, die normalerweise weitervererbt wurden. Wir haben uns mehr und mehr den Menschen von außerhalb angeglichen, auf dem Sofa herumgesessen und ständig nur ferngesehen. Wir haben schlicht und einfach versäumt, die alten Traditionen an die jüngere Generation weiterzugeben, und wie Sie sehen, gibt es nun keine jüngere Generation mehr.»

Gunnar machte eine ausladende Geste in Richtung der überalterten Gestalten, die auf der Wiese Mittsommer feierten.

«Wir sind ja keine kategorischen Gegner des Fortschritts, aber bedauerlicherweise haben wir fast alle Zauberkünste vergessen, die wir früher beherrschten. Die Linie aus Salz, Messern, Gabeln und Stoffstreifen, die alle Außenstehenden schützen soll, ist hauptsächlich etwas fürs Auge. Zum Glück wissen die Waldwesen und die anderen Geschöpfe nicht, wie wenig wirksam der Zauber ist. Sie halten sich aus alter Gewohnheit davon fern. Und solange keine teuflischen und bösartigen Wesen auftauchen, haben wir nicht allzu viel zu befürchten.»

Greta hatte die Thunfisch fressende Katze offenbar lange genug gestreichelt, denn nun kam sie auf uns zu. Auch sie sah aus, als würde sie sich gut amüsieren. Sie umarmte Gunnar so heftig, dass das Farnkraut an seinem Körper raschelte, und gab ihm einen leidenschaftlichen Kuss. Ich wandte mich ab und ließ sie in Ruhe ihre Zärtlichkeiten austauschen.

Da fiel mir eine Frau um die fünfundzwanzig auf, die gerade einem Wohnwagen drüben am Waldrand entstieg. Sie sah extrem gut aus, nicht nur im Vergleich zu all den Rentnern. Ihr folgte ein gleichaltriger junger Mann, der ein Gewand aus Farnkraut trug und zwei Picknickkörbe in den Händen hielt. Leider war auch er sehr gut aussehend.

Greta entließ Gunnar wieder aus ihrer Umarmung und bemerkte, dass ich das junge Paar beobachtete.

«Die beiden fallen zwischen all den Alten hier ganz schön auf, nicht wahr? Das sind übrigens die beiden jungen Leute, die einen Wiedergänger in ihrem Haus haben. Aber darum können Sie sich später kümmern. Helfen Sie am besten zuerst Ingrod mit ihrem Trauerschmuck.»

«Ingrod? So heißt sie? Wie Ingrid, nur anstelle des letzten I ein O?»

«Genau», antwortete Greta und öffnete meinen Rucksack.

«Was ist das eigentlich für ein Trauerschmuck?»

«Nun ja, ein Schmuckstück, das man trägt, wenn man um jemanden trauert.»

«Wie der Name schon sagt», brummte ich. «Aber warum braucht sie bei der Herstellung des Schmucks Hilfe? Irgendwo muss diese Prüfung doch einen Haken haben, oder nicht?»

Greta nahm eine Landkarte aus dem Rucksack und faltete sie auseinander.

«Ingrod wird Ihnen genau sagen, was Sie zu tun haben, wenn Sie zu ihr kommen. Ich habe auf der Karte eingezeichnet, wo Sie sie finden, aber denken Sie daran, dass Tiveden von innen größer ist als von außen. Halten Sie sich genau an die Zeichnung, sonst verlaufen Sie sich womöglich.»

Natürlich wollte ich wissen, inwiefern Tiveden von innen größer sei als von außen, und Greta erklärte es mir bereitwillig.

«Wenn Sie auf eine Satelliten- oder eine Straßenkarte schauen, sieht es nicht so aus, als wäre das Gebiet besonders groß. Doch wenn man sich im alten unberührten Teil von Tiveden befindet, mutet es weitaus größer an. Niemand weiß, warum, aber es ist so.»

Rein geographisch betrachtet, war das ganz und gar unmöglich, aber ich widersprach ihr nicht. Greta reichte mir die Karte und deutete auf einen Pfad, der in den Wald hineinführte.

«Jetzt brauche ich aber langsam mal einen Schnaps. Sie folgen einfach der Karte und machen sich auf den Weg. Ingrod erklärt Ihnen alles, was Sie wissen müssen. Sie ist nicht gerade bekannt für ihre gute Laune, was sich leider nicht gebessert hat, seit sie Witwe ist. Aber Sie werden sie mit Ihrer positiven Einstellung und Ihrer gewinnenden Art bestimmt ein wenig aufmuntern.»

Sie lächelte und zwinkerte mir zu.

«Ich hoffe, Sie können die Aufgabe schnell erledigen, damit Sie rechtzeitig wieder zurück sind und mitmachen können, wenn wir uns heute Nacht in Freyas Feuchte wälzen.»

«Ja, das hoffe ich auch», log ich, schulterte den Rucksack und begab mich in den Wald zu meiner ersten Prüfung.

21

Am Tag nach meinem siebzehnten Geburtstag hatten Sebastian und ich unseren ersten Auftritt mit Gage. Unsere erste richtige Bewährungsprobe als Zauberer. Anlass war eine Jahrestagung beim Abstinenzverein Mälarhöjden. Was genau diese Menschen eigentlich trieben und warum sie Geld in eine Zaubervorführung investieren wollten, wusste ich nicht. Womöglich wollten sie zwei Jugendliche dazu ermutigen, weiter den Weg der Zauberei zu beschreiten, anstatt sich zu betrinken und in Schlägereien verwickeln zu lassen.

Ich erinnere mich nicht, wie viel Geld wir damals bekamen. Ein paar hundert Kronen, die wir uns teilen mussten, glaube ich. Um wie viele tausend Prozent hatte Sebastian seine Gage wohl seither erhöht? Wie auch immer, dieser Auftritt war jedenfalls ein wichtiger Meilenstein für uns. Nicht nur wegen der Bezahlung, sondern auch, weil es unsere erste Show war, die nicht in einem Jugendzentrum stattfand. Und es war unser erster Auftritt vor Erwachsenen.

Zum ersten Mal hatte ich den Eindruck, ich könnte meinen Eltern etwas Interessantes erzählen. Ich hoffte, sie wären wenigstens ein kleines bisschen stolz und neugierig und könnten vielleicht sogar der Tatsache etwas abgewinnen, dass ich ein Teil ihrer Familie war.

Ich ging ins Wohnzimmer, wo meine Eltern auf dem Sofa saßen und fernsahen.

«Wisst ihr, was ich heute Abend machen werde?»

«Warte mal kurz», antwortete meine Mutter.

Offenbar störte ich. Sie schauten gerade eine Reportage über ein junges österreichisches Tenniswunder.

«Er ist so alt wie du», sagte mein Vater und deutete zum Fernseher.

Ich machte es mir auf dem Sessel neben dem Sofa bequem. Der junge Österreicher hatte die Tenniswelt in Erstaunen versetzt und schon über eine Million Dollar verdient. In der Fernsehsendung posierte er lächelnd mit Zahnspange vor einem sauteuren Porsche, den er sich gekauft hatte, obwohl er noch gar keinen Führerschein besaß. Ausschnitte von seinen Erfolgen auf dem Tennisplatz wechselten sich mit Interviewpassagen ab, in denen er mit einer roboterhaften Stimme erzählte, wie er die Welt sah. Ich verstand kein Deutsch, und die Untertitel boten vermutlich nur eine sehr komprimierte Zusammenfassung. Dennoch machte er auf mich den Eindruck eines extrem zielstrebigen Teenagers.

«Andere Jungs in meinem Alter vergeuden ihre Zeit mit Freundschaften und Mädels, Partys und Kino. Ich trainiere lieber. Ich spiele gern Turniere. Ich gewinne gern. Und Geld mag ich auch.»

Als die Reportage zu Ende war, schaltete meine Mutter auf eine Quizsendung um und stellte den Ton leiser. Dann drehte sie sich um.

«Wie war das, was hast du heute vor?», fragte sie, ohne das Quiz ganz aus den Augen zu lassen.

Nach dem Beitrag über das gleichaltrige Tenniswunder mit seinem neuen Porsche kam es mir ein wenig armselig vor, dass Sebastian und ich für ein paar hundert Kronen vor dem Abstinenzverein auftreten würden.

«Ach, nichts», antwortete ich und verließ das Wohnzimmer.

Unsere Show beim Abstinenzverein lief ziemlich gut. Das Publikum bestand aus etwa dreißig Rentnern. Nicht gerade der coolste Auftrittsort für zwei Siebzehnjährige, aber für uns wie gesagt dennoch ein Meilenstein.

Sebastian hasste die Berufsschule für Bau- und Anlagentechnik und sah unsere kleine Gage als Zeichen, dass er eines Tages vielleicht von der Zauberei würde leben können. Ich selbst besuchte inzwischen den sozialwissenschaftlichen Zweig einer anderen Schule. Die Aufnahmebedingungen waren nicht streng gewesen, und man hatte anschließend ganz gute Aussichten auf einen Studienplatz, aber ich kann mich kaum noch daran erinnern, was ich dort den ganzen Tag machte.

Wie schon in meiner bisherigen Schulkarriere hielt ich mich im Hintergrund, kam ganz gut durch und saß irgendwie meine Zeit ab. Für mich und Sebastian stand die Zauberei im Mittelpunkt.

Inzwischen klappte unsere Vorstellung wie am Schnürchen. Unsere Mischung aus halbwegs professioneller Magie und halbwegs lustigen Humoreinlagen war auch beim nüchternen Publikum sehr gut angekommen. Sebastian wollte unseren Erfolg feiern und schlug vor, ins Chinarestaurant im Einkaufszentrum von Skärholmen zu fahren und auszuprobieren, ob man uns ein Bier zum Essen servieren würde, obwohl wir noch minderjährig waren. Doch ich hatte mit meinem Teil der Gage etwas anderes vor. Ich wollte ein Mädchen ins Kino einladen.

Wie interessiert ich an Charlotta war, fiel mir zum ersten Mal auf, als sie bei einer unserer Shows nicht auftauchte. Inzwischen hatte ich mich daran gewöhnt, dass sie im Publikum saß, und war nicht mehr aufgeregt, sondern freute mich darauf, sie zu sehen. Wenn ich mich recht entsinne, hatten wir am fraglichen Abend einen Auftritt in einem Jugendzentrum in Norsborg weit außerhalb von Stockholm.

Als wir uns nach der Vorstellung umzogen, erkundigte sich Sebastian, wie es mir gehe. Er fand, ich würde abwesend wirken. Ich antwortete, bei mir sei alles in bester Ordnung, aber insgeheim war ich unruhig. Hatte Charlotta das Interesse an mir verloren? Oder jemand anders kennengelernt? Gefielen ihr meine Klamotten oder meine Frisur nicht – oder störte es sie, dass ich bei jeder Show die immergleichen Tricks vorführte? Hatte ich etwas Dummes gesagt?

Ich erwähne nur ungern, dass es damals noch keine Handys gab, weil ich mich dann schrecklich alt fühle, aber es gab zu dieser Zeit nun mal keine Handys, und so musste ich gezwungenermaßen die ganze Fahrt von Norsborg bis nach Mälarhöjden ausharren, ehe ich sie anrufen konnte.

Charlotta meldete sich schon nach dem zweiten Klingeln. Ich tat mein Bestes, um nicht beunruhigt oder genervt zu klingen, als ich fragte, wo sie gesteckt habe. Sie sei beim Volleyballtraining gewesen, antwortete sie und erkundigte sich dann, ob mein Auftritt gut gelaufen sei.

«Du spielst Volleyball?», fragte ich erstaunt.

«Dreimal in der Woche. Hast du das etwa vergessen?»

Erleichtert sank ich auf den Hocker vorm Telefontischchen im Flur. Meine Sorge und meine Eifersucht lösten sich in Luft auf.

«Nein, natürlich nicht. Ich wusste nur nicht, dass du mittwochs Training hast», log ich.

«Wir hatten ein Testspiel gegen Alvik und wurden total platt gewalzt. Beim Aufschlag habe ich ständig den Ball ins

Netz gehauen. Vielleicht habe ich mich noch nicht ganz an meine Kontaktlinsen gewöhnt, aber im Grunde hat unsere ganze Mannschaft komplett versagt.»

«Du trägst Kontaktlinsen?»

Sie lachte mir ins Ohr und dachte wohl, meine Frage sollte ein Witz sein. Ich versuchte mich zu erinnern, ob ich Charlotta schon einmal ohne Brille gesehen oder ob sie mir gegenüber erwähnt hatte, dass sie sich Kontaktlinsen kaufen wollte. Und hatte sie wirklich erzählt, dass sie mehrmals in der Woche Volleyball spielte? Wenn ja, hatte ich offenbar nicht richtig aufgepasst. Denn wenn mich eines an Charlotta störte, war es die Tatsache, dass sie ziemlich viel über sich und ihre Erlebnisse redete, aber vielleicht war das so bei Mädchen.

Mein gesamtes damaliges Wissen über Mädchen bezog ich aus Horrorfilmen. So wusste ich, dass sie im Ferienlager gern oben ohne in der Sonne lagen, obwohl im Wald ein Axtmörder herumlief, dass sie mitunter von Kannibalen entführt und gefressen wurden und dass sie gern duschten, ohne die Tür abzuschließen. Außerdem wusste ich, dass Zombies, Haie, Geister, Monster, Hexen und entlaufene Psychopathen sich als Opfer viel lieber Mädchen aussuchten als Jungs.

Manchmal fiel es mir schwer, Charlottas Erzählungen zu folgen, wenn sie sich beispielsweise ausgiebig darüber ausließ, wie bequem sie ihre Gummistiefel fand, dass sie im Dunkeln Angst hatte und wie peinlich es ihr war, dass sie Katzen lieber mochte als Hunde, dass ihr manchmal nach dem Volleyball die Knie weh taten, dass sie noch nie im Ausland gewesen war, dass ihr Nachbar sich nur von Frühstücksspeck ernährte, dass sie sich vorgenommen hatte, in Zukunft pünktlicher zu sein, dass sie hin und wieder vergaß, beim Niesen die Hand vor den Mund zu halten, dass sie manchmal mit ihrer Oma in die Kirche ging, dass Weihnachten für sie die schönste Zeit des Jahres war und dass sie es ziemlich anstrengend fand, Orangen zu schälen. Sie hatte unglaublich viele Meinungen über alles und jedes.

Ich sprach am liebsten über mich und meine Zauberei, doch manchmal konnte ich nicht umhin, auch über sie zu sprechen.

«Wieso findest du es anstrengend, Orangen zu schälen?»

«Man kriegt immer dieses weiße Zeug unter die Nägel, und außerdem gehen die Orangen meistens kaputt, wenn ich sie schäle.»

«Bist du dir sicher, dass du nichts falsch machst?»

«Was sollte man beim Orangenschälen schon falsch machen?»

«Wie soll ich das wissen? *Du* findest es doch anstrengend.»

Das war nur ein Beispiel für die überflüssigen Themen, zu denen ich mich manchmal äußern musste.

Als ich kurz darauf in ein Kaufhaus ging, um Tischtennisbälle für einen Zaubertrick zu kaufen, entdeckte ich einen Orangenschäler, der nicht viel kostete. Ich kaufte ihn für Charlotta, und als ich ihn ihr überreichte, bekam ich ein Küsschen, aus dem ein langer Kuss wurde.

Der Kuss – und der Orangenschäler – eröffneten den Weg zu mehr Körperkontakt. Als Charlottas Eltern einmal übers Wochenende verreist waren, verbrachten wir eine Nacht in ihrer Wohnung in Axelsberg. Meine Leistung qualifizierte mich wohl nicht für eine Sonderausstellung im sexualgeschichtlichen Museum, aber Übung macht den Meister, und schon bald konnten Charlotta und ich die Finger nicht mehr voneinander lassen. Ich war jetzt offiziell mit einem Mädchen zusammen!

Als ich meine allererste Gage für eine Zaubershow bekam, wollte ich diesen Erfolg natürlich mit Charlotta feiern.

Ich lud sie ins Kino und zum Essen ein. Wir sahen *Dirty Dancing*, einen Film, den ich normalerweise nicht einmal unter Androhung körperlicher Gewalt über mich hätte ergehen lassen. Dabei stellte ich fest, dass es eigentlich viel schöner war, eng aneinandergeschmiegt und mit der Hand auf Charlottas Bein im dunklen Kinosaal zu sitzen, als mit der Hand in der Chipstüte bei Sebastian zu Hause herumzuhängen und *Cannibal Holocaust* zu sehen.

Nach dem Film gingen wir in eine etwas bessere Pizzeria, was bedeutete, dass es einen Kellner gab und dass das Essen auf Tellern serviert wurde anstatt im Karton. Es war neun Uhr abends, wir befanden uns im Zentrum von Stockholm und betraten Hand in Hand das Restaurant. Ich zog Charlotta den Stuhl heraus, und wir nahmen an einem Fenstertisch mit Aussicht auf Humlegården Platz.

«Eine Quattro Stagioni, bitte. Aber ohne Artischocken, Krabben und Muscheln», sagte ich in gebieterischem Tonfall zum Kellner.

«Capricciosa», entgegnete er unbeeindruckt.

«Wie bitte?»

«Sie wollten eine Pizza, die nur mit Schinken und Champignons belegt ist. Das ist eine Capricciosa. Und die ist billiger als eine Quattro Stagioni.»

«Geld spielt für mich keine Rolle», erwiderte ich, weil ich vor Charlotta unbedingt mein Gesicht wahren wollte. «Ich möchte eine Quattro Stagioni nur mit Schinken und Champignons.»

«Also eine Capricciosa zum Preis einer Quattro Stagioni. Von mir aus gern», brummelte der Kellner und wandte sich dann lächelnd meiner Begleitung zu.

Niemand ist vollkommen, aber an Charlotta konnte ich nur wenige Fehler finden. Es war mir vollkommen unbegreiflich, dass sie mich mochte, aber dieses Thema wollte ich gar nicht erst ansprechen, damit sie es sich nicht womöglich anders überlegte. Ein Gutes hatte es, dass sie so viel redete. In der Zwischenzeit konnte ich selbst schweigen und kam nicht in Versuchung, etwas Dämliches zu sagen oder versehentlich etwas Peinliches über mich selbst zu verraten.

Weil ihre Großmutter ziemlich religiös war, stellte Charlotta für meinen Geschmack etwas zu viele Spekulationen darüber an, ob es Gott gab oder nicht. Bei mir zu Hause glaubte niemand an irgendwas, sodass ich in Sachen Spiritualität ein besonders ungeeigneter Gesprächspartner war. Und so lernte ich immer besser, scheinbar interessiert zu nicken und gleichzeitig an etwas anderes zu denken.

Als wir an jenem Abend nach unserem Restaurantbesuch mit der U-Bahn in den Vorort zurückfuhren, erzählte Charlotta begeistert, dass sie gerade ein Buch über Chiromantie lese und ihre Kenntnisse im Handlesen nun an mir ausprobieren wolle. Ich stellte mich achselzuckend zur Verfügung. Wir saßen dicht nebeneinander in dem ratternden Wagen, und ich studierte ihr konzentriertes Gesicht, während sie die Augen zusammenkniff und behutsam mit den Fingern über meine Handfläche strich. Sie erklärte mir, dass unsere Hände aus sechs Bergen bestünden: dem Venusberg, dem Saturnberg, dem Jupiterberg, dem Merkurberg, dem Mondberg und dem Sonnenberg. Außerdem gebe es fünf Linien: die Herzlinie, die Kopflinie, die Schicksalslinie, die Lebenslinie und die Handgelenkslinien, die auch Armbänder genannt würden. Wie üblich lauschte ich und nickte «interessiert». Einige Minuten lang las sie schweigend meine Hand, und ich musste zugeben, dass ich nach einer Weile doch ein kleines bisschen neugierig wurde.

«Na, wie sieht meine Zukunft aus? Kannst du erkennen, wie lange wir zusammenbleiben werden? Und wie viele Millionen ich als unglaublich erfolgreicher Zauberer eines Tages scheffeln werde?»

Charlotta lachte. Wir fuhren in einen Tunnel ein. Die Deckenbeleuchtung flackerte, und für einige Sekunden wurde es stockfinster. Als das Licht wieder anging, glaubte ich aus Charlottas Gesicht eine gewisse Verunsicherung herauszulesen. Sie ließ meine Hand los.

«Ich hätte das Buch mitnehmen sollen, um nachschlagen zu können. Ich muss mir das ein andermal genauer ansehen.»

Sie war wirklich verunsichert. Ich grinste breit.

«Sieht es schlecht aus für mich?»

Sie zuckte die Achseln und lächelte nichtssagend. Ich stieß sie mit der Schulter an.

«Komm schon, Charlotta. Erzähl es mir.»

«Na gut. Zunächst mal sind deine Finger länger als deine Handfläche, was auf Intelligenz hindeutet.»

«Du machst deine Sache aber gut», sagte ich vergnügt.

Sie griff erneut nach meiner Hand und zeigte auf den wulstigen Bereich unterhalb des Daumens.

«Das ist der Venusberg. Ein ausgeprägter Venusberg steht für Stärke und sexuelle Anziehungskraft. Wenn er eher flach ist, so wie bei dir, ist das ein Zeichen von Schwäche.»

Jetzt tippte sie auf die kleine Erhebung unterhalb meines Zeigefingers.

«Ein hoher Jupiterberg besagt, dass man zielstrebig und ehrgeizig ist. Der Jupiterberg repräsentiert sozusagen den Erfolg. Bei dir ist der Jupiterberg kaum vorhanden, was ein

Zeichen für Faulheit sein könnte. Bei den anderen Handbergen bin ich mir nicht sicher. Vielleicht ist der Merkurberg hier am kleinen Finger ein kleines bisschen höher als die anderen. Das könnte heißen, dass du ein ziemlich kritischer Zeitgenosse bist.»

Die U-Bahn wurde langsamer und hielt. Ich hob den Blick, um zu sehen, an welcher Station wir waren. Einige Passagiere stiegen aus, niemand stieg zu. Wir waren allein im Wagen, als er nach Süden weiterfuhr. Charlotta erklärte mir die Linie in meiner Handfläche, die zwischen Zeige- und Mittelfinger entsprang und zum kleinen Finger führte.

«Deine Herzlinie ist ziemlich ausgeprägt. Das bedeutet, dass du nur selten krank wirst und ein treuer Mensch bist. Auch die Lebenslinie, die zwischen Daumen und Zeigefinger beginnt und um den Handballen verläuft, ist gut zu sehen und auch nicht unterbrochen. Vermutlich wirst du wahnsinnig alt. Deine Schicksalslinie hingegen ist fast unsichtbar. Aus ihr kann man so etwas wie berufliche Leistungen und Erfolge ablesen.»

«Wie bitte, ich habe keine Schicksalslinie?»

Sie schüttelte den Kopf.

«Normalerweise beginnt sie in der Handwurzel und verläuft bis zum Saturnberg. Je länger und deutlicher, desto besser, aber bei dir ist so gut wie gar nichts zu erkennen. Siehst du?»

Ich nickte und betrachtete meine andere Hand. Auch da keine Spur einer Schicksalslinie.

«Vielleicht heißt das, ich muss mein Schicksal selbst in die Hand nehmen», sagte ich, um dem Ganzen einen positiven Anstrich zu verleihen. «Und ich werde hundert Jahre alt werden, ohne jemals erkältet zu sein. Das ist doch super.»

Jetzt stupste Charlotta mich mit der Schulter an und lächelte.

«Wie gesagt, ich hätte das Buch mitnehmen sollen. Ich bin kein Experte auf diesem Gebiet, und außerdem ist das doch sowieso nur zum Spaß.»

«Genau. Nur zum Spaß», sagte ich und betrachtete verstohlen meine siebzehn Jahre alte Hand, die behauptete, ich wäre schwach, kritisch und faul und würde keine Karriere machen.

22

Ich folgte der Strecke, die Greta auf der Karte eingezeichnet hatte. Der Pfad, den ich entlanglief, war knapp einen Meter breit. Es gab weder Abzweigungen noch Kreuzungen, und nach einer halben Stunde hörte ich endlich auf, nach jedem zweiten Schritt auf die Karte zu schauen. Die Sonne brannte auf die Baumwipfel nieder, doch hier unten war es kühl. Das Einatmen der Waldluft setzte neue Energie in mir frei, das Laufen tat mir gut, und ich stellte fest, dass ich mich eigentlich ganz wohl fühlte. Merkwürdig, denn ich hätte weiß Gott genügend Gründe gehabt, um mich zu ärgern.

Vierzig Minuten nachdem ich die Waldlichtung verlassen hatte, kam ich zu einem Häuschen. Bis auf die Tatsache, dass die Fassade pechschwarz war, sah es dem von Greta und Gunnar zum Verwechseln ähnlich. Im verwilderten Gras vor dem Haus lagen Malerpinsel und Farbeimer herum. Das Häuschen sah aus, als wäre es in aller Eile und mit einer gewissen Wut im Bauch angestrichen worden, denn der Maler hatte sich offenbar nicht daran gestört, dass hier und da schwarze Farbe auf die Fensterscheiben getropft war.

Ich warf einen Blick auf meine Karte und nahm an, dass ich nun mein Ziel erreicht hatte. Ich klopfte an die Tür, deren Griff ebenfalls schwarz angestrichen war, und musste nur wenige Sekunden warten, bis sie aufgerissen wurde.

Eine uralte kleine Frau starrte mich an. Sie hatte ledrige Haut und ein zerfurchtes Gesicht mit tiefliegenden Augen, auf ihrem weißhaarigen Kopf thronte ein spitzer Hut. Die Alte sah aus wie eine Mischung aus einer gut erhaltenen Mumie und einer Hexe aus dem Märchenbuch. Allerdings hielt sie eine Schrotflinte unterm Arm.

«Wer zum Teufel sind Sie denn?», krächzte sie.

«Hallo, ich heiße ...»

«Ja, was haben Sie denn für eine piepsige Stimme? Sprechen Sie lauter, damit ich Sie hören kann!»

«Greta und Gunnar haben mich gebeten, Ihnen zu helfen.»

Sie griff mit ihrer knochigen Hand nach meinem Handgelenk, betrachtete meine Finger und drückte sie prüfend.

«Warum haben Sie keinen Dreck unter den Fingernägeln? Sind Sie etwa Parfümverkäufer? Was für kümmerliche Mädchenhände! Als hätte man ein zermatschtes Sahnetörtchen in der Hand. Ich war fünfundsechzig Jahre lang mit einem richtigen Kerl verheiratet, und Greta und Gunnar schicken mir einen derart zartbesaiteten Parfümverkäufer?»

Ich finde meine Hände eigentlich völlig in Ordnung, mal abgesehen von den fehlenden Schicksalslinien. Sie sind weder besonders feminin noch sonderlich maskulin, sondern ziemlich normal und meistens sauber, was ich nicht gerade für einen Makel halte.

Die Alte schüttelte mit finsterer Miene den Kopf.

«Ich bin kein Parfümverkäufer», erklärte ich. «Aber ich nehme an, Sie sind Ingrod?»

«Herrgott, Sie sprechen ja wirklich wie eine Memme. Wenn mein Mann etwas gesagt hat, war es im ganzen Wald zu hören. Aber Sie klingen, als wollten Sie sich gerade mit Ihrem eigenen Kinderspringseil strangulieren.»

Ich stellte fest, dass Trauer zu den eigenartigsten Reaktionen führen kann. Manche Menschen streichen offenbar ihr Häuschen schwarz an oder sind grundlos sauer auf alles und jeden. Anstatt der griesgrämigen Witwe Paroli zu bieten, lächelte ich sie so freundlich an, wie ich nur konnte.

«Was ziehen Sie denn für eine Grimasse? Soll das ein Lächeln darstellen, oder haben Sie sich gerade in die Windel gemacht? Wenn mein Mann gelächelt hat, versteckte sich die Sonne hinter den Wolken, weil sie sich im Vergleich zu ihm matt und blass vorkam. Er hat die ganze Welt zum Strahlen gebracht. Aber jetzt ist er weg, und ich muss ganz allein in diesem beschissenen Haus wohnen. Wie soll ich denn bitte ohne ihn klarkommen?»

Ich nahm an, dass Ingrods üble Laune ein Teil meiner Prüfung war. Also tat ich mein Bestes, um weiterhin freundlich und zuvorkommend (aber hoffentlich nicht wie eine Memme) zu klingen.

«Mein herzliches Beileid. Es muss wirklich unangenehm sein, hier draußen ganz allein zu wohnen. Haben Sie schon einmal über ein Seniorenheim oder betreutes Wohnen nachgedacht? Da bekommt man Hilfe beim Putzen und Einkaufen und ...»

«Sie sind wirklich einer der beklopptesten Menschen, die mir in meinem ganzen Leben begegnet sind, und ich lebe nun schon fast ein ganzes Jahrhundert. Glauben Sie etwa, mein Mann hätte ein hilfloses kleines Ding geheiratet, das nicht allein zurechtkäme?»

«Aber Sie haben doch eben gefragt, wie Sie ganz allein klarkommen sollen.»

«Nehmen Sie denn immer alles wörtlich? Sie Idiot. Wenn Ihnen jemand sagt, dass er sich gleich totlacht, glauben Sie dann etwa, dass er wirklich tot umfällt?»

«Also, mir ist jedenfalls im Moment nicht nach Lachen zumute.»

«Sie wollen sich wohl über mich lustig machen? Jetzt halten Sie mal die Klappe und lassen mich ausreden! Ich komme zwar sehr gut allein zurecht, aber ich vermisse meinen Mann entsetzlich. Ich vermisse sein Lächeln, seine starken Hände, seine gutmütigen Augen und seinen derben Humor. Außerdem vermisse ich seine Fürsorglichkeit und all die Dinge, die wir zusammen unternommen haben. Und jetzt kommen Sie daher und klopfen mir nichts, dir nichts an die Tür, die er und ich zusammen geschreinert haben, klopfen mit Ihren zarten Mädchenhänden an und besitzen auch noch die Frechheit, mir mit ihrer piepsigen Stimme ein Altersheim schmackhaft machen zu wollen. Sie können mich mal!»

«Wie gesagt, mein herzliches Beileid.» Mehr brachte ich nicht heraus.

«Sie sind wirklich einer der unangenehmsten Menschen, die mir in meinem ganzen Leben begegnet sind. Wie kann das Miststück auch nur in Erwägung ziehen, Sie von Ihrem Todesfluch zu befreien?»

«Keine Ahnung.»

«Endlich mal zwei aufrichtige Worte. Ich hatte schon fast gehofft, Sie würden die Weisheit unserer Königin in Frage stellen, damit ich einen Grund hätte, Ihnen das Gesicht wegzuschießen. Ein zweiter Grund wäre, wenn man sich die Stiefel nicht auszieht, bevor man über die Türschwelle tritt.»

«Heißt das, ich darf reinkommen? Also wenn ich mir die Stiefel ausziehe?»

«Was sind Sie doch für ein Idiot. Hatten Sie etwa vor, den ganzen beschissenen Tag hier draußen rumzustehen? Ich habe schließlich Kaffee für zwei Personen gekocht. Soll ich etwa die eine Hälfte weggießen? Und außerdem habe ich einen Sandkuchen gebacken. Wollten Sie ihn etwa hier draußen im Stehen essen? Sie Blödmann.»

23

Ich zog meine Stiefel aus und wagte mich ins Haus. Sobald ich die Schwelle übertreten hatte, besprühte Ingrod mich mit Bekämpfungsmittel gegen Fabelwesen. Wie sie erklärte, wollte sie nicht riskieren, dass ich in ihrem Haus ein Unglück erlitt. Aber nicht etwa, weil sie auf mich und meine Gesundheit bedacht war, sondern weil sie Angst um ihre Einrichtung hatte. Leider schloss ich nicht rechtzeitig den Mund und bekam von dem Sprühstoß einen Hustenanfall. Ingrods Mischung schmeckte bedeutend bitterer als die von Greta und Gunnar.

Das Wohnzimmer war mit Möbelstücken und Dekorationsgegenständen vollgestellt. Überall standen Porzellanfiguren, kleine Schemel und unnötige Ablagetischchen herum, und der Fußboden war mit kleinen Teppichen bedeckt. An den Wänden hingen jede Menge Bilder, die ausschließlich den Teufel in allen möglichen Varianten und Gestalten darzustellen schienen. Ich weiß nicht, ob Ingrod womöglich den Satan verehrte. Mich erinnerten die Gemälde jedenfalls an die Plattenhüllen der Hardrock-Bands in den Achtzigern.

Auf einer Kommode stand ein gerahmtes Foto. Rechts und links davon brannten zwei dicke schwarze Stumpenkerzen. Das Foto war leicht vergilbt und wirkte ziemlich alt. Ein Mann um die vierzig lächelte in die Kamera. Er trug Hemd und Krawatte und sah aus wie ein stattlicher Wikingerhäuptling. Wenn es sich dabei um Ingrods Mann handelte, leuchtete es mir ein, dass sie mich im Vergleich zu ihm schwächlich und mickrig fand. Die Kerzen rochen ein wenig streng, und ich stellte fest, dass das flüssige Stearin dunkelrot war. Angeblich verbreiten große Mengen Blut einen metallischen Geruch, der an Kupfer erinnert. Ich fand, dass es hier ganz ähnlich roch, und mir drängte sich die Frage auf, ob die schwarzen Kerzen womöglich aus Blut gegossen worden waren. Wie auch immer das funktionieren mochte.

Ingrod brachte Kaffee und Kuchen aus der Küche und stellte beides auf einen ovalen Tisch. Sie setzte sich und bedeutete mir, ebenfalls Platz zu nehmen. Ich wollte so wenig Zeit wie möglich mit einem gemeinsamen Kaffeeklatsch vergeuden, also breitete ich sofort Gretas Karte vor mir aus.

«Sie benötigen also Hilfe bei der Herstellung eines Trauerschmucks, wenn ich es recht verstanden habe?»

«Mögen Sie etwa keinen Sandkuchen?»

Ich nahm einen Schluck von dem zugegebenermaßen kräftigen und guten Kaffee und inspizierte misstrauisch den Sandkuchen, der auf einer geblümten Platte angerichtet war. Irgendwie war mir der Appetit vergangen. Ingrod schaute mich ungeduldig an. Zögerlich nahm ich mir ein Stück und probierte es. In einem freien Land wie Schweden durften die Leute von mir aus an die Wände hängen, was sie wollten, aber wenn Ingrod nun tatsächlich eine Teufelsanbeterin war, die aus Blut Kerzen goss, hielt ich mich beim Kuchen lieber ein wenig zurück. Ich stellte mich innerlich auf einen staubtrockenen, krümeligen Teig ein und war erstaunt, dass der Kuchen luftig, süß und ganz wunderbar schmeckte.

«Meine Güte, sind das Mäusebisse! Wenn mein Mann Sandkuchen gegessen hat, ist er mit der Gabel darauf losgegangen, als würde er mit einem feuerspeienden Drachen um Leben und Tod kämpfen.»

«Wirklich beeindruckend. Ich wünschte, ich könnte auch wie ein gestandener Mann Sandkuchen essen.»

Ingrod durchbohrte mich fast mit ihrem Blick. Ich zuckte nur die Schultern und nahm mir noch ein Stück Kuchen.

«Köstlich», lobte ich ihre Backkünste und sah ihr an, dass sie nach irgendeinem Unterton in meinen Worten suchte, den sie bemängeln könnte.

Doch sie fand nichts, zumindest nicht auf die Schnelle. Stattdessen zog sie aus der Tasche ihrer karierten Küchenschürze ein krallenförmiges Schmuckstück, das an einer Kette hing.

«Ich will ein Stück Eis aus einem bestimmten Weiher haben, das ich an dieser silbernen Kralle befestigen kann. Es muss im Prinzip nicht größer als ein Rabenauge sein, aber holen Sie mir trotzdem einen ordentlichen Brocken, damit ich mir ein Stück davon abhacken und es in die richtige Größe bringen kann.»

«Sie benötigen ein Eisstück? Aus einem Weiher? Mitten im Sommer?»

«Es ist nur ein kleiner Spaziergang dorthin, den ich natürlich lieber selbst machen würde, anstatt einen Idioten wie Sie um Hilfe bitten zu müssen, aber meine Beine sind leider zu altersschwach.»

Ich dachte darüber nach, wie ich mich Ingrod gegenüber verhalten sollte. Auf gar keinen Fall wollte ich den ganzen Tag in ihrem Haus sitzen und von ihr gedemütigt werden, aber ich musste ihr noch einige Fragen stellen.

«Wenn ich das Wort Eis höre, denke ich an Winter. Aber jetzt haben wir Sommer, und es ist ziemlich warm. Da schmilzt das Eis normalerweise. Könnten Sie mir, einem

Straßenläufer und Idioten, das Ganze vielleicht etwas näher erklären?»

Ingrod seufzte so laut, dass sich die Oberfläche ihres Kaffees kräuselte.

«Mein Mann und ich sind auf diesem Weiher mitten im Wald immer zusammen Schlittschuh gelaufen, und ich würde gern zur Erinnerung daran ein Stück Eis an meinem Herzen tragen. Reicht Ihnen diese Erklärung?»

Mir kam das Bild von einer bösen Hexe und einem Wikingerhäuptling in den Sinn, die gemeinsam übers Eis glitten. Es war wie gemacht für einen vernichtenden Kommentar, doch ich konnte mich gerade noch zurückhalten.

«Danke, jetzt habe ich verstanden, warum Sie das Eisstück haben wollen. Aber für einen Idioten wie mich klingt es geradezu unmöglich, einen Weiher zu finden, der ...»

«Ja, ja, jetzt stellen Sie sich mal nicht dümmer, als Sie ohnehin schon sind. Natürlich suche ich nicht nach einem ganz normalen schmelzenden Eisstück, Sie Blödmann. Ein Stück entfernt von hier liegt der sogenannte Elfensee. Er ist zwar klein, aber sehr tief. Genau genommen ist es gar kein See, sondern ein Weiher. Keine Ahnung, warum er das Wort See im Namen trägt, ich habe ihn jedenfalls nicht auf diesen Namen getauft.»

Ich tat mein Bestes, um Geduld zu beweisen und Ingrod nicht zu unterbrechen.

«In früheren Zeiten hing hoch über dem Weiher ein Felsvorsprung. Dorthin pilgerten die Frauen, um ihre Männer zu beweinen, die im Krieg, bei der Waldarbeit, an Krankheiten oder im Kampf gegen gefährliche Wesen gestorben waren. Schließlich wurde der Vorsprung so schwer von den vielen Tränen, dass er abbrach und in den Weiher fiel. Seitdem ist er am Seegrund festgefroren. Greta wollte Ihnen eigentlich eine kleine Hacke in den Rucksack packen. Hoffentlich können Sie sie mit ihren winzigen Händchen überhaupt halten und mir ein Stück davon abbrechen, ohne sich in den Fuß zu hacken.»

«Alles klar.» Mehr fiel mir dazu nicht ein.

Es hatte wohl keinen Sinn, Ingrod mit skeptischen Folgefragen zu löchern. Deshalb nickte ich einfach. Ingrod zog die Karte näher zu sich heran und zeichnete mit einem schwarzen Stift etwas ein.

«Der Weg zum Elfensee ist nicht besonders strapaziös, nicht einmal für eine Bohnenstange wie Sie, aber Sie kommen unterwegs durch den Lauschenden Wald und den Tratschenden Wald. Beide sind durch Schilder gekennzeichnet, falls Sie lesen können und in der Lage sind, eine Karte zu deuten. Der Lauschende Wald kann Ihre Gedanken hören. Falls Sie also gerade denken, dass Gunnars Biskuitrollen wirklich zum Kotzen schmecken, besteht die Gefahr, dass diese Gedanken später im Tratschenden Wald verbreitet werden. Also bemühen Sie sich, im Lauschenden Wald die Gedanken im Zaum zu halten.»

«Alles klar», antwortete ich erneut.

Ich trank meinen Kaffee aus und nahm mir ein weiteres Stück von dem phantastischen Sandkuchen. Dann setzte ich meinen Rucksack auf und ging zur Tür. Ingrod hielt mahnend eine Hand hoch.

«Eine Sache noch. Es könnte sein, dass unter dem Eis gerade irgendwelche Tiere ihren Winterschlaf halten. Wir sind schon oft dort Schlittschuh gelaufen, Sie brauchen also keine Angst zu haben. Aber falls Sie merken sollten, dass Sie mit Ihrer Hacke ein schlummerndes Ungeheuer in der Tiefe aufwecken, würde ich Ihnen raten, so schnell wie möglich zu fliehen.»

«Alles klar», sagte ich zum dritten Mal.

«Meine Güte, was sind Sie doch für ein Langweiler! Fällt Ihnen nichts anderes ein als: ‹Alles klar›? Sind Ihre Kiefer etwa vom Kauen des weichen Sandkuchens erlahmt? Nun machen Sie schon, dass Sie wegkommen, bevor ich noch schlechte Laune bekomme.»

24

Wieder ein schmaler moosbewachsener Pfad. Wieder eine lange Wanderung durch den immer dichter werdenden Kiefernwald. Wieder eine Gelegenheit, meinen Gedanken nachzuhängen.

Im Lauf der Jahre war ich schon vielen garstigen Menschen begegnet. Wenn man sich für ein Leben als Künstler entscheidet, muss man damit rechnen, hin und wieder einen Klugscheißer im Publikum sitzen zu haben. Will heißen, dass man sich ein ziemlich dickes Fell zulegen muss. Doch Ingrod war der unangenehmste Mensch, der mir seit Mitte der neunziger Jahre begegnet war. Damals war ich Mitte zwanzig gewesen und hatte gerade eine kurze Affäre mit einer jungen Frau hinter mir. Sie kann ruhig anonym bleiben, nennen wir sie also Die andere Frau, die nicht Charlotta war. Ihr Vater war richtig unangenehm, allerdings nicht zu seiner Tochter, denn die behandelte er wie eine verwöhnte Prinzessin. Die wenigen Male, als wir uns begegneten, war er unverhohlen feindselig. Wenn er nicht gerade vor sich hin brummte, dass Zauberer in seinen Augen eine vollkommen idiotische und unseriöse Berufswahl sei, warf er mit intoleranten und chauvinistischen Bemerkungen um sich. Außerdem war er derart homophob, dass er sich weigerte, Bananen zu essen, ohne sie vorher in Scheiben zu schneiden. Auch wenn die meisten seiner gehässigen Äußerungen nicht gegen mich persönlich gerichtet waren, hatte man in seiner Nähe immer das Gefühl, jeden Moment könne ein Donnerwetter über einen hereinbrechen.

Die andere Frau, die nicht Charlotta war, sah ausgesprochen gut aus. In den Neunzigern begann man Fotomodelle als Supermodels zu bezeichnen. Cindy Crawford und Claudia Schiffer waren weltberühmt wie Filmstars und Rocksänger. Da Claudia Schiffer damals mit dem erfolgreichen Magier David Copperfield liiert war, wollte ich natürlich auch ein Supermodel an meiner Seite haben. Die andere Frau, die nicht Charlotta war, arbeitete zwar in der Rechtsanwaltskanzlei ihres Vaters, aber sie war das hübscheste Mädel, das ich je für mich gewinnen konnte, und ich setzte alles daran, dass die Beziehung so lange wie möglich hielt. Ich wollte Sebastian eifersüchtig auf meine Freundin machen, die viel attraktiver war als seine. Vielleicht würde ich ihm ja irgendwann einmal durch Zufall in der Stadt begegnen, wenn ich mit ihr unterwegs war. Doch dieser Zufall traf leider nie ein, und die Beziehung hielt auch nicht besonders lange. Die andere Frau, die nicht Charlotta war, traf kurz darauf einen reichen vierzigjährigen Herzchirurgen, heiratete ihn, gründete eine Familie und wurde glücklich. Blieb nur zu hoffen, dass diese Verbindung ihren Vater etwas gnädiger stimmte.

Als ich zu einem handgeschriebenen Schild kam, das an einen Baum genagelt war, hörte ich auf, über vergangene Zeiten nachzudenken.

VORSICHT, LAUSCHENDER WALD
Achten Sie auf Ihre Gedanken

Ich blickte auf meine Karte. Dort waren zwei Gebiete markiert, die wie zwei Enklaven mitten im Wald aussahen. Der

Lauschende Wald und der Tratschende Wald, genau wie Ingrod es mir erklärt hatte. Sie hatte eine schwarze Linie eingezeichnet, die durch beide Gebiete verlief und an einem winzig kleinen blauen Punkt endete, dem Elfensee. Ich befand mich also auf dem richtigen Weg.

Während ich die Schrift auf dem Schild las, kam mir eine Idee. Wenn der Lauschende Wald hören konnte, was man gerade dachte, und die eigenen Gedanken anschließend im Tratschenden Wald verbreitet wurden, bot es sich doch geradezu an, mal auszuprobieren, ob es sich nur um absurden Aberglauben oder um die Wahrheit handelte. Endlich würde ich einen eindeutigen Beweis erhalten, ob es die übernatürlichen Phänomene, deren Existenz ich bislang angezweifelt hatte, tatsächlich gab.

Letzte Nacht hatte jemand an die Tür meines Wohnwagens geklopft. Ich hatte mich nicht getraut zu öffnen und nachzusehen, wer oder was dort draußen in der Dunkelheit stand. Gunnar und Greta war es zwar gelungen, mir mit ihrem Gerede von einem Nachtklopfer Angst einzujagen, doch ich hatte nach wie vor keinen Beweis, dass ein solches Geschöpf tatsächlich existierte.

Ein Zauberer verrät niemals seine Tricks. Auch nicht die seiner Kollegen. In diesem Fall durfte man aber eine Ausnahme machen, fand ich und begann, mich gedanklich auf die Zaubertricks aus meinen Vorführungen zu konzentrieren. Ich enthüllte dem Lauschenden Wald allein durch die Kraft meiner Gedanken all meine Tricks, sogar meine Paradenummer, die ich selbst erfunden hatte, den Kartentrick, bei dem es um einen Diebstahl im Dracula-Schloss in Transsilvanien ging. Bei dieser Gelegenheit enthüllte ich auch ein paar von Sebastians aufwendigsten Illusionen, beispielsweise, wie es ihm gelingt, Charlotta über dem Publikum durch brennende Reifen hindurchschweben zu lassen.

Wenig später stand ich vor einem weiteren Warnschild.

VORSICHT, TRATSCHENDER WALD
Respektieren Sie Ihre Mitmenschen
Halten Sie sich die Ohren zu

Ich war fast ein wenig enttäuscht, dass ich den Lauschenden Wald schon hinter mir gelassen hatte. Also blieb ich für ein paar Minuten stehen und enthüllte noch weitere Gedanken über Sebastian. Über seinen nervösen Magen und darüber, wie ärmlich und schmuddelig es früher bei ihm zu Hause gewesen war. Über seine Angst vor Haarausfall und nicht zuletzt über seine Alkoholprobleme als Jugendlicher. Schlechter Stil? Mag sein, aber es handelte sich schließlich um ein wissenschaftliches Experiment, und der Zweck heiligt die Mittel.

Ich ging am Warnschild vorbei und gelangte in den Tratschenden Wald. Mir kam es so vor, als stünden in diesem Teil des Waldes mehr abgestorbene Bäume und als wäre es hier nicht ganz so grün und die Luft weniger frisch, doch das war vielleicht nur Einbildung.

Der Karte nach zu urteilen, konnte es nun nicht mehr weit bis zum Elfensee sein.

«Nächste Woche muss ich wirklich anfangen Sport zu machen.»

Abrupt blieb ich stehen. Ich war mir fast sicher, zwischen zwei Kiefern eine Männerstimme gehört zu haben.

«... muss mir ganz fest vornehmen, endlich mit dem Training loszulegen. Heute Abend werde ich die Erdnussflips in den Müll schmeißen und ...»

Die Stimme flog regelrecht an mir vorbei und erstarb dann. Stattdessen war jetzt eine Frauenstimme zu hören.

«Und dann hat er mir tatsächlich einen Heiratsantrag gemacht! Und ich habe ‹Ja ja ja ja ja, jaaaa› gesagt!»

Die überglückliche Frauenstimme sauste ebenfalls an mir vorbei. Irgendwann wurde mir bewusst, dass ich staunend und mit offenem Mund dastand. Weitere Stimmen kamen und gingen. Sie stammten von Männern und Frauen verschiedenen Alters, klangen traurig oder froh. Mir kam es so vor, als würde ich mitten auf einem Marktplatz stehen und die Gesprächsfetzen der Passanten aufschnappen. Die in diesem Fall allerdings unsichtbar waren.

Jetzt hörte ich eine ältere Frauenstimme:

«... ist wirklich noch verdammt grün hinter den Ohren. Unglaublich – da kassiert der direkt vor dem gegnerischen Tor eine Rote Karte ...»

Dann eine junge Männerstimme:

«Wie soll ich nur das Geld zusammenbekommen, um die kaputte Heckscheibe zu bezahlen?»

Eine junge Frauenstimme:

«Verfluchte Scheißmücken!»

Eine Männerstimme mittleren Alters:

«Ich bin es so leid, keinen Erfolg zu haben ...»

Eine ältere Männerstimme:

«Es war Notwehr ... Es war Notwehr ...»

Eine Frauenstimme mittleren Alters:

«... Es kann doch wohl nicht ungesund sein, kernlose Weintrauben zu essen, oder? ...»

Das Ganze war ziemlich gruselig und aufwühlend. Wäre es Nacht gewesen und nicht helllichter Tag, dann hätte ich richtig Angst bekommen. Verwirrt stellte ich fest, dass ich mit eigenen Ohren Dinge gehört hatte, die eigentlich gar nicht zu hören sein dürften. Stimmen ohne die dazugehörigen Körper, die ich aber dennoch klar und deutlich vernahm.

Es ist allgemein bekannt, dass der Wind gewisse akustische Phänomene verursachen und Geräusche quasi in Bewegung versetzen kann. Doch im Augenblick war es absolut windstill. Nicht einmal ein Sturm wäre in der Lage gewesen, die Stimmen dermaßen um mich herumschwirren zu lassen. Wie sehr ich mich auch bemühte, ich konnte keine natürliche Erklärung für das finden, was ich gerade erlebte.

Manche Stimmen hörte ich nur ein einziges Mal, während andere zwischen den Bäumen hin und her hüpften wie Tischtennisbälle. Die Stimme, die sich Sorgen über die Finanzierung der Heckscheibe machte, ertönte wieder. Sie kam mir eigenartig bekannt vor. War Jorma etwa durch den Lauschenden Wald gegangen und hatte sich Gedanken darüber gemacht, wie er meine Heckscheibe bezahlen sollte? Auch die Männerstimme mittleren Alters war immer wieder zu hören. Obwohl ich schon längst weitergegangen war, tauchte sie immer wieder auf, fast so, als verfolgte sie mich.

«Ich bin es so leid, keinen Erfolg zu haben …»

Ja, tatsächlich, eine Männerstimme, die mir ebenfalls bekannt vorkam.

Sie klang fast so wie meine eigene.

«Ich bin es so leid, keinen Erfolg zu haben …»

Nein, verdammt, das war ich nicht. Ich hatte doch ganz intensiv an Zaubertricks und an Sebastians versammelte Peinlichkeiten gedacht. Doch dann sauste die Stimme des weiblichen Fußballfans unmittelbar hinter meinem Ohr vorbei.

«Nur noch zwei Minuten bis zum Abpfiff, und dann kassiert er direkt vor dem gegnerischen Tor eine Rote Karte. Setzt den beim nächsten Spiel gleich auf die Ersatzbank!»

Ich hatte keine Ahnung, wie viel Zeit ein Gedanke aus dem Lauschenden Wald benötigte, um sich als Stimme im Tratschenden Wald zu manifestieren. Eine Minute? Eine Stunde? Einen Tag? Vielleicht hätte ich Ingrod danach fragen sollen.

Auch wenn meine Gedanken über die Zauberei und über Sebastian nicht im Tratschenden Wald zu hören waren, so brachten mich die vielen gruseligen Stimmen, die aus dem Nichts kamen und wieder verschwanden, gelinde gesagt aus der Fassung. Ich nahm die Beine in die Hand und rannte, was das Zeug hielt. Genau genommen rannte ich um mein Leben.

25

Die Stimmen im Tratschenden Wald waren das Beängstigendste, was mir je widerfahren war. Wäre ich von Ingrod nicht darauf vorbereitet worden, hätte ich höchstwahrscheinlich einen Nervenzusammenbruch erlitten. Was da passiert war, konnte ich mir rational nicht erklären. Ich hatte im Wachzustand, völlig nüchtern und am helllichten Tag etwas erlebt, das man nur als übernatürlich bezeichnen konnte.

Es ist mir zwar etwas peinlich, es zugeben zu müssen, doch als ich an dem Warnschild vorbeispurtete, das auf der anderen Seite des Tratschenden Waldes angebracht war, und schließlich vor einem steinigen Abhang stand, war ich tatsächlich den Tränen nahe.

Völlig außer Atem ließ ich mich auf einen kugelrunden Stein sinken, der zwischen zwei Kiefern eingeklemmt war. Nun durfte mein laut hämmerndes Herz erst einmal zur Ruhe kommen.

«Hallo, ich heiße Anton, bin fünfundvierzig Jahre alt und von einer Waldfee mit einem Todesfluch belegt worden», murmelte ich vor mich hin.

Mein in der Realität verankertes Gehirn unternahm einige abschließende Versuche, doch noch eine natürliche Erklärung für den Tratschenden Wald und all die Merkwürdigkeiten zu finden, mit denen ich in den vergangenen Tagen konfrontiert worden war. Doch es führte zu nichts, und schließlich stand ich wieder auf. Es war an der Zeit, sich auf meine bevorstehende Aufgabe zu konzentrieren.

Ich befand mich auf einer Anhöhe. Der steinige Abhang führte hinunter in ein langgestrecktes Tal und weiter auf eine hufeisenförmige Bergkette zu. Die Sonne schien, und ich genoss es, meinen Blick schweifen zu lassen, anstatt ständig von Bäumen umgeben zu sein. Mein Rucksack fühlte sich schwer an, als ich mit ungelenken Schritten den Abhang hinunterstieg, doch bald befand ich mich unten im Tal und war wieder von dunklem Wald umgeben. Ich ging weiter und gelangte in einen steinigeren Teil des Waldes. Es kam mir so vor, als wanderte ich durch einen Korridor mit bemoosten Findlingen, die dort vermutlich schon seit Ewigkeiten lagen. Ich umrundete einige mannshohe Felsblöcke und erreichte schließlich eine Lichtung, die von den Bergen eingerahmt war, die ich von der Anhöhe aus gesehen hatte.

Vor mir lag ein Weiher von etwa fünfundzwanzig Meter Durchmesser. An seinen Ufern erhoben sich steile Bergwände. Ganz oben konnte man eine scharfe Abbruchkante erkennen. Vielleicht hatte dort einmal der Felsvorsprung gesessen, zu dem die Witwen gepilgert waren. Die Wasseroberfläche war spiegelglatt. Die eine Hälfte des Sees lag im Schatten, während die andere von der Nachmittagssonne angestrahlt wurde.

Bei genauerem Hinsehen stellte ich fest, dass die Oberfläche des Weihers aus Eis bestand. Es sah unwirklich und märchenhaft aus. Ein gefrorener Weiher. Mitten im Sommer. Ich setzte meinen Rucksack ab, nahm eine kleine Hacke heraus und ging zum Ufer.

Wenn im Winter in Stockholm die Seen und Kanäle zufrieren, bleibt am Ufer meistens eine kleine Fläche offen, doch hier hatte es den Anschein, als wäre über den Weiher eine Art Eiszeit hereingebrochen. Dennoch wuchsen drum herum dichtbelaubte grüne Büsche mit roten Beeren. Sommer und Winter gleichzeitig an ein und demselben Ort.

Prüfend setzte ich einen Fuß auf das Eis. Es sah frisch und glatt aus, wie eine Glasscheibe. Ich hätte das Eis zwar gleich an Ort und Stelle aufhacken können, doch ich ging weiter bis zur Mitte des Weihers.

Schade, dass ich Jormas Handy im Wohnwagen liegengelassen hatte. Der Weiher wäre wirklich ein Foto wert gewesen. Ohne Beweis würde mir keiner meiner Freunde glauben, dass ich mitten im Sommer auf einen zugefrorenen See spaziert war.

Ich blieb ein paar Minuten lang stehen und sog den Anblick des magischen Orts in mich auf. In mir regten sich ein ungeahnter Respekt und tiefe Demut. Eleganter kann ich es leider nicht formulieren. Jedenfalls fühlte es sich gut an, bis ich darüber nachdachte, welchen Freunden ich meine Fotos eigentlich hätte zeigen wollen, wenn ich eine Kamera dabeigehabt hätte. Mir fiel niemand ein.

Ich kniete mich hin und spürte durch den Stoff meiner Hose hindurch die eisige Kälte. Behutsam ließ ich meine Hände über die glatte Fläche gleiten.

Es war fast zu schade, die Oberfläche zu zerstören. Aber Ingrod hatte sich nun mal in den Kopf gesetzt, dass ich ihr ein Eisstück bringen sollte. Und ich wollte möglichst bald wieder nach Hause. Zurück zu meinem Alltag. An den ich in diesem Augenblick eigentlich lieber nicht denken wollte.

Ich hackte drauflos. Das laute Geräusch hallte zwischen den Felswänden wider. Vor meinem inneren Auge sah ich bereits, wie mein Klopfen ein schlummerndes Untier aus dem Tiefschlaf weckte.

Womöglich enttäusche ich den einen oder anderen Leser, wenn ich erzähle, dass es nicht zu einem großen Kampf mit einer gigantischen Seeschlange oder einem feuerspeienden Drachen gekommen ist. Es gelang mir ohne größere Mühe, ein faustgroßes Stück aus dem Eis zu hacken, bevor dieses sich vor meinen faszinierten Augen von selbst wieder reparierte. Als ich aufbrach, sah der Weiher genauso aus wie zuvor. Es war, als wäre ich nie dort gewesen.

Auf dem Weg zurück zum Tratschenden Wald betastete ich das Eisstück und drehte und wendete es zwischen meinen Fingern. Die Wärme meiner Hände konnte ihm nichts anhaben. Es blieb trocken, fest und kalt. Ich hüllte es in einen dicken Pulli ein, den Greta mir netterweise eingepackt hatte, dann stopfte ich das Bündel in den Rucksack.

Ich hatte auch ein Stück für mich selbst mitgenommen. Es war so groß wie ein Tischtennisball und steckte in der Gesäßtasche meiner Latzhose. Nach einer Weile bewirkte die Kälte, dass meine linke Pobacke taub wurde. Also wickelte ich auch das kleine Eisstück ein und schob es in den Rucksack.

Als ich vor dem Warnschild ankam, das den Beginn des Tratschenden Waldes markierte, nahm ich ein Papiertaschentuch aus dem Rucksack, riss mir zwei Stücke ab und steckte sie mir in die Ohren. Dann durchquerte ich, so schnell mich meine Füße trugen, den Tratschenden und den Lauschenden Wald. Schweißnass und mit pfeifenden Lungen lenkte ich meine müden Schritte in Richtung von Ingrods schwarz gestrichenem Häuschen.

26

Ingrod stand vor dem Haus und war damit beschäftigt, Wollknäule abzuwickeln. Rotes, gelbes und blaues Garn lag bereits in einem bunten Durcheinander auf dem Boden zu ihren Füßen und erinnerte an die Luftschlangen bei einem Kindergeburtstag. Erst als ich bei ihr ankam, hob sie den Blick.

«In der Gegend ist eine Horde Garnschweine aufgetaucht», erklärte sie.

«Aha», brachte ich atemlos hervor und lehnte mich gegen eine Kiefer.

«Und bevor Sie eine Menge dummer Fragen stellen, kann ich Ihnen versichern, dass Garnschweine keine Schweine sind, die Garn fressen.»

«Nein?»

«Es sind kleine Wesen, die in verlassenen Fuchsbauten hausen. Ich habe keine genaue Vorstellung, wie sie aussehen, da sie ziemlich scheu sind, aber sie lieben es, Wolle aufzuwickeln. Eigentlich soll es Glück bringen, wenn man ihnen etwas von der eigenen Wolle abgibt, aber davon habe ich bislang rein gar nichts gemerkt. Allerdings nehmen sie Harken, Besen, Eimer, Schubkarren und sogar Gartenmöbel auseinander, wenn sie keine Wolle zum Aufwickeln finden.»

Ich streckte meinen Rücken, und meine Atmung beruhigte sich langsam wieder.

«Nun stehen Sie doch nicht da wie ein Idiot. Erzählen Sie mir lieber, wie es gelaufen ist, anstatt meine kostbare Zeit damit zu vergeuden, mich über Garnschweine auszuhorchen.»

Wir gingen ins Haus, und ich reichte Ingrod das Eisstück. Sie nahm es in Empfang (ohne sich dafür zu bedanken) und begann sofort, mit einem Messer eine kleine runde Eisperle (so groß wie ein Rabenauge) aus dem Eis herauszuschälen. Ich stand leicht perplex neben dem Küchentisch, während sie mit erstaunlich flinken Fingern die Eisperle an der silbernen Kralle ihres Schmucks befestigte und sich die Kette um den Hals hängte.

Ich trat zur Seite, als sie den Tisch verließ und sich im Wohnzimmer vor das Foto stellte, das zwischen den beiden schwarzen Kerzen stand. Ingrod legte ihre Hand auf den Schmuck, senkte den Kopf und blieb völlig reglos stehen. Ihre sonst so finstere Miene wurde etwas weicher.

Schon bald begann ich mich fehl am Platz zu fühlen. Mir kam es unpassend vor, der alten Witwe noch länger beim Trauern zuzuschauen, und ich durchbrach die erdrückende Stille mit einer Frage.

«Brauchen Sie vielleicht noch Hilfe bei etwas anderem, oder bin ich jetzt fertig?»

«Sie können gehen», antwortete sie mit leicht brüchiger Stimme.

Ich schlich über mehrere knarrende Holzdielen auf die Tür zu. Auch wenn Ingrod der unangenehmste Mensch war, dem ich seit Mitte der neunziger Jahre begegnet war, konnte ich nicht umhin, sie ein wenig zu mögen. Vielleicht hätte ich sie lieber in Ruhe lassen sollen, aber da ich in der Unterhaltungsbranche tätig bin, hätte ich mir Vorwürfe gemacht, wenn meine erste Prüfung in einer so deprimierenden Stimmung geendet hätte. Ich suchte verzweifelt nach etwas, mit dem ich sie aufbauen könnte.

«Ihr Sandkuchen war übrigens phantastisch.»

«Es ist aber nichts mehr übrig. Gehen Sie zum Betteln woandershin», brummte Ingrod, ohne ihren Blick vom Foto ihres Mannes abzuwenden.

Ich blieb mit der Hand auf der Türklinke stehen, denn ich konnte sie wirklich nicht in dieser düsteren Verfassung zurücklassen.

«Der Besuch des zugefrorenen Sees war ein unglaublich beeindruckendes Erlebnis. Im Tratschenden Wald hingegen war es ziemlich unangenehm. Als diese ganzen Stimmen auf mich eingestürmt sind, hätte ich beinahe losgeheult.»

Mit diesem Geständnis wollte ich sie zu irgendeiner Reaktion bewegen. Vielleicht würde sie mich ja wutschnaubend zurechtweisen oder eine spöttische Bemerkung über die Feigheit von Straßenläufern fallenlassen. Doch sie blieb stumm. Offenbar besaß sie nicht einmal mehr die Kraft, um mich als Idioten zu bezeichnen.

Mir wurde klar, dass ich schwerere Geschütze auffahren musste. Eines hatte ich zumindest in all den Jahren als Zauberer gelernt, nämlich alte einsame Menschen fröhlich zu stimmen. Normalerweise wurde ich zwar dafür bezahlt, doch ich beschloss, heute eine Ausnahme zu machen.

Ich holte mein Kartenspiel aus der Tasche.

Showtime.

Ingrod starrte mich böse an, als ich mich neben sie stellte. Mit einer eleganten Bewegung breitete ich die Spielkarten fächerförmig vor ihr aus.

«Ich würde Sie gern mit einer magischen Darbietung beehren. In diesen Karten verbirgt sich ein Rätsel, eine Art Mysterium. Und dieses Mysterium spielt in einem alten

Schloss in Transsilvanien. Jetzt werde ich Ihnen erzählen, wie der Herzkönig herausfand, dass der Karobube der Pikdame Geld gestohlen hatte. Doch dazu benötige ich Ihre Hilfe. Ziehen Sie bitte eine Karte, Ingrod.»

Sie starrte mich noch ein paar Sekunden lang an, bis sie sich räusperte und ihren Mund öffnete.

«Mein Mann konnte mit einem sandgeschliffenen Beil einen Eierbecher aus einem Baumstumpf hacken, und Sie wollen mich mit einem Zaubertrick für Kindergeburtstage beeindrucken?»

Mir gefiel ihre vernichtende Bemerkung zwar ganz und gar nicht, zumal ich Tausende von Stunden für die Weiterentwicklung und Perfektionierung dieses Zaubertricks aufgewendet hatte, doch ich kommentierte sie nicht.

«Sandgeschliffen? Bedeutet das besonders scharf oder besonders stumpf?», entgegnete ich so freundlich wie möglich.

Ingrod starrte mich an, als hätte ich ihr gerade die dümmste Frage der Weltgeschichte gestellt. Immerhin hatte ich eine Reaktion hervorgerufen und nutzte gleich die Gelegenheit für weitere Fragen.

«Beim Mittsommerfest saßen einige ältere Frauen, die dieselben spitzen Hüte trugen wie Sie. Sind das eigentlich Freundinnen von Ihnen?»

«Schon der Begriff ältere Frauen zeigt, dass Sie unter verängstigten und dünnhäutigen Straßenläufern leben. Hier in Tiveden bezeichnet man alte Weiber als das, was sie sind, nämlich als alte Weiber, ohne dass sich jemand auf den Schlips getreten fühlt.»

«Also gut, unten beim Mittsommerfest saßen einige alte Weiber mit spitzen Hüten. Kennen Sie die?»

«Ja, wir gehören alle der Hexenzunft an. Früher haben wir

uns ein paar Mal im Monat getroffen, aber das ist jetzt vorbei.»

«Und was macht man in so einer Hexenzunft?»

«Sie meinen, außer Idioten zu verfluchen, die idiotische Fragen stellen? Wir haben zusammen Kniffel gespielt und dabei über dieses und jenes geplaudert.»

Endlich war Ingrod wieder gewohnt garstig.

«Ich glaube, sie haben Scrabble gespielt, als ich vorbeiging.»

«Nicht zu fassen.»

«Sie treffen sich also gar nicht mehr mit ihnen?»

«Sehen Sie schlecht? Ich stehe doch jetzt hier, Sie Idiot. Mein letztes Gespräch mit den alten Weibern liegt eine ganze Weile zurück. Früher haben wir uns mit Zauberei befasst, doch leider haben wir inzwischen fast alle Techniken vergessen. Von der Hexenzunft ist also nicht mehr viel übrig. Die alten Weiber sind verdammt langweilig. Sie reden nur übers Wetter oder über das, was sie gestern Abend gegessen haben. Belangloses Zeug.»

«Und worüber würden Sie sich gern mit ihnen unterhalten?»

«Was weiß ich? Jedenfalls nicht übers Wetter.»

«Das kommt mir bekannt vor. Man findet ein Thema langweilig, aber leider fällt einem nichts Besseres ein, oder man weiß nicht recht, was man will. Und dann ist es leichter, seinen Mund zu halten und sich zurückzuziehen.»

Plötzlich wurde Ingrods ohnehin schon stark zerfurchtes Gesicht noch faltiger. Es sah aus, als hätte sie gerade eine Handvoll Himbeeren gegessen, die von Wanzen befallen waren. Ich steckte die Spielkarten wieder in meine Hosentasche und fragte sie, ob ihr etwas fehlte. Doch sie schnauzte mich nur an.

«Wer zum Teufel will schon seinen Mund halten und sich zurückziehen? Stellen Sie sich vor, die Weiber würden so etwas von mir denken. Dann stünde ich ja wie eine Idiotin da, die weder eine eigene Meinung noch sonst etwas zu sagen hat.»

«So habe ich das doch nicht gemeint.»

«Ich scheiß drauf, wie Sie es gemeint haben. Es hat nämlich so geklungen, als hätten wir beide etwas gemeinsam, und das wäre mir verdammt unangenehm. Vielleicht sollte ich mal zu den alten Weibern gehen, mit ihnen reden und versuchen, sie mit ein paar Tritten in den Hintern wieder zu neuem Leben zu erwecken.»

Ingrod rückte ihren spitzen Hut zurecht und verschwand mit forschen Schritten in der Küche. Ich hörte, wie diverse Schranktüren geöffnet und wieder geschlossen wurden, und kurz darauf war sie mit einigen Schnapsflaschen und mehreren Tüten mit Gummibärchen wieder zurück im Wohnzimmer.

«Jetzt stehen Sie doch nicht da wie ein begossener Pudel. Los, holen Sie die Schubkarre!»

27

Jeder, der schon mal ein griesgrämiges altes Weib in einer Schubkarre befördert hat, weiß, dass man jede Menge Kritik erntet, wenn es beim Fahren ruckelt und holpert. Insbesondere, wenn das betreffende Weib den Arm voller klirrender Schnapsflaschen hat. Auch wenn man nichts dafürkann, dass der Untergrund ein unebener und mit Wurzelwerk übersäter Waldpfad ist, muss man sich auf einen Orkan von Flüchen und Beschimpfungen gefasst machen.

Ich biss die Zähne zusammen, schob weiter und traute mich nicht einmal zu fragen, ob ich meinen Rucksack neben sie in die Karre legen dürfte.

Eine knappe Stunde später rollten wir auf die Wiese, auf der die Mittsommerfeier in vollem Gange war. Ich parkte die Schubkarre neben dem langen Holztisch, an dem die alten Weiber saßen und noch immer Scrabble spielten. Sie starrten Ingrod verdutzt an, als ich ihr aus der Karre half. Ich erwartete von meiner Passagierin keinen Dank für meine Hilfe, und sie bedeutete mir auch lediglich mit einer ungeduldigen Handbewegung, zur Seite zu treten, damit sie ihre Freundinnen aus der Hexenzunft begrüßen konnte.

Ich sah mich um und entdeckte Greta und Gunnar, die neben Freyas Pfahl standen und sich in den Armen hielten. Einträchtig beobachteten sie die untergehende Sonne, die gerade hinter den Baumwipfeln verschwand. Es war ein richtig schöner Anblick. Freyas Pfahl war schwarz und verkohlt, und es roch nach Feuer. Vom Holzstamm stieg eine dünne Rauchsäule in den Abendhimmel. Das Gras darunter war verbrannt, und auf dem Boden lagen mehrere leere Wassereimer. Ich nahm an, dass die Tivedener kurz zuvor eine Art Fruchtbarkeitsritual abgehalten hatten.

«Haben Sie im Tratschenden Wald irgendwelche Kommentare zu meinen Biskuitrollen gehört?», fragte Gunnar, als ich mich neben die beiden stellte.

Sein Farngewand war am Rücken etwas hochgerutscht und sah aus, als würde es jeden Moment auseinanderreißen.

«Nein, kein Wort. Aber dafür jede Menge anderes Gerede. In der Tat faszinierend.»

Gunnar und Greta machten beide einen schwankenden und leicht betrunkenen Eindruck. Als ich ihnen erzählte, dass es mir gelungen war, für Ingrod ein Stück Eis aus dem Weiher zu holen, hätte ich von ihnen ein wenig Lob erwartet. Es hätte mir auch nichts ausgemacht, wenn auch die alten Weiber und Kerle das gehört hätten, mit denen sie auf der Wiese Mittsommer feierten. Doch Greta sagte nur, dass das junge Paar, das Hilfe mit dem Wiedergänger benötigte, schon nach Hause gefahren sei, weshalb ich mich an diesem Abend nicht mehr darum kümmern müsse. Die erwähnten Fahnenmasten bräuchte ich im Augenblick auch nicht zu versetzen, da ich mir diese Prüfung bis zum Schluss aufheben solle.

Ich erkundigte mich nach dem Grund.

«Es wird einfacher für Sie sein, die Prüfungen in einer bestimmten Reihenfolge zu absolvieren», erklärte Greta. «Aber für heute haben Sie genug getan und können den Abend ruhig ausklingen lassen.»

«Alles klar. Am Elfensee habe ich übrigens auch ein kleines Eisstück für mich herausgehackt. Glauben Sie, ich darf es als Erinnerung behalten?»

«Gut, dass Sie vorher fragen und nicht einfach Dinge aus dem Wald stehlen», entgegnete Gunnar.

«Deshalb dürfen Sie es getrost mit nach Hause nehmen», sagte Greta.

Noch immer kein Lob, obwohl ich probiert hatte, sie auf die richtige Spur zu setzen. Ich unternahm einen weiteren Versuch.

«Bestimmt ist es kalt und unangenehm, ein Schmuckstück aus Eis oberhalb der Brust hängen zu haben. Aber ich habe schließlich nur getan, was mir aufgetragen wurde, sprich die erste Prüfung absolviert. Ganz schön anstrengend war das. Erst eine lange zehrende Wanderung, dann die Besuche im Lauschenden und Tratschenden Wald. Die Begegnung mit Ingrod war auch nicht gerade lustig. Doch jetzt, wo die Prüfung hinter mir liegt, stelle ich mir immer wieder vor, wie kalt es sein muss, ein Eisstück an der Brust zu tragen.»

«Ich glaube, das Eisstück lindert den Schmerz ihres trauernden Herzens», erklärte Gunnar und erhielt ein zustimmendes Nicken von Greta.

Kann es denn wirklich so schwer sein, ein wenig Lob zu spenden?, dachte ich leicht irritiert. Ich schaute zu dem langen Holztisch hinüber, an dem die Weiber der Hexenzunft beisammensaßen und sich lauthals unterhielten. Sie tranken Schnaps, aßen Gummibärchen und spielten Scrabble. Die kleine grauschwarze Katze, die vorhin entspannt unter einem Sonnenschirm gelegen hatte, hatte sich jetzt auf dem Tisch der Weiber zusammengerollt. Mir fiel auf, dass Ingrods Gesichtsausdruck verändert wirkte. Es dauerte eine Weile, bis ich begriff, dass sie fröhlich aussah. Sie und ihre

Tischnachbarin klopften einander gerade freundschaftlich auf den Rücken, nachdem sie ihre Schnapsgläser geleert hatten. Sie lachten krächzend und schenkten sich nach. Ingrod fühlte sich äußerst wohl am Hexentisch, daran herrschte nicht der geringste Zweifel. Es freute mich zwar, dass sie nun wieder mit ihren Freundinnen vereint war, nachdem sie sich auseinandergelebt hatten, aber musste sie mich komplett ignorieren? Undankbares Weib.

Ich hingegen hatte niemanden, mit dem ich mich am Mittsommerabend hätte wiedervereinen können.

Der älteste Mann, den ich in meinem ganzen Leben gesehen hatte (und dem das Farngewand ganz und gar nicht stand), taumelte betrunken von Tisch zu Tisch und zündete Laternen an. Er blieb bei uns stehen und starrte mit engstehenden wässrigen Augen skeptisch zu mir rüber. Dann wandte er sich Gunnar und Greta zu.

«Habt ihr eigentlich schon etwas vom Tränentriefer gehört? Vom Miststück kann man sich ja kaum Auskünfte erhoffen, da es die ganze Zeit nur schläft.»

Die Stimme des ältesten Mannes, den ich in meinem ganzen Leben gesehen hatte, klang verwaschen und schleppend. Gunnar neigte sich näher zu seinem Ohr hin und senkte die Stimme.

«Mach dir heute Abend keine Gedanken darüber.»

Ich musste an Gunnars Telefonat neulich im Auto denken und daran, wie sehr er bemüht gewesen war, sich von mir abzuwenden, und wie einsilbig und zurückhaltend er über diesen Tränentriefer oder Tränenschniefer gesprochen hatte. Dieses Thema war nicht für meine Ohren bestimmt, und ich schaute weg, um nicht als heimlicher Zuhörer entlarvt zu werden.

«Ich kann nur hoffen, dass du die richtige Person für diese

Sache bist», brummelte der alte Mann, nachdem Gunnar ihm etwas ins Ohr geflüstert hatte.

Dann torkelte er von dannen.

Ich kann nur hoffen, dass du die richtige Person für diese Sache bist.

Die richtige Person wofür? Waren die Worte etwa an mich gerichtet gewesen? Nein, er hatte doch mit Gunnar gesprochen.

Greta, Gunnar und ich standen jetzt wieder allein neben Freyas Pfahl. Ich überlegte, ob es schon Zeit wäre, mich in den Wohnwagen zurückzuziehen, um mich von den Strapazen des Tages zu erholen, doch Gunnar und Greta bestanden darauf, dass ich noch etwas aß. Außerdem wollten sie mich nach Sonnenuntergang nicht allein durch den Wald gehen lassen.

Wir fanden einen freien Tisch, auf den sie die Gefäße mit Blutpfannkuchen und getrocknetem Fleisch stellten. Das Essen schmeckte salzig und zäh und regte den Durst an. Doch Gunnar hatte eine Lösung für dieses Problem. Er schenkte selbstgebrannten Klaren in ein Schnapsglas und stellte es neben meinen Teller. Ich trinke zwar hin und wieder ein Bier, aber Hochprozentiges mag ich eigentlich nicht. Ich hasse es, einen Kater zu bekommen, außerdem habe ich Angst um meine Gehirnzellen. Und in dieser Situation wollte ich meine Schlagfertigkeit und Scharfsinnigkeit nicht einbüßen.

«Nun trinken Sie schon, sonst gibt es zum Nachtisch keine Biskuitrolle», gluckste Gunnar und schenkte Greta und sich selbst auch noch einen ein.

Sie erhoben ihre Gläser und schauten mich auffordernd an. Ich zuckte mit den Achseln. Ein Schnäpschen konnte ja wohl nicht schaden. Wir prosteten einander zu, und ich leerte mein Glas in einem Zug.

Einige Stunden später lag ich beinahe unter dem Tisch und versuchte Greta und Gunnar dazu zu bringen, *Moonlight Shadow* von Mike Oldfield zu singen. Eigentlich mag ich diesen Song nicht, da er mich zu stark an Sebastian erinnert, aber Trunkenheit hat einen Vorteil: Manche Dinge sind einem plötzlich egal. Gemeinsam gelang es uns, auch die Leute an den anderen Tischen zum Mitsingen zu bewegen. Ich war der Einzige, der den Text auswendig kannte, aber die Melodie war wirklich einprägsam. Selbst Ingrod und ihre Hexenfreundinnen mit ihren krächzenden Stimmen sangen mit. Ich stieg auf den Tisch und dirigierte mit ausladenden Gesten. Als ich kurz darauf auf einer Biskuitrolle ausrutschte und mit einem Bauchklatscher ins Gras fiel, bekam ich den stärksten Applaus seit vielen Jahren.

In dem Augenblick begann es zu schneien.

Irgendetwas Großes und Schwarzes flog in niedriger Höhe über die Wiese hinweg. Ich kann nicht näher beschreiben, was es war oder wie es aussah, denn zum einen war es dunkel, und zum anderen war ich betrunken. Zu diesem Zeitpunkt war ich auch gerade damit beschäftigt, wieder auf die Füße zu kommen. Dieses «Etwas» war ungefähr so groß wie ein Zugwaggon, und während es über uns hinwegzog, ging Schnee oder besser gesagt Hagel auf uns nieder.

Unter allen berauschten Festgästen auf der Wiese wurde es mucksmäuschenstill, bis jemand enthusiastisch ausrief: «Das Ungeheuer ist erwacht!»

Da ich ziemlich viele Monsterfilme gesehen hatte, kroch ich so schnell, wie es mir in meinem Zustand gelang, unter den Tisch. Gunnar ging ebenfalls in die Hocke und sah mich belustigt an.

«Es kursiert das Gerücht, dass unter dem Eis des Elfensees ein Ungeheuer begraben liegt, aber ich hatte es immer für eine Mär gehalten», sagte er. «Haben Sie es etwa gesehen?»

«Ein Ungeheuer? Ist es gefährlich?»

«Keine Ahnung. Ich denke nicht. Es gibt fleischfressende und pflanzenfressende Ungeheuer. Bislang ist aber noch niemand gefressen worden, also besteht wohl keine große Gefahr.»

Er half mir wieder auf die Beine, und mir wurde bewusst, dass ich der Einzige war, der Angst bekommen hatte und in Deckung gegangen war. Die Stimmung war jetzt noch ausgelassener als zuvor. Die Alten klaubten sich die Eiskristalle aus den Haaren, lachten und erhoben ihre Gläser in Richtung der Baumwipfel. Sogar die kleine grauschwarze Katze war auf die Beine gekommen und blickte in den Himmel. Doch schon bald verlor sie das Interesse und legte sich wieder hin, um sich zu entspannen.

Ich füllte mein Schnapsglas und stellte mir das Ungeheuer vor, das unten in der Tiefe erwachte, sich seinen Weg durch die Eisschicht bahnte und dann in den Abendhimmel auffuhr, wobei es eine Spur von Hagelkörnern hinterließ. In meinem betrunkenen Zustand sah ich das Ungeheuer als einen majestätischen Blauwal mit Flügeln vor mir.

An den Rest der Nacht erinnere ich mich ehrlich gesagt kaum noch. Ich bin mir ziemlich sicher, das Angebot abgelehnt zu haben, mich in der Morgendämmerung zusammen mit einer Gruppe nackter Rentner in Freyas Feuchte zu wälzen, aber als ich gegen Morgen ins Bett sank, war mein ganzer Körper mit feuchtem Gras bedeckt.

28

Wenn jemand glücklich und beschwingt ist, sagt man gern, er gehe «leichten Schrittes». Genau das tat ich, als ich von der U-Bahn zu unserem Haus in Mälarhöjden schwebte. Charlottas und mein gemeinsamer Abend mit Kino und Restaurant war rundum gut gelungen. Ja, er war beinahe perfekt gewesen.

Doch auf dem Weg zur Haustür hörte ich ein Stöhnen aus dem dunklen Garten. Ich blieb stehen und drehte mich um. Mein Blick wanderte zur Hollywoodschaukel.

Darunter lag Sebastian. Er war fürchterlich betrunken.

Nervös sah ich zum Haus hinüber. Alle Fenster waren dunkel. Vielleicht hatten sich meine Eltern schon hingelegt. Ich kniete mich neben meinen Freund und rüttelte ihn wach. Er umklammerte meinen Arm und sah mich mit glasigen Augen an.

«Ich will nicht so werden wie mein Alter», lallte er mit tränenerstickter Stimme. «Du musst mir helfen.»

«Du willst kein Bodenleger werden?»

Ein guter Zauberer muss immer die Kontrolle darüber behalten, was das Publikum zu sehen bekommt. Wenn man in der einen Hand etwas verstecken will, muss man dafür sorgen, dass sich die Zuschauer auf die andere Hand konzentrieren. Bis ich Sebastian unter unserer Hollywoodschaukel in einer Pfütze von Erbrochenem liegen sah, hatte ich nichts von seinem Alkoholproblem geahnt. Er hatte es beeindruckend gut verborgen.

Jetzt stellte sich heraus, dass er sich für seine Gage vom Auftritt beim Abstinenzverein ausgerechnet Schnaps gekauft hatte.

«Ich will nicht so werden wie mein Alter», wiederholte er und versuchte, auf die Beine zu kommen.

Mir gelang es, ihn in die Hollywoodschaukel zu hieven.

Als Sebastian nach unserem Auftritt vorgeschlagen hatte, ins Chinarestaurant zu gehen und auszuprobieren, ob man uns dort Bier servieren würde, hörte ich ihn zum ersten Mal vom Trinken reden. Wir gingen nie auf Partys, zum einen, weil wir nie eingeladen waren, zum anderen, weil wir all unsere freie Zeit der Zauberei widmeten. Und ich hatte geglaubt, der Schnapsgeruch, den er manchmal verströmte, käme aus seiner schmutzigen Wohnung.

«Und mir fallen jetzt schon die Haare aus. Dabei bin ich nicht mal zwanzig. Schau mal», lallte er und deutete mit einer unkontrollierten Bewegung auf seinen Kopf. «Genau wie mein Alter.»

Später stellte ich fest, dass er recht hatte, was mir bis dahin nicht klar gewesen war, weil ich nur wenig Zeit damit verbracht hatte, seinen Haarwuchs zu studieren. Und in der Dunkelheit unseres Gartens ließ sich das ohnehin nur schwer beurteilen. Ich fand, er sah aus wie immer.

Dass er schon in so jungen Jahren ein Alkoholproblem hatte, beunruhigte mich viel mehr. Wir hatten irrsinnig viel Zeit damit verbracht, ein solches Niveau zu erreichen, dass wir für unsere Auftritte Geld nehmen konnten. Unsere Vorstellung war ziemlich geschliffen (zumindest in Anbetracht unseres jungen Alters), und ich hatte weder Zeit noch Lust oder Energie, ein Solorepertoire einzustudieren. Es war undenkbar für mich, unsere Zusammenarbeit zu beenden, jetzt, da wir gerade einen kleinen Aufschwung erlebten.

Vor uns lag ein anstrengender Monat mit sieben Auftritten, vier davon mit Gage. Und so beschloss ich, Sebastian dabei zu helfen, mit dem Trinken aufzuhören.

Er hatte schon früher einige Male bei uns zu Hause übernachten dürfen, wenn die Zustände bei ihm zu Hause unerträglich waren. Damals hatte ich meinen Eltern keine Gründe genannt, doch diesmal erklärte ich ihnen genau, was Sache war. Wir hatten genug Platz im Haus, und ein paar Tage später zog Sebastian in das Nähzimmer meiner Mutter ein, das sie nie benutzte und das direkt neben meinem eigenen Zimmer lag.

Hinter den Kulissen führten meine Eltern vermutlich so manches Gespräch mit dem Jugendamt. Vielleicht setzte man auch Sebastians Schule davon in Kenntnis, dass er vorübergehend eine andere Adresse hatte. Ich hielt mich da raus. Schließlich ging es ja nicht um eine Adoption, sondern nur um einen Ortswechsel von höchstens ein paar Wochen.

Während dieser Zeit ließ Sebastians Vater kein einziges Mal von sich hören. Vielleicht genoss er es, endlich seine Ruhe zu haben, damit er sich langsam zu Tode saufen konnte, was ihm mit der Zeit auch gelingen sollte.

Sebastian lebte sich schnell bei uns ein. Er beschwerte sich nie über lästige Dinge wie regelmäßige Mahlzeiten oder die Tatsache, dass er die Füße heben musste, wenn meine Eltern in seinem Zimmer staubsaugten. Es schien ihn weder zu stören, dass er seine gewaschenen Klamotten manchmal selbst zusammenlegen musste, noch, dass man ihn nach seinem Befinden fragte, wenn er eigentlich gerade fernsehen wollte. Da nirgends im Haus Flaschen mit Bier oder Schnaps herumstanden, fiel es ihm relativ leicht, nichts zu trinken.

Jedenfalls solange er zu Hause blieb.

Wenn es um Sebastian ging, zeigten sich meine Eltern von einer ungewohnt fürsorglichen Seite. Während ich mich zu Hause meistens zurückhielt und auch in der Schule keine Probleme machte, schienen meine Eltern nun richtig aufzublühen, weil sie sich um einen verkorksten Teenager kümmern durften.

Für mich war es ein bisschen so, als hätte ich einen gleichaltrigen Bruder. Allerdings konnte ich ihn nicht rund um die Uhr bewachen. Wenn wir eine Gage erhielten, schienen die Hundertkronenscheine in Sebastians Hosentasche zu brennen. In Bredäng gab es genügend Erwachsene, die keine Skrupel hatten, Alkohol an Minderjährige weiterzuverkaufen. Wenn er so tat, als wäre ihm plötzlich etwas Wichtiges eingefallen, und Dinge sagte wie «Will nur schnell zu Hause was holen» oder «Muss noch ein Video zurückbringen», war das ziemlich durchschaubar. Dann zwang ich ihn entweder, mit mir nach Hause zu kommen, oder ich ließ ihn im Wissen verschwinden, dass er sich betrinken würde. Es war ziemlich nervig, nachts davon wach zu werden, dass er volltrunken in sein Zimmer torkelte, aber ich hatte keine Lust, immerzu auf ihn aufzupassen, und außerdem wollte ich möglichst viel Zeit mit Charlotta verbringen.

Unterdessen wurden unsere Auftritte immer besser bezahlt. Auf der Firmenfeier eines Stockholmer Reisebüros knackten wir zum ersten Mal die Tausend-Kronen-Marke. Fünfzehnhundert Kronen Gage! Die Stimmung im Publikum war großartig. Die Zuschauer lachten und klatschten an genau den richtigen Stellen. Unsere Show war wirklich der Kracher. Anschließend wurden wir eingeladen, dortzubleiben und mitzufeiern. Mit erwachsenen Menschen.

Es gab Unmengen an Essen, Bier und Schnaps. Ich trank

eine Limo, und erstaunlicherweise tat Sebastian es mir gleich. Wir wurden beide von mindestens zehn Jahre älteren Frauen mit gewagten Ausschnitten zum Tanzen aufgefordert. Zum ersten Mal in unserem Leben fühlten wir uns richtig cool und interessant und kamen uns ein bisschen so vor wie Rockstars. Die Einladung zum Tanzen lehnten wir höflich ab und setzten uns stattdessen mit unseren kindisch bunten Limonaden an einen ruhigen Tisch.

«Eigentlich müssten wir uns doch freuen. Warum fühlt es sich dann so langweilig an?», fragte Sebastian, nachdem er sich eine Handvoll Erdnüsse in den Mund geworfen hatte.

Ich verstand genau, was er meinte.

Damals waren Sebastian und ich die meiste Zeit einer Meinung. Obwohl wir gerade den erfolgreichsten Auftritt überhaupt hingelegt hatten, was die Reaktion des Publikums und die Bezahlung betraf, kam uns irgendetwas verkehrt vor. Und langweilig. Wir hatten die Show schon so oft durchgezogen, dass sie beinahe automatisch lief. Sebastian wurde nicht einmal mehr schlecht vor Nervosität. Unsere bislang allerliebste Beschäftigung (mal abgesehen von meinem Zusammensein mit Charlotta) war zu etwas Banalem, beinahe Langweiligem geworden. Und es war ziemlich beunruhigend, dass dieser Stimmungsumschwung ausgerechnet jetzt eintraf, als wir endlich den verdienten Erfolg hatten.

Sebastian holte sich einen riesigen Gin Tonic, und wir blieben bis in die frühen Morgenstunden sitzen. Bevor Sebastian endgültig zu betrunken war, um mit mir zu diskutieren, beschlossen wir, dass es an der Zeit für eine neue Herausforderung war. Wir wollten unser Repertoire erweitern, ein paar neue Tricks lernen, den Humor ein wenig zurückschrauben und den Grundcharakter der Show ein wenig verändern. Vielleicht konnten wir es sogar wagen, den Song von

Mike Oldfield noch einmal aus der Mottenkiste hervorzuholen.

Sebastian und ich waren Partner. Im Großen und Ganzen zauberten wir gleich gut. Ich dank eines angeborenen Talents, er dank seiner harten und zielstrebigen Arbeit. Wir waren wie ein ebenbürtiges Singer-Songwriter-Duo, das nun entscheiden musste, welchen Stil das nächste Album haben sollte. Und wer sich ein bisschen in der Musikgeschichte auskennt, weiß, dass ein solcher kreativer Scheideweg der Anfang vom Ende sein kann.

Die Königin des Waldes hatte die Runde bei der morgendlichen Besprechung als etwas unkonzentriert empfunden. Vermutlich lag es daran, dass die Alten am Tisch einen ziemlichen Kater hatten. Der Straßenläufer Anton hatte seine erste Prüfung bestanden, und auch wenn diese nicht sonderlich anspruchsvoll gewesen war, so hatte er seinen Auftrag doch immerhin erfüllt. Er hatte eine gewisse Fürsorge an den Tag gelegt, als Ingrod traurig war, was ein Plus darstellte. Nach der bestandenen Prüfung hatte er allerdings auch nach Lob geheischt, was ein deutliches Minus war.

Noch zwei Prüfungen standen aus. Die zweite war ein wenig schwerer als die erste, die dritte ein wenig gefährlicher als die zweite. Am Ende würde sie Stellung beziehen müssen, ob Anton es verdient hatte, vom Fluch der Waldfee befreit zu werden. Vorausgesetzt, es gab nach der dritten Prüfung überhaupt noch jemanden zu befreien. Die Königin des Waldes bezweifelte nämlich, dass der Straßenläufer die Begegnung mit dem Tränentriefer überleben würde.

29

Als ich am nächsten Morgen nach viel zu wenig Schlaf und viel zu viel Alkohol aufwachte, hatte ich leichte Kopfschmerzen, fühlte mich aber ansonsten erstaunlich fit. Allerdings hatte ich fatalerweise wieder mehrere schwarze Rußflecken auf der Stirn. Ich kletterte aus dem Wohnwagen und ging hinüber zu Gretas und Gunnars Häuschen. Die beiden saßen am Tisch und nahmen ein spätes Frühstück zu sich. Sie sahen ziemlich mitgenommen aus.

«Vielleicht ist es ein Zeichen dafür, dass die Waldfee Sie nicht vergessen hat», meinte Greta und deutete auf die Flecken.

Gunnar nickte. «Hauptsache, Sie sprühen sich weiter regelmäßig ein.»

Ich ließ mich schwer auf einen Stuhl fallen und bekam einen Becher heißen Kaffee und einen Teller voll Getreidebrei gereicht.

«Glauben Sie denn, dass die Waldfee meine Entschuldigung gehört hat, als ich die Blumen unter der umgestürzten Baumwurzel abgelegt habe? Und wissen Sie überhaupt, wie Feen gedanklich gestrickt sind? Hat das Miststück erfahren, dass ich die Prüfung gestern bestanden habe? Und weiß die Waldfee, dass das Miststück mit ihr reden will, wenn es mir gelingen sollte, alle drei Prüfungen erfolgreich zu absolvieren?»

Greta seufzte, und Gunnar signalisierte mir mit einer diskreten Geste, die Stimme zu senken.

«Alle wissen ganz genau, was sie zu tun haben, und alles ist in bester Ordnung. Ich denke, wir frühstücken erst einmal in Ruhe. Greta ist nämlich etwas müde.»

Sie lächelte und stupste ihn liebevoll an. Er stupste sie zurück. Die beiden wechselten frischverliebte Blicke, während ich die Grütze in mich hineinlöffelte, die sich wie eine wohltuende Schicht auf meine Magenschleimhaut legte.

Nach dem Frühstück wurde selbstverständlich Biskuitrolle serviert, diesmal mit Erdbeerfüllung. Dazu gab es noch mehr Kaffee. Gunnar füllte meinen Blumensprüher mit Bekämpfungsmittel gegen bösartige Fabelwesen auf.

Greta wirkte jetzt etwas frischer, und ich traute mich wieder, in normaler Lautstärke zu sprechen.

«Ich bin zwar noch nicht ganz nüchtern, aber es stimmt doch, dass es heute Nacht Eiskristalle geregnet hat, oder? Und dass ein riesiger ... *Gegenstand* oberhalb der Baumwipfel über uns hinweggeflogen ist?»

«Ganz richtig. Es war das Ungeheuer, das Sie aufgeweckt haben, als Sie das Eisstück aus dem Elfensee gehackt haben», erläuterte Gunnar aufgekratzt.

«Es sah prächtig aus, nicht wahr?», meinte Greta.

«Ich habe es nicht genau gesehen, oder besser gesagt, ich erinnere mich nicht mehr an sein Aussehen, aber es war schon beeindruckend. Ich frage mich nur, wohin es geflogen sein mag. Wenn es durch die Luft rauscht, jagt es den Menschen außerhalb von Tiveden womöglich einen Riesenschrecken ein. Vielleicht ist es ja ein hungriges Raubtier auf Beutezug?»

Greta schaute mich an, als kämen ihr meine Vermutungen etwas naiv vor.

«Solche Riesenungeheuer sind eher harmlos», erklärte sie. «Offenbar lebt es hauptsächlich unter Wasser, sonst wäre es ja nicht unter dem Eis eingeschlossen worden. Ich denke, es hat sich inzwischen einen netten schlammigen Seegrund gesucht, auf dem es sich gut aushalten lässt. Wenn es mehrere hundert Jahre im Elfensee überlebt hat, wird es nicht viel zu fressen brauchen.»

«Aber wenn das Ungeheuer den Nationalpark verlässt und die Menschen es bemerken, wird das absolute Chaos ausbrechen.»

«Das bezweifle ich. Wenn neulich über der Straße, auf der Sie mit Ihrem Auto unterwegs waren, etwas vorbeigeflogen wäre – hätten Sie da an etwas Übernatürliches gedacht, oder hätten Sie nicht viel eher vermutet, dass es eine logische Erklärung dafür gibt?»

Damit hatte sie recht. Vor ein paar Tagen wäre ich höchstwahrscheinlich davon ausgegangen, dass es sich um ein niedrigfliegendes Flugzeug oder Ähnliches gehandelt hätte. Ein Ufo oder gar ein Ungeheuer hätte ich ganz sicher nicht in Erwägung gezogen. Doch das war wie gesagt schon ein paar Tage her.

«Außerdem starren ja alle Straßenläufer andauernd auf ihre Handys und sehen gar nicht, was um sie herum geschieht.»

Ich reagierte auf ihren abfälligen Kommentar mit einem Schulterzucken. Greta nahm sich ein zweites Stück Biskuitrolle, und ich tat es ihr gleich. Gunnar nickte zufrieden, als wir uns den Kuchen in den Mund schoben. Dann kam mir plötzlich eine vage Erinnerung, die ich nicht recht einordnen konnte, und ich fragte bei den beiden nach.

«Habe ich letzte Nacht eigentlich davon gesprochen, dass ich den Nachtklopfer auf einen Schlummertrunk in meinen

Wohnwagen hereinbitten wollte, falls er wieder vorbeikäme?»

Gunnar lachte.

«Sie haben so einiges von sich gegeben. Aber als wir nach Hause kamen, war es bereits hell, also haben wir uns wegen des Nachtklopfers keine Sorgen gemacht.»

Kopfschüttelnd stellte ich fest, dass ich zum ersten Mal in meinem Leben nach einem Besäufnis echte Erinnerungslücken hatte.

Nachdem ich im Wohnwagen ausgiebig geduscht hatte, sprühte ich mich von Kopf bis Fuß mit dem Blumensprüher ein. Ich zog meinen Anzug und ein Oberhemd an und packte meine Tasche. Die zweite Prüfung sollte draußen in «meiner Welt» stattfinden, und ich freute mich darauf, den Urwald von Tiveden mit seinem intensiven Duft nach Kiefernnadeln für eine Weile hinter mir zu lassen. Außerdem war ich froh, ausnahmsweise einmal keine Gummistiefel tragen zu müssen.

Gunnar fuhr mich mit dem Auto auf verschlungenen Schotterstraßen zu meinem Ziel. Wir passierten eine Salzlinie mit dem entsprechenden Zubehör und näherten uns der Zivilisation. Im Autoradio dudelte irgendeine belanglose Hintergrundmusik. Nach einer Dreiviertelstunde spürten wir zum ersten Mal Asphalt unter den Reifen und gelangten schließlich zum Kreisverkehr bei der Tankstelle, wo ich erst des Diebstahls von Erdnüssen bezichtigt und dann von Jorma, diesem Idioten, gekidnappt worden war. Gunnar drehte das Radio leiser und bedeutete mir, ein Stück von der Biskuitrolle zu essen, die er im offenen Handschuhfach vor dem Beifahrersitz deponiert hatte.

«Wir haben Ihnen ja gestern bereits das junge Paar gezeigt, das Probleme mit einem Wiedergänger hat, nicht wahr?»

«Ja, genau, aber die beiden waren schon gegangen, als ich von Ingrod zurückkam, weshalb ich mich ihnen nicht vorstellen konnte.»

«Der junge Mann stammt aus Tiveden, während die junge Frau eine Straßenläuferin ist. Sie haben sich vor ungefähr einem Jahr kennengelernt und so heftig ineinander verliebt, dass sie gleich zusammengezogen sind und kurz darauf geheiratet haben. Sie wohnen in einer Villa in Askersund, wo wir gleich hinfahren werden. Die Bewohner von Tiveden sind im Hinblick auf Leute von außerhalb ziemlich konservativ und engstirnig. Das trifft aber hauptsächlich auf die ältere Generation zu.»

«Ich glaube, ich war gestern Abend mit Abstand der Jüngste von allen, dabei bin ich schon fünfundvierzig.»

«Wie gesagt, es fehlt die jüngere Generation, der es gelingen könnte, die intoleranten alten Leute zum Umdenken zu bewegen. Hinzu kommt, dass wir schon immer misstrauisch gegenüber Außenstehenden gewesen sind. Das hat sicher nicht zuletzt mit unserer Vorgeschichte zu tun. Schließlich mussten wir damals vor den Hexenverfolgungen in den Wald fliehen. Natürlich sind wir von euch Straßenläufern übel behandelt worden, aber ich möchte nicht, dass man uns eines Tages nach unserem Aussterben als ein Volk in Erinnerung behalten wird, das sich immer nur über die Vergangenheit ausgelassen hat. Die junge Straßenläuferin hat beispielsweise nie eine Hexe auf dem Scheiterhaufen verbrannt. Allerdings hat ihr Mann, also ‹unser› Junge aus Tiveden, einen furchtbar sturen Großvater, der die Ehe der beiden für eine Katastrophe hält. Vor allem aber weigert er sich zu akzeptieren, dass die beiden sich Kinder wünschen.

Er ist ein mürrischer rückständiger Griesgram, obwohl er schon vor drei Jahren gestorben ist. Er wird Ihnen die Ohren vollquatschen mit der Geschichte Tivedens und allem, was damals besser war als heute.»

Ich schaute Gunnar überrascht an.

«Moment, haben Sie nicht gerade gesagt, dass der Alte vor drei Jahren gestorben ist, oder habe ich mich verhört?»

«Nein, und genau aus diesem Grund besteht Ihre zweite Prüfung darin, einen Fluch aufzuheben. Der Großvater des jungen Mannes aus Tiveden ist ein Wiedergänger, der sich in den Kopf gesetzt hat, in der Villa der beiden jungen Leute herumzuspuken und ihnen das Leben schwerzumachen. Er will sie dazu bringen, wieder auseinanderzugehen, bevor sie schwanger wird.»

«Aber ich habe doch keinerlei Erfahrungen im Umgang mit Flüchen!»

«Die Königin des Waldes möchte, dass Sie als neutraler Verhandlungsführer fungieren. Sie sind zwar ein Straßenläufer, aber Sie gehören weder zur Familie der Frau noch zu den Bewohnern Tivedens. Das Beste wäre natürlich, wenn wir jemanden auftreiben könnten, der auch nicht dem menschlichen Geschlecht angehört, beispielsweise ein Fabelwesen. Aber ein übernatürliches Wesen dem menschlichen Willen zu unterwerfen, ist ungefähr genauso schwer, wie eine Katze zu dressieren.»

Ich lehnte meinen Kopf gegen die Nackenstütze und versuchte das Gehörte erst einmal sacken zu lassen.

«Katzen sind nämlich von Natur aus extrem eigensinnig», fuhr Gunnar fort. «Es ist ja schon schwer genug, sie überhaupt zu irgendetwas Bestimmten zu bewegen.»

«Danke, dass Sie Ihren ohnehin schon deutlichen Vergleich noch weiter verdeutlicht haben.»

Er lächelte mir zu und schien den Sarkasmus in meiner Bemerkung völlig überhört zu haben. Wir setzten unsere Fahrt über die Autobahn fort, die fast völlig frei war, wie jedes Jahr an Mittsommer. Die Geschäfte haben geschlossen. Die Leute bleiben zu Hause und kurieren ihren Kater aus, entschuldigen sich für unanständige Dinge, die sie im betrunkenen Zustand gesagt haben, wischen Erbrochenes von den Gartenmöbeln, klären, wer in der vergangenen Nacht mit wem fremdgegangen ist und wer ermordet in einem Graben aufgefunden wurde.

Wir verließen die Autobahn in Richtung Askersund, einer Kleinstadt (in der ich im Übrigen noch nie aufgetreten bin) am nördlichen Ufer des Vätternsees. Ich bin mir nicht sicher, aber ich glaube, es ist die Stadt, in der pro Einwohner und Jahr die meisten Zahnbürsten verkauft werden.

Gunnar schaltete das Radio aus. Er sah in immer kürzer werdenden Abständen verstohlen zu mir herüber.

«Sie ... Sie haben nicht zufällig einmal darüber nachgedacht, bei Ihren Eltern und Ihrem Bruder anzurufen? Um sich mit ihnen auszusprechen?»

«Wie bitte?»

«Sie waren gestern so traurig und haben gemeint, Ihre Eltern würden Ihren Bruder mehr lieben als Sie. Aber damit liegen Sie bestimmt falsch, und deshalb wäre es vielleicht gut, sich einmal mit ihnen auszusprechen.»

Gunnar merkte offenbar, dass ich ihn verständnislos anstarrte, denn er bemühte sich um eine genauere Erklärung.

«Ich war letzte Nacht zwar selbst nicht ganz nüchtern, aber Sie haben doch einen Bruder, nicht wahr? Auf den Sie fünfundzwanzig Jahre lang ziemlich neidisch waren. Ich meine mich zu erinnern, dass er Sebastian heißt.»

30

Mir wurde plötzlich ganz anders. Was hatte ich gestern im Suff eigentlich alles von mir gegeben?

«Sebastian ist nicht mein Bruder. Er war ein Freund von mir, der eine Weile bei uns gewohnt hat.»

«Sie haben also gar keinen Bruder?»

«Nein. Greta hat mich doch letztens zu meiner Familie befragt. Ich habe keine Geschwister. Da muss ein Missverständnis vorliegen.»

«Schon möglich, aber Sie haben im Gras gelegen und wie ein kleines Baby geheult.»

«Im Ernst?»

«Baby ist vielleicht zu viel gesagt. Eher wie ein unreifer Fünfjähriger oder wie ein …»

«Das Alter des Kindes spielt doch keine Rolle. Ich meinte, ob ich wirklich im Gras gelegen und geheult habe?»

«Ja, und noch dazu völlig nackt. Was natürlich kein Grund ist, sich zu schämen. Wir waren ja alle nackt, als wir uns gemeinsam in Freyas Feuchte gewälzt haben. Aber Sie waren der Einzige, der dabei geheult hat. Was natürlich auch kein Grund ist, sich zu schämen. Aber vielleicht sollten Sie die Dinge, die Sie so traurig stimmen, einmal angehen. Neid kann starke destruktive Kräfte freisetzen. Sie haben wie ein untröstliches Kind geheult oder wie ein Schlosshund. Ganze Sturzbäche haben Sie geweint …»

«Danke, ich glaube, ich habe verstanden. Ich habe also geweint.»

Ich massierte mir die Schläfen, wie die Leute es in Filmen tun, um ihrer Erinnerung auf die Sprünge zu helfen. Doch es funktionierte nicht. Die fortgeschrittene Mittsommernacht war und blieb ein schwarzes Loch.

«Ich kann mich zwar schlecht über etwas äußern, an das ich mich nicht erinnere. Aber ich habe keinen Bruder, auf den ich neidisch wäre, und ich bin auch nicht traurig. Es gibt also nichts, was ich angehen könnte. Falls ich überhaupt geweint habe, was ich stark bezweifle. Vielleicht war es ja eine verspätete Reaktion auf den Todesfluch. Die letzten Tage haben mich ziemlich aufgewühlt.»

Ich weiß nicht, ob Gunnar mir meine Erklärung abnahm. Jedenfalls stellte er keine weiteren bohrenden Fragen.

«Sind wir bald da?»

Wenig später bog Gunnar auf einen kleinen schmucken Marktplatz ein, der von niedrigen alten Häusern eingerahmt wurde. Der Stadtkern von Askersund, wie ich annahm. Wir stiegen aus dem Auto und gingen auf ein Chinarestaurant zu, das zwischen zwei geschlossenen Geschäften lag.

«Hier haben wir uns verabredet. Es tut den beiden gut, so oft wie möglich ihr Haus zu verlassen», erklärte Gunnar.

Harald und Janine, das junge Paar, das ich vom Fluch befreien sollte, waren die einzigen Gäste des Restaurants. Das Lokal hatte eine «authentische» chinesische Einrichtung. Lampions, Bilder, Geschirr, Speisekarten und nicht zuletzt das Mobiliar schienen von einem Großhändler zu kommen, der sich auf asiatische Klischees spezialisiert hatte. Es sah mit anderen Worten genau wie alle anderen Chinarestaurants aus. Das Personal schien jedoch aus Thailand zu stammen, was mich nicht störte, denn man muss ja beispielsweise kein Italiener sein, um Spaghetti kochen zu können.

Wir gingen auf den Tisch der jungen Leute zu, und Gunnar stellte mich den beiden vor. Ich schüttelte Janine die Hand. Sie war blond, durchtrainiert und sonnengebräunt und sah auch aus der Nähe betrachtet extrem gut aus. Bedauerlicherweise war Harald ebenfalls blond, durchtrainiert, sonnengebräunt und sehr attraktiv. In ihrer Gegenwart kam ich mir vergleichsweise alt und unattraktiv vor.

Wir setzten uns. Gunnar erklärte ihnen, dass ich von einer Waldfee mit einem Todesfluch belegt worden sei und mich nun als würdig erweisen musste, bevor die Königin des Waldes mich wieder von dem Fluch befreien konnte. Obwohl Janine eine Straßenläuferin war, schien sie über Tiveden gut informiert zu sein, denn es machte nicht den Eindruck, als kämen ihr Gunnars Ausführungen in irgendeiner Form merkwürdig vor. Vielleicht war dies auch der Tatsache geschuldet, dass der Großvater ihres Mannes in ihrem Haus herumspukte.

«Haben Sie schon irgendwelche Erfahrungen mit Flüchen?», fragte sie mich.

Janine hatte eine äußerst wohlklingende Stimme. Ich hob den Blick von ihrem figurbetonten Oberteil und grinste sie an.

«Nein, aber ich habe schon ziemlich viele Horrorfilme gesehen. Das dürfte also eigentlich kein Problem sein.»

Sie lächelte nicht zurück. Wenn hübschen Frauen mein Humor nicht gefällt, werde ich meistens nervös. Insbesondere wenn sie neben einem Mann sitzen, mit dessen Aussehen ich mich nicht messen kann. Also starrte ich in die Speisekarte. Ich hatte zwar keinen Hunger, aber nach dem gestrigen Gelage spürte ich ein unangenehmes Ziehen im

Magen, das ich hoffte, mit einem Essen beruhigen zu können.

Harald wandte sich an Gunnar.

«Die Hexenzunft müsste unser Problem doch eigentlich lösen können. Hast du schon mit Ingrod und den anderen alten Weibern gesprochen? Auch wenn sie nicht mehr so richtig in Form sind und sich die Zeit hauptsächlich mit Scrabblespielen vertreiben – glaubst du nicht, dass es besser wäre, wenn sie uns helfen würden anstelle von diesem blutigen Anfänger?»

Es gefiel mir gar nicht, als blutiger Anfänger bezeichnet zu werden, auch wenn Haralds Beschreibung meiner Person völlig korrekt war, was Flüche betraf. Gunnar erklärte, dass das Miststück nun mal beschlossen hatte, die Angelegenheit in genau dieser Form zu regeln. Und wenn Harald Probleme damit hätte, müsste er sie mit dem Miststück besprechen. Der junge Mann warf mir einen missmutigen Blick zu, als hätte er gerade ein Päckchen geöffnet, dessen Inhalt in keiner Weise mit der Abbildung im Katalog übereinstimmte. Auch Janine starrte mich unzufrieden an. Es war mir äußerst unangenehm, von einem hübschen, sonnengebräunten und durchtrainierten jungen Paar so abschätzig gemustert zu werden. Höchste Zeit, selbst das Kommando zu übernehmen.

«Ist der Fluch an Sie, an Ihr Haus oder an einen bestimmten Gegenstand gekoppelt? Da es Ihr Großvater ist, der bei Ihnen herumspukt, würde ich annehmen, dass der Fluch an Sie gekoppelt ist. Also würden Sie ihn mit einem Umzug in ein anderes Haus wohl nicht loswerden.»

Harald zuckte mit den Achseln.

«Wissen Sie das aus den Horrorfilmen, die Sie gesehen haben?»

«Ich habe mir die Originalversionen von *Poltergeist* und *Amityville Horror* angeschaut, und zwar lange, bevor Sie überhaupt geboren wurden.»

Das war keine besonders schlagfertige Antwort, denn sie führte leider dazu, dass ich mir steinalt vorkam.

«Ehrlich gesagt habe ich keine Ahnung von solchen Dingen», fuhr ich fort. «Bis vor kurzem habe ich an so etwas gar nicht geglaubt. Ich kann also nur einen Versuch unternehmen, Ihnen zu helfen. Wenn Ihnen das nicht passt, sollten Sie wohl tatsächlich besser mit dem Miststück reden.»

Janine und Harald wechselten einen Blick.

«Manchmal erscheint Haralds Großvater in einem Spiegel zu Hause bei uns», erklärte Janine. Die Situation war ihr sichtlich unangenehm. «Während man in den Spiegel schaut, sieht man ihn, wie er direkt hinter einem steht und böse dreinblickt. Doch wenn man sich umschaut, ist niemand da. Das ist ziemlich gruselig.»

Ich suchte gerade nach irgendwelchen entgegenkommenden oder aufmunternden Worten, als eine energische thailändische Bedienung an unseren Tisch kam. Sie wirkte ungeduldig, als ich erst einen erneuten Blick in die Speisekarte werfen musste, bevor ich wusste, was ich wollte.

«Ich nehme einmal die Bratnudeln aus dem Wok mit Rinderfiletstreifen. Aber ohne Bambussprossen.»

«Nummer fünfzehn, vielen Dank.»

«Ja, genau, Nummer fünfzehn, aber ohne Bambussprossen.»

«Nummer fünfzehn ist mit Bambussprossen. Also nicht Nummer fünfzehn?»

Ich deutete auf das entsprechende Gericht in der Speisekarte.

«Doch, Nummer fünfzehn, Bratnudeln mit Rinderfiletstreifen und Bambussprossen. Nur hätte ich es gern ohne Bambussprossen. Tun Sie lieber etwas mehr Rindfleisch hinzu.»

«Nummer zwölf ist ohne Bambussprossen. Kung-Pao-Hühnchen. Dann nehmen Sie doch Nummer zwölf.»

Ich seufzte so demonstrativ wie nur möglich und verdrehte dabei leicht die Augen.

«Okay, dann nehme ich stattdessen die Nummer zwölf. Könnten Sie das Gericht mit Erdnüssen anstelle von Cashewnüssen zubereiten?»

«Nummer zwölf, vielen Dank. Und zu trinken?»

«Eine Coca-Cola, bitte. Mit viel Eis.»

«Wir haben nur Pepsi.»

«Okay, dann nehme ich eine Sprite.»

«Wir haben nur 7-up.»

«Okay, dann eben eine Orangina.»

«Wir haben nur Fanta.»

«Okay, dann nehme ich eben eine Pepsi.»

Gunnar begnügte sich mit einem Kaffee, da er gleich wieder losfahren und zu Hause mit Greta essen wollte. Harald und Janine kannten die Bedienung offenbar gut. Sie unterhielten sich mit ihr über dies und jenes und erkundigten sich unter anderem, wie sie den Mittsommerabend verbracht hatte. Die Bedienung, die sehr nett zu den beiden war, hatte eine Lesung der Bestsellerautorin Kicki Hjort besucht, bei der diese von ihrer Nahtoderfahrung und ihrer Begegnung mit Engeln berichtet hatte. Der Abend sei unglaublich inspirierend gewesen und jede einzelne Krone wert.

Jede einzelne Krone, dachte ich verbittert. Kicki Hjort war den ganzen Sommer ausgebucht, während es bei mir ziemlich mau aussah, und zwar im Hinblick auf die Auftritte *und* auf die Kronen.

31

Mein Hühnchen war nicht besonders gut. Das Gericht enthielt übrigens gar keine Nüsse, und der Reis war ziemlich trocken. Doch ich besaß nicht die Kraft, mich zu beschweren, und außerdem hatte ich sowieso keinen großen Hunger.

Harald und Janine posteten Fotos von ihrem Essen und sich selbst auf Instagram. Mir schien es, als hätte der Koch weitaus mehr Energie auf ihre Gerichte verwendet, denn sie sahen richtig lecker aus.

Ich nahm Jormas Telefon zur Hand, denn hier draußen in der Zivilisation hatte ich wieder Empfang. Auf dem Display buhlten jede Menge Nachrichten um Aufmerksamkeit, und es gab massenweise verpasste Anrufe von einer Frau namens Alexandra, vermutlich Jormas Freundin. Vielleicht machte sie sich Sorgen um ihn, was durchaus berechtigt war, da er zurzeit wahrscheinlich irgendwo tief im Urwald von Tiveden umherirrte. Doch davon konnte sie eigentlich gar nichts wissen, denn Jormas Handy befand sich schon seit ein paar Tagen in meinem Besitz.

Ich hätte vielleicht Kontakt zu ihr aufnehmen sollen (und mich womöglich auf die Suche nach Jorma begeben müssen), aber er hatte schließlich erwähnt, dass seine Freundin und er ausgemacht hätten, einander während der Liebesquest nicht anzurufen. Oder so ähnlich, denn ich hatte ihm nicht so genau zugehört. Außerdem wusste ich nicht, ob Alexandra wirklich seine Freundin war. Vielleicht war sie seine Mutter oder jemand ganz anderes.

Als Harald und Janine ihre Handys wieder einsteckten, tat ich es ihnen gleich. Gunnar bemühte sich, ein wenig Smalltalk zwischen uns in Gang zu bringen, und ich erfuhr, dass Harald und Janine ein Bio-Deli mit einem angegliederten Fitnessstudio besaßen, in dem sie als Personal Trainer arbeiteten. Ein Konzept, das sie gemeinsam entwickelt hatten und auf das sie mächtig stolz waren. Sie boten für Privatpersonen, aber auch für Unternehmen Kurse zur Gesundheitsförderung an. Es lief offenbar richtig gut, denn sie planten, zusätzliches Personal einzustellen und eine weitere Filiale in Örebro zu eröffnen. Nur zu gern hätte ich ihnen meine Meinung zu Bioläden mitgeteilt, dass nämlich neunzig Prozent der schweineteuren Produkte, die dort verkauft wurden, die reinste Bauernfängerei waren und nur von gutgläubigen Idioten gekauft wurden, doch ich hielt mich zurück. Harald und Janine klangen für ihr Alter erstaunlich zielstrebig und erfolgreich.

«Anton, vielleicht erzählen Sie Harald und Janine ein wenig darüber, wer Sie sind und was Sie so machen», forderte Gunnar mich in einem Tonfall auf, als würde er mit einem Kind sprechen.

«Ich arbeite als Zauberer und bin gerade auf Sommertournee. In der Nähe von Tiveden hatte ich Probleme mit meinem Auto.»

«Kann man denn davon leben?», erkundigte sich Janine.

Eine Frage, die man mir leider schon oft gestellt hatte.

«Ich bin fast das komplette Jahr in ganz Schweden auf Tournee», antwortete ich und hörte selbst, wie gereizt ich klang.

«Haben Sie letztes Wochenende zufällig die Umweltgala geschaut? Mit diesem Zauberer und der Frau, die in einem Tigerkäfig gesessen und ein Katzenjunges unter einem Tuch hervorgezaubert hat?»

«Nein, ich glaube nicht», brummte ich.

«Keine Ahnung, wie die hießen, aber man sieht sie oft im Fernsehen. Sie sind wirklich super.»

Harald nickte zustimmend.

«Ja, sie sind echt super.»

«Ist Biokost nicht der totale Fake? Die Wirkung ist wissenschaftlich ja keineswegs bewiesen.»

Janine und Harald reagierten völlig baff. Mag sein, dass ich ihre Lobhudelei auf Sebastian und Charlotta etwas diplomatischer hätte beenden können, doch jetzt konnte ich meine Worte schlecht wieder zurücknehmen. Sie starrten mich noch immer gekränkt an, als hätte man ihnen noch nie zuvor eine kritische Frage gestellt.

«Ich meine... in Ihrer Branche gibt es doch sicherlich jede Menge unseriöser Scharlatane ... aber das trifft vielleicht auch auf andere Branchen zu», fuhr ich in einem halbherzigen Versuch fort, das brüskierte Paar wieder etwas aufzumuntern.

Gunnar schien zu merken, dass der freundschaftliche Smalltalk, den er in Gang gesetzt hatte, entgleist war. Er bedankte sich, wünschte uns viel Glück mit dem Wiedergänger und verließ das Restaurant, um wieder nach Hause zu Greta zu fahren.

Wenn ich mir in Zukunft irgendwann einmal einen Mercedes leisten kann, werde ich ein Modell mit viel Beinfreiheit vor der Rückbank auswählen. Meine langen Beine fanden kaum Platz, als ich mich hinter Harald und Janine ins Auto zwängte. Der Benz verließ Askersund mit einer entsetzlichen Gute-Laune-Musik aus der Stereoanlage, die einem regelrecht in den Ohren dröhnte. Womöglich lief dieses Gedudel auch während ihrer Trainingsstunden.

Wir fuhren an einem alten Steingebäude vorbei, auf das Janine deutete, während sie irgendwelche Erklärungen dazu abgab, doch einer der Subwoofer schien unmittelbar hinter meinem Rücken angebracht zu sein, denn ich verstand durch das Dröhnen der Bässe kein Wort.

Am liebsten hätte ich dem jungen Paar jede Menge abfälliger Bemerkungen an den Kopf geworfen, doch mir war klar, dass ich mich der zweiten Prüfung am besten mit einer positiven Grundeinstellung widmen sollte. Schließlich ging es darum, meinen Todesfluch loszuwerden. Also würde ich mich zusammenreißen und das Ganze so schnell und schmerzfrei wie möglich hinter mich bringen.

Zum Glück dauerte die Autofahrt nicht besonders lange. Wir bogen in eine idyllische Villengegend mit weitläufigen gepflegten Grundstücken und großen Holzhäusern ein, deren Giebel mit ansprechenden Schnitzereien verziert waren.

Das Garagentor öffnete sich automatisch, als Janine in die Einfahrt fuhr. Sie schaltete die nervtötende Musik aus und parkte neben dem neuesten Modell eines Audi. Das junge durchtrainierte Paar liebte offensichtlich deutsche Autos.

Die beiden führten mich erst einmal durchs Haus. Es bestand aus zwei Etagen und einem ausgebauten Kellergeschoss. Ich war zwar größer als Harald, doch er ging so aufrecht, dass ich mich strecken musste, um mir nicht klein vorzukommen. Da Harald ein ehemaliger Bewohner Tivedens war, nutzte ich die Gelegenheit, um ihm einige Informationen über die Königin des Waldes zu entlocken. Ein Thema, das uns beide gleichermaßen anging und hoffentlich nicht ganz so konfliktgeladen war wie ein Smalltalk über Zauberei und Bio-Lebensmittel.

«Bei meiner Geburt hat sie mich gesegnet, doch daran erinnere ich mich natürlich nicht mehr», erzählte Harald. «Es war eine Art Taufe in einem Waldsee, allerdings keine christliche. Seitdem bin ich ihr nicht mehr begegnet. Sie hält sich meistens tief im Wald versteckt, soweit ich weiß. Vor allem die Älteren pflegen noch den Kontakt zu ihr, aber es heißt, dass man sie nicht unnötig stören soll. Und wenn das Miststück beschlossen hat, dass ausgerechnet Sie uns helfen sollen, den Fluch loszuwerden, müssen wir uns wohl fügen.»

Er ging mir voraus ins Obergeschoss und brummte in einem leicht herablassenden Tonfall: «Wie kann man nur einer Waldfee, die einen beim Blumenpflücken um Hilfe bittet, einen Korb geben?»

«Ich wusste ja nicht, dass es eine Waldfee war oder dass solche Wesen überhaupt existieren. Ich dachte, es wäre ein ganz gewöhnliches kleines Mädchen.»

«Und wie kann man einem kleinen Mädchen einen Korb geben, wenn es einen beim Blumenpflücken um Hilfe bittet?», warf Janine ein, die uns folgte.

Ich seufzte.

«Wenn ich nun als Arzt kurz vor einer Herzoperation stünde und in letzter Sekunde das Leben eines Forschers retten könnte, der ein paar Wochen später ein Heilmittel gegen Krebs entdeckt – würden Sie immer noch denken, es wäre besser gewesen, einem kleinen Mädchen beim Blumenpflücken zu helfen?»

«Sie hatten also gerade etwas Wichtigeres zu tun?», fragte Harald.

«Ich entwerfe gerade ein Szenario, bei dem viele andere Menschen meine Meinung teilen würden, nämlich dass es die bessere Entscheidung wäre, zum Operationstisch zu eilen. Denn schließlich steht eine Welt ohne Krebs auf dem Spiel. Das ist doch wichtiger als die Blumen für das Mädchen, oder?»

Harald sah aus, als könne er mir nicht ganz folgen.

«Sie hatten also tatsächlich etwas Wichtigeres zu tun?»

«Wissen Sie, was es heißt, ein Szenario zu entwerfen? Es bedeutet, dass das Geschilderte einem gedanklichen Entwurf entspricht und nicht in der Realität geschehen ist. Aber ich hatte es in der Tat ziemlich eilig. Ich war nämlich auf der Suche nach Hilfe, um meinen Wagen abschleppen zu lassen.»

«Ich halte das von Ihnen entworfene Szenario für ziemlich übertrieben», erklärte Janine. «Wenn Sie es einfach eilig hatten, wäre es angemessener gewesen, sich ein Szenario auszudenken, bei dem Sie dringend eine Toilette hätten aufsuchen müssen, anstatt sich als zentrale Figur bei der Heilung von Krebs auszugeben.»

«Tut mir leid, wenn Ihnen mein Szenario nicht zusagt», entgegnete ich säuerlich. «Außerdem bin ich letztlich hier, um Ihnen zu helfen, und verstehe nicht ganz, warum Sie so an mir herumnörgeln.»

Mein Vorhaben, mit einer positiven Grundeinstellung an das Ganze heranzugehen, wurde auf die Probe gestellt, denn die Stimmung zwischen uns drohte erneut zu kippen. Die Hausführung wurde schweigend fortgesetzt.

Die meisten Einrichtungsgegenstände in der Villa sahen nagelneu und teuer aus. Helle großzügige Räume, weiß gestrichene Wände, glänzende Holzfußböden und drahtlose Lautsprecher in allen Zimmern. Im Keller stand ein Billardtisch, der mit rotem Filz ausgekleidet war, der Hauswirtschaftsraum war größer als die Küche meiner Wohnung in

Sundbyberg. Daneben lag ein komplett eingerichteter Fitnessraum mit Spinning-Rädern und einem Whirlpool.

Im Erdgeschoss des Hauses standen Sofas und Sessel in kräftigen Farben, die einen angenehmen Kontrast zu all dem Weiß bildeten. Es gab gutgefüllte Bücherregale und Blumen auf allen Fensterbänken. Von der Veranda, die größer war als mein gesamtes Wohnzimmer, blickte man in den gepflegten Garten. Im Obergeschoss befand sich das Schlafzimmer, in dem das breiteste Bett stand, das ich je gesehen hatte. An den Wänden hingen mehrere riesige Flachbildschirme und wenige ausgesuchte Bilder, und anders als bei gewissen Hexenweibern standen kaum Dekorationsgegenstände herum.

Im Großen und Ganzen gefiel mir die Einrichtung in Haralds und Janines Haus. So ähnlich würde ich eine protzige Villa einrichten, falls ich einmal in einer solchen wohnen sollte.

Ich stellte meine Tasche auf das Bett im Gästezimmer, das direkt neben dem Schlafzimmer der beiden lag. An den Wänden hing unter anderem eine Fotoserie von Haralds und Janines Flitterwochen in der Karibik. Sonne, Meer, lange Sandstrände und immer wieder das strahlende Lächeln des glücklichen jungen Paares. Im Bikini kam Janines durchtrainierte Figur perfekt zur Geltung. Leider war Harald auf allen Fotos neben ihr zu sehen. Offenbar hatte er vergessen, ein T-Shirt auf die Reise mitzunehmen, denn er lief ausnahmslos mit freiem Oberkörper herum.

Der Rundgang endete in der geräumigen Küche, die mit allen modernen Küchengeräten ausgestattet war, die man sich nur vorstellen konnte. Die beiden bereiteten Kaffee in einer verchromten Espressomaschine zu. Keiner von uns hatte Appetit auf die Biskuitrolle, die Gunnar uns mitgegeben hatte. Also wanderte sie in den futuristischen Kühlschrank, während wir uns in einem riesigen roten Sofa im Wohnzimmer niederließen. Ich probierte den Kaffee, schob einen schweren Bildband von einem mir unbekannten Modefotografen zur Seite und stellte den Becher auf dem blankpolierten Glastisch ab.

«Der Kaffee ist phantastisch», sagte ich und meinte es auch so.

Janine nickte. Harald nickte ebenfalls. Ich nickte zurück. Schließlich hatten wir genug genickt, und es wurde Zeit, die Aufgabe, die vor uns lag, möglichst positiv anzugehen.

32

Und wo ist jetzt dieser Spiegel?»
Harald und Janine deuteten auf eine karierte Decke, die an der Wand neben der Treppe zum Obergeschoss hing.

«Aha, ich dachte schon, das wäre eine Art Deko.»

Sie lachten auf, als hätte ich gerade etwas sehr Komisches oder aber sehr Dämliches gesagt. Ich stand auf, ging auf die Wand zu und riskierte einen Blick unter die Decke. Der Spiegel war ungefähr so groß wie ein Badschrank und hatte einen mit Schnitzereien versehenen Holzrahmen. Er sah antik aus.

«Ein Kleinod, das innerhalb der Familie weitervererbt wurde», erklärte Harald. «Er gehörte meinem Großvater.»

«Wir haben natürlich schon daran gedacht, ihn zu zerschlagen», sagte Janine. «Aber wir wollten nicht sieben Jahre lang vom Unglück verfolgt werden.»

Ich ließ die Decke wieder herunter und kehrte zum Sofa zurück.

«Ich habe eine Menge Horrorfilme gesehen, in denen Spiegel eine zentrale Rolle spielen, doch es hat nie funktioniert, sie einfach zu zerschlagen. Dadurch wird es nur noch schlimmer, denn der Spuk bleibt in den einzelnen Scherben des Spiegels erhalten, so ähnlich wie in *The Boogey Man*. Das ist ein Film aus dem Jahr 1980, den Sie vermutlich nicht gesehen haben.»

Sie hatten den Film tatsächlich nicht gesehen. Keine Ahnung, warum ich es einfach nicht lassen konnte, ihnen von alten Horrorfilmen zu erzählen. Ich griff nach meinem Kaffeebecher und stellte dabei fest, dass der Bildband dorthin zurückgelegt worden war, wo er lag, bevor ich ihn zur Seite geschoben hatte. In diesem Haus wurde offenbar großen Wert auf Kleinigkeiten gelegt. Alles hatte seinen Platz, und zwar auf den Millimeter genau.

Ich blieb vor dem Sofa stehen und bat die beiden, mir das Spiegelmysterium von Anfang an zu schildern. Janine begann.

«Wie gesagt, wenn man in den Spiegel schaut, taucht Haralds Großvater hinter einem auf. Wir haben festgestellt, dass er nur nach Sonnenuntergang zu sehen ist. Wenn man dann Blickkontakt zu ihm aufnimmt, wird man den restlichen Abend von ihm verfolgt, was äußerst unangenehm ist. Man hat ständig das Gefühl, von einem unsichtbaren Wesen behelligt zu werden. Manchmal höre ich auch eine Holzdiele hinter mir knarren, obwohl dort niemand steht. Dann wieder vernehme ich direkt neben meinem Ohr pfeifende Atemzüge. Außerdem wirft er Gegenstände um, insbesondere im Schlafzimmer. Er schlägt Schranktüren zu und kippt die Nachttischlampen um. Und immer wenn wir miteinander schlafen, was wir oft und gern tun, stört er uns.»

Ich nickte verlegen.

«Wie Sie verstehen werden, ist es gar nicht witzig, wenn einem im Schlafzimmer nachspioniert wird, und das auch noch vom eigenen Großvater», sagte Harald und ergriff Janines Hand.

Sie schauten mich an, als erwarteten sie, dass ich irgendetwas Schlaues darauf erwiderte.

«Und wie lange geht das schon so?»

«Wir wohnen seit sieben Monaten hier», sagte Janine.

«Der Spiegel hängt zwar schon seit unserem Einzug dort, doch der Großvater hat erst vor einigen Wochen angefangen zu spuken.»

«Erinnern Sie sich, ob zu dem Zeitpunkt irgendetwas Besonderes vorgefallen ist, das den Spuk ausgelöst haben könnte? Gunnar hat erwähnt, dass Sie gern Kinder hätten. Haben Sie da vielleicht angefangen, daran zu ... arbeiten?»

Sie schüttelten unisono den Kopf.

«Wir haben nicht erst vor ein paar Wochen angefangen miteinander zu schlafen, falls Sie das meinen», entgegnete Janine. «Wir haben schon vom ersten Tag an in diesem Haus jede Menge Sex gehabt. Im Schlafzimmer, im Hauswirtschaftsraum, im Fitnessraum, im Whirlpool, hier im Wohnzimmer, draußen im Garten, oben im ...»

«Danke, ich glaube, ich habe verstanden», brummte ich. «Also immer und überall massenweise Sex. Haben Sie denn das Gefühl, dass Ihr Großvater als Wiedergänger hören kann, was Sie sagen? Und können Sie mit ihm reden?»

Während Harald und Janine über meine Fragen nachdachten, nutzte ich die Gelegenheit, mir bewusst zu machen, wie verrückt es eigentlich war, hier zu stehen und sich allen Ernstes über Gespenster zu unterhalten, die plötzlich im Spiegel auftauchten. Eigenartigerweise hatte es etwas Befreiendes, als dürfte man endlich völlig ungehemmt in einem Rechenblock herumkritzeln, in den man sein ganzes Leben lang nur Drei- und Vierecke gezeichnet hatte.

«Ja, wir haben das Gefühl, dass er uns hören kann», antwortete Harald zögerlich. «Er kann uns auf alle Fälle sehen. Allerdings nur, wenn man ihn im Spiegel anschaut. Ich weiß nicht recht, ob man mit ihm sprechen kann. Wir haben es nie versucht.»

«Ich verstehe ja, dass Sie ihn vollständig loswerden wollen, aber lässt er Sie denn wenigstens in Ruhe, solange die Decke über dem Spiegel hängt?»

«Wir könnten den Spiegel natürlich auch irgendwo im Wald vergraben oder ihn in einen See werfen, aber das ist doch keine Lösung, verstehen Sie?», meinte Janine leicht verschnupft. «Das Problem ist, dass Haralds Großvater unser Zusammensein nicht gutheißt. Und da sollen Sie Abhilfe schaffen. Unabhängig davon, wo sich der Spiegel befindet, macht es keinen Spaß, von einem toten Verwandten gehasst zu werden.»

«Jetzt seien Sie doch nicht gleich sauer auf mich, ich stelle Ihnen ja nur ein paar Fragen. Es war nicht meine Idee, dass ich dieses Problem für Sie lösen soll. Es käme mir durchaus entgegen, wenn ich nicht hier bei Ihnen sitzen und mir anhören müsste, wie oft Sie miteinander schlafen.»

Im Wohnzimmer wurde es totenstill. Die beiden lehnten sich im Sofa zurück und schienen nachzudenken, bis Harald schließlich das Wort ergriff.

«Wir haben doch ungefähr vor ein paar Wochen angefangen, über unseren Kinderwunsch zu sprechen, nicht wahr, mein Herz?»

«Das stimmt, Liebling. Wir haben gesagt, dass es das perfekte Timing für mich wäre, Mutter zu werden, wenn wir die zweite Filiale in Örebro eröffnen.»

«Genau, mein Herz. Das perfekte Timing. Wir stellen neue Leute ein, und dann kannst du mit unserem kleinen Engel zu Hause bleiben.»

«Und wenn wir beide gemeinsame Pläne schmieden, gehen sie immer in Erfüllung, nicht wahr, Liebling?»

«Gemeinsam schaffen wir alles, mein Herz.»

Es war ziemlich demütigend, ihr privates Liebesgeflüster mit anhören zu müssen. Ich hatte den Eindruck, dass sie meine Anwesenheit völlig ausblendeten, bis es ihnen irgendwann gelang, ihre Blicke voneinander loszureißen und stattdessen mich anzuschauen.

«Sie könnten recht haben», meinte Harald.

«Inwiefern?», fragte ich, da ich zu diesem Zeitpunkt bereits den Faden verloren hatte.

Janine lächelte mich mit ihren perfekten weißen Zähnen an.

«Wir haben vor wenigen Wochen angefangen, über unseren Kinderwunsch zu sprechen, und seitdem spukt es. Sie hatten gefragt, was Haralds Großvater so verärgert haben könnte, und ich denke, es hängt mit unserer Familienplanung zusammen. Gut gefolgert.»

Lob ist zwar weitaus angenehmer als Tadel, doch ich hatte keine Ahnung, was ich mit dieser Information anfangen sollte. Dem Wiedergänger gefiel es nicht, dass ein junger Mann aus Tiveden mit einer Straßenläuferin zusammen war. Das hatte Gunnar mir ja bereits erklärt. Bisher hatte ich gerade mal herausgefunden, wann der Spuk eingesetzt hatte. Doch plötzlich kam mir eine Idee. Sollte ich nicht als neutraler Verhandlungsführer fungieren?

«Jetzt wissen wir also, dass er hört, was im Haus gesprochen wird. Deswegen werde ich heute Abend mal einen Blick in den Spiegel werfen und ein ernstes Wörtchen mit Ihrem Großvater reden», verkündete ich selbstsicher.

Das junge Paar schaute mich an, als hätte ich gerade etwas unglaublich Mutiges gesagt, was mich sofort verunsicherte. Vielleicht hatte ich doch etwas zu viel Selbstbewusstsein bewiesen. Ich hatte schließlich keine Ahnung, was es hieß, mit einem Wiedergänger zu sprechen. Vielleicht war es sogar lebensgefährlich?

33

Ich war bei einem Volleyballmatch gewesen und hatte gesehen, wie Charlottas Mannschaft haushoch gewann. Sie war die beste Spielerin auf dem Feld, hatte die meisten Punkte und Blockaktionen gemacht. Oder so ähnlich – die Volleyballfans mögen es mir nachsehen, wenn ich falsche Begriffe benutze. Das Spiel war schrecklich zäh, aber vermutlich musste man so etwas aushalten, wenn man eine Freundin hatte.

Anschließend wollte Charlotta einen Abendspaziergang durch den Kungsträdgården unternehmen. Ein Eis essen, am Schloss in Gamla Stan vorbeischlendern und anschließend wieder in die U-Bahn Richtung Süden steigen.

Auf dem Spaziergang erzählte ich ihr, dass mein Zauberpartner Sebastian zu mir gezogen war und Geschmack daran gefunden hatte, sich zu betrinken. Als ich die Zustände bei ihm zu Hause schilderte, tat ich es nicht, um hinter dem Rücken meines Freundes schlecht über ihn zu reden. Er konnte ja schließlich nichts dafür, dass er in einer so erbärmlichen Familie aufgewachsen war. Aber Charlotta war noch nie bei mir zu Hause gewesen, und ich fand, sie sollte wissen, wie die Dinge standen, ehe sie mich zum ersten Mal besuchte.

«Weißt du, ob er es mal mit Beten probiert hat?», fragte sie.

Ich war gerade damit beschäftigt, mein Eis aufzufangen,

das über die Waffel tropfte, und sie brachte mich völlig aus dem Konzept.

«Beten? Wie meinst du das?»

«Na, zu Gott. Er könnte doch darum beten, dass Gott ihm hilft, mit dem Trinken aufzuhören.»

«Soweit ich weiß, ist Sebastian nicht religiös.»

Das galt auch für meine Eltern und mich. Vermutlich gab es unter den ganzen Sachbüchern in unserem Haus nicht eine einzige Bibel. Bei uns glaubte man genauso wenig an Gott wie an den Weihnachtsmann.

Jetzt war meine Hand eisverschmiert, und Charlotta reichte mir eine Serviette.

«Du weißt ja, manchmal gehe ich mit meiner Oma in die Kirche. Sie betet regelmäßig zu Gott und dankt ihm dafür, dass sie gesund ist und Opa schon seit dreißig Jahren keinen Tropfen Alkohol mehr angerührt hat.»

«Na gut, dann bete ich darum, dass mein Eis aufhört zu tropfen.»

Mein Gebet wurde nicht erhört.

Charlotta grinste und stupste mich mit der Hüfte an. Ich grinste ebenfalls.

«Glaubst du wirklich an Gott? So richtig?»

«Wer weiß?», fragte sie zurück und zuckte unbekümmert die Achseln.

Wer weiß?

Zwei kleine Worte, die für mich noch eine große Bedeutung erlangen sollten.

«Sebastian ist ja auch nicht ständig betrunken. Er wohnt nur eine Weile bei uns. Da kommt man nicht so leicht an Alkohol wie bei ihm zu Hause. Das ist vermutlich die bessere Lösung, als zu einem imaginären alten Knacker im Himmel zu beten.»

Dann sprachen wir nicht weiter davon. Wir beschleunigten unsere Schritte in Richtung U-Bahn. Charlotta hatte noch für ein paar Stunden sturmfreie Bude, und die wollten wir auf bestmögliche Weise nutzen.

Sebastian und ich machten mit unserer abgenudelten Show weiter. Immer mehr Firmenfeste, immer mehr bezahlte Auftritte. Natürlich war es toll, Geld zu haben, aber wir fühlten uns immer mehr, als würden wir zur Arbeit gehen. Uns fehlte die Zeit, in Ruhe ein neues Repertoire und eine neue Richtung zu entwickeln, so wie wir es in jener Nacht nach dem Auftritt im Reisebüro besprochen hatten.

Als ich eines Abends nach einem Besuch bei Charlotta heimkam, rief Sebastian mich zu sich. Das Nähzimmer sah unverändert aus, obwohl er schon seit einigen Wochen dort lebte. An den Wänden standen jede Menge Stoffrollen, und ich witzelte gern herum, er sei der einzige mir bekannte Junge, der eine Nähmaschine in seinem Zimmer hatte.

Sebastian wirkte ganz aufgekratzt und breitete ein großes Blatt mit blauen Strichen und Linien vor mir aus. Es erinnerte mich ein wenig an Papas Architektenskizzen, die er im Keller in seinem Heimbüro anfertigte.

«Schau mal. Ich finde, wir sollten einen Schrank bauen, durch den man ein Schwert hindurchstechen kann!»

Aus dem Fernsehen wussten wir, dass Doug Henning und andere legendäre Magier Illusionstricks mit ausgeklügelten Requisiten vorführten. Der «Schrank», wie ihn Sebastian im Sinn hatte, war schmal und hatte vorne drei Schubladen. Zunächst kletterte die Assistentin hinein, dann öffnete man die Klappen, um dem Publikum ihren Kopf, ihre Füße und ihre Hände zu zeigen. Anschließend steckte der Zauberer ein Schwert oder Metallscheiben durch den Schrank, ohne dass die Dame davon Schaden nahm. In einer anderen Version bestand der Schrank aus drei übereinandergestapelten Schubladen. Die Assistentin stellte sich hinein, woraufhin der Zauberer die Schubladen voneinander trennte, sodass es aussah, als wäre die Frau dreigeteilt.

Heute weiß ich, wie so etwas funktioniert, aber ein Zauberer verrät wie gesagt niemals die eigenen Tricks oder die seiner Kollegen. Als Jugendlicher hatte ich natürlich noch keine Ahnung, was hinter dem Trick steckte. Auch Sebastian wusste es nicht, aber er behauptete, eine Idee für eine Illusion zu haben, die der im Fernsehen glich. Er meinte, alles sei eine Frage der Perspektive, und ein Schrank, der innen schwarz gestrichen sei, würde vom Zuschauerraum aus gesehen viel tiefer wirken. Mit anderen Worten könnte sich eine bewegliche schlanke Assistentin in den hinteren Bereich des Schranks pressen und auf diese Weise verhindern, dass sie von Schwertern oder Metallscheiben durchbohrt würde.

Ganz so einfach ist es natürlich nicht, aber er lag mit seiner Mutmaßung auch nicht völlig falsch. Bei vielen Illusionstricks geht es tatsächlich um die Perspektive der Zuschauer. Die Lösungen sind oft viel einfacher, als man glaubt. Was gute Zauberer von schlechten unterscheidet, ist weder die Technik noch die Zahl der «Geheimnisse», die man kennt. Vielmehr geht es darum, den Trick auf die richtige Weise zu präsentieren und einen individuellen Kniff hinzuzufügen – genauso wie ein Instrument anders klingt, wenn es von unterschiedlichen Musikern gespielt wird.

Sebastian war jedenfalls ganz erpicht darauf, so einen Schrank zu bauen. Eine solche Nummer wäre genau das, was wir für unseren Neuanfang bräuchten, meinte er. Weniger altbackene Tricks mit Karten, Münzen und Taschentüchern, mehr spektakuläre Sachen.

«Bei euch in der Garage steht ein schmales IKEA-Regal, das nicht gebraucht wird. Wir dürfen es zersägen und als Basis benutzen, wenn wir wollen. Ich habe schon gefragt.»

«Äh ... wie lange beschäftigst du dich denn schon mit dieser Idee?», fragte ich und betrachtete die detaillierte Zeichnung. Sie sah ziemlich professionell aus.

«Eine Woche vielleicht. Oder auch zwei.»

Mich beschlich ein leises Unbehagen. Ich stand zwar hundertprozentig hinter der Idee, ein neues Repertoire und eine neue Richtung zu entwickeln, und ich hatte auch nichts dagegen, etwas Anspruchsvolleres auszuprobieren als bisher. Aber Sebastian hatte einfach losgelegt und eine Menge Zeit in seinen Zauberschrank investiert, ohne mich überhaupt zu fragen. Das konnte natürlich daran liegen, dass ich meine gesamte Freizeit mit Charlotta verbrachte und oft nach Hause kam, wenn Sebastian schon ins Bett gegangen war. Trotzdem ärgerte ich mich.

«Hast du Papas Zeichentisch benutzt?»

«Ja, und er hat mir gezeigt, wie man die Lineale und den Zeichenkopf und so benutzt. Das war richtig cool.»

«Ach ja?»

«Ich habe ihn um Hilfe gebeten, und es hat ihm anscheinend Spaß gemacht, mir zu erklären, wie man so was zeichnet. Bei meinem ersten Entwurf hat er gesagt, der würde schon in sich zusammenfallen, wenn man nur dagegenpustet. Er hat mir bei der Konstruktion geholfen, damit der Schrank und die Schlitze dem Verschleiß standhalten und man sie jeden Abend benutzen kann. Lauter schlaue Dinge, an die ich gar nicht gedacht hatte.»

Ich weiß nicht, ob Eifersucht das passende Wort war. Vielleicht schon. Jedenfalls kam es mir merkwürdig vor, dass Sebastian und mein Vater zusammen gezeichnet hatten. *Äußerst* merkwürdig.

Der Abend ging im selben Stil weiter. Als meine Mutter den Kopf hereinsteckte, winkte Sebastian ihr zu und zeigte auf eine Rolle glänzenden Stoff.

«Darf ich es mit dem hier probieren?»

«Ja, natürlich, Sebastian», sagte meine Mutter. «Ich brauche das alles doch sowieso nicht mehr. Es steht nur im Weg rum. Mach damit, was du willst. Aber pass auf deine Finger auf, wenn du nähst, und sag Bescheid, wenn du Hilfe brauchst.»

«Na klar. Vielen Dank!»

Meine Mutter verschwand wieder. Ich sah Sebastian verständnislos an, während er die glänzende Stoffrolle anschleppte, die fast genauso lang war wie er.

«Was hast du vor? Willst du etwa nähen?»

Sebastian nickte enthusiastisch.

«Ich finde, wir sollten auf der Bühne ein bisschen dicker auftragen und mehr wie Actionhelden aussehen. Da habe ich mir gedacht, wir könnten uns zwei Mäntel nähen.»

Ich redete fast nie mit meinen Eltern, und jetzt platzte auf einmal Sebastian herein, nutzte die Situation aus und bat sie bei allen möglichen Sachen um Hilfe. Mein Vater hatte ihm gezeigt, wie man zeichnete. Meine Mutter hatte ihm gezeigt, wie man nähte. *Meine* Eltern. Eifersucht war definitiv das passende Wort. Es war, als hätte ich plötzlich einen Bruder, der die gesamte Aufmerksamkeit der Eltern beanspruchte.

«Weißt du, ich habe ziemlich viel über die Sache mit dem neuen Repertoire nachgedacht», sagte ich zögernd. «Und eigentlich bin ich zu dem Ergebnis gekommen, dass wir genauso weitermachen sollten wie bisher. Wir kommen doch auch gut ohne Zauberschrank und Mäntel zurecht.»

Jetzt war es an Sebastian, verständnislos dreinzublicken.

«Machst du Witze?»

Ich schüttelte den Kopf. Ich machte keine Witze. Aber ich log, und zwar heftig. Dabei hatte ich die Lüge nicht geplant, sie war mir einfach so über die Lippen gekommen.

34

Gegen zehn Uhr abends begann es draußen endlich dunkel zu werden. Ich hatte den bisherigen Abend mit der Überlegung verbracht, was ich zu dem Wiedergänger sagen würde, wenn ich ihn im Spiegel sähe. Harald und Janine gingen ins Obergeschoss und ließen mich allein im Wohnzimmer zurück. Ich stellte fest, dass man die Deckenleuchte dimmen konnte, indem man die Finger in der Luft abwechselnd spreizte und zur Faust ballte. Es funktionierte zwar nicht jedes Mal, aber ich amüsierte mich eine Weile mit dieser Spielerei, bis ich ganz sicher war, dass die Sonne untergegangen war.

Ich hatte keine Ahnung, ob der Wiedergänger Licht oder Dunkelheit bevorzugte. Daher dimmte ich die Beleuchtung im Wohnzimmer etwas. Aus der Welt der Horrorfilme hatte ich gelernt, dass man im Zwiegespräch mit Dämonen und Gespenstern nicht allzu zurückhaltend wirken sollte. Es galt, die Konversation selbst zu steuern, gleich zur Sache zu kommen und zu demonstrieren, dass man das Zepter in der Hand hielt. Ich machte ein paar Schritte auf den Spiegel zu. Anders als im Film ertönte keine spannungsgeladene Musik, als ich meine Hand zur karierten Decke ausstreckte. Im Gegenteil, das Ganze wirkte ziemlich undramatisch.

Mir fiel ein, dass ich Harald und Janine vielleicht vorher nach dem Aussehen und dem Zustand des toten Großvaters hätte fragen sollen. Ob er wohl wie ein ganz normaler alter Greis aussah? Oder war er inzwischen eine verweste Leiche, aus deren leeren Augenhöhlen Würmer krochen? Außerdem wusste ich nicht einmal, wie der Großvater hieß. Meine Hand war feuchtkalt und ein wenig klebrig, doch ich versuchte mir einzureden, dass sie einfach nur verschwitzt war vom vielen Fingerspreizen beim Lampendimmen.

Ich griff nach einem Zipfel der Decke und zog sie mit einem entschlossenen Ruck herunter. Kurz zögerte ich, dann machte ich einen Schritt vorwärts und blickte geradewegs in den antiken Spiegel.

Hinter mir stand ein griesgrämiger alter Mann mit rundem Gesicht, ausgeprägtem Doppelkinn und ausgedünntem weißem Haar, das wirr vom Kopf abstand. Es sah aus, als wäre der Alte bei Sturm draußen gewesen und müsste sich erst mal kämmen. Er trug einen Overall, der über dem Bauch spannte und ihn wie einen Traktorfahrer aussehen ließ. Der Alte wirkte leicht transparent, was mich ein wenig an die Technik der Doppelbelichtung erinnerte, die seinerzeit im Stummfilmklassiker *Der Fuhrmann des Todes* von 1921 als kleine Revolution gegolten hatte. Mir kam es eher vor wie ein schlechtgemachter Spezialeffekt. Dennoch fuhr ich rein instinktiv herum und schaute hinter mich.

Kein Mensch zu sehen.

Ich stand allein im dämmrigen Wohnzimmer.

Erneut drehte ich mich zum Spiegel und sah den griesgrämigen Alten und mich selbst.

Es war verblüffend und irgendwie sensationell. Wieder überlegte ich, ob das alles nur ein Traum war und ich gleich hinter dem Steuer meines Wagens aus meiner tiefen Bewusstlosigkeit erwachen würde.

Doch so war es auch diesmal nicht.

«Wer sind Sie?», fragte der Alte mit ungewöhnlich heller und dünner Stimme direkt neben meinem Ohr, als hätte er sein Doppelkinn auf meiner Schulter abgelegt.

«Das könnte ich Sie auch fragen», antwortete ich und bemühte mich, couragiert zu klingen.

«Ich bin Harald, Haralds Großvater.»

«Sie heißen also auch Harald?»

«Hören Sie schlecht? Soll ich vielleicht noch dichter an Ihr Ohr herankommen?»

Auf gar keinen Fall wollte ich mich von einem Geschöpf aus dem Jenseits bevormunden lassen. Also beschloss ich, zur Sache zu kommen und das Kommando zu übernehmen.

«Guten Abend, Harald. Ich wurde von der Königin des Waldes hergeschickt und möchte Sie bitten, Janine und Ihren Enkel Harald in Ruhe zu lassen.»

Plötzlich ging das Deckenlicht aus. Ich hob die Hand und spreizte die Finger in der Luft, bis das Wohnzimmer wieder in ein angenehmes Halbdunkel getaucht war.

«Ich habe keine Angst im Dunkeln, Sie brauchen also nicht ...»

Plötzlich wurde der Bildband, der auf dem Couchtisch gelegen hatte, von einer unsichtbaren Kraft durch den Raum geschleudert. Direkt neben dem Spiegel prallte er gegen die Wand und fiel dann krachend zu Boden. Ich zuckte vor Schreck zusammen.

«Beeindruckend!», rief ich und bemühte mich um einen entspannten Tonfall.

Nach einem kurzen Schlagabtausch, bei dem wir einander wütend anstarrten, rümpfte er die Nase und wirkte etwas nachdenklich.

«Sie sind also mit einem Todesfluch belegt worden?»

Ich nickte.

«Dann sehen wir uns ja vielleicht bald hier im Jenseits. Und welcher Dämon hat seine Klauen in Ihren Körper gerammt?»

«Ein Fabelwesen.»

«Welches denn? Der Schwefelknecht? Der Nachtklopfer? Das Garnschwein? Der Fleischklops? Der Miesepeter? Der Irrsinnskrakeeler? Der Faulpelz? Oder gar der Zähneknirscher?»

«Ein kleines Mädchen, dem ich beim Blumenpflücken helfen sollte. Keine Ahnung, wie es heißt.»

Er lachte heiser und piepsig. Sein Doppelkinn erzitterte.

«Aber ich habe von Gunnar und Greta ein Spray bekommen, das die Wirkung des Fluchs etwas abmildert. Haben Sie die beiden gekannt, als Sie noch lebten?»

Der Wiedergänger grinste mich an.

«Sie müssen sich nicht dafür schämen, dass Sie von einem kleinen Mädchen mit einem Todesfluch belegt worden sind. Mit dieser Art von Fabelwesen ist nämlich keineswegs zu spaßen. Es sind störrische kleine Teufel, aber ich kann verstehen, wenn Sie lieber das Thema wechseln möchten. Ja, ich habe Gunnar und Greta gekannt. Das sind freundliche, gutmütige Leute. Richtige Tivedenbewohner. Apropos Tiveden, es kursiert das Gerücht, dass der Tränentriefer zurück sei. Haben Sie zufällig schon Näheres darüber gehört?»

«Ich ... ich glaube, der Begriff ist schon ein paar Mal gefallen.»

«Ich deute Ihre Antwort als Nein. Falls Sie einem weinenden alten Mann mit blutunterlaufenen Augen begegnen sollten, der nach Essig stinkt und Ihnen voller Selbstmitleid seine zu Tränen rührenden Geschichten erzählt, dann nehmen Sie am besten die Beine in die Hand.»

«Danke für den Tipp. Ist er auch ein Fabelwesen?»

«Nein, er ist ein Urwesen.»

«Aha.»

«Wissen Sie, was das ist?»

«Urwesen? Nein, keine Ahnung.»

«Wollen Sie es wissen?»

Der Wiedergänger wirkte ziemlich gesprächig, und ich überlegte, ob ich meine Strategie womöglich ändern sollte. War es an der Zeit, wieder das Heft in die Hand zu nehmen, oder sollte ich ihn lieber weiterreden lassen? Doch der Alte nahm mir die Entscheidung ab, indem er mit seiner Erklärung fortfuhr.

«Ein Fabelwesen kann schneller entstehen, als Sie eine Pusteblume anhauchen können. Ein Urwesen hingegen ist ein Geschöpf ohne Vorfahren, das immer schon da war, sich nicht fortpflanzt und als einziger Vertreter seiner Art vorkommt.»

«Danke für die Information. Aber wie wäre es, wenn wir ...»

«Ich bin noch nicht fertig.»

Es folgte ein langer Monolog über Urwesen, und ich erfuhr, dass es zwischen sieben und zehn Urwesen in Schweden gibt. Dabei handelt es sich nach Aussage des Wiedergängers um Könige, Königinnen und Beschützer, die ihre Hand über Tiere, Fabelwesen, gläubige Menschen und die Natur in ganz Schweden halten. Zu den Urwesen gehören unter anderem das Ackergespenst in Skåne, der Dickschädel auf Gotland, die Schwarze Ziege in Västergötland, die Kleine Regenwolke in Dalarna, der Bartlose Wichtel in Norrland und eben das Miststück in Tiveden.

Manche von ihnen haben eine körperliche Gestalt, während andere zu den unsichtbaren Geistern zählen, und einige sehen so furchteinflößend aus, dass sie die Gestalt eines Vogels oder eines anderen Tieres annehmen müssen, damit man bei ihrem Anblick nicht vor Angst in Ohnmacht fällt.

Der Tränentriefer unterscheidet sich von anderen Urwesen darin, dass er für keine bestimmte Region zuständig ist. Genau genommen beschützt er auch niemanden, sondern kommt nur hin und wieder aus der Unterwelt und richtet jede Menge Unheil an. Ein «egoistischer Scheißkerl», wie der Wiedergänger ihn nannte, der im ganzen Land Hausverbot hat und jetzt also Gerüchten zufolge in Tiveden aufgetaucht war.

«Früher einmal soll es jede Menge Machtkämpfe zwischen dem Tränentriefer und den Hexen von Tiveden gegeben haben, die unter der Herrschaft des Miststücks standen», fuhr der Wiedergänger fort. «Über den Baumwipfeln soll es vor Zaubersprüchen nur so geblitzt und gedonnert haben. Ich wünschte, ich hätte zu dieser Zeit gelebt, denn damals hatten die Bewohner von Tiveden noch mehr Power. Wenn es den resoluten alten Weibern nicht gelang, den Tränentriefer mit ihrer Zauberei zu besiegen, opferten sie ihm stattdessen einen Straßenläufer. Die Alten schnappten sich beispielsweise einen reichen Großbauern, der sein Hab und Gut nicht mit den Armen teilte, oder einen fetten Waldbesitzer, der das Beerenpflücken auf seinem Grund und Boden untersagte. Mit anderen Worten großkotzige Arschlöcher, die niemand vermisste, wenn sie in der Unterwelt verschwanden. Als kleiner Junge drohte mir meine Mutter manchmal damit, dass mich der Tränentriefer holen würde, wenn ich herumnörgelte und nur an mich selbst dachte.»

Aus dem Obergeschoss war ein leises Knarren zu hören.

Standen Janine und Harald etwa oben an der Treppe und lauschten?

«Das ist ja alles sehr interessant», gelang es mir einzuwerfen, als der Wiedergänger eine kurze Pause einlegte und in die Richtung starrte, aus der das Knarren kam. Jetzt war es wirklich höchste Zeit, das Wort zu ergreifen.

«Wo Sie gerade von Tiveden reden, können wir gleich auf mein Anliegen zu sprechen kommen. Janine ist zwar eine Straßenläuferin, aber sie und Harald junior sind offenbar wie geschaffen füreinander. Das muss Ihnen doch aufgefallen sein, auch wenn Sie ein intoleranter toter Griesgram sind.»

Ich hatte den Eindruck, dass er ein wenig durchsichtiger wurde, als ich ihn so hart anging.

«Mein Sohn hat damals eine Frau aus Tiveden geheiratet, und ich möchte, dass mein Enkel dasselbe tut», erklärte er.

«Und haben Haralds Eltern auch eine Meinung zu diesem Thema?»

«Sie wohnen in Malmö und sind sehr mit sich selbst beschäftigt, aber es spielt keine Rolle, was sie denken. Ich bin das Familienoberhaupt, auch wenn ich inzwischen nicht mehr lebe. Haralds und Janines Kind wird ein Bastard, was ich in keiner Weise tolerieren werde.»

«Wir drei haben heute viel Zeit miteinander verbracht. Die beiden jungen Leute haben im Fitnessstudio gemeinsam trainiert, und ich habe noch nie zwei Menschen erlebt, die sich gegenseitig so motivieren. Abends haben wir zusammen gegessen. Dabei haben die beiden einander gefüttert und in Babysprache miteinander gesprochen. Hätte ich nicht mit am Esstisch gesessen, hätten sie sich wahrscheinlich die Kleider vom Leib gerissen. Sie sind wirklich wie füreinander geschaffen.»

«Sie reden von jugendlicher Leidenschaft. Aber die geht wieder vorbei. Ich glaube nicht an solchen Blödsinn wie den ‹Partner fürs Leben› oder ‹Seelenverwandtschaft›.»

Was das Konzept der Seelenverwandtschaft betraf, musste ich dem Wiedergänger mit der piepsigen Stimme beipflichten, denn auch ich glaubte nicht daran, dass das Schicksal einem den passenden Partner schickte. Doch meine Prüfung lief nun einmal darauf hinaus, Harald junior und Janine zu helfen, unabhängig davon, ob sie wie füreinander geschaffen waren oder nicht. Und unabhängig davon, ob ich sie mochte, denn das tat ich definitiv nicht.

«Sie haben unrecht. Die beiden sind in der Tat Seelenverwandte und passen perfekt zusammen.»

Ich hörte ein verächtliches Schnauben an meinem Ohr.

Inzwischen kam es mir beinahe normal vor, allein in einem ziemlich dunklen Wohnzimmer zu stehen und mich mit einem alten Mann zu unterhalten, der nur zu sehen war, wenn man in den Spiegel schaute. Nein, es kam mir nicht nur normal vor, sondern sogar ziemlich cool. Es war ein ganz besonderes Erlebnis, das höchstwahrscheinlich nur wenigen Menschen zuteilwurde.

«Harald ist ein gebürtiger Tivedener», meinte der Alte. «Janine ist zwar entzückend wie eine Sirene, aber sie ist nun mal eine Straßenläuferin. Und das ist völlig inakzeptabel.»

«Mein Schneider ist deutschargentinischer Abstammung und mit einer Dänin verheiratet. Ihre gemeinsame Tochter ist eine ganz gewöhnliche Schwedin geworden. Daran ist doch nichts Verwerfliches, oder?»

«Ich pfeif drauf, was Sie draußen in Ihrer Welt machen. In Tiveden habe ich lange Zeit Geschichte unterrichtet, als es dort noch Schüler gab, und weiß, wovon ich rede, wenn es um unser Volk geht.»

«Aha, Sie waren also Lehrer. Jetzt ist mir klar, warum Sie vorhin so lange von längst vergangenen Hexenkämpfen gefaselt haben», entgegnete ich aufmüpfig. Und diesmal war ich mir ganz sicher, dass er wieder etwas transparenter wurde. «Gunnar und Greta bereuen bis heute, kein Kind von außerhalb adoptiert zu haben, als sie damals eine Familie gründen wollten. Vor allem Gunnar war ebenso engstirnig, wie Sie es jetzt sind, und darauf ist er alles andere als stolz.»

«Ist mir doch egal, was Gunnar und Greta denken. Tivedener und Straßenläufer dürfen sich nicht miteinander vermischen, Schluss, aus, Ende. Und bei Harald und Janine geht es nur um jugendliche Leidenschaft, die sich beizeiten wieder legen wird.»

«Oder aber es wird mehr daraus. Waren Sie als Jugendlicher denn nie verliebt?»

«Nein, ich habe meine zukünftige Frau kennengelernt, als wir zwölf Stunden lang zusammen unter der Wurzel eines umgestürzten Baums eingeklemmt waren. Wir begannen uns miteinander zu unterhalten, um aufgrund des hohen Blutverlusts nicht das Bewusstsein zu verlieren.»

«Aha, jetzt verstehe ich auch, warum Sie nicht nachvollziehen können, wie es sich anfühlt, der Richtigen zu begegnen.»

«Das müssen ausgerechnet Sie junger Schnösel mir sagen?», brummte der Wiedergänger säuerlich.

«Na ja», entgegnete ich achselzuckend. «Tatsache ist, dass ich Erfahrung darin habe. Ich bin nämlich einer solchen Frau begegnet. Genau wie Harald Janine begegnet ist.»

«Aha, und?»

«Ich hatte den Eindruck, dass sie und ich wie füreinander geschaffen waren. Ohne überheblich klingen zu wollen, wage ich zu behaupten, dass sie die Liebe meines Lebens war. Wahrscheinlich empfinden Ihr Enkelsohn und Janine ganz ähnlich füreinander. Also stellen Sie sich ihnen und ihrer Liebe bitte nicht in den Weg, Harald.»

Ich fand, dass ich meine Überlegungen gut auf den Punkt gebracht hatte. Doch leider wirkte der Wiedergänger weder beeindruckt, noch gab er sich geschlagen.

«Und Sie und Ihre angebliche Seelenverwandte sind noch immer verheiratet? Noch immer wie füreinander geschaffen?»

«Na ja, wir haben nie geheiratet. Wir waren als Jugendliche für eine Weile zusammen, und dann haben wir uns getrennt ... Aber mir wäre es egal gewesen, ob sie aus Tiveden oder aus irgendeiner anderen Kultur gestammt hätte. Sie war ganz einfach die Liebe meines Lebens.»

«Sie waren als Jugendliche zusammen, und nun behaupten Sie, diese Frau sei die Liebe Ihres Lebens?»

Ich nickte.

«Was war Ihrer Meinung nach denn so perfekt an ihr?»

«Sie ... sie war mit mir zusammen. Wir ... waren ein Paar. Sie ist gern mit mir ins Kino gegangen ... Sie hat mir einmal aus der Hand gelesen ... und sie hatte einen Nachbarn, der sich ausschließlich von Frühstücksspeck ernährt hat.»

«Sie sollten vielleicht einmal einen Roman darüber schreiben. Ein geradezu phantastisches Frauenbild entwerfen Sie da», gluckste der Wiedergänger.

«Ich bin noch nicht fertig», fuhr ich ihn an.

Ich hatte mich selbst in eine Sackgasse manövriert, in der ich mich ziemlich unwohl fühlte. Warum fiel es mir nur so schwer zu erklären, warum Charlotta und ich wie geschaffen füreinander waren? Schließlich hatte ich alle Frauen, denen ich nach ihr begegnet war, an ihr gemessen.

«Es fiel ihr schwer, sich zu entscheiden, ob sie lieber

Hunde oder Katzen mochte. Sie hat Volleyball gespielt. Und sie fand es anstrengend, Orangen zu schälen. Daran erinnere ich mich bis heute.»

«Wie zum Teufel konnte das Miststück nur so einen Dilettanten wie Sie mit dem Versuch beauftragen, mich umzustimmen?»

Mir lief ein eiskalter Schauer über den Rücken, und zwar nicht, weil ich einen Wiedergänger hinter mir stehen hatte, sondern weil mir so wenig zu Charlotta einfiel.

«Das ist doch peinlich. In erster Linie für Sie, aber auch für mich, der ich mir dieses pubertäre Geschwätz anhören muss. Sie klingen ja wie ein in die Jahre gekommener Teenager, der seine Jugendliebe idealisiert und sie einfach nicht vergessen kann.»

«Ich dachte eigentlich, wir würden über Sie und Ihre engstirnige Einstellung reden?», konterte ich.

Harald und sein Doppelkinn hatten wieder etwas mehr Farbe bekommen.

«Ich habe im wahrsten Sinne des Wortes alle Zeit der Welt. Aber für heute Abend reicht es mir wirklich. Offenbar haben Sie kein einziges schlagkräftiges Argument parat.»

Ich rang verzweifelt nach Worten, um ihm das Gegenteil zu beweisen, doch mir fiel einfach nichts ein. Meine Taktik, ein ernstes Wörtchen mit dem Alten zu reden, war nicht aufgegangen. Mir blieb also nichts anderes übrig, als mich zurückzuziehen und mir eine neue Strategie auszudenken. Ich hob die karierte Decke vom Boden auf.

«Nur dass Sie es wissen: Selbst wenn Sie den Spiegel zuhängen, werde ich Sie bis zum Sonnenaufgang verfolgen, weil wir Augenkontakt miteinander hatten. Sie können mich zwar nicht sehen, aber ich werde da sein, bis der Morgen dämmert. So lautet die Spukregel, gegen die ich leider nicht verstoßen darf. Behalten Sie die Hände auf der Bettdecke, und falls Sie aufs Klo müssen, wäre ich Ihnen dankbar, wenn Sie es bis morgen Vormittag einhalten könnten.»

Ich hängte den antiken Spiegel wieder zu und trottete mutlos aus dem Wohnzimmer.

35

Ich duschte und putzte mir die Zähne, kroch ins Bett, sprühte mich ein und hatte die ganze Zeit das Gefühl, ein unsichtbarer Wiedergänger mit Doppelkinn würde mich beobachten. Das Bett im Gästezimmer war die reinste Wonne, und das Kopfkissen fühlte sich an wie eine angenehm weiche Wolke.

Ich nahm Jormas Handy vom Nachttisch. Der Akku war wieder voll, nachdem ich mir ein Ladegerät ausgeliehen hatte. Erneut mehrere verpasste Anrufe von dieser Alexandra. Ich versuchte mich an den vierstelligen Code zu erinnern, den ich mir irgendwo notiert hatte, damit ich von einem anderen Telefon auf meine Mailbox zugreifen konnte. Doch er wollte mir einfach nicht einfallen. Ich loggte mich in meinen Mailaccount ein. Seit meinem Zusammenstoß mit dem roten Sofa hatte ich nur zwei E-Mails erhalten. Die eine kam von einem Elektronikdiscounter, der mir mit den neuesten Sonderangeboten ein fröhliches Mittsommerfest wünschte. Die andere war von meinem Agenten Pontus Bergström.

Habe dir schon zweimal auf die Mailbox gesprochen.
Ruf mich so schnell wie möglich zurück.
Ich habe eine gute und eine schlechte Nachricht.
PB

Hatte ich in meinem Leben nicht schon genug schlechte Nachrichten erhalten? Außerdem schwante mir, dass die gute Nachricht nur ihn betraf, genau wie beim letzten Mal.

Pontus Bergström war kein schlechter Agent. Seine Kontakte an städtischen und privaten Veranstaltern im ganzen Land waren für mich überlebenswichtig, aber es gefiel mir nicht so recht, einer unter vielen Künstlern in seinem Portfolio und so von ihm abhängig zu sein.

Es ging schon auf Mitternacht zu. Vermutlich war es zu spät, um noch zurückzurufen. Ich antwortete ihm per Mail, bat ihn, sich noch einmal zu melden, und schrieb ihm meine neue – beziehungsweise Jormas – Nummer.

Anschließend schnüffelte ich ein bisschen auf dem Handy herum, was natürlich eine Verletzung von Jormas Privatsphäre darstellte. Andererseits hatte er mich und mein Auto entführt, weshalb man auch argumentieren konnte, dass er es nicht besser verdient hatte. Ich öffnete die Fotogalerie. Sie enthielt keinerlei Fotos von ihm oder Alexandra (falls das seine Freundin war). Fast alle Bilder, und es waren mehrere hundert, zeigten dasselbe Motiv. Die Aussicht auf einen Hof durch ein geschlossenes Fenster. Eine geharkte Kiesfläche, umgeben von Blumenbeeten. Tagsüber, abends, im Sommer und im Winter, immer aus demselben Blickwinkel aus dem oberen Stockwerk eines Hauses aufgenommen. Es war furchtbar eintönig. Entweder hatte dieser Hof eine besondere Bedeutung für Jorma, oder er war ein unglaublich fauler und phantasieloser Fotograf. Die ältesten Bilder in der Galerie zeigten offenbar die Charaktere eines Computerspiels aus dem Fantasy-Bereich. Figuren mit überdimensionalen Schwertern, raffinierten Rüstungen und Mänteln, spitzen Hüten und magischen Kristallkugeln.

Schon bald langweilte ich mich und legte Jormas Handy

beiseite. Ich knipste die Deckenlampe aus und versuchte zu schlafen. Mir fiel auf, dass ich mein Handy in den letzten Tagen kaum vermisst hatte. Aber ich wusste, dass die sozialen Medien für die Selbstvermarktung heutzutage enorm wichtig waren. Das würde ich demnächst mal angehen. Zum Beispiel könnte ich ja ein paar Videos von mir beim Zaubern posten.

Ein Geräusch aus dem Nebenzimmer riss mich aus meinen Gedanken. Ein rhythmisches Klopfen an der Wand, das die Bilder von Harald und Janine in den Flitterwochen zum Wackeln brachte. Erst glaubte ich, es wäre der spukende Wiedergänger. Dann hörte ich lautes Seufzen und Stöhnen. Verdammt, war die Wand zu ihrem Schlafzimmer dünn. Es fühlte sich an, als läge ich mit ihnen in einem Bett.

Vor ein paar Jahren hatte ich in tiefen Geldnöten gesteckt, weshalb ich ein Zimmer an eine Frau aus Helsingborg untervermietet hatte. Sie war ungefähr in meinem Alter, eine Meeresbiologin, die für ein halbes Jahr eine Unterkunft im Großraum Stockholm suchte. Weil ich sie ausnehmend attraktiv fand, ließ ich sie nach dem ersten Monat kostenlos bei mir wohnen. Zwar hätte ich das Geld wirklich dringend gebraucht, aber ich bildete mir ein, aus unserer Wohngemeinschaft könnte eine Liebesgeschichte werden – wie in einer dieser romantischen Komödien, in denen zwei sehr unterschiedliche Menschen auf engstem Raum zusammenleben, sich um den Platz im Kühlschrank und um den Putzplan streiten und sich am Ende ineinander verlieben. Wie sich leider herausstellte, war meine Untermieterin schon mit einem anderen Typen zusammen, der oft zu Besuch kam. Weil unsere Zimmer direkt aneinandergrenzten, bekam ich mit, wie sie mehrmals in der Woche Sex hatten. Es nervte mich ziemlich, dass sie meine Gastfreundschaft ausnutzten, ohne einen Beitrag zur Miete zu leisten. Aber ich hatte auch nicht den Mumm, meinen Entschluss rückgängig zu machen und die Frau aufzufordern, mir wieder etwas zu zahlen. Warum, weiß ich auch nicht so genau. Vielleicht hatte ich die Situation falsch interpretiert und versäumt, vorher zu prüfen, ob sie Single war. Es wurde ein grässliches halbes Jahr. Noch dazu hatte ich den Verdacht, dass ihr Kerl regelmäßig meinen Rasierapparat benutzte, um seinen buschigen Intimbereich zu trimmen, doch es gelang mir nicht, ihn auf frischer Tat zu ertappen.

Ich tauchte mit dem Kopf unter das wolkenweiche Kissen ab. Harald und Janine waren beeindruckend ausdauernd. Unerträglich ausdauernd. Merkten sie denn gar nicht, wie ihr Bettgestell gegen meine Wand rumste? Fast bekam ich ein bisschen Mitleid mit Haralds Großvater, weil ich vermutete, dass auch er all das mit anhören musste, wenn sein Geist im Gästezimmer umherschwebte. Ich wühlte ein Paar Kopfhörer aus meiner Tasche und schlief irgendwann zu den Tönen einer Playlist mit pompöser Filmmusik aus Jormas Handy ein.

Als das gepflegte Villenviertel in Askersund am nächsten Morgen erwachte, war es warm und sonnig. Mit einer Tasse von dem phantastischen Kaffee in der Hand trat ich auf die verglaste Veranda, wo Harald und Janine in ihren flauschigen Bademänteln in der Sonne saßen.

«Guten Morgen. Ich habe gestern Kontakt zu Ihrem Großvater aufgenommen. Leider ist er immer noch im Spiegel, aber ich habe eine Idee, die ich gleich heute Abend ausprobieren werde.»

Tatsächlich hatte ich eine Idee, oder zumindest den Ansatz einer Idee, die mir richtig vielversprechend vorkam. Allerdings musste ich vorher noch einmal mit Greta sprechen. Doch Harald und Janine reagierten kaum auf mich. Sie starrten in den Garten und wirkten schlecht gelaunt.

«Ich weiß, dass das für uns alle eine unangenehme Situation ist. Ich werde versuchen, so schnell wie möglich wieder zu verschwinden.»

Auch diesmal reagierte keiner.

«Ist etwas vorgefallen?»

Harald antwortete, ohne seinen Blick vom Garten abzuwenden.

«Ich schweige, weil alles, was ich sage, als Kritik aufgefasst wird.»

Anscheinend galt diese Anspielung Janine, die auch sofort darauf einstieg.

«Ich schweige, weil alles, was ich sage, als Nörgelei aufgefasst wird.»

«Ich schweige, weil alles, was ich sage, auf die Goldwaage gelegt wird.»

«Ich schweige, weil alles, was ich sage, mit der Lupe untersucht wird, um logische Brüche zu finden, die es nicht gibt.»

So machten sie eine ganze Weile weiter, und ihr Zetern wurde immer vorwurfsvoller. Ich stand ratlos daneben wie das fünfte Rad am Wagen. Vor etwa neun Stunden waren sie noch so begeistert voneinander gewesen, dass sie fast die Wand zum Gästezimmer durchbrochen hätten. Jetzt hatten sie sich in den Haaren, und zwar so richtig. Ich fragte mich, ob das für mich womöglich von Vorteil war. Wenn sie sich trennten, wäre der spukende Großvater sicher zufrieden und würde verschwinden. Aber dann würde mir die Prüfung vermutlich nicht angerechnet werden. Ich fand allein den Gedanken unerträglich, schon wieder neue Leute kennenlernen zu müssen, um ganz besondere Tiveden-Probleme zu lösen, die das Miststück für mich ausgewählt hatte. Insbesondere jetzt, wo ich den Ansatz einer Idee hatte, wie man den Großvater loswerden könnte.

Ich beschloss, ihrem Streit ein Ende zu setzen, indem ich das tat, was ich am besten konnte.

Ich zog mein Glückskartenspiel aus der Tasche.

Showtime.

Harald und Janine glotzten mich an, als ich mich vor die Fensterscheibe zum Garten stellte. Mit einem eleganten Schwung breitete ich die Karten zu einem Fächer aus.

«Ich würde Sie gern mit einer magischen Darbietung beehren. In diesen Karten verbirgt sich ein Rätsel, eine Art Mysterium. Und dieses Mysterium spielt in einem alten Schloss in Transsilvanien. Jetzt werde ich Ihnen erzählen, wie der Herzkönig herausfand, dass der Karobube der Pikdame Geld gestohlen hatte. Doch dazu benötige ich Ihre Hilfe. Ziehen Sie bitte eine Karte, Janine. Helfen Sie mir, dieses unerklärliche Mysterium zu lösen, das die Menschen schon seit Jahrhunderten verblüfft.»

Janine verstand nicht, worauf ich hinauswollte.

«Was machen Sie da? Wir sind doch keine Kindergartenkinder, die sich um einen Legostein streiten.»

«Zaubern ist nicht nur etwas für Kinder», entgegnete ich beleidigt. «Genau genommen sind Kindergartenkinder ein ziemlich schwieriges Publikum. Sie mögen Leute, die sich als Tiere verkleiden und verrückte Ballons aufpusten. Zauberern gegenüber können sie ganz schön abweisend und ignorant sein.»

Es folgten ein langes Schweigen und peinlich berührte Blicke von Harald und Janine.

«Genau das will Ihr Großvater doch sehen. Das ist doch nur Wasser auf seine Mühle, wenn Sie sich streiten.»

«Wir streiten uns ja gar nicht. Wir kalibrieren uns nur ein bisschen», sagte Harald und erntete ein Nicken seiner attraktiven Frau.

«Genau. Wir synchronisieren uns bloß», sagte Janine und erntete ein Nicken ihres attraktiven Mannes.

«Na gut, Sie kalibrieren und synchronisieren sich also. Aber trennen wollen Sie sich nicht?»

Harald lächelte mich an. Ein bisschen herablassend, als hätte ich gerade etwas unglaublich Bescheuertes gesagt.

«Nein, ich liebe mein Janine-Schätzchen mehr als alles auf der Welt. Wir klären nur kurz die Fronten, um uns dann wieder zu vertragen. So wie man das manchmal macht, wenn man zusammen ist. Hatten Sie denn noch nie eine Beziehung?»

«Doch, viele», brummelte ich.

Das junge, sonnengebräunte, durchtrainierte Paar hatte plötzlich nur noch Augen füreinander. Janine und Harald erhoben sich von ihren Gartenliegen und vereinten sich in einem langen, innigen Kuss. Ich musste alles mit ansehen und wand mich vor Unbehagen. Als der Kuss endlich vorbei war, zeigte Janine mir ein angesagtes Einrichtungsmagazin.

«Bei unserer verglasten Veranda haben wir uns übrigens von einem Artikel in dieser Zeitschrift inspirieren lassen. Es war eine Homestory über dieses Paar, das immer im Fernsehen ist und so toll zaubert. Mein Harald-Schätzchen hat gedacht, ich wollte genau die gleiche Veranda haben, aber ich finde, es reicht, wenn unsere Veranda an die des Magierpaares erinnert. Mit der Veranda an sich sind wir also vollauf zufrieden, wir haben uns nur über die Intention der Veranda gestritten.»

Spätestens als sie zum dritten Mal das Wort Veranda hörte, schaltete ich ab. Ein kurzer Blick auf die Fotoreportage, in der Sebastian, Charlotta und ihre zehnjährige Tochter Elin entspannt in ihrem entzückenden Zuhause (mit verglaster Veranda) posierten, war mehr, als ich verkraften konnte. Die drei sahen ekelhaft zufrieden aus zwischen ihren teuren Teppichen und protzigen Möbeln. Ich steckte mein Glückskartenspiel in die Jacketttasche und wandte mich ab.

36

Greta meldete sich nach dem zehnten Klingeln. Erst nach ein wenig Smalltalk kam ich zu Wort. Vorher erfuhr ich zum Beispiel, dass Gunnar – wenig überraschend – gerade eine Biskuitrolle backte.

«Bei unserem letzten Telefonat sollte ich von eins bis zehn zählen, um Sie davon zu überzeugen, dass ich kein Wiedergänger bin. Sie haben gesagt, ein Wiedergänger müsse immer alles rückwärts machen. Was hat es damit auf sich?»

«Mehr weiß ich auch nicht darüber. Nur dass alles rückwärts geschieht. Zum Beispiel muss ein Wiedergänger immer Zahlen umdrehen.»

Ich stand im Garten neben einer kleinen Marmorfontäne. Ein pummeliger Amor mit Pfeil und Bogen spuckte einen dünnen Wasserstrahl aus. Es plätscherte behaglich, und der extrem gepflegte Rasen erinnerte an einen Golfplatz.

«Na gut. Im selben Telefonat haben Sie mich gefragt, ob ich gerade etwas mit Liebhaberwert in der Hand hielt. Einen Gegenstand, der mir etwas bedeutet. Könnten Sie mir erklären, was Sie damit gemeint haben?»

«Aber gern. Ein Wiedergänger braucht einen Gegenstand, der als eine Art Anker oder Portal zwischen der Geisterwelt und unserer Welt dient. Etwas, das zu Lebzeiten eine besondere Bedeutung für die betreffende Person hatte.»

«Aha. So wie der alte Spiegel für Haralds Großvater?»

«Genau. Der ist für ihn Anker und Portal zugleich. Aber schlagen Sie den Spiegel nicht kaputt, falls Sie das im Sinn haben sollten. Sieben Jahre Pech sind viel schlimmer als ein spukender Wiedergänger. Eigentlich sollten Sie mit Ingrod sprechen. In solchen Dingen kennt sie sich gut aus, und seit Sie ihr geholfen haben, hat sie außergewöhnlich gute Laune. Gestern hat sie sich sogar wieder mit den anderen alten Hexen getroffen. Sie haben einen Ausflug gemacht und zusammen einen Ameisenhaufen gebaut.»

«Einen Ameisenhaufen?»

«Ja, sie helfen immer ein bisschen nach, wenn die Ameisen in Verzug sind.»

Ich stellte mir vor, wie Ingrod und ihre Freundinnen auf dem Boden hockten und geduldig mit Tannennadeln und Erde herumbastelten. Womöglich hatten sie sogar die roten Ameisen unterstützt, die mich am ganzen Körper gebissen hatten, nachdem ich mich versehentlich auf ihrem Zuhause niedergelassen hatte?

Sollte ich Ingrod um Hilfe bitten? Nein, ich hatte keine Lust auf ihre ständigen Beleidigungen, ganz egal, ob sie gute Laune hatte oder nicht.

«Ich werde den Spiegel nicht zerschlagen, aber ich frage mich, ob ich den Wiedergänger irgendwie weglocken und dafür sorgen kann, dass er nicht mehr zurückkommt. Wissen Sie, wie weit er sich vom Spiegel entfernen kann?»

«Wie meinen Sie das?»

«Na, ich stelle mir das so vor wie bei den Handymasten, die nur einen bestimmten Bereich abdecken. Wenn man mit dem Auto unterwegs ist und per Handy telefoniert, wählt sich das Telefon beim nächsten Sendemast ein, sobald man ein neues Gebiet erreicht. Ohne Sendemasten kein Handyempfang.»

«Ach so. Funktioniert das denn nicht über Satellit?»

«Keine Ahnung.»

«Zwischen einem Telefonmast und einem Satelliten besteht aber ein großer Unterschied.»

«Ehrlich gesagt weiß ich auch nicht so genau, wie das mit dem Telefonieren unterwegs funktioniert. Es sollte ja auch nur ein Beispiel sein. Vergessen Sie es. Der Wiedergänger Harald kann sich jedenfalls vom Spiegel im Obergeschoss des Hauses wegbegeben. Wissen Sie, ob er sich womöglich mehrere Kilometer weit entfernen kann?»

«Ich habe vorhin einen Anker als Vergleich herangezogen. Das ist ein viel besseres Beispiel als Ihre Handymasten. Sie sollten also lieber fragen, wie lang die Ankerkette ist.»

«Also gut. Wie lang ist die Ankerkette eines Wiedergängers?»

«Keine Ahnung, aber unbegrenzt ist sie wohl nicht.»

Weiter kamen wir nicht. Immerhin hatte ich genügend Informationen gesammelt, um meine Idee auszuprobieren. Ich ging in den Fitnessraum im Keller, wo Harald und Janine keuchend an ihren Rudermaschinen saßen.

«Haben Sie außer dem Spiegel noch irgendein anderes Familienstück, das ihrem Großvater gehört hat?»

Harald überlegte eine Weile.

«Ich habe noch einen alten Topf, in dem sich der alte Herr immer Kaffee gekocht hat. Der Topf ist voller Rostflecken, ich weiß gar nicht, warum ich ihn überhaupt aufgehoben habe.»

«Diesen Topf müsste ich mir mal ausleihen. Ich habe eine Idee, wie wir Ihren Großvater loswerden könnten. Aber wenn es mir gelingt, wird der Topf dabei wahrscheinlich zerstört werden.»

«Das macht nichts.»

«Gut. Gibt es hier im Ort einen Eisenwarenladen?»

Eine halbe Stunde später saßen wir im Auto und fuhren zu einem Baumarkt außerhalb der Stadt. Ich hatte mich erneut auf die enge Rückbank gezwängt und musste an die gute und die schlechte Nachricht denken, die Pontus Bergström angekündigt hatte. Während der Autofahrt rief ich ihn an, hatte jedoch nur seine Mailbox dran und bat ihn noch einmal, sich bei mir zu melden.

Ohne dass ich darum gebeten hatte, machten Harald und Janine einen Umweg, um mir ihr Bio-Deli mit dem angegliederten Fitnessstudio zu zeigen. Die Fassade war in einem grellen Grün gestrichen.

«Merken Sie sich diese Farbe», meinte Harald. «Bald wird sie auch in unserer neuen Filiale in Örebro zu sehen sein und dann nach und nach im ganzen Land. Wir trauen uns was, und wir haben große Pläne für die Zukunft.»

«Wir wissen, dass es die Leute in diesem Land stört, wenn man sich was traut», ergänzte Janine. «Am besten sollte man in der Ecke sitzen und warten, bis einen jemand zum Tanz auffordert. Aber wir schämen uns nicht dafür, dass wir Erfolg haben wollen, ganz im Gegenteil.»

Es wunderte mich, dass die beiden jungen Menschen so überholte Vorurteile hatten. Schon in meiner Jugend hieß es immer, die Schweden wären Menschen, die sich lieber zurückhielten, als vorzupreschen. Und schon damals hatte ich gedacht, dass diese Ressentiments höchstens noch von ein paar wenigen beschränkten Idioten gepflegt würden.

Denn in Wahrheit suchen die Schweden sehr wohl den Wettbewerb und haben internationale Erfolge zu verbuchen – in den Bereichen Musik, Literatur, Film, Mode und

Design, aber auch in der Automobilindustrie, der Waffentechnologie, der Leichtathletik, dem Mannschaftssport, im IT-Bereich und bei anderen elektronischen Dienstleistungen.

Ich hatte nicht übel Lust, Harald und Janine mit einem säuerlichen Kommentar darauf aufmerksam zu machen, wie altbacken ihre Aussagen klangen. Doch während ich mir eine passende Formulierung überlegte, verlor ich mich leider in Grübeleien darüber, warum ich keiner von all diesen erfolgreichen Schweden geworden war. Ich hätte es diesem eingebildeten Paar dort auf dem Vordersitz wirklich gerne gezeigt, aber sosehr ich mein Hirn auch anstrengte, sonderte es doch immer nur einen Haufen negativer Gedanken über mich selbst ab.

Ich versuchte mich aufzuheitern, indem ich im Kopf eine Liste all der Dinge erstellte, die mich glücklich, zufrieden und dankbar machten.

1. Ich verdiene mein Geld mit einer Tätigkeit, die mir Spaß macht. Ist das nicht beneidenswert?
2. Ich bin überdurchschnittlich groß. Es mag sein, dass einen das normalerweise nicht übermäßig glücklich macht, aber immerhin übersteigt man damit das Mittelmaß, und das ist ja schon mal was. Vor allem in Schweden, das bei der Durchschnittsgröße seiner Bevölkerung weltweit auf Rang zwei oder drei liegt. Norwegen, Dänemark und Finnland stehen auch weit oben, und die Niederländer scheinen die Allergrößten zu sein.
3. Jetzt sind wir am Baumarkt angekommen. Vielleicht habe ich mich zu lange bei Punkt 2 aufgehalten. Ich muss später mit der Liste weitermachen.

Der Baumarkt war ein riesiges Gebäude mit langen Gängen, die mit Tausenden Werkzeugen und Geräten vollgestopft waren. Wir kamen an Abteilungen für Rasenmäher und Fräsen, Wandkacheln und Bodenbelägen, Farben und Tapeten vorbei.

Ich bildete mir ein, dass Harald und Janine immer ein paar Schritte Abstand zu mir hielten, als würden wir nicht zusammengehören. Meiner Meinung nach hatte dieses junge Paar etwas sehr Selbstverliebtes an sich. Ihr Gerede über ihren großen Erfolg hatte mich wirklich gestört. Sie wussten rein gar nichts über mich und hatten mir auch nicht das Gefühl vermittelt, sich für mich zu interessieren. Ich wollte ihnen zeigen, dass ich ihren Respekt verdiente und es wert war, dass man mit mir sprach. Jetzt musste mir nur noch ein Thema einfallen, mit dem ich bei den beiden Eindruck schinden konnte.

«Bayern München hat ja anscheinend ein ziemlich schickes Stadion da unten in Bayern. Interessieren Sie sich für Fußball?»

Harald und Janine schüttelten die Köpfe, ohne mich anzusehen.

«Nee. Fußball interessiert uns nicht die Bohne.»

Ich suchte gerade nach einem anderen Gesprächsthema, als wir beinahe mit einer alten Frau zusammengestoßen wären, die ein geblümtes Kopftuch trug und mit einem Rollator unterwegs war. Sie wirkte völlig desorientiert zwischen den ganzen Kreissägen und Bohrmaschinen.

«Könnten Sie mir sagen, wo ich die Vogelhäuschen finde?»

«Wir arbeiten nicht hier», sagte Janine und ging weiter, den Arm um Harald gelegt.

Die alte Frau sah mich aus wachen blauen Augen an.

«Meine Schwester wartet draußen im Auto auf mich. Ich hätte nicht gedacht, dass es so kompliziert ist. Denn es gibt hier doch bestimmt Vogelhäuschen, oder?»

«Äh» war alles, was ich hervorbrachte.

Ich sah mich nach den Mitarbeitern in roten Hemden um, die ich im Eingangsbereich gesehen hatte. Harald merkte, dass ich bei der alten Frau hängengeblieben war. Er sah ungeduldig aus.

«Los, kommen Sie schon! Kümmern Sie sich doch nicht um die Alte da.»

Ich signalisierte ihm, er solle leiser sprechen, weil die alte Frau direkt neben mir stand.

«Gut, dann gehen wir schon mal in die Sanitärabteilung», meinte Harald und seufzte. «In spätestens zehn Minuten sehen wir uns an der Kasse wieder.»

Die beiden jungen Leute schlenderten Arm in Arm davon. Die Frau lächelte mich an, als wären wir alte Freunde.

«Die Vöglein singen mir immer so hübsche Lieder vor, wenn ich im Garten frühstücke, deshalb sollen sie sich bei mir willkommen fühlen. Glauben Sie, es gibt hier auch Vogelbäder?»

Das entzog sich natürlich meiner Kenntnis. Zum Glück entdeckte ich in diesem Moment einen jungen Typen im roten Hemd. Ich eilte auf ihn zu und deutete auf die alte Frau hinter mir.

«Könnten Sie der Dame bitte helfen?»

«Hab grad Pause», antwortete der Typ und verschwand hinter einem Regal mit Werkzeug.

Im Schleichtempo schob die Alte ihren Rollator vor sich her. Nachdem wir eine Weile lang wie in Zeitlupe umhergeirrt waren, erreichten wir endlich die Abteilung für Gartenmöbel, wo es auch eine Menge Vogelzubehör gab. Ich beriet die Alte und wurde ein wenig ungeduldig, als sie in aller Ruhe zwei Vogelhäuschen und ein schickes Vogelbad aus Keramik aussuchte. Das alles konnte sie natürlich nicht allein tragen, weshalb ich ihr einen Einkaufswagen holen musste.

«Sehen Sie nur, wie niedlich!», rief sie aus, als sie einen Futterautomaten für Eichhörnchen sah.

Er hatte eine kleine Luke, die das Eichhörnchen offenbar eigenständig öffnen konnte, um ans Futter zu gelangen. Unwiderstehlich für die alte Dame, die gleich zwei Exemplare davon kaufte.

«Das sind so pfiffige kleine Kerlchen. Als ich letzte Woche beim Kaffeetrinken saß, hat mir ein Eichhörnchen einen Mandelkeks direkt vor der Nase wegstibitzt», sagte sie und lachte so sehr, dass ihre mageren Schultern auf und ab hüpften.

Ich bekam den Auftrag, ein paar schwere Säcke mit Vogelfutter und einige Tüten Nüsse und Sonnenblumenkerne für die Eichhörnchen zu holen. Inzwischen waren mehr als zehn Minuten vergangen, und ich hoffte, die Shoppingtour wäre bald beendet.

«Sehen Sie nur, wie niedlich!»

Jetzt hatte sie ein Futterhaus für Igel entdeckt. Zwei Exemplare davon wanderten in den Einkaufswagen, zusammen mit fünf Päckchen ökologischer Pastete, die Igel anscheinend besonders gern fressen. Nachdem sie auf eine Überwinterungsbox für Schmetterlinge gestoßen war (und sich lange nicht zwischen der etwas kleineren und der etwas größeren Ausführung entscheiden konnte), waren wir endlich fertig. Die Alte richtete ihr Kopftuch und wirkte sehr zufrieden.

«Man kann Ihrer Frau nur gratulieren, dass sie einen so liebenswürdigen und hilfsbereiten Mann hat!», gluckste sie.

Es freute mich, dass die Alte in mir einen Mann sah, der

eine Frau haben könnte. Langsam rollten wir auf den Kassenbereich zu. Sie mit ihrem Gehwagen, ich mit dem vollbeladenen Einkaufswagen. Harald und Janine warteten mit sauren Mienen auf mich. Ich ignorierte sie vollkommen und packte die Waren aufs Band. Nachdem die Alte bezahlt hatte, tätschelte sie mir die Wange.

«Vielen Dank für Ihre Hilfe. Gott sei mit Ihnen.»

Ich wollte irgendetwas Giftiges erwidern, dass Gott bloß bleiben solle, wo der Pfeffer wächst oder so ähnlich, aber mir fiel keine passende Formulierung ein, und vielleicht war es auch besser so.

Anschließend kehrte ich in die Tiefen des Baumarkts zurück und fand nach einer Weile neun Messingziffern, wie man sie auf Briefkästen und neben Hauseingängen sieht. Harald bezahlte.

Den Rest des Tages wartete ich ungeduldig darauf, dass die Sonne endlich unterging.

Bei Zaubertricks kommt es größtenteils darauf an, beim Publikum eine Stimmung aufzubauen und ihnen das Gefühl zu geben, dass gleich etwas Dramatisches und Sensationelles passieren wird. Ich hatte keine Ahnung, ob mein Wiedergängerexperiment funktionieren würde, und ich wollte auf gar keinen Fall, dass Harald und Janine mir bei einem möglichen Fiasko zusahen. Deshalb behauptete ich, mein Experiment könnte gefährlich sein, und bat sie, am Abend das Haus zu verlassen. Aus irgendeinem Grund fiel ihnen spontan nichts ein, was sie unternehmen könnten, weshalb ich ihnen mit Vorschlägen aushalf. Chinesisch essen gehen, Aufräumen im Bio-Deli, ein langer Spaziergang, bei den Nachbarn vorbeischauen oder ein Kinobesuch. Sie entschieden sich für Letzteres. Die Vorstellung sollte von neun bis elf dauern. Den Film wählten sie zum Glück ohne meine Hilfe aus.

Ohne die Decke abzunehmen, trug ich den Spiegel in den Garten und lehnte ihn senkrecht an einen Eimer. Die Messingzahlen platzierte ich der Reihe nach im Abstand von etwa einem Meter auf dem Rasen. Neben die Neun stellte ich den alten rostigen Topf des Großvaters.

Mein Plan war folgender: Nach Sonnenuntergang wollte ich den Spiegel enthüllen. Der Wiedergänger würde im Spiegel auftauchen, und ich würde ein bisschen mit ihm plaudern. Irgendwann entdeckte er dann hoffentlich die Messingziffern im Gras. Der Alte würde es nicht lassen können, die Zahlen umzudrehen, und währenddessen würde ich schnell wieder die Decke über den Spiegel werfen. Auf diese Weise würde ich seine «Ankerkette» zur Geisterwelt kappen, und er wäre gezwungen, sich entweder in Rauch aufzulösen (wobei ich mir nicht sicher war, ob Wiedergänger das wirklich können) oder in ein anderes Objekt zu fliehen, zu dem er zu Lebzeiten eine Verbindung gehabt hatte, nämlich in den rostigen Topf.

Noch vor einer Woche hätte das in meinen Ohren vollkommen verrückt geklungen, doch in Anbetracht dessen, wie sich die Dinge in den letzten Tagen entwickelt hatten, hielt ich meinen Plan für richtig vernünftig.

Falls der Wiedergänger tatsächlich in den Topf floh, wollte ich mit dem Gefäß in den Wald gehen und ihn vergraben. Deshalb hatte ich Harald schon mal darauf vorbereitet, dass der Topf während des Experiments vielleicht «zerstört» werden würde.

Janine und Harald litten so unter dem Wiedergänger im Haus, der etwas gegen ihre Beziehung einzuwenden hatte, dass ich es für eine durchaus akzeptable Lösung hielt, den

Alten weit draußen im Wald in einem Topf zu vergraben, ohne dass die beiden jungen Leute davon wussten. Was man nicht weiß, macht einen nicht heiß, und wenn es mir irgendwie gelang, den intoleranten Wiedergänger aus dem Spiegel zu verscheuchen, sollten Harald und Janine doch zufrieden sein.

Um zwanzig Minuten vor neun fuhr das selbstverliebte und unfreundliche Paar aus der Garage (diesmal im Audi) und brauste davon. Die Sonne war untergegangen. Es war dunkel, ruhig und windstill. Ich trat mit einem Kribbeln im ganzen Körper in den Garten.

37

Bleicher Mondschein fiel auf das Villenviertel. Eine grauschwarze Katze saß neben der Marmorfontäne und gähnte. Mit hocherhobenem Schwanz trollte sie sich ins Gebüsch, als ich in den Garten trat und mich ins abendlich feuchte Gras kniete. Ich sammelte mich ein paar Sekunden lang, ehe ich die karierte Decke vom Spiegel zog. Dann beugte ich mich vor und sah hinein. Der Wiedergänger tauchte hinter mir auf. Genauso transparent wie beim letzten Mal. Womöglich noch ein bisschen diffuser, als er im Wohnzimmer gewirkt hatte. Vielleicht lag es aber auch nur daran, dass es im Garten dunkler war.

«Guten Abend, Harald.»

«Was wollen Sie von mir? Warum sind wir draußen?»

«Ein bisschen frische Luft tut Ihnen doch gut, oder? Es ist ein schöner Abend. Auch wenn das Wetter für Sie wahrscheinlich keine Rolle spielt, dachte ich, Sie würden sich trotzdem freuen, mal ein bisschen rauszukommen.»

Mehr Smalltalk hatte ich nicht vorbereitet. Ich hoffte, er würde bald die Messingzahlen entdecken, die gut sichtbar in einer Reihe vor dem Spiegel lagen.

«Zu freundlich von Ihnen. Ich habe nämlich eine anstrengende Nacht hinter mir.»

«Ach ja?»

«Und wie. Ich habe bis Sonnenaufgang im Gästezimmer

gesessen und musste Ihnen dabei zuhören, wie Sie im Schlaf geredet haben. Immer wieder haben Sie gesagt: ‹Ich bin es so leid, keinen Erfolg zu haben.› Es klang richtig kläglich.»

«Ich rede nicht im Schlaf», erwiderte ich barsch.

«Wie wollen Sie das denn wissen? Schlafen Sie normalerweise allein, oder haben Sie immer eine Frau neben sich im Bett?»

«Kommt darauf an.»

«Mit anderen Worten, Sie schlafen allein. Dann können Sie auch nicht wissen, ob Sie im Schlaf reden oder nicht.»

Der Wiedergänger grinste mich aus dem Spiegel an. Ich suchte nach einer schlagkräftigen Retourkutsche, aber mir fiel wieder mal keine ein.

Ich bin es so leid, keinen Erfolg zu haben.

Das kam mir irgendwie bekannt vor. Hatte ich so etwas nicht auch im Tratschenden Wald gehört? Die Männerstimme, die mir so vertraut vorkam und mich vielleicht sogar ein bisschen an meine eigene erinnert hatte?

Ich bin es so leid, keinen Erfolg zu haben.

Wie tief hatte der Lauschende Wald eigentlich in meinen Kopf hineingelauscht? Ich war überzeugt, in meinen Gedanken nur Zaubertricks verraten und Sebastians peinliche Geheimnisse preisgegeben zu haben, aber womöglich war der Lauschende Wald in eine tiefere Bewusstseinsebene vorgedrungen?

Die Aussagen der Stimmen, die ich im Tratschenden Wald gehört hatte, waren alle ziemlich alltäglich und konkret gewesen. Es ging um Eishockey, um Mücken, um Hochzeiten, und Jormas prägnante Stimme hatte über meine kaputte Heckscheibe geredet. Alle hatten ganz normale Dinge gesagt – alle bis auf diese Männerstimme, die niedergeschlagen geklungen und eine eher existenzielle Aussage von sich gegeben hatte. Wenn es nun tatsächlich meine eigene Stimme gewesen war? Aber ich redete doch wohl nicht im Schlaf? Das hätte irgendjemandem auffallen müssen. Der Frau, die letztes Jahr an Mittsommer per SMS mit mir Schluss gemacht hatte, war es jedenfalls nicht aufgefallen, sonst hätte sie sich bestimmt darüber beschwert. Vielleicht hatte ich aber auch erst später damit angefangen?

Zum Glück entdeckte der Wiedergänger in diesem Moment endlich die Ziffernreihe im Gras. Mir stockte der Atem, als die Messingzahlen zu schweben begannen, vor und zurück, als würden sie von einer unsichtbaren Kraft bewegt. Es funktionierte!

Instinktiv tastete ich in meiner Innentasche nach Jormas Handy. Ich wollte dieses übernatürliche Phänomen dokumentieren, das sich hier vor meinen weitaufgerissenen Augen abspielte. Dann begriff ich, dass mir zum Filmen keine Zeit blieb.

Die Zahlen flitzten mit großer Geschwindigkeit im Gras hin und her. Ich beeilte mich, die karierte Decke wieder über den Spiegel zu legen und sie an den Ecken ordentlich festzustopfen. Sofort wurde es still. In weniger als zehn Sekunden war alles vorbei.

Ich stand auf. Die Zahlen lagen schnurgerade in umgekehrter Reihenfolge da, die Neun war dem Spiegel am nächsten, die Eins lag direkt vor dem rostigen Topf. Ich ging hin und legte den Deckel darauf. Sicherheitshalber. Ob es wirklich nötig war, wusste ich nicht. Vorsichtig klopfte ich auf den Topfdeckel, der matt im Mondschein glänzte, doch es waren keine eingesperrten Schreie zu hören. Dann packte ich den Topf fest bei den Henkeln, trug ihn so vorsichtig vor mir her, als wäre er bis zum Rand mit kochendem Wasser gefüllt, ging in die Garage und holte einen Spaten.

Ich trat auf die Straße und ließ ein paar Autos vorbeifahren. Die Fahrer starrten mich an. Vermutlich wunderten sie sich über diesen komischen Kauz, der so verkrampft einen rostigen Topf vor sich hertrug. Wir haben alle schon einmal solche Wirrköpfe gesehen und uns gefragt, was in ihnen vor sich ging.

Jetzt war ich in den Augen der Leute wohl ein solcher Spinner.

Ich überquerte die Straße und ging in den Wald, der am Ende des Villenviertels lag und ganz anders war als der Urwald von Tiveden. Weniger Moos, weniger aufdringliche Gerüche, mehr Platz zwischen den Bäumen. Man kam voran, ohne bei jedem Schritt zu stolpern.

Ich versuchte, strikt geradeaus zu gehen, während ich immer tiefer in den Wald vordrang. Mindestens fünfhundert Meter hatte ich zurückgelegt, ehe ich meinen ersten Spatenstich in der feuchten Erde tat. Ich hoffte, die Ankerkette des Wiedergängers wäre nicht so lang, dass sie von hier aus bis zu Haralds und Janines Villa reichte. Ich hob eine Grube von einem halben Meter Tiefe aus. Schon bald schmerzten meine Finger, denn ich musste mit dem Spaten ein paar zähe Wurzeln durchhacken. Es raschelte in einem Busch ganz in der Nähe, und ich sah in der Dunkelheit ein Augenpaar aufblitzen. Ein Fuchs? Ein Marder, der nach Vogeleiern suchte? Eine ganz normale Katze, die sich in den Wald verirrt hatte?

Das Tier huschte davon, und ich beendete meine Arbeit. Ich ging in die Knie und hielt den Topf waagerecht, während ich ihn in die Grube hinabsenkte.

«Hier kannst du bis in alle Ewigkeit liegen und über die Geschichte von Tiveden schwadronieren. Viel Glück!», sagte ich atemlos, während ich die Grube wieder zuschaufelte. Ich klopfte die Erde flach und tarnte die Stelle mit ein paar dicken Ästen.

Als ich in den Garten zurückkehrte, war ich verschwitzt und schmutzig. Der abgedeckte Spiegel lehnte immer noch am Eimer. Ich ließ den Spaten ins Gras fallen, bevor ich den antiken Spiegel vorsichtig ins Haus trug und ihn wieder ins Wohnzimmer hängte. Als ich nach der karierten Decke griff, hielt ich den Atem an. Zu höheren Mächten zu beten, war nicht mein Ding, aber ich hoffte mit aller Kraft.

Dann enthüllte ich den Spiegel.

Hinter mir stand der Wiedergänger. Durchsichtig, mit ausgeprägtem Doppelkinn, dünnem weißem Haar und einem Overall, der über seinem Bauch spannte.

«Verdammt!», schrie ich.

Der Alte zuckte zusammen. Dabei sollte doch eigentlich der Geist den Menschen erschrecken und nicht umgekehrt.

«Was treiben Sie hier eigentlich?», fragte er, nachdem er sein wirres Haar zurechtgezupft hatte.

Es dauerte einen Moment, ehe ich ihm antworten konnte. Ich war schrecklich müde und entmutigt. Was hatte ich bloß falsch gemacht? Mein Experiment basierte eher auf Vermutungen und Wunschdenken als auf wissenschaftlichen Erkenntnissen, aber ich hielt meine Idee trotzdem für recht durchdacht.

«Ich habe versucht, Sie vom Spiegel in den Topf zu versetzen», antwortete ich seufzend.

Es gab keinen Grund, ihm etwas zu verheimlichen. Ich konnte meine Niederlage genauso gut eingestehen.

«Ich dachte, ich wäre schnell genug gewesen, den Spiegel mit der Decke zu verhüllen ... aber Sie haben es anscheinend trotzdem rechtzeitig zurückgeschafft.»

«Die karierte Decke? Warum haben Sie die denn genommen? Die hat doch Anna genäht.»

«Anna?»

«Es ist schon ziemlich dämlich von Ihnen, mir den Weg mit einer Decke versperren zu wollen, die Anna genäht hat.»

«Wer um alles in der Welt ist Anna?»

«Meine geliebte Frau. Haralds Großmutter. Sie ist schon vor vielen Jahren gestorben.»

Die karierte Decke hatte offenbar eine besondere Bedeutung für den Alten. Deshalb war er problemlos hindurchgeglitten, nachdem er die Reihenfolge der Messingziffern im Gras umgedreht hatte.

In meinem Kopf ging alles drunter und drüber, doch nach einer Weile kam ich zu der Erkenntnis, dass ich schlichtweg Pech gehabt hatte. Harald junior hätte mir erzählen sollen, dass die Decke über dem Spiegel einmal seiner Großmutter gehört hatte.

«Warum haben Harald und Janine eine Decke verwendet, durch die Sie hindurchgelangen können?»

«Ich weiß es nicht. Wahrscheinlich haben Sie keine Ahnung von solchen Sachen. Ich im Übrigen auch nicht. Wenn man stirbt, bekommt man keine Informationsbroschüre, was man beachten sollte, wenn man das Pech hat, zu einem Geist zu werden. Aber wie ich Ihnen schon gestern gesagt habe: Wenn ich Blickkontakt mit jemandem aufnehme, der sich im Spiegel betrachtet, folge ich ihm oder ihr bis zum Sonnenaufgang. Vielleicht haben die beiden deshalb die Decke über den Spiegel gehängt. Aber sie hätten genauso gut ein Handtuch oder ein Laken nehmen können, wahrscheinlich hätte sogar ein Kissenbezug gereicht oder wenn sie ein paar größere Baumwolltaschentücher zusammengeklebt hätten, die …»

«Danke. Sie brauchen nicht alle Textilien dieser Welt aufzuzählen. Ich habe Sie schon verstanden.»

Der Wiedergänger grinste mich zufrieden an.

«Wenn Sie mich ganz lieb darum bitten, könnte ich mir sogar vorstellen, Harald und Janine in Ruhe zu lassen.»

«Meinen Sie das ernst?»

«Nee, war nur ein Scherz.»

Ich ballte die Fäuste. Am liebsten hätte ich den Spiegel kaputt geschlagen. Plötzlich ertönte ein nervtötendes Geräusch, und ich brauchte eine Weile, bis ich verstand, dass es Jormas Handy war, das in meiner Jackettasche klingelte. Ich zog es heraus. Das Telefon kannte die Nummer auf dem Display nicht. Ich schon.

Es war mein Agent.

«Hallo, Anton! Ich hoffe, ich rufe dich nicht zu spät an. Ich war den ganzen Tag mit meiner Luftpistole unterwegs und bin gerade erst ...»

«Hör mal, es ist gerade etwas ungünstig. Du hattest eine gute und eine schlechte Nachricht. Betreffen mich denn diesmal beide?»

«Das kann man wohl sagen. Die gute Nachricht ist, dass ich von LP Event geheadhuntet wurde. Das ist der Hammer! LP ist eine der größten Künstleragenturen hier im Norden, und jetzt erhalte ich Zugang zu ihrer Kundenkartei in Norwegen, Dänemark und Finnland. Ich nehme Kicki Hjort und ein paar andere Zugpferde aus meinem eigenen Stall mit. Nächste Woche geht es los. Volle Fahrt voraus!»

Hinter mir im Spiegel stand ein Wiedergänger, der mit einer schaurig knarzenden Stimme zu mir sprach und wieder verschwand, sobald ich mich umdrehte. Das war allerdings nicht annähernd so unbehaglich wie der Eisklumpen, der sich gerade in meinem Bauch ausbreitete.

«Gehöre ich auch zu deinen Zugpferden?», fragte ich leise.

«Damit kommen wir zur schlechten Nachricht. LP möchte, dass ich nur Künstler mitbringe, die ordentlich Kohle reinholen. Und das kann man von dir nicht sagen. Leider.»

Ich schwankte ein wenig, als hätte mir jemand einen Schlag verpasst.

«Hör mal, Pontus, in zwei Monaten kann ich meine Miete nicht mehr zahlen. Das kommt alles ziemlich kurzfristig. Kannst du mich nicht weiter nebenbei betreuen? Du kannst auch mehr Prozente nehmen, wenn du willst.»

«Das Problem ist, dass du zurzeit vor allem von Altenheimen gebucht wirst, und das hat keine Zukunft. Dein Publikum stirbt langsam aus, im wahrsten Sinne des Wortes.»

«Aber ... na gut, kann ich dann vielleicht deine Liste mit den Kontaktadressen haben und meine Auftritte selbst buchen?»

«Nein, die nehme ich mit zu LP. Ich werde auch weiterhin Auftritte in Altersheimen und anderen kommunalen Einrichtungen organisieren.»

«Aber du hast doch gerade gesagt, das hätte keine Zukunft.»

«Irgendeinen Autor, der geschichtliche Vorträge hält oder so, werde ich sicher unterbringen können. Wie auch immer, ich kann dir meine Kontaktliste nicht geben. Wenn du willst, kannst du ja selbst ein bisschen rumtelefonieren.»

«Es wird Monate dauern, bis ich auch nur annähernd eine Tournee zusammenhabe, von der ich leben kann!», zischte ich zwischen meinen zusammengebissenen Zähnen. «Du hast doch gesagt, die gute Nachricht hätte mit mir zu tun!»

«Das hat sie ja indirekt auch, weil es eine gute Nachricht

für mich ist … die auch dich betrifft. Aber jetzt, wo du es sagst, fällt mir auf, dass es für dich eigentlich zwei schlechte Nachrichten sind.»

Das Handy brannte an meinem Ohr, und meine Hand war schweißnass. Ich dachte nicht länger daran, dass der Wiedergänger noch da war und mich im Spiegel anstarrte. Es kümmerte mich nicht.

Ich bin es so leid, keinen Erfolg zu haben.

«Jetzt mal im Ernst, Pontus. Wie viel Geld müsste ich verdienen, damit du mich mit zu LP nehmen würdest? Könnten wir nicht eine Probezeit vereinbaren, in der ich beweisen kann, wie wertvoll ich bin? Es gibt einen Haufen Leute, die Zauberei mögen, und ich bin ziemlich gut, oder?»

«Ich stimme dir zu, dass du ziemlich gut bist, und natürlich gibt es Leute, die Zauberei mögen.»

Er holte tief Luft, ehe er fortfuhr: «Das Problem ist, dass die Leute dich nicht mögen.»

Wieder fühlte es sich an, als hätte mir jemand einen Schlag versetzt.

«Ich bekomme so oft Beschwerden und muss den Schaden bereinigen, nachdem du da warst. Zum Beispiel dieses Altersheim Igel, wo du vor Mittsommer warst. Da hast du eine Angestellte beschimpft und dich beschwert, dass es keine belegten Brote gibt und dass die Stühle falsch stehen. Du trittst an einem Ort auf, wo andere Leute arbeiten, Anton, und es gibt keine Vereinbarung darüber, dass sie dich verpflegen müssen. Das hast du dir einfach ausgedacht.»

«Es kann schon sein, dass es eine solche Vereinbarung nicht gibt, aber ich möchte trotzdem mit Respekt behandelt werden.»

«*Du* solltest die Leute mit Respekt behandeln, bei denen du auftrittst. Du bist eben kein Superstar, der eine Menge

Ansprüche stellen kann. Du bist nicht Sebastian und Charlotta. Du sollst für ein bisschen harmlose Zerstreuung sorgen. Und damit ist nicht gemeint, dass du die Alten im Publikum zwingst, dir ein Ständchen zu singen.»

«Ich habe sie nicht dazu gezwungen. Ich hatte Geburtstag, es war ein spontaner Einfall. Es ist doch normal, dass man sich an einem solchen Tag ein bisschen Aufmerksamkeit wünscht, oder nicht?»

Neben meinem linken Ohr kicherte der Wiedergänger. An meinem rechten Ohr redete Pontus weiter.

«Häufig schicken mir die Hotels Rechnungen über Sachen aus der Minibar, die du nicht bezahlen wolltest. Das verkehrte Mineralwasser, die falschen Erdnüsse und so weiter. Normalerweise bin ich kulant und ziehe es dir nicht von der Gage ab, aber inzwischen habe ich es satt. Und ich habe dich satt.»

Mein Herz raste. Ich suchte vergeblich nach einer vernünftigen Antwort. Pontus räusperte sich und machte einen halbherzigen Versuch, mich aufzumuntern.

«Es ist nun mal eine harte Branche, Anton, aber man sollte nie aufgeben. Allerdings haben viele Künstler, deren Auftragslage ein wenig unsicher ist, eine bessere Hälfte mit festem Einkommen. Du nicht, oder?»

«Bessere Hälfte? Ich bin nicht verheiratet, falls du das meinst. Das weißt du doch.»

«Ich meine ja nur, viele haben eine bessere Hälfte. Eine Partnerin mit festem Einkommen. Eine Freundin oder Verlobte oder Frau oder jemanden ...»

«Ich habe niemanden!», platzte es aus mir heraus. Und das war noch nicht alles. «Ich habe keine Frau, kein Auto, keine Ersparnisse, keine Kinder, keine Eigentumswohnung, ja, nicht mal ein eigenes Handy. Ich habe nichts!»

«Doch, Sie haben einen wunderschönen maßgeschneiderten Anzug», spottete der Wiedergänger im Spiegel.

Als ich drohend den Finger hob, feixte er nur. Ich wandte mich ab, senkte meine Stimme und bemerkte, dass ich einen Kloß im Hals hatte.

«Pontus, ich bitte dich. Bitte. Können wir nicht versuchen, diese Sache irgendwie anders zu lösen?»

Nach einer Weile räusperte Pontus sich erneut.

«Oh, jetzt rufen Cecilia und die Kinder nach mir, damit ich Popcorn mache. Für unseren gemütlichen Filmabend auf dem Sofa. Viel Glück und alles Gute für die Zukunft.»

Als Pontus verstummte, hatte ich Tränen in den Augen. Der Damm war gebrochen, und ein Schwall aus Worten und Gefühlen ergoss sich aus meinem Inneren.

«Ich habe mein ganzes Leben für die Kunst geopfert, mein ganzes verdammtes Leben! Wahrscheinlich hätte ich heute einen gutbezahlten Job, wenn ich nicht alles auf die Künstlerkarriere gesetzt hätte. Bestimmt wäre ich sogar ein Manager. Ein Chef, der mit dem Hubschrauber zur Arbeit fliegt. Als Jugendlicher habe ich ein tolles Mädchen verlassen, um mich ganz auf die Zauberei zu konzentrieren. So wichtig ist sie mir. Wie soll ich jetzt meinen Lebensunterhalt verdienen? Ich kann nur zaubern, nichts anderes. Wie soll ich je eine Frau kennenlernen, die mich mag, wenn ich mich nicht einmal selbst versorgen kann? Ich bin arm, ich bin allein, ich bin fünfundvierzig Jahre alt. Der Einzige, der mir ein schönes Mittsommerfest wünscht, ist der Elektronikdiscounter. Ich habe nichts!»

Es dauerte einen Moment, bis ich merkte, dass Pontus längst aufgelegt hatte. Mit dem Ärmel wischte ich mein Gesicht und das nasse Telefon ab. Zu meiner Verwunderung stellte ich fest, dass es schon nach elf war. Ich war völlig erschöpft, und mein Mund war ganz trocken. Über eine halbe Stunde musste ich heulend in meiner Schockstarre verharrt haben. Langsam drehte ich mich um und sah den Wiedergänger im Spiegel. Er wirkte ein wenig befangen, ja vielleicht sogar mitleidig, als sich unsere Blicke trafen.

Gerade wollte ich etwas sagen, da wurde die Haustür geöffnet. Janine und Harald junior spähten vorsichtig ins Wohnzimmer.

«Hallo! Wie läuft es?», flüsterte Janine. «Stören wir? Oh Gott, Ihre Augen sind ja ganz rot. Was ist passiert?»

Ich zuckte mit den Schultern und fragte mich, wie ich den beiden nur erklären sollte, dass mein Experiment misslungen war – und zwar wegen einer falschen Decke. Harald und Janine schauten erst zu dem antiken Spiegel, dann zu mir.

«Warum ist er nicht verhüllt?», fragten sie unisono.

Ich räusperte mich, aber noch ehe ich zum Sprechen bereit war, sagte der Wiedergänger: «He, Kinder. Kommt mal her, damit ich euch sehen kann.»

Die beiden schienen nicht gerade begeistert von dem Gedanken, ins Blickfeld des Spiegels zu treten.

«Kommt her, damit ich euch sehen kann, und dann seid ihr mich los. Versprochen.»

«Kann ich mich wirklich darauf verlassen, Großvater?», fragte Harald und nahm Janines Hand.

Vorsichtig traten sie ins Zimmer.

«Ich schwöre es. Erst habe ich gedacht, die Königin des Waldes hätte den Verstand verloren, aber jetzt habe ich begriffen, dass ihre Weisheit unübertroffen ist und bleibt. Ja, das Miststück hat mich tatsächlich dazu gebracht, meine Meinung über euch zu ändern.»

Die beiden stellten sich neben mich, dicht aneinandergedrängt und auf der Hut, während sie Augenkontakt mit dem Wiedergänger aufnahmen.

«Ich bitte euch um Verzeihung, vor allem dich, Janine, weil ich dich ungerechterweise für eine schmutzige Straßenläuferin gehalten habe. Wenn ihr der Meinung seid, ihr passt gut zusammen, dann sollt ihr natürlich zusammenbleiben und so viele Kinder machen, wie ihr wollt. Und jetzt verschwinde ich.»

Sie sahen einander an und schienen ihren Ohren nicht zu trauen.

«Meinst du das ernst? Lässt du uns jetzt wirklich in Ruhe, Großvater?» Harald junior schien noch nicht ganz überzeugt.

«Ja. Dieser magere Kerl neben euch ist wohl das ärmste Würstchen, das mir seit langem begegnet ist. Wie ungeheuer klug vom Miststück, ihn als abschreckendes Beispiel herzuschicken. Ich will auf keinen Fall riskieren, dass aus meinem Enkel auch mal eine so einsame, tragische und durch und durch gescheiterte Gestalt wird.»

Seine Worte schmerzten, aber ich konnte seiner Darstellung nicht widersprechen.

«Deshalb will ich eurer Liebe nicht länger im Weg stehen. Passt gut auf euch auf, putzt euch regelmäßig die Zähne, respektiert alle Lebewesen des Waldes, macht immer schön das Licht aus, wenn ihr aus dem Haus geht, benutzt auf dem Wasser eine Schwimmweste, denkt dran, dass Schneeschaufeln im Sommer billiger sind, findet Lösungen, anstatt euch über Probleme zu beschweren, und lasst es euch zusammen gut gehen. Hiermit gebe ich euch meinen Segen aus dem Jenseits. Gute Nacht.»

Ein schneidendes Geräusch ließ uns zusammenfahren.

Im Spiegel entstand ein langer Riss, und das Glas wurde seltsam matt. Der Wiedergänger war verschwunden.

Harald und Janine sahen sich lange an, dann verzogen sie ihre Gesichter zu einem erleichterten Lächeln.

Prüfung Nummer zwei war überstanden, der Wiedergänger besiegt.

Aber dennoch hatte ich das dumpfe Gefühl, alles verloren zu haben.

38

Nachdem ich Sebastians Pläne, einen Zauberschrank zu bauen und coole Bühnenkostüme zu nähen, einfach abgebügelt hatte, tauchte er am nächsten Abend nicht zum Essen auf. Um kurz vor zehn überlegten meine besorgten Eltern, ob sie die Polizei rufen sollten.

Ich machte mich in der näheren Umgebung auf die Suche und fand ihn nach einiger Zeit auf einem bewaldeten Hang am Badesee, unweit von unserem Haus. Er hatte eine Menge Restalkohol im Blut und sah erbärmlich aus. An seiner Kleidung klebten Flecken von Ketchup, Senf und Mayonnaise, weil er sich im Suff offenbar ein Gefecht mit einer Bratwurst geliefert hatte. Am bevorstehenden Wochenende waren wir ausgebucht. Drei bezahlte Auftritte. Bis dahin musste Sebastian unbedingt wieder in Form sein.

Ich brachte ihn ans Wasser, wo er sich den schlimmsten Dreck abwaschen konnte. Dann hockten wir uns unter einen Sprungturm am Ende des Badestegs. Der Strand war um diese Zeit menschenleer, sodass wir unsere Ruhe hatten.

Von zu Hause hatte ich eine Packung gesunde, aber geschmacksarme Kekse mitgebracht, die Sebastian mit großem Appetit in sich hineinstopfte.

«Wie geht es dir?», fragte ich.

Es war eine relevante, wenn auch überflüssige Frage, denn Sebastian sah extrem hohläugig und ungepflegt aus.

«Wir haben gar keinen Spaß mehr zusammen», krächzte er matt.

«Am Montag kannst du dir einen neuen Walkman von dem Geld kaufen, das du letzten Monat verdient hast. Aber dann musst du dich zusammenreißen, damit wir uns am Wochenende nicht blamieren.»

«Hab schon einen Walkman.»

«Aber du wolltest doch einen neuen. Oder kauf dir einen tragbaren CD-Spieler? Den kannst du dir bald leisten.»

Wir hatten eine gemeinsame Kasse, und normalerweise verwaltete ich Sebastians Anteil an unseren Gagen. Es machte mir Spaß, mich um unsere Finanzen zu kümmern, hin und wieder Scheine zu zählen und unsere Einnahmen aufzuschreiben. Es gefiel mir, das Geld in den Händen zu halten.

«Als ich gesagt habe, dass wir gar keinen Spaß mehr zusammen haben, meinte ich eher, dass wir uns gar nicht mehr treffen und coole Sachen zusammen machen», sagte Sebastian und tauchte seine Turnschuhspitze ins Wasser.

«Wir sehen uns doch jeden Tag. Und am Wochenende werden wir die ganze Zeit zusammen sein.»

«Wann haben wir zuletzt einen Horrorfilmmarathon veranstaltet?»

Da war schon etwas dran. Es war eine ganze Weile her, dass wir uns bis zum Morgengrauen mit Fastfood vollgestopft und Gruselfilme geschaut hatten. Das lag daran, dass wir nicht mehr zu Hause bei seinem Vater waren, den es kein bisschen kümmerte, was wir konsumierten. Und natürlich auch daran, dass ich meine freie Zeit hauptsächlich mit Charlotta verbrachte.

«Und warum willst du plötzlich mit den alten Tricks weitermachen? Wir hatten doch besprochen, dass wir uns verändern wollen.»

Natürlich konnte ich nicht zugeben, dass ich auf Sebastian eifersüchtig war, weil er meinen Vater und meine Mutter dazu gebracht hatte, ihm beim Zeichnen von Zauberschränken und beim Nähen von coolen Bühnenkostümen zu helfen. Also ging ich zum Gegenangriff über.

«Vielleicht solltest du erst mal ein paar Tage am Stück nüchtern bleiben, ehe du planst, Frauen in Schränken zu zersägen.»

Sebastian lächelte matt.

«Ich kann mit dem Trinken aufhören, aber irgendwie auch nicht. Das ist total komisch, ich weiß nicht, wie ich es erklären soll.»

«Vielleicht bist du von einem Dämon besessen?», schlug ich vor, um die Stimmung ein bisschen aufzulockern.

Er lachte.

«Wäre schön, wenn ich es darauf schieben könnte.»

Ich sorgte mich mehr um unsere bevorstehenden Auftritte als um Sebastians Gesundheit. Wir blieben lange am Badesee sitzen. Ich versuchte, mir etwas Schlaues und Konstruktives einfallen zu lassen, doch die Frage, die schließlich aus mir herauspurzelte, erstaunte uns beide.

«Hast du es schon mal mit Beten versucht?»

Er zog die Nase hoch.

«Was?»

«Ob du schon mal zu Gott gebetet hast, damit er dir hilft, mit dem Trinken aufzuhören?»

«Nein, verdammt, darauf bin ich noch gar nicht gekommen», antwortete er mit einem schiefen Grinsen. «Ich bete zu Gott, dass meine Nase nicht mehr läuft.»

Doch es funktionierte nicht, und er musste selbst mit dem Pullover Abhilfe schaffen.

«Vielleicht sollte man sich über so was gar nicht lustig

machen?», sagte er nachdenklich. «Vielleicht funktioniert es ja doch? Wer weiß?»

Und da waren wieder die beiden Worte, die auch Charlotta mit einem Achselzucken gesagt hatte.

Wer weiß?

Nach dem Gespräch am Badesee schwänzte ich für zwei Wochen die Schule. Obwohl es mir gelang, das vor meinen Eltern geheim zu halten, lebte ich in der ständigen Angst, mein Lehrer oder sogar der Rektor könnte bei ihnen anrufen. Doch niemand meldete sich.

Am siebten Tag wunderte ich mich allmählich, warum mich niemand vermisste. Anscheinend hielt ich mich in der Schule dermaßen zurück, dass ich quasi nicht existierte.

Das Ziel meines zweiwöchigen Schwänzens war es, so viel Zeit wie möglich mit Sebastian zu verbringen. Dieser hatte die Berufsschule längst geschmissen und machte nun Karriere als Umzugshelfer, Entrümpler und Tellerwäscher. Er nahm alle Gelegenheitsjobs an, die er kriegen konnte. Meistens musste er morgens oder vormittags arbeiten und war zum Mittagessen wieder zu Hause. So konnten wir die Nachmittage zusammen verbringen, und es machte tatsächlich Spaß, sich wieder mal so richtig unverantwortlich zu verhalten. Wir lagen einfach nur vor dem Fernseher, schauten Videos und stopften Chips und Süßigkeiten in uns hinein.

Eines Nachmittags kam Sebastian von einer Entrümplung nach Hause und hielt mir ein zerfleddertes Anzeigenblatt vor die Nase. Er zeigte auf eine Annonce, die er mit grünem Marker angestrichen hatte, und las sie begeistert vor.

«Komplette Zauberausstattung für professionelle Auftritte zu verkaufen. Guter Zustand. Günstiger Preis bei schnellem Kauf.»

Wir riefen den Inserenten sofort an und vereinbarten ein Treffen. Am nächsten Tag fuhren wir zu einem schmuddeligen Lagerraum in Farsta südlich von Stockholm. Der Mann, der uns öffnete, war in den Fünfzigern und musterte uns misstrauisch. Er hatte wässrige Augen und sah ein wenig versoffen aus. Als er uns fragte, wer wir seien, deutete Sebastian auf das Anzeigenblatt und erklärte, wir hätten am Vortag angerufen.

«Ach so. Dann habt ihr wohl etwas missverstanden. Ich verkaufe keinen Zauberkasten für Kinder. Es geht um eine Ausstattung für professionelle Zauberer. Habt ihr die Anzeige nicht gründlich gelesen?»

«Wir sind keine Kinder, wir sind professionelle Zauberer», stellte Sebastian klar.

Von so einem verschnarchten Trottel ließ er sich nichts gefallen.

«Könnten wir uns die Sachen einmal ansehen?», fragte ich in etwas freundlicherem Tonfall.

Hinter dem Mann mit den wässrigen Augen konnte ich ein dunkles Lager mit schwarzen Kisten erahnen und eine ganze Menge Zubehör. Ein Gestell mit glänzenden Schwertern. Eine Metallbank mit einem Sägeblatt, eine Nebelmaschine, eine Sammlung von Metallringen, wie man sie über einen schwebenden Menschen zieht, um zu zeigen, dass er oder sie nicht an unsichtbaren Schnüren getragen wird, schwere Vorhänge mit Pailletten und eine Zielscheibe zum Messerwurf, die groß genug war, um jemanden daran festzubinden.

Schon von weitem konnte man erkennen, dass alles ein bisschen verstaubt und abgenutzt war, aber was für coole Sachen! Eine echte Ausstattung für echte Zauberer, wie man sie im Fernsehen sah. Jetzt verstand ich, was Sebastian gemeint hatte, als er von weniger altbackenen Tricks mit Karten, Münzen und Taschentüchern, sondern mehr spektakulären Sachen gesprochen hatte. Doch leider durften wir nicht ins Lager gehen und uns die Sachen genauer ansehen.

«Ich verkaufe nicht nur die Ausstattung, sondern auch die Rechte an meinen Zaubertricks. Ich kann nicht einfach jeden reinlassen und meine Geschäftsgeheimnisse verraten, das versteht ihr doch wohl.»

«Wie sollen wir wissen, was wir kaufen wollen, wenn wir uns die Sachen nicht mal ansehen dürfen?», fragte Sebastian, und das hielt ich für einen berechtigten Einwand.

«Ich bezweifle sowieso, dass ihr euch das leisten könnt», brummelte der Mann mit den wässrigen Augen und bedachte uns erneut mit diesem misstrauischen Blick, den manche ältere Menschen grundsätzlich haben, wenn sie mit Jugendlichen reden. Der Betrag, den er uns nannte, war definitiv mehr, als wir in unserer Kasse hatten, doch eine astronomisch hohe Summe war es auch nicht. Als ich vorschlug, wir sollten zunächst mit unserer abgenudelten Vorstellung weitermachen, um auf eine professionelle Ausstattung zu sparen, fand Sebastian die Idee super. Falls sich am Ende herausstellte, dass der Mann mit den wässrigen Augen seine Ausstattung längst verkauft hatte, wäre das nicht weiter schlimm. Hauptsache, wir hatten ein gemeinsames Ziel vor Augen. Und wenn wir die Summe beisammenhatten, würden wir sicher auch einen anderen Verkäufer finden. Alles würde sich wie von selbst ergeben, wenn wir nur genug Geld hatten – so sah ich das.

Wir nahmen jeden Auftrag an, solange er bezahlt war – vom Kindergeburtstag bis zur Rockerparty. Firmenfeiern, Heimatvereine, Jugendzentren. In dieser Phase hatten wir den ersten Auftritt in einem Altersheim. Manchmal traten wir zweimal an einem Abend auf, wenn es mit der Anreise zeitlich klappte, an manchen Wochenenden sogar dreimal.

Charlotta nahm es mir zunächst nicht übel, dass ich nicht nur alle Kino- und Restaurantbesuche absagte, sondern auch unsere normalen Treffen, bei denen wir nichts Besonderes vorhatten. An einem Sonntagmorgen rief sie mich an und fragte, ob ich bei einem Volleyballturnier zuschauen wolle. Ich saß mal wieder in meinem Zimmer und zählte die Scheine in der Kasse. Als ich antwortete, ich hätte keine Zeit, wies sie mich darauf hin, dass wir uns schon seit drei Wochen nicht mehr gesehen hätten.

«Ach ja?», fragte ich, vermutlich ein wenig zerstreut.

«Über drei Wochen, um genau zu sein. Fast einen Monat, und das finde ich allmählich ...»

«Verdammt!», zischte ich.

«Was ist los?»

«Ich mache gerade die Kasse und habe mich verzählt. So ein Mist!»

«Okay. Dann ruf mich später zurück, wenn ich gerade nicht störe», sagte sie und legte auf.

Wenn ich Geld zählte, war nicht von großen Stapeln die Rede. Ganz im Gegenteil. Ich fand, unser Berg wuchs zu langsam, obwohl Sebastian sogar noch etwas vom Lohn für seine Gelegenheitsjobs dazuschoss.

Wir mussten ganz einfach die Ärmel hochkrempeln und Aufträge finden, die noch besser bezahlt waren, sonst würde es viel zu lange dauern. Vielleicht sollte ich auch die Schule schmeißen und arbeiten gehen? Nein, dann wäre meinen Eltern wohl das Müsli im Halse stecken geblieben, und sie hätten mir die Hölle heißgemacht. Ich schloss die Kasse mit einem Knall. Irgendetwas nagte an mir.

Hatte Charlotta eben beleidigt geklungen?

Schwer zu sagen, ich hatte ja nicht so genau zugehört. Ein bisschen beleidigt vielleicht schon. Aber ihr Volleyball war nun mal nur ein Hobby, und die Zauberei war mein Leben, meine Karriere.

Je länger ich über unser kurzes Telefonat nachdachte, desto mehr irritierte es mich. Ich fand es ungerecht, dass ich ein schlechtes Gewissen haben sollte, nur weil ich Geld für eine professionelle Zauberausstattung zusammensparen wollte. In diesem Moment fiel mir wieder der Bericht über das österreichische Tenniswunder ein, den ich mit meinen Eltern gesehen hatte. Der Jugendliche, der sich einen sauteuren Porsche gekauft hatte, bevor er überhaupt einen Führerschein besaß. Wie zielstrebig er in dem Interview gewirkt hatte.

«Andere Jungs in meinem Alter vergeuden ihre Zeit mit Freundschaften und Mädels, Partys und Kino. Ich trainiere lieber. Ich spiele gern Turniere. Ich gewinne gern. Und Geld mag ich auch.»

Plötzlich dämmerte mir etwas. Das Tenniswunder hatte schon mit siebzehn Jahren seine erste Million verdient. Offenbar wusste dieser Junge, worauf es ankam.

«Andere Jungs in meinem Alter vergeuden ihre Zeit mit Freundschaften und Mädels.»

Da beschloss ich, mit Charlotta Schluss zu machen.

Die Königin des Waldes hielt gebührenden Abstand zum Versteck des Tränentriefers. Dennoch konnte sie mit ihrem feinen Geruchssinn den Essiggestank wahrnehmen. Widerwärtig und beunruhigend. Ihren Appetit minderte das zum Glück nicht, und sie leckte sich zufrieden den Mund, nachdem sie einen saftigen Bissen Thunfisch verschlungen hatte. Bald ist es Zeit für ein Nickerchen, dachte sie gähnend.

Die Königin des Waldes war mit der zweiten Prüfung des Straßenläufers Anton zufrieden und unzufrieden zugleich. Zufrieden, weil sich der Wiedergänger aus dem Staub gemacht hatte. Unzufrieden, weil Anton versucht hatte, den Geist im Wald zu vergraben. Obwohl es ihm misslungen war, kam das beinahe einem Betrugsversuch gleich. Und das verhieß nichts Gutes für die dritte Prüfung und die Begegnung mit dem Urwesen.

Beim Tränentriefer würde Anton mit Schummeln und Schwindeln nicht weiterkommen.

Beim Tränentriefer wartete nichts als Jammer und Elend.

39

Nach meinem Nervenzusammenbruch neben dem antiken Spiegel tat die frische Abendluft gut. Mein Gemütszustand war nach wie vor erbärmlich. Es war, als wäre irgendwas in mir, das schon lange einen Knacks gehabt hatte, nun vollends zerbrochen.

Inzwischen ging es auf Mitternacht zu, und ich hoffte, Greta und Gunnar wären noch wach. Mit dem Handy am Ohr stand ich in der Garageneinfahrt. Harald hatte angeboten, mich nach Hause zu bringen. Nun lehnte er entspannt an der offenen Fahrertür seines Mercedes und spielte mit dem Autoschlüssel.

«Geht niemand ran?», erkundigte er sich.

Eine völlig überflüssige Frage, aber ich war zu erschöpft, um etwas Giftiges zu erwidern.

Nachdem der Spiegel zersprungen und der Wiedergänger verschwunden war, hatte ich behauptet, das sei die Folge meines geglückten Experiments mit den Zahlen im Gras und dem rostigen Topf gewesen. Ich wich allen Folgefragen aus – wie zum Beispiel, was der Wiedergänger gemeint hatte, als er mich als abschreckendes Beispiel und als einsame, tragische und durch und durch gescheiterte Gestalt bezeichnet hatte.

In Janines Augen war mein Einsatz offenbar weder einen Dank noch die Mühe wert, mich an der Tür zu verabschieden. Stattdessen hatte sie sich ins Obergeschoss zurückgezogen, während ich mit Harald vor dem Haus stand. Ich hatte keinerlei Lust, zu ihm ins Auto zu steigen, denn auch er hatte mir nicht ein einziges Mal für meine Hilfe gedankt. Dabei hatte ich die beiden von einem Wiedergänger befreit!

Endlich kam ich durch.

«Hallo, Gunnar. Ich bin jetzt mit der zweiten Prüfung fertig und wollte fragen, ob Sie mich abholen können.»

«Natürlich, ich komme sofort. Ich packe nur noch ein bisschen Biskuitrolle als Proviant für den Rückweg ein. Ist denn alles gut gegangen?»

«Ich weiß nicht genau, aber ich habe es überstanden.»

«Das freut mich zu hören. Haben Sie eigentlich Hunger? Denn dann werden sie von dem bisschen Biskuitrolle sicher nicht satt. Soll ich Greta bitten, ein kleines Nachtmahl vorzubereiten?»

«Danke, nicht nötig.»

Wir beendeten das Gespräch. Harald schien erleichtert, dass er mich nicht fahren musste.

«Na gut. Dann hätten wir ja alles geklärt», sagte er. «Wegen der Messingzahlen brauchen Sie sich übrigens keine Gedanken zu machen, die spendieren wir Ihnen.»

Ich spürte, wie sich mein Blick verfinsterte. Meinte er im Ernst, dass ich für die Ausgaben hätte aufkommen sollen? Und erwartete er etwa Dankbarkeit von mir, weil er mir die Ziffern «spendierte», die wir im Baumarkt gekauft hatten? Und wie er dastand und mit dem Autoschlüssel spielte, zog er in der Tat eine Miene, als wäre er die Großzügigkeit in Person. Erst die unfreundliche und undankbare Ingrod und jetzt dieses junge, verwöhnte Paar, das mir keinerlei Wertschätzung entgegenbrachte.

Plötzlich kam ich zu dem Schluss, dass zwei Prüfungen mehr als genug waren.

Vielleicht waren Autodiebstähle in dem reichen und ordentlichen Villenviertel in Askersund eher die Ausnahme. Harald verstand jedenfalls nicht gleich, was passierte, als ich ihm die Schlüssel aus der Hand riss, meine Tasche auf den Beifahrersitz warf und hinters Steuer sprang. Womöglich stand sein Mund weiter offen als sonst, als ich aus der Garageneinfahrt zurücksetzte und davonbrauste.

Alle, die schon einmal allein im Auto gesessen und auf eine Waldfee geschimpft haben, wissen, dass man sich dabei ziemlich blöd vorkommt. Doch mir war inzwischen alles egal.

«Dein dämlicher Todesfluch geht mir sonstwo vorbei! Du kannst mich mal kreuzweise!»

Als ich aus dem Villenviertel hinausgefunden hatte, nahm ich die erstbeste Straße, die von Askersund wegführte. Mir entging nicht, wie schön es war, Mercedes zu fahren, aber das machte mich keineswegs glücklicher, sondern steigerte meine Verbitterung und Resignation nur umso mehr. Schließlich hatte ich von meinem Volkswagen auf einen Audi umsteigen wollen und vom Audi auf einen BMW und vom BMW auf einen Mercedes, ehe ich meine Karriere schließlich mit einem Porsche krönte. Auch mit dieser Liste hatte ich es nicht sonderlich weit gebracht.

Ich beschleunigte auf neunzig Stundenkilometer, als ich auf eine lange Straße kam, die durch einen dichten Wald führte. Kein anderes Auto war zu sehen, und ich hatte keine Ahnung, in welche Himmelsrichtung ich gerade fuhr. Ich kümmerte mich nicht darum, die Schilder zu lesen. Ich achtete nicht einmal auf die Straße, während ich auf hundert beschleunigte. Da durchbrach Jormas nervenaufreibender Klingelton die Stille.

Es war Gunnar.

«Hallo, ich bin es noch mal. Harald hat gesagt, Sie hätten sein Auto gestohlen.»

«Stimmt genau. Ich habe nämlich nicht vor, noch mehr von diesen Prüfungen zu machen.»

«Ach nein?»

«Richten Sie dem Miststück aus, dass ich mich weder des Waldes noch ihrer als würdig erweisen will.»

«Aber Sie sind doch immer noch mit dem Todesfluch belegt. Und das Miststück kann Ihnen helfen.»

«Ihre Königin erscheint mir vollkommen unfähig, was mich aber nicht weiter wundert. Monarchen und andere Leute mit wichtigen Titeln sind doch meistens vollkommen inkompetent und überflüssig. Wenn sie mir nicht helfen will, ohne dass ich diese drei Prüfungen absolviere, kann sie mich mal kreuzweise. Dasselbe habe ich im Übrigen auch gerade zu einer gewissen Waldfee gesagt.»

Der Mercedes kam ein wenig ins Schleudern, als ich mit nur einer Hand am Lenkrad viel zu schnell in eine Kurve raste. Für meine idiotische Fahrweise hatte das Auto aber immer noch eine erstaunlich gute Bodenhaftung.

Gunnar klang ernstlich besorgt.

«Sie wissen aber schon, dass Sie so lange vom Unglück heimgesucht werden, bis Sie nicht mehr leben wollen?»

«Ja, und darauf freue ich mich schon richtig. Vielleicht ist es gar nicht so schlecht, für immer und ewig in einer Perle an der Haarspange der Waldfee eingeschlossen zu sein? Das klingt doch eigentlich ganz schön. Dann muss man sich nicht mehr ständig mit anderen vergleichen. Man braucht sich nicht von Wiedergängern und unfreundlichen alten Hexen verspotten zu lassen. Man muss sich keine Gedanken mehr darüber machen, wie man die nächste Miete zahlen soll. Und man muss nicht mehr bereuen, dass man vor langer Zeit einmal mit einem Mädchen Schluss gemacht hat.»

Ich legte auf und warf das Handy neben meine Tasche auf den Beifahrersitz. Als ich in den Rückspiegel blickte, sah ich ein paar Rußflecken an meiner Stirn. Sie waren größer und schwärzer als letztes Mal.

«Gib mir ein Unglück! Lass es über mich kommen!», schrie ich in den Rückspiegel. «Gib mir ein Unglück!»

Ein dröhnendes Hupen und aufblendende Scheinwerfer lenkten meinen Blick wieder auf die Straße. Ich war auf die falsche Spur geraten und befand mich auf Kollisionskurs mit einem Fernlaster. Instinktiv wich ich aus und lenkte den Wagen wieder auf meine Fahrspur. Die Tasche fiel um, und meine Sachen purzelten auf den Boden. Das Auto wackelte, als das schwere Fahrzeug mit wenigen Zentimetern Abstand an mir vorbeidonnerte. In letzter Sekunde hatte mich eine Art Selbsterhaltungstrieb gerettet.

«Hörst du schlecht? Gib mir ein Unglück!», schrie ich laut und gellend, obwohl ich gerade eine ausgezeichnete Chance gehabt hätte, in einem Frontalzusammenstoß zermalmt zu werden.

Die Straße, wohin sie auch führte, war noch immer von dichtem, dunklem Wald umgeben. Ich nahm den Fuß ein wenig vom Gas. Aber nur ganz wenig. Die Uhr hatte zwölf geschlagen. Nach meinem erbosten Geschrei und der Begegnung mit dem Fernlaster pochte mein Herz laut und heftig.

Jahrelang hatte ich ein angepasstes, eintöniges und erfolgloses Leben geführt. Doch nun saß ich plötzlich hinter dem Steuer eines gestohlenen Autos. Auf dem Weg ins Nirgendwo. Was tat ich hier?

Und was wollte ich eigentlich? Wusste ich das überhaupt?

Ich musste wieder daran denken, was meine Eltern früher immer zu mir gesagt hatten: «Wenn du uns nicht erzählst, was du willst, wie sollen wir es dann wissen?»

Damals hatte ich meistens nur mit den Schultern gezuckt und meine Gedanken für mich behalten. Nicht einmal, als Sebastian bei uns eingezogen war und meine Eltern um Hilfe gebeten hatte – nicht einmal da war ich aus mir herausgegangen. Ich war bloß eifersüchtig geworden. Wie jämmerlich. Und dass ich jetzt, im Alter von fünfundvierzig Jahren, am liebsten meine Eltern angerufen und ihnen die Ohren vollgeheult hätte, war genauso erbärmlich.

Greta und Gunnar waren nur oberflächliche Bekannte, und trotzdem wussten sie mehr über mich als meine eigenen Eltern. Zum Beispiel, dass ich mich dafür schämte, bei IKEA als Putzmann gearbeitet zu haben. Viel peinlicher jedoch war, dass ich es für ein Menschenrecht gehalten hatte, von einer Arbeit zu leben, die mir Spaß machte. Ich war einer dieser verwöhnten und selbstverliebten Menschen, von denen es in reichen Ländern nur so wimmelte. Wirklich peinlich.

Wann hatte ich angefangen, mich selbst zu belügen? Wann hatte ich mich einsam und neiderfüllt in meine eigenen Gedanken zurückgezogen und naiv von Autos und Uhren und einem Model an meiner Seite zu träumen begonnen? Seit wann fand ich es wichtiger, die Angestellten in Hotels und Restaurants und an meinen Auftrittsorten herumzukommandieren, als meine Zeit und Energie auf meine eigene Weiterentwicklung als Zauberer zu verwenden? Das alles musste jetzt ein Ende haben, dachte ich und drückte das Gaspedal durch.

Dann lehnte ich mich in dem bequemen Autositz zurück und hoffte auf eine steile Klippe oder eine Felswand.

40

Geradeaus, geradeaus, geradeaus. Wald, Wald, Wald. Dunkel, dunkel, dunkel. Inzwischen fuhr ich über hundertzwanzig Stundenkilometer und versuchte die Scheinwerfer auszustellen, damit ich die Straße nicht mehr sehen konnte. Es ging aber nicht. Anscheinend hatte das Auto eine Lichtautomatik.

Da klaut man einen teuren Schlitten, um sich totzufahren, und darf nicht einmal selbst entscheiden, ob man die Scheinwerfer ein- oder ausschalten will, dachte ich gereizt.

Ich unternahm einige Versuche, hastig das Steuer herumzureißen, doch meine Hände gehorchten mir nicht.

Wenn ich von der Fahrbahn abkam und gegen einen Baum krachte, müsste es eigentlich schnell mit mir zu Ende gehen. Aber was, wenn ich überlebte? Jahrelang im Koma lag? Für immer im Rollstuhl saß oder mir auf wundersame Weise nur ein paar Rippen brach? Der Gedanke an den Schmerz, den ich ertragen müsste, wenn ich nicht sofort starb, beunruhigte mich. Wie lange konnte man in einem Autowrack eingeklemmt überleben? Nein, der Zusammenprall mit einer Klippe oder einer Felswand kam mir weit weniger riskant vor als die Begegnung mit einem Baum.

Während ich weiter beschleunigte, kam mir in den Sinn, dass ich die kostbare Zeit und die Ressourcen des Rettungsdienstes und der Feuerwehr nicht unnötig in Anspruch nehmen wollte. Sie hatten Wichtigeres zu tun, als hinter einem Mann herzuräumen, der absichtlich über eine Klippe gerast war.

Eben noch war ich nur wenige Zentimeter davon entfernt gewesen, mit einem Laster zusammenzustoßen. Der Fahrer hätte traumatisiert, verletzt oder sogar getötet werden können. Ich kam zu dem Schluss, dass keine unschuldigen Menschen von meinem Vorhaben betroffen sein sollten und es daher am besten wäre, sich mit ein paar Gewichten am Bein in einen tiefen See zu versenken. Der Nachteil daran wäre, dass meine Eltern im Ungewissen gelassen würden. Das kam mir nicht ganz fair vor, und mit dem spurlosen Verschwinden gingen auch noch andere Probleme einher. Es sah einfach ein bisschen zu sehr nach Erfolglosigkeit und Scheitern aus.

Was würde Pontus Bergström denken, wenn er davon erfuhr? Ob er ein schlechtes Gewissen hätte, weil er mich fallengelassen hatte? Vermutlich nicht, es sei denn, ich hinterließ einen Abschiedsbrief, in dem ich ihm die Schuld gab. Das wollte ich nicht. Von ihm gefeuert zu werden war vielleicht eine Art Katalysator gewesen, aber ich wollte Pontus nicht zu einer zentralen Figur meines Untergangs machen. Das war er nicht wert.

Ich drückte das Gaspedal durch und sah auf den Tacho. Hundertzwanzig Stundenkilometer. Konnte dieses protzige deutsche Auto denn nicht viel schneller fahren? Zu meinen Füßen lagen ein Stift, eine billige Sonnenbrille und eine Tüte Halspastillen, die mir bei meinem Ausweichmanöver aus der Tasche gefallen waren. Ich trat noch ein paar Mal aufs Gas, ehe ich bemerkte, dass sich das Eisstück aus dem zugefrorenen Weiher darunter verklemmt hatte und eine Beschleunigung verhinderte. Mit einer Hand am Lenkrad beugte ich mich herab und zog es heraus.

Als ich wieder aufs Gas trat, schnurrte der Motor zufrieden, weil er zeigen durfte, wie viel mehr in ihm steckte.

Hundertdreißig Stundenkilometer.

Hundertvierzig.

Ich drehte und wendete das Eisstück in meiner Hand. Es war trocken, kalt und steinhart. Irgendwie geheimnisvoll. Ich beschleunigte immer weiter und blickte kaum noch auf die Straße.

Hundertfünfzig.

Mein selbstmitleidiges Gejammer wurde von einem anderen Gedanken verdrängt: Warum hatte sich ausgerechnet das Eisstück unter dem Gaspedal verklemmt?

Hundertsechzig.

War das nicht ein bisschen merkwürdig? Fast wie ein Zeichen? Aber wofür? Und ich glaubte doch eigentlich nicht an Zeichen und Wunder? Oder doch?

Wieder blickte ich auf den Tacho. Ohne darüber nachzudenken, hatte ich den Fuß vom Gas genommen und war wieder bei hundertzwanzig Stundenkilometern gelandet. Bewies es nicht allenfalls mangelndes Rückgrat, wenn ich mir das Leben nahm, weil mir bewusst geworden war, dass ich ein erfolgloser Versager war?

Ich richtete mich auf, erhitzte den Zigarettenanzünder und presste ihn gegen das Eisstück. Es blieb hart und kalt, sonderte kein einziges Tröpfchen Wasser ab, nicht einmal Feuchtigkeit.

Ich besaß ein magisches Eisstück. Das konnte wahrscheinlich kein anderer Zauberer in ganz Schweden von sich behaupten. Echte Magie.

Im Grunde hatte ich mich während meines gesamten Aufenthalts in Tiveden unwohl gefühlt, aber wenn ich mich zwang, dem Ganzen etwas Positives abzugewinnen, musste ich zugeben, dass ich trotz allem so spektakuläre Dinge erlebt hatte wie Waldfeen, Wiedergänger und Wunder. Wenn die Bestsellerautorin Kicki Hjort durch die Gegend tourte und von ihrem Nahtoderlebnis erzählte, konnte ich vielleicht mit dem magischen Eisstück Geld verdienen? Womöglich konnte ich es in einen Zaubertrick einbauen? Und das ganze Elend in etwas Positives verwandeln?

Der Wald öffnete sich, und ich näherte mich in viel zu hohem Tempo einem Kreisverkehr, der mir bekannt vorkam. Direkt daneben lag eine Tankstelle. Ein Schild warnte vor einer einspurigen Brücke in dreihundert Meter Entfernung. Es war die Brücke über den Kanal, in dem mein Passat in seinem Unterwassergrab ruhte. Ich war aufs Geratewohl losgefahren, und trotzdem war ich wieder an der Einfahrt nach Tiveden gelandet.

«Ich komme einfach nicht von hier weg», murmelte ich und schüttelte den Kopf.

War es letztlich nicht doch besser, das zu Ende zu bringen, was ich angefangen hatte? Nur noch eine Prüfung, und dann würde ich mein Leben selbst in die Hand nehmen und versuchen, meine Erlebnisse sinnvoll zu nutzen. Dabei könnte sich das magische Eisstück vielleicht als nützlich erweisen. Nach einer engen Kurve fuhr ich in den Kreisverkehr und zu der Tankstelle, die auch nachts geöffnet hatte. Ich parkte neben der Waschanlage, ungefähr da, wo das wütende Mädchen mit dem Baseballschläger kürzlich meine Heckscheibe eingeschlagen hatte. Nachdem ich das Eisstück wieder in meine Tasche gesteckt hatte, rief ich Gunnar an.

Er meldete sich nach dem ersten Klingeln.

«Hallo, Anton, wie gut, dass Sie anrufen. Ich habe gerade mit Harald gesprochen, der Ihren Weg anscheinend auf einer Art Radar verfolgen kann. Sie sind also in unserer Gegend? An der Tankstelle neben dem Kreisverkehr?»

«Radar? Sie meinen wohl einen GPS-Tracker.»

«Nein, er hat gesagt, er könnte auf einer Karte in seinem Handy sehen, wo Sie gerade …»

«GPS-Tracker.»

«Nein, es scheint wirklich wie eine Art Radar zu funktionieren. Er sieht seinen Mercedes als Punkt, der sich auf der Karte bewegt und …»

«GPS-Tracker! Das Ding heißt GPS-Tracker!»

«Jedenfalls kann Harald sehen, wo das Auto ist, und er hätte es gern zurück.»

«Ich lasse das Auto an der Tankstelle stehen und wollte fragen, ob Sie mich abholen könnten.»

«Sie sind also auf dem Weg zu uns?»

«Ja.»

Ich weiß nicht, ob ich erwartet hatte, dass Gunnar sich über meine Nachricht freuen würde. Seine Antwort klang jedenfalls nicht so.

«Gut. Ich fahre in einer Viertelstunde los.»

Als ich das Gespräch beendet hatte, kitzelte etwas in meinem Ohr. Es kitzelte und krabbelte immer tiefer in meinen Gehörgang hinein. Ich schauderte. Dann überkam mich Panik.

Fieberhaft bohrte ich mit dem kleinen Finger nach, doch es half nichts. Das Krabbeln ging weiter. Immer tiefer. Ich sprang aus dem Auto, hielt meinen Kopf schräg und hüpfte auf einem Bein, als hätte ich Wasser im Ohr. Meine Füße verhedderten sich in einem Schlauch, der vor der Waschanlage lag, und ich taumelte zur Seite, um nicht hinzufallen.

Im nächsten Moment krachte ich gegen eine Glasscheibe.

Mein Nasenbein knackte beunruhigend, und meine Augen füllten sich mit Tränen. Nachdem ich einen Schritt zurückgetreten war, stellte ich fest, dass ich einen Blutfleck auf der Scheibe hinterlassen hatte – und einen dicken, großen Ohrenkneifer. Er musste bei dem Zusammenstoß aus meinem Ohr geflogen sein und krabbelte nun auf dem Fenster des Tankstellenshops entlang.

Im Inneren des Gebäudes verbreitete eine Neonröhre bleiches, kaltes Licht. Zwischen den Regalen mit Süßigkeiten und Snacks entdeckte ich ein bekanntes Gesicht. Es war das wütende Mädel, das mich vor Mittsommer des Erdnussdiebstahls beschuldigt hatte. Neben ihr stand ein muskulöser Typ mit einem coolen, wilden Bart, der einen Baseballschläger in der Hand hielt. Die beiden mussten den Schlag an der Scheibe gehört haben, denn als ich wieder klar sehen konnte, merkte ich, dass sie mich wütend anstarrten. Ich machte auf dem Absatz kehrt und lief zum Auto, noch immer ein wenig benommen. Als der Mercedes im nächsten Augenblick direkt vor mir zurücksetzte, blieb mir vor Erstaunen die Luft weg. Wie war Harald nur so schnell hergekommen?

«Halt! Warten Sie!», rief ich.

In meinem Rücken hörte ich Schritte. Das wütende Mädchen und der bärtige Typ mit dem Baseballschläger stürmten in meine Richtung. Abgesehen von einem Blutfleck an der Scheibe hatte ich mir nichts zuschulden kommen lassen, aber ich hatte auch keine Lust, stehen zu bleiben und mich zu rechtfertigen.

Also rannte ich weiter und holte das Auto ein, gerade als es abbremste, um auf die Ausfahrt einzubiegen. Ich riss die Tür auf, sprang hinein und plumpste auf meine Tasche, die auf dem Beifahrersitz lag.

«Hey, was machst du denn hier? Soll ich dich mitnehmen?», fragte Jorma, der hinter dem Steuer saß.

Dann bemerkte er meine Verfolger im Rückspiegel, gab Gas und raste vom Tankstellengelände herunter, noch ehe ich ihm antworten konnte.

41

Du hast übrigens Nasenbluten. Was für ein Glück, dass du aufgetaucht bist! Ich hatte mich gerade in die Tankstelle geschlichen, um mir was zu futtern zu organisieren, als sie mich entdeckt haben. Ich dachte schon, jetzt ist alles vorbei, aber dann haben sie dich gesehen, und ich konnte schnell durch den Hintereingang abhauen. Ich glaube, das Mädchen und der bärtige Typ stecken unter einer Decke, denn ich habe gesehen, wie sie sich neben der Kasse geküsst haben. Ob die Tankstelle ihnen beiden gehört? Das wäre ja cool, denn dann sehen sie sich zu Hause und auf der Arbeit, mal vorausgesetzt, sie wohnen auch zusammen. Richtig cool, eigentlich. Dann können sie sich zu Hause küssen oder bei der Arbeit oder wann immer es ihnen einfällt und ...»

Ich wedelte beschwichtigend mit beiden Händen, um ihn zum Schweigen zu bringen.

«Du hast die Redewendung ‹unter einer Decke stecken› immer noch nicht verstanden. Kannst du jetzt bitte anhalten? Das ist nicht dein Auto. Du kannst dir nicht einfach immer alles unter den Nagel reißen. Halt an!»

Jorma fuhr in den Kreisverkehr. Er sah blass und erschöpft aus. Seine Daunenjacke war schmuddelig und abgewetzt. Ich zog unter meinem Hintern meine Tasche hervor, kramte darin herum, fand ein Feuchttuch und wischte mir das Blut von der Nase.

«Ach so, ist das etwa dein Auto?», fragte er, als hätte ich ihn ertappt. «Hast du es dir neu gekauft? Ist dein anderes Auto jetzt in der Werkstatt? Ich werde versuchen, die kaputte Heckscheibe zu bezahlen.»

«Das ist nicht mein Auto. Ich habe es von einem Paar in Askersund ... geklaut. Die können es übrigens orten.»

Jorma blickte nachdenklich drein.

«Also gut. Wenn du ein Auto klaust, das ich dann klaue, und am Ende sitzen wir zusammen in dem geklauten Auto – heißt das denn, dass wir unter einer Decke stecken?»

Ich konnte nur seufzen und den Kopf schütteln.

«Na ja, dann ist es wohl sicherer, wenn ich es ein ganzes Stück von meinem Lager entfernt abstelle, falls die Polizei danach sucht.»

«Hör mal zu, Jorma. Der Besitzer des Autos ist gerade unterwegs, um es an der Tankstelle abzuholen. Du hältst jetzt an und steigst aus.»

Doch Jorma fuhr einfach weiter. Er bedankte sich bei mir, weil ich ihm vor einigen Tagen den Weg nach Tiveden gezeigt hatte – als er sein Zelt neben dem stillgelegten Minigolfplatz aufgeschlagen hatte.

«Allmählich finde ich ganz gut in den Urwald hinein und wieder hinaus. Ich habe eine Art Grenze aus Messern und Gabeln entdeckt, die neben einer Linie aus Salz im Boden stecken. Ich glaube zumindest, dass es Salz ist, denn es schmeckt nicht nur so, sondern ich habe außerdem einen Wahnsinnsdurst bekommen, nachdem ich es probiert hatte. Hinter dieser Grenze ist es ganz anders. Der Wald ist total schön. Irgendwie neblig und cool und geheimnisvoll. Im Grunde total magisch, genau wie ich es mir vorgestellt hatte. Aber auch gefährlich. Als ich geschlafen habe, hat irgendjemand mein Zelt angegriffen und zerrissen. Und letzte Nacht habe ich ein fliegendes Riesenmonster gesehen, das in einen See abgetaucht ist. Der totale Wahnsinn! Leider habe ich bisher noch keine Steine oder Kristalle gefunden, aber so ist das wohl, wenn man auf einer Quest ist. Es darf ja auch nicht zu leicht sein.»

Ich kniff die Augen zusammen und seufzte noch lauter. Sein Gequassel von dieser Quest nervte mich immer mehr, und in meinem Körper kribbelte es vor Ungeduld. Ich hatte nicht übel Lust, das Lenkrad zu packen und Jorma durch die Tür hinauszuschubsen, aber das war wohl ein bisschen zu riskant. Er redete immer weiter.

«Ich habe auch eine Sidequest gelöst. Dafür musste ich einem kleinen Mädchen beim Blumenpflücken helfen. Weißt du, was eine Sidequest ist? Das ist eine Quest, die man neben der Hauptquest macht. Spielst du Computerspiele?»

Ich öffnete die Augen. Jorma war von der Autobahn abgebogen. Der Wagen fuhr auf einer schmalen, asphaltierten Straße, die in kompakte Dunkelheit gehüllt war.

«Du hast einem Mädchen beim Blumenpflücken geholfen?»

«Ich musste sieben Blumen finden. Es hat den ganzen Tag gedauert, aber sie hat sich total gefreut, es war die Mühe also auf jeden Fall wert. Dabei wurde ich von einem Wesen in den Finger gebissen, das ein kleiner Werwolf gewesen sein könnte, aber so etwas muss man eben in Kauf nehmen.»

«Das war sicher ein Marder. Die sind von Natur aus ziemlich aggressiv.»

«Kann sein. Oder ein kleiner Werwolf.»

«Aber vermutlich eher ein Marder.»

«Oder ein Werwolf.»

«Aber mit größter Wahrscheinlichkeit war es ein Marder.»

«Kann sein. Oder ein kleiner Werwolf.»

«Hör mal zu, Jorma, ein Werwolf ist doch eine Mischung aus Mensch und Wolf, oder? Also muss ein Werwolf mindestens so groß sein wie ein Wolf und nicht so klein wie ein Marder.»

«Ja, das klingt einleuchtend. Und ich habe auch nicht den Mond angeheult, nachdem ich gebissen wurde. Vielleicht war es ganz einfach ein Marder, der mich gebissen hat.»

Jorma bremste ab und bog in einen verschlungenen Kiesweg ein. Der dichte Urwald von Tiveden rauschte im Scheinwerferlicht vorüber. Jorma kniff die Augen zusammen und sah konzentriert aus. Seine Miene hellte sich erst auf, als er die Salzlinie sah, die quer über den Weg verlief.

«Willkommen in Tiveden», sagte er feierlich, nachdem er den Motor ausgeschaltet hatte.

Er wusste nicht, dass ich in diesem Teil der Welt unfreiwillig viel Zeit verbracht hatte, und ich hatte auch keine Lust, mit ihm darüber zu reden.

Jorma öffnete die Tür und stieg aus. Ich zögerte einen Moment und tat es ihm dann gleich. Meine Tür ließ sich nicht ganz öffnen, denn ein bemooster Baumstumpf stand im Weg. Er sah aus wie eine Skulptur von einem grünen Ei in einem Eierbecher aus Holz. Mir gelang es trotzdem, mich hinauszuquetschen und die Tür hinter mir zu schließen. Unter der Motorhaube tickte es leise. Ich weiß nicht, warum Autos manchmal solche Geräusche machen, wenn man den Motor ausgeschaltet hat. Jetzt war es der einzige Laut weit und breit. Davon abgesehen herrschte in dem dunklen, dichten Wald eine nahezu unheimliche Stille. Das Licht aus dem Innenraum des Wagens funzelte kläglich vor sich hin.

Jorma atmete tief durch die Nase ein und schien den intensiven Duft von feuchtem Moos und Tannennadeln zu genießen.

«Es riecht doch nicht nach Essig, oder?», erkundigte er sich.

«Nein, ich rieche jedenfalls nichts. Wieso?»

«Ich weiß nicht, wie Essig riecht.»

«Und warum willst du einen Geruch wahrnehmen, den du gar nicht kennst? Das ist ja so, als würdest du ...»

Ich unterbrach mich, weil ich keine Lust hatte, mich gedanklich und argumentativ auf Jormas Welt einzulassen. Gerade sah er sich konzentriert um und schien sich orientieren zu wollen.

«Kommst du mit zu meinem Lager? Das Zelt ist kaputt, und eigentlich ist es auch gar kein Zelt mehr, weil ich die Stangen verloren habe. Stattdessen nehme ich die Plane, um eine Grube abzudecken, die ich ausgehoben habe. Nachts wird es richtig kalt, und manchmal wird man von Ameisen und Käfern gestört, aber davon abgesehen ist es ein richtig schönes Lager, und du würdest auch noch in die Grube passen, wenn wir ein bisschen zusammenrücken. Leider ist es mir ja nicht gelungen, an der Tankstelle etwas zu essen zu besorgen, aber ich glaube, ich habe noch ein bisschen Limo und vier oder fünf Kekse, die wir uns teilen können, wenn du Hunger hast.»

Mir mit Jorma eine Grube zu teilen, gehörte zu den unattraktivsten Angeboten, die ich je bekommen hatte. Ich machte einen Bogen um das Auto, um zur Fahrerseite zu gelangen, hielt jedoch mitten in der Bewegung inne und wandte mich an ihn.

«Sag mal, dieses Mädchen, dem du geholfen hast, wie sah es denn aus? War es barfuß? Hatte es eine Haarspange?»

«Ja, das könnte passen. Und langes, blondes Haar, wenn ich mich richtig erinnere.»

«Und du sagst, die Kleine hätte sich gefreut?»

«Ja, sehr. Sie wollte die Blumen in der Mittsommernacht unter ihr Kopfkissen legen. Ich glaube, sie wohnt hier in der Gegend. Sie hat mir gute Tipps über essbare Wurzeln und Pilze gegeben, aber bisher habe ich leider keine gefunden. Und dann hat sie mich vor Gefahren gewarnt, vor denen ich mich in Acht nehmen soll. In der Umgebung gibt es offenbar ein Urwesen, in dessen Fänge man auf gar keinen Fall geraten sollte. Deshalb habe ich ja auch gefragt, ob es nach Essig riecht. Na ja, das Mädchen war jedenfalls sehr dankbar für meine Hilfe, aber es hat schon verdammt lang gedauert, sieben verschiedene Blumen zu sammeln. Ich wäre fast hopsgegangen, als ich einen Hang mit scharfen Felsblöcken runtergeschlittert bin. Schau mal hier.»

Er zeigte auf seine Beine. Die Jeans hatte große Löcher, durch die seine verschorften Knie zu sehen waren.

«Warum hast du ihr die Blumen eigentlich gepflückt?»

«Weil sie mich um Hilfe gebeten hat.»

Irgendetwas an Jormas naiver Argumentation war extrem entwaffnend und brachte mich für einige Sekunden aus dem Konzept. Ich starrte ihn nur ratlos an und hatte ein seltsames Gefühl im Bauch. War es ein schlechtes Gewissen? Sollte ich ihm sein Handy zurückgeben? Brauchte er es nötiger als ich? Nein, beschloss ich. Er war aus freien Stücken im Wald. Ganz im Gegensatz zu mir. Ich musste die letzte Probe bestehen und den Todesfluch loswerden, bevor ich wieder nach Sundbyberg fahren und überlegen konnte, wie ich aus meinen Erlebnissen in Tiveden und meinem magischen Eisstück Kapital schlagen konnte. Bis dahin konnte ich ein Handy gut gebrauchen.

«Ich muss jetzt wieder zurück zum Kreisverkehr, Jorma. Ist der von hier aus schwer zu finden?»

Gar nicht, meinte er und erklärte, man müsse sich nur die ganze Zeit rechts halten, dann würde man aus dem Labyrinth aus Kieswegen hinausfinden und wieder in die Zivilisation gelangen. Ich dankte ihm für die Auskunft. Als ich mich gerade hinter das Steuer des Mercedes setzen wollte, hielt ich inne.

«Sag mal, steht dein eigenes Auto eigentlich noch an der Tankstelle?»

«Wie bitte?»

«Als du mich vor ein paar Tagen entführt hast, da hast du behauptet, du hättest deine Autoschlüssel an der Tankstelle verloren.»

«Wirklich? Was für ein gutes Gedächtnis du hast!»

«Was ist jetzt? Steht dein Auto noch an der Tankstelle? Hast du deine Schlüssel nicht gefunden?»

Er zuckte nur die Achseln. Ich musterte ihn seufzend. Im Schein der blassen Innenbeleuchtung sah er wirklich mitgenommen aus.

«Du hast aber doch ein Auto? Oder sitzt du hier fest?»

«Ich bin auf einer Liebesquest», antwortete er und lächelte. Ich meinte, einen Anflug von Traurigkeit hinter seinem Lächeln zu erahnen.

Jorma winkte mir zu, als ich davonfuhr und ihn allein im dunklen Wald zurückließ.

42

Wir hatten vereinbart, uns am Sergels torg zu treffen, weil Charlotta im Kulturhuset eine Ausstellung über Origami sehen wollte. Das klang sterbenslangweilig – eine passende Gelegenheit für mich, die Beziehung zu beenden. Sie war bester Laune, während wir uns eine gefaltete Papierfigur nach der anderen ansahen. Wäre sie niedergeschlagen gewesen, hätte ich es nicht über mich gebracht, mit ihr Schluss zu machen, und so verlief zunächst alles nach Plan.

Wir blieben kurz stehen und betrachteten einen weißhaarigen Mann in traditioneller japanischer Kleidung, der mit unglaublich geschickten Händen Tiere aus farbigen Papierbögen kreierte. Wie bei der Zauberei ging es auch hier um Fingerfertigkeit, Präzision und die Fähigkeit, aus alltäglichen Dingen etwas Unerwartetes zu machen, nachdem man Monate oder vielleicht sogar Jahre geübt hatte. Innerhalb weniger Minuten hatte er vor unseren Augen ein Stück Papier in eine kleine Giraffe verwandelt. Das war richtig cool, und am Ende hatte ich sogar mehr von der Ausstellung als Charlotta. Ich hatte den Eindruck, sie wäre am liebsten nur herumgelaufen und hätte mit mir geplaudert. Immer war ich derjenige, der vor einer Vitrine oder Live-Vorführung anhielt. Als ich stehen blieb und in ein paar Anleitungsbüchern auf einem Tisch blätterte, wirkte sie beinahe ein bisschen ungeduldig.

Sie räusperte sich.

«Vielleicht sollte ich dir das lieber nicht erzählen, weil es noch nicht ganz in trockenen Tüchern ist, aber es sieht so aus, als hätte ich eine Wohnung. In Hässelby gård.»

«Hässelby gård?»

«Ja, in Bromma.»

Ich wusste natürlich, wo Hässelby gård lag. Auf der anderen Seite der Stadt, eine lange U-Bahn-Fahrt von Mälarhöjden entfernt. Ich hatte nur nachgefragt, weil mich die Neuigkeit so überraschte.

«Mein Onkel zieht in ein Reihenhaus, und ich darf seine Zweizimmerwohnung übernehmen. Stell dir das mal vor – eine eigene Wohnung!»

Einige Origami-Fans starrten sie an, während sie jubelnd die Arme in die Luft streckte. Sie sah überglücklich aus. Und ich kam zu dem Ergebnis, dass dies die am wenigsten unpassende Gelegenheit wäre, mein Anliegen vorzubringen. Um mich selbst zu stählen, stellte ich mir vor, wie sich die Kasse zu Hause mit Geld füllte, und ich dachte an das österreichische Tenniswunder und seinen Porsche.

Ich war bereit.

«Dann herzlichen Glückwunsch zu deiner Wohnung. Ich … möchte nicht mehr mit dir zusammen sein.»

Sie ließ verwirrt die Arme sinken.

«Was hast du gerade gesagt?»

«Ich mache Schluss mit dir.»

Ich versuchte, möglichst gefasst und entschlossen auszusehen, obwohl mein Herz wie wild klopfte.

«Du … du hast ja dein Volleyballtraining, und Sebastian und ich haben beschlossen, eine professionelle Zauberausstattung zu kaufen. Deshalb müssen wir uns jetzt knallhart aufs Geldverdienen konzentrieren. Ich werde gar keine Freizeit mehr haben.»

Charlotta sah aus, als wüsste sie nicht, was sie sagen sollte. Zu dieser Zeit hatte ich schon mitbekommen, dass Mädchen eine Menge Gefühle hatten und urplötzlich in Tränen und Geschrei ausbrechen konnten. Vielleicht war das ja nur die Ruhe vor dem Sturm?

«Hässelby gård ist fast dreißig Stationen weit weg. Wir werden uns kaum sehen können. Oder vielleicht nicht dreißig, aber über fünfundzwanzig auf jeden Fall, oder?»

Die große räumliche Entfernung kam mir wie ein richtig gutes Argument vor. Man könnte fast meinen, Gott hätte seine Finger im Spiel gehabt, obwohl ich an so etwas ja nicht glaubte. Gleichzeitig nagte irgendetwas an mir. Ich wäre selbst nie auf die Idee gekommen, von zu Hause auszuziehen. Ich fühlte mich in meinem Zimmer wohl, und obwohl es bei uns zu Hause immer nur langweilige, ausgewogene Mahlzeiten gab, war es doch praktisch, dass man nichts über Kochen, Einkaufen, Waschen und solche Sachen lernen musste. Gleichzeitig klang es unglaublich cool, mit einem Mädchen zusammen zu sein, das eine eigene Wohnung hatte. Während ich in der Origami-Ausstellung darauf wartete, dass sie etwas sagte, fiel mir auf, dass es eigentlich kaum noch cooler ging. War es womöglich ein schrecklicher Fehler gewesen, mit ihr Schluss zu machen?

«Ich spiele doch gar nicht ständig Volleyball, oder?»

Endlich hatte sie ein paar Worte von sich gegeben, in einem neutralen Tonfall. Ich stellte mir vor, wie Charlotta und ich zusammen in ihrer Wohnung waren, wo wir tun konnten, was immer wir wollten und wann immer wir es wollten. Spannend. Erwachsen. Unglaublich cool. Verdammt! Ob es zu spät war, den Schaden wiedergutzumachen?

«Na ja, ich meine, wenn du nicht willst, dass ich mit dir Schluss mache, müssen wir das ja auch nicht hier und jetzt entscheiden. Weißt du denn ungefähr, wann das mit deinem Umzug feststeht?»

Jetzt begann sie traurig auszusehen. Und mir kam es so vor, als würden die Leute uns anstarren.

«Ich sage auch gar nicht, dass du mit dem Volleyballspielen aufhören sollst. Du kannst natürlich gern weitermachen, wenn du willst.»

Mir war klar, dass ich mich immer tiefer hineinritt. Einer Frau zu sagen, was sie zu tun und zu lassen hatte, mochte im Mittelalter funktioniert haben, aber die Welt hatte sich seither verändert. Dabei hatte ich es gar nicht so gemeint, ich hatte mich nur ungeschickt ausgedrückt.

Leider war das Kind schon in den Brunnen gefallen, und als wir wieder auf den Sergels torg hinaustraten, verschwand jeder von uns in seine Richtung. Charlotta hatte weder geschrien noch geweint, aber sie hatte traurig gewirkt.

Man kann mit Fug und Recht sagen, dass mein Verhalten ziemlich unschön war, aber bekanntlich ist Charlottas Leben ohne mich extrem glücklich und erfolgreich verlaufen. Und letztlich war ich es, der diesen Nachmittag in der Origami-Ausstellung noch Jahre später bereuen sollte.

Während der U-Bahn-Fahrt zurück nach Mälarhöjden ließ ich zunächst den Kopf hängen. Fast hatte ich das Gefühl, als hätte sie mit mir Schluss gemacht und nicht umgekehrt. Aber nach ein paar Stationen ging die Traurigkeit vorüber. Ich hatte genau das Richtige getan. Jetzt würde nichts und niemand Sebastian und mich davon abhalten, die Kasse zu füllen.

Sebastian und ich – hundertprozentig auf das Geld, unsere Karriere, eine professionelle Zauberausstattung und auf die Zukunft ausgerichtet. Gemeinsam.

Ich hätte nie gedacht, dass er plötzlich mit einem Mädchen zusammenkommen würde.

Leider hatte ich mich getäuscht.

43

Ich parkte Haralds und Janines Mercedes am Kreisverkehr, weil ich mir nicht schon wieder an der Tankstelle Ärger einhandeln wollte. Als Gunnar mich aufsammelte, erlebte ich ein Déjà-vu. Ich wurde gegen Fabelwesen besprüht, dann ging es durch ein Labyrinth aus Schotterstraßen und über eine Linie aus Salz immer tiefer hinein in den Urwald. Ich sah aus dem Fenster, um während der Autofahrt keine Konversation betreiben zu müssen. Gunnar ließ mich in Ruhe. Er sagte kein Wort, nicht einmal über Biskuitrollen.

Als wir zu ihrem roten Häuschen kamen, empfing Greta uns in der Tür mit Sandwiches. Sie trug einen quietschbunten, geblümten Morgenrock und sah müde aus. Ich nahm den Teller mit den Broten in Empfang und zog mich in den Wohnwagen zurück. Vielleicht hätte ich mich für das Essen bedanken oder sie um Entschuldigung bitten sollen, weil ich sie so lange wach gehalten hatte, aber dazu kam es irgendwie nicht.

Ich setzte mich auf die Bettkante und verschlang mechanisch meine Sandwiches. Brot, Schinken, Tomate, Käse und Senf.

Dann stellte ich den Teller auf den Boden und legte mich aufs Bett. Hatte ich wirklich versucht, mich totzufahren? Vielleicht. Vielleicht auch nicht. Jedenfalls sollte man über so etwas nicht nachdenken, wenn man einschlafen wollte, deshalb dachte ich stattdessen an Jorma. Ich war tatsächlich erleichtert darüber, dass ihm im Wald von Tiveden nichts zugestoßen war. Jedenfalls noch nicht. Hätte ich ihn bitten sollen, mich zu Gunnar und Greta nach Hause zu begleiten, anstatt einfach wegzufahren und ihn in der Dunkelheit zurückzulassen? Er hätte eine Tasse Kochkaffee und vielfältig gefüllte Biskuitrollen sicher zu schätzen gewusst. Natürlich hatte er sich freiwillig auf seine seltsame Liebesquest begeben, aber ich konnte mein schlechtes Gewissen nicht ganz loswerden.

Am Ende gelang es mir, auch die Gedanken an Jorma zu verdrängen, und ich schlief voll angezogen ein.

Als ich um acht Uhr am nächsten Morgen aufwachte, starrte ich zunächst eine Weile an die Decke und versuchte ein bisschen positive Energie zu mobilisieren. Noch eine Prüfung, dann lagen mein Schicksal und meine Zukunft wieder in meinen eigenen Händen.

Nach einer langen Dusche durchwühlte ich einen kleinen Schrank und zog ein T-Shirt, Latzhosen, einen roten Wollpullover und zu große Gummistiefel heraus. Als ich mich zum Schutz vor Fabelwesen besprühte, was mir inzwischen genauso normal vorkam, wie ein Deo zu benutzen, sah ich, dass Jormas Handy auf dem Bett blinkte. Es war wieder diese Alexandra, bei deren Anrufen nie ein Klingelton zu hören war, vermutlich hatte Jorma das so eingestellt.

Ich weiß nicht, warum ich ranging, aber plötzlich stand ich mit dem Telefon am Ohr da.

«Hallo?»

«Hallo, mein Name ist Alexandra Löw. Mit wem spreche ich?»

«Mit wem spreche ich?»

«Mit Alexandra Löw.»

«Ja, das habe ich schon mitbekommen. Ich nehme an, Sie wollten mit Jorma reden?»

«Ja, das stimmt. Er scheint seine Mailbox abgestellt zu haben, und ich muss dringend mit ihm reden. Sind Sie ein Freund von ihm?»

«Nein.»

«Aber Sie haben sein Handy?»

Die Frau klang ruhig und besonnen, nicht wie eine besorgte Freundin. Ihr Alter war anhand der Stimme schwer zu schätzen, aber sie musste mindestens dreißig sein.

«Aber ich könnte ihm vielleicht etwas ausrichten.»

Das war gelogen, denn ich hatte derzeit keinerlei Pläne, ihn zu besuchen.

«Jorma wohnt in unserer Einrichtung Bläcktornet. Er ist vor Mittsommer verschwunden, und wir würden uns freuen, wenn er wieder nach Hause käme.»

Der Name kam mir irgendwie bekannt vor.

«Bläcktornet? Ist das nicht die Irrenanstalt in der Nähe von Mariestad?»

«Das heißt heutzutage nicht mehr so.»

«Was? Hat Mariestad seinen Namen geändert?»

«Wir nennen das heutzutage nicht mehr Irrenanstalt. Ist Jorma denn da, damit ich mal mit ihm reden kann?»

«Ehrlich gesagt weiß ich nicht so genau, wo er sich gerade aufhält. Ich habe sein Telefon eher zufällig, könnte man sagen.»

Inzwischen bereute ich es, überhaupt ans Handy gegangen zu sein. Mein Daumen strebte zu dem roten Hörer auf dem Display. Es wäre so einfach gewesen, das Gespräch zu beenden, aber aus irgendeinem Grund blieb ich stehen und hörte dieser Alexandra Löw zu.

«Er ist nicht in der geschlossenen Abteilung, also kann man auch nicht sagen, er wäre abgehauen, aber er kommt nicht so gut allein zurecht. Falls Sie glauben, Sie würden ihm helfen, indem Sie ihn decken, möchte ich Sie bitten, diese Einstellung noch einmal zu überdenken.»

«Ich verstecke ihn nicht. Wir sind uns vor und nach Mittsommer begegnet. Er hat mein Auto gekapert und sein Handy zwischen den Sitzen verloren.»

«War er gewalttätig?»

«Nein, einfach nur anstrengend.»

Genau genommen hatte Jorma mich bei unserer ersten Begegnung zwar mit dem Messer bedroht, aber ich hatte das nicht ernst genommen. Er war ein ziemlich harmloser und freundlicher Zeitgenosse, der ohne zu zögern einem kleinen Mädchen beim Blumenpflücken half. Er hatte an der Tankstelle ein bisschen was geklaut, aber auch das kam mir nicht gerade gemeingefährlich vor. Im Tratschenden Wald hatte ich gehört, dass er sich Gedanken darüber machte, wie er meine Heckscheibe bezahlen könnte. Je mehr ich darüber nachdachte, desto schwerer fiel es mir, ihm richtig böse zu sein, und mich beschlich erneut das schlechte Gewissen darüber, dass ich ihn allein im Wald zurückgelassen hatte.

«Hat Jorma Ihnen erzählt, dass er auf einer Quest ist? Einer Art Auftrag?»

«Ja, sogar eine Liebesquest. Er sucht nach magischen Steinen und Kristallen für seine Freundin.»

Alexandra seufzte. Vielleicht fragte sie sich gerade, wie viel sie einem Fremden am Telefon erzählen durfte. Ich nahm an, dass auch für Irrenanstalten eine Art Schweigepflicht galt.

«Als Jorma achtzehn war, ist seine Freundin an Krebs gestorben. Sie hatten sich gerade erst richtig kennengelernt, nachdem sie schon jahrelang miteinander Onlinespiele gespielt hatten. Jorma hat ihr Tod natürlich sehr mitgenommen, und dann ist er ganz einfach krank geworden. Vereinfacht ausgedrückt könnte man sagen, er hat sich seine eigene Realität erschaffen. Eine Phantasie, in der seine Freundin noch am Leben ist.»

Es wäre übertrieben zu behaupten, Alexandras triste Beschreibung von Jorma hätte mich mitten ins Herz getroffen, aber ich hatte einen Kloß im Hals, der immer größer wurde. Ich hatte einen psychisch kranken Jungen allein im Wald zurückgelassen.

Jorma schien also ein Computerspiel nachzuspielen. Er hatte sich auf den Weg gemacht, um magische Steine und Kristalle für eine Freundin zu finden, die gar nicht mehr am Leben war. Das klang verdammt traurig.

«Jorma ist in der Vergangenheit hängengeblieben», sagte Alexandra. «Er kann seine große Jugendliebe nicht loslassen, und deshalb kommt er im Leben nicht weiter.»

«Das ist ganz schön hart», murmelte ich.

Und plötzlich wusste ich, was zu tun war.

44

«Guten Morgen. Jetzt bin ich bereit für die dritte Prüfung. Aber ich habe ein paar Forderungen, und wenn Sie nicht darauf eingehen, müssen Sie leider ohne meine Hilfe zurechtkommen.»

Greta und Gunnar saßen gerade vor dampfenden Tellern mit Kartoffelpuffern und Eiersauce, als ich hereinkam. In der Küche roch es nach Bratfett. Die kleine, grauschwarze Hauskatze, die ich schon öfter gesehen hatte, lag auf dem Tisch und döste. Sie schielte schläfrig zu mir herüber, ehe sie ihren Kopf auf Gretas Handfläche legte.

«Aha, und was sind das für Forderungen?», fragte Gunnar und schlürfte einen großen Schluck Kochkaffee. «Haben Sie Hunger? Kommen Sie, setzen Sie sich zu uns.»

Ich blieb stehen, weil ich Herr der Lage bleiben wollte. Bekanntlich büßt man im Sitzen an Status und Glaubwürdigkeit ein. Natürlich gibt es Ausnahmen, wie zum Beispiel Formel-1-Fahrer, aber meistens erntet man im Stehen den größten Respekt. Und ich hatte es satt, respektlos behandelt zu werden.

«Erinnern Sie sich an Jorma, den Jungen, der sein Lager neben der stillgelegten Minigolfbahn auf der anderen Seite der Autobahn aufgeschlagen hatte?»

«Der Junge, den Sie mutterseelenallein in den Wald geschickt haben?», fragte Greta und kraulte die Katze hinter dem Ohr. «Ja, natürlich erinnern wir uns an ihn. Aber wir wissen immer noch nicht, wo er ist.»

«Inzwischen weiß ich, dass er ziemlich viel durchgemacht hat, und ich würde ihm gern dabei helfen, wieder nach Hause zu finden. Außerdem möchte ich, dass Sie ihm dabei helfen, ein paar magische Steine und Kristalle aufzutreiben, damit er seine Quest abschließen kann. Und er soll mich auf meiner letzten Prüfung begleiten und auch an der anschließenden Zeremonie teilnehmen.»

Gunnar und Greta schienen nicht ganz mitzukommen.

«Zeremonie?», fragten sie einstimmig.

«Na ja ... es wird doch wohl irgendeine Zeremonie geben, wenn ich alle meine Prüfungen absolviert habe? Und ich möchte, dass Jorma dabei ist, damit er das Gefühl hat, auch ein bisschen wichtig zu sein. Oder so ähnlich.»

Die beiden Alten wechselten Blicke, die ich nicht so recht deuten konnte.

«Natürlich wird es eine Zeremonie geben, falls Sie von der dritten Prüfung zurückkehren», sagte Gunnar dann und lächelte.

«Falls ich zurückkehre? Wie meinen Sie das?»

«Wenn Sie zurückkehren, meinte ich natürlich.»

Er lächelte immer noch. Ein wenig zu angestrengt.

«Sie fordern also, dass wir den Fabelwesen ihre magischen Steine stehlen? Das werden wir nicht machen», meinte Greta. «Und Sie wollen einen Helfer auf die dritte Prüfung mitnehmen? Auch das geht nicht. Der Sinn der Prüfung ist doch, dass Sie sie allein bestehen.»

«Das Wort ‹Forderung› klingt vielleicht ein bisschen hart. Bezeichnen wir es lieber als Wunsch.»

«Wir werden weder auf Ihre Forderungen noch auf Ihre Wünsche eingehen», stellte Greta klar.

Ihre unnachgiebige Seite gefiel mir gar nicht. Offenbar nützte es nichts, dass ich stand, also setzte ich mich zu ihnen an den Tisch.

«Jorma hat große Probleme. Ich möchte, dass er etwas ganz Besonderes erlebt, ehe er wieder nach Hause fährt. Er soll glauben, dass er auf einer richtigen Quest gewesen ist. Kann er mich nicht einfach begleiten? Er muss mir ja nicht helfen, aber ich denke, er würde sich schon sehr freuen, wenn er das Gefühl hätte, dabei zu sein.»

Endlich erlosch Gunnars aufgesetztes Lächeln.

«Dort, wo Sie die dritte Prüfung absolvieren sollen, befindet sich ein gefährlicher Steilhang», sagte er. «Es wäre doch schade, wenn der Junge abstürzen und ums Leben kommen würde.»

«Aber er muss doch nicht am äußersten Rand des Abhangs stehen», entgegnete ich.

«Dann könnte er von großen, herabfallenden Felsbrocken getroffen werden, denn direkt oberhalb des Hangs liegt ein weiterer steiler Hang.»

«Aber Sie scheinen keinerlei Skrupel zu haben, mich zu diesem gefährlichen Doppelsteilhang zu schicken.»

Greta schob den Teller von sich und lächelte ihren Mann warmherzig an.

«Das hat köstlich geschmeckt. Ist noch was da?»

Gunnar erhob sich und erzählte begeistert, die Kartoffelpuffer enthielten einen Hauch Meerrettich als «morgendlichen Muntermacher». Dann verschwand er in der Küche und rieb Kartoffeln. Jetzt waren nur noch Greta, ich und die Katze am Tisch.

«Vergessen Sie die Sache mit dem Steilhang. Gunnar hat es natürlich nicht wörtlich gemeint. Es gibt keine Steilhänge an dem Ort, wo Sie die dritte Prüfung absolvieren werden. Er hat das im übertragenen Sinne gemeint, um zu erklären, warum Jorma besser nicht mitkommen sollte.»

«Es klingt aber trotzdem so, als wäre die dritte Prüfung lebensgefährlich. Stimmt das denn?»

Greta seufzte und betrachtete die Katze, die noch immer den Kopf in ihre Handfläche schmiegte.

«Na gut, Anton, wir machen es wie folgt. Sie dürfen Jorma mitnehmen, wenn er tatsächlich nur danebensteht und zuschaut. Aber es ist völlig ausgeschlossen, dass wir ihm dabei helfen, magische Steine zu stehlen.»

«Danke. Aber Sie haben meine Frage noch nicht beantwortet. Ist die dritte Prüfung lebensgefährlich? Was sollte ich noch mal machen? Ein paar Fahnen versetzen?»

«Richtig. Wobei Fahne vielleicht übertrieben ist. Es sind eher kleine Wimpel», antwortete sie. Dann sah sie mir in die Augen. «Und es ist völlig ungefährlich.»

Entweder sagte sie die Wahrheit, oder sie hatte ein echtes Pokerface. Gunnar kam aus der Küche zu uns herüber.

«Es sind eigentlich nicht einmal Wimpel», erklärte er. «Genau genommen ist es orangefarbenes Plastikband. Die Aufgabe ist wirklich einfach und völlig ungefährlich.»

Dann erzählten sie, im touristischen Teil von Tiveden gebe es Wanderwege, die mit einem solchen Plastikband markiert seien. Dort streiften die Straßenläufer mit ihren Kameras und Thermoskannen umher und ahnten nichts von dem Teil des Waldes, wo die Tivedenbewohner lebten. Gunnar und Greta wollten nun, dass ich ein Stück des Wanderwegs verlegte, das zu nahe an der Grenze lag.

«Es geht um ein Teilstück von vielleicht zweihundert Metern», sagte Gunnar. «Sie müssten zehn Plastikbänder versetzen und so den Wanderweg umleiten. Wir haben eine Karte gezeichnet, damit Sie sehen, was wir meinen. Man muss nur spätabends hinfahren, wenn die Touristen schon weg sind.»

Er ging zurück in die Küche und kehrte bald darauf mit einem Teller frischgebratener Kartoffelpuffer wieder, die er seiner Frau servierte.

Ich beobachtete das Rentnerpaar. Greta war wirklich schwer einzuschätzen. Sie wirkte so ruhig und besonnen, als sie sich einen Löffel Eiersauce auftat und sich mit großem Appetit ans Essen machte. Gunnar hingegen kam mir etwas verkrampft vor. Er wischte sich ein paar Mal zu oft die Hände an seiner karierten Schürze ab. Außerdem bildete ich mir ein, er würde meinen Blicken ausweichen.

«Und warum machen Sie das nicht selbst? Sie bräuchten doch bloß Harald oder Janine oder irgendjemand anders dort hinzuschicken. Ich weiß schon, dass ich diese drei Prüfungen hinter mich bringen muss, aber warum haben Sie mir ausgerechnet diese Aufgabe zum Schluss aufgehoben? Ich nehme an, die Sache hat einen gewaltigen Haken.»

Gunnar nahm sich eine Scheibe Brot und beschmierte sie dick mit Butter.

«Das Miststück möchte nun mal, dass Sie einige hundert Meter Wanderweg verlegen. Das ist alles.»

Hastig stopfte er sich ein großes Stück Brot in den Mund. Er war wirklich ein verdammt schlechter Lügner.

«Irgendetwas daran kommt mir merkwürdig vor», meinte ich. «Haben Sie überhaupt eine Königin, oder denken Sie sich das alles nur aus? Einen Wanderweg verlegen – ist das alles, was diesem Miststück einfällt? Und tun Sie eigentlich immer alles, was sie Ihnen sagt? Kann sie die Waldfee wirklich dazu bringen, mich von dem Todesfluch zu befreien, oder ist das einfach nur Unsinn? Ich habe eine weitere Forderung, und die ist nicht verhandelbar. Ich möchte mit der Königin des Waldes sprechen.»

Die beiden schwiegen lange und wechselten verstohlene Blicke. Schließlich nickte Gunnar seiner Frau zu.

«Legen Sie die Hand auf den Tisch», sagte Greta. «Mit der Handfläche nach oben.»

Ich gehorchte, und plötzlich drängte sich mir die Vorstellung auf, wie sie mit ihrer Gabel meine Hand durchbohrte. Zum Glück kam es nicht dazu. Stattdessen erhob sich die kleine grauschwarze Katze, schlich über den Tisch auf mich zu und musterte mich mit diesem typischen desinteressierten Katzenblick. Dann legte sie ihren Kopf auf meine Handfläche.

Ich zuckte zusammen, als ich plötzlich eine sanfte Frauenstimme in meinem Ohr hörte. Sie war so deutlich, als hätte ich Kopfhörer auf.

«Du hast mein Wort, dass ich dich von der Waldfee befreien werde, wenn du die dritte Prüfung bestehst.»

Ich schnappte hörbar nach Luft und starrte Gunnar und Greta verblüfft an. Mindestens zehn Sekunden vergingen, ehe ich mich räusperte und meine Stimmbänder in Schwung brachte.

«Ihre Königin ist eine … telepathische Katze? Wollen Sie mich veräppeln?»

Sie schüttelten den Kopf und konnten sich das Grinsen nicht verkneifen.

«Ich bin ein Urwesen und die Beschützerin von Tiveden», ertönte die Stimme in meinem Ohr. *«Da ich nicht über eine körperliche Hülle verfüge, habe ich im Laufe der Zeit ganz unterschiedliche Gestalten angenommen. Das Katzendasein ist recht angenehm. Wo man sich auch hinlegt, man hat es immer bequem. Auf einer Kommode. In einer Regenrinne. Unter einem Sofa. Auf*

einer Fensterbank. In einem Schuhkarton. In einem Umzugskarton. In allen möglichen Kartons, wenn ich es mir recht überlege. Das ist ungeheuer bequem. Als Mensch oder Elch ist es längst nicht so angenehm.»

Mein Mund stand vermutlich sperrangelweit offen vor Erstaunen. Die Katze sah richtig niedlich aus, wie sie ihren Kopf leise schnurrend und mit halbgeschlossenen Augen an meine Handfläche schmiegte.

Die Königin des Waldes war eine Katze!

Gunnar schenkte mir Kaffee ein. Geistesabwesend trank ich einige Schlucke. Meine Hand zitterte leicht.

«Redet man dich beziehungsweise Sie oder Euch denn auf besondere Weise an?»

«Nein, nein, du brauchst nicht Eure Majestät oder irgendeinen anderen Quatsch zu mir zu sagen, wie ihr Straßenläufer es mit euren Königen macht. Miststück genügt. Oder einfach du. Oder Misti.»

Ihre Stimme klang beinahe sexy, was ich extrem unpassend fand, weil ich mir wie die unfreiwillige Hauptfigur in einem Kinderbuch mit sprechenden Tieren vorkam. Außerdem fiel es mir schwer, eine Katze, die über meine Zukunft bestimmte, mit einem so albernen Namen anzureden.

«Wir veranstalten eine Zeremonie für dich, wenn du zurückkehrst», fuhr sie fort. *«Nimm Jorma auf deine letzte Prüfung mit, aber sorge dafür, dass er gebührenden Abstand hält. Wenn ich es richtig verstanden habe, ist der arme Junge etwas wirr im Kopf. Würde er notfalls auch ohne dich zurückfinden?»*

Man gewöhnt sich unglaublich schnell an die seltsamsten Dinge. Nach einer Weile fand ich es beinahe normal, am Tisch zu sitzen und einer kleinen Katze zuzuhören. Und nachdem sich der erste Schock gelegt hatte, kehrte langsam, aber sicher meine Irritation zurück.

«Notfalls? Was meinst du damit? Du fragst, ob Jorma nach Hause finden kann, wenn mir etwas zustößt, oder? Jetzt habe ich wieder den Eindruck, dass mir etwas Lebensgefährliches bevorsteht, was ihr mir aus irgendwelchen Gründen vorenthaltet!»

Das Miststück schüttelte in meiner Handfläche sanft den Kopf. *«Deine dritte Prüfung besteht darin, einen Wanderweg zu verlegen. Das ist alles.»*

Ich merkte, dass es mir ungeheuer schwerfiel, einer Katze kritische Fragen zu stellen. Es gab haufenweise Details, die ich gern geklärt hätte, ehe ich mich auf den Weg machte, aber Katzen sind ja bekanntlich Experten darin, einfach nur hinreißend auszusehen, wenn sie ihren Willen durchsetzen wollen. Ich suchte den Blickkontakt zu Greta und Gunnar, die sich allerdings angestrengt auf ihre Kartoffelpuffer konzentrierten.

Das Miststück gähnte, und die Schnurrhaare kitzelten meine Handfläche.

«Jetzt muss ich ein paar Stunden schlafen», erklärte die Stimme in meinem Ohr. *«War nett, dich kennenzulernen, Anton. Viel Glück.»*

Die Königin des Waldes schlenderte zu einem Brotkorb, der auf dem Tisch stand, rollte sich darin zusammen und schloss die Augen. Vielleicht hätte sie besser die Gestalt eines Tieres annehmen sollen, das nicht nur ein paar Stunden am Tag wach war.

45

Ich hoffte weiterhin auf eine Gelegenheit, herauszufinden, ob es in der dritten Prüfung um mehr ging als nur darum, einen Wanderweg zu verlegen, aber Gunnar und Greta waren in der Küche intensiv mit dem Abwasch beschäftigt. Sie klapperten wild mit dem Geschirr und schlugen knallend die Schranktüren zu, damit sie nicht mit mir reden mussten.

Ehe ich mit ihrem Auto davonfuhr, erklärte Gunnar mir, dass er die Autoschlüssel für gewöhnlich auf dem linken Vorderrad ablegte, nachdem er geparkt hatte. Er wiederholte es gleich mehrmals und argumentierte, dass ein Schlüssel leicht verschwinden könne, wenn man vergesse, in welche Tasche man ihn gesteckt habe. Ich versuchte mich zu erinnern, ob ich Gunnar tatsächlich schon einmal bei diesem Ritual beobachtet hatte. In meinen Ohren klang das alles ziemlich unsinnig, und ich war mir fast sicher, dass es mit der dritten Prüfung zu tun hatte. Er wollte wieder in sein Auto kommen, falls mir etwas passierte, deshalb sollte ich die Schlüssel nicht mitnehmen.

Während ich hinter dem Steuer Platz nahm und den Sitz auf meine Größe einstellte, zwang ich mich, positiv zu denken. Ich würde diese Aufgabe so schnell wie möglich hinter mich bringen. Und außerdem wollte ich dazu beitragen, dass Jorma einen gelungenen Abschluss seines Aufenthalts in Tiveden bekam, ehe ich ihn zurück in seine Einrichtung brachte.

Ich schlug mich durch das Labyrinth der vielen verwirrend ähnlichen Waldwege. Eine gute Stunde und viele Flüche später erreichte ich endlich wieder die Autobahn und schließlich auch die Tankstelle. Ich fuhr erneut in den Kreisverkehr und nach Tiveden hinein, um die Stelle zu finden, wo Jorma und ich im Dunkeln Haralds und Janines Mercedes geparkt hatten. Ich orientierte mich nach Gefühl, und nach einer weiteren Stunde passierte ich eine Salzlinie und parkte das Auto am Rande eines schmalen Kieswegs.

Im Wald war es vollkommen still. Ich ging etwa hundert Meter, bis ich den großen moosbedeckten Baumstumpf entdeckte, der an einen Eierbecher erinnerte, und mir sicher war, dass wir in der vergangenen Nacht dort geparkt hatten. Ich versuchte mir ins Gedächtnis zu rufen, was Jorma darüber gesagt hatte, in welcher Richtung sich sein Lager befand. Greta hatte mir einen alten, zerschlissenen Armeerucksack geliehen, den ich nun schulterte, ehe ich vom Weg abbog und in westliche (oder vielleicht auch östliche) Richtung ging.

Nach einem halbstündigen, beschwerlichen Marsch über moosbewachsene Steine erreichte ich eine senkrechte Felswand und begann zu verzweifeln. Jeder Schritt konnte in die falsche Richtung führen. Die Luft im Wald war stickig und schwül. Meine Stirn war schweißnass, und ich zog mir den viel zu warmen Wollpullover über den Kopf, band ihn mir um die Hüften, machte kehrt und ging in die entgegengesetzte Richtung. Nach einer halben Stunde hätte ich wieder auf den Kiesweg zurückkommen müssen, doch ich gelangte stattdessen zu einer kleinen Lichtung, die mit kniehohem Gestrüpp bewachsen war. Mein Glückskartenspiel steckte immer noch in der Brusttasche meiner Latzhose. Vielleicht sollte ich es besser umbenennen, weil es nicht den geringsten positiven Einfluss auf mein Leben gehabt hatte. Mit jedem Schritt wurden meine Gedanken schwärzer.

Als ich mühsam über einige kniehohe Felsbrocken geklettert war, spürte ich plötzlich auf Hüfthöhe einen Widerstand. Irgendetwas schien mich zurückzuhalten. Ich blieb stehen und stellte fest, dass sich mein Pullover aufgeribbelt hatte. Ich zog einen langen, roten Wollfaden hinter mir her, der sich um einen Baum gewickelt hatte. Als ich ihn entwirren und weitergehen wollte, zog jemand auf der anderen Seite des Baums daran.

«Garn spulen Garn spulen Garn spulen!»

Die Stimme klang schrill und wütend, und es ließ sich nicht sagen, ob sie einem Mann, einer Frau oder einem Kind gehörte. Ich ging ein paar Schritte in die Richtung, aus der die Stimme kam, spähte hinter den Baum und entdeckte unten zwischen den Wurzeln ein kleines Loch. Vielleicht war es ein Fuchsbau. Oder ein Dachsbau. Jedenfalls wohnte darin jemand, der meinen Pullover ebenso eifrig in sein Loch zog wie ein Angler, der seine Angelschnur einholt.

«Hallo? Bist du ein … Garnschwein?»

Es kam mir gelinde gesagt komisch vor, eine solche Frage in ein schwarzes Erdloch hineinzurufen.

«Gib mir mein Garn gib mir mein Garn gib mir mein Garn!»

Dort unten wurde das Garn so eifrig aufgewickelt, dass sich meine Stiefel darin verhedderten.

«Immer mit der Ruhe!», rief ich, nachdem ich fast das Gleichgewicht verloren hätte.

Ich nahm die Pulloverärmel von meiner Hüfte.

«Gib mir mein Garn gib mir mein Garn gib mir mein …»

«Das ist nicht dein Garn. Das ist mein Pullover.»

Das Ziehen und Zerren hörte auf. Ich ließ den Pullover auf den Boden fallen und löste das Wirrwarr aus Wollfäden zwischen meinen Füßen.

«Ach ja, ist das dein Pullover? Mit welcher Handhaltung wurde er denn gestrickt? Sicherheitsführung mit gebeugtem Daumen? Entspannter Rechtsgriff? Eleganter Fingerschwung der Herzogin von Morgentau?»

Das Garnschwein redete unglaublich schnell und aufgeregt. Ich beugte mich zu dem schwarzen Loch hinab und versuchte zu erkennen, wie er oder sie aussah.

«Ich habe mir den Pullover nur geliehen. Keine Ahnung, mit welcher Technik er gestrickt wurde, vielleicht mit dem Fingerschwung der Herzogin. Wenn du dich ein bisschen beruhigst, werde ich …»

«Es gibt gar keine Technik, die so heißt! Eine Herzogin würde ihre Pullover niemals selbst stricken. Verstehst du? Also ist es nicht dein Garn. Gib mir mein Garn gib mir mein Garn!»

Ich wich ein paar Schritte zurück und sah den Pullover im Erdloch verschwinden.

«Garn zu spulen macht mich froh Garn zu spulen macht mich froh Garn zu spulen macht mich froh.»

So ging es noch ein Weilchen weiter. Ich bekam beinahe Kopfschmerzen von diesem intensiven, meckernden Mantra. Ingrod zufolge brachten Garnschweine ja Glück, wenn man sein Garn mit ihnen teilte, also ließ ich es gewähren. Als es endlich verstummte, überlegte ich, ob ich mich anschleichen und mit Jormas Handy ein Foto machen sollte. Doch im selben Moment wurde das Erdloch von innen mit Baumrinde abgedichtet. Bald darauf war vom Versteck des Garnschweins nichts mehr zu sehen.

Ich schaute mich um und versuchte mich zu erinnern, in welche Richtung ich gehen wollte, als ich aufgehalten worden war. Ich hatte keine Ahnung. Aufs Geratewohl schlug ich irgendeinen Weg ein. Mir wurde bewusst, dass ich mich jetzt vollends verirrt hatte.

Im nächsten Moment trat ich in eine Grube und hörte ein Stöhnen. Ich stellte fest, dass ich mit dem Fuß auf Jormas Gesicht gelandet war. Was hatte ich nur für ein Glück, denn man konnte der Person, die man suchte, wohl kaum näher kommen, als plötzlich auf ihr zu stehen.

Jorma lag in eine Zeltplane gewickelt da und sah ziemlich erschöpft aus. In seinem völlig verdreckten Gesicht fiel der erdige Abdruck meines Stiefels kaum auf. Ich half ihm hoch und erkundigte mich, wie es ihm gehe.

«Mir geht es super. Ich lese ein Buch. Ohne ein Buch zu haben. Machst du das auch manchmal?»

«Nicht so oft. Und wie läuft es sonst so? Hast du schon ein paar magische Steine gefunden?»

«Nein, das ist auch ganz schön schwer. Manchmal sehe ich in der Ferne etwas glitzern, aber sobald ich hinkomme, ist es weg. Es ist so, als würde der Wald seine Schätze bewachen.»

«Das kann schon sein. Wahrscheinlich würde der Wald seine Schätze am liebsten behalten. Niemand wird gern bestohlen, vielleicht solltest du die Sache besser auf sich beruhen lassen. Hast du Hunger?»

Nach einer Weile nickte Jorma und fuhr sich durch sein wirres, ungewaschenes Haar. Er sah wirklich ausgehungert und elend aus.

Ich öffnete den Rucksack. Greta und Gunnar hatten mir Proviant mitgegeben. Ich packte eine große Tupperdose mit frischgebackenen Pfannkuchen, eine Tüte mit Butterbroten, eine Schüssel mit Erdbeerkompott und Schlagsahne und zwei Flaschen Malzbier aus und setzte mich zu ihm.

«Und zum Nachtisch gibt es Biskuitrolle.»

«Danke, echt cool von dir!»

Jorma stürzte sich auf das Essen. Die Pfannkuchen waren inzwischen kalt geworden, aber das kümmerte ihn nicht. Ich konnte mir das Lachen kaum verkneifen, als ihm die Tränen in die Augen schossen, nachdem er das Malzbier viel zu schnell und gierig ausgetrunken hatte.

«Das ist ja krass. Total seltsamer Geschmack. Aber irgendwie lecker.»

Er öffnete die zweite Flasche und trank diesmal beherrschter.

«Ist das dein erstes Malzbier?»

«Nein, die Flasche eben war mein erstes. Also ist das mein zweites.»

Als Jorma mit der Hauptspeise fertig war, reichte ich ihm mehrere Stücke Biskuitrolle, die in Plastikfolie eingewickelt waren. Er verschlang sie im Ganzen, ohne mich zu fragen, ob ich etwas abhaben wollte.

«Hör mal zu, Jorma. Die Königin des Waldes hat mir einen Auftrag erteilt, eine Quest, und ich bräuchte einen Helfer. Hättest du Interesse?»

Er zog ein zerkautes Stück Plastikfolie aus seinem Mund und sah mich mit großen Augen an.

«Die Königin des Waldes? Du hast das Miststück getroffen?»

«Hast du schon mal von ihr gehört?»

«Das Miststück ist ein Urwesen, oder? Das weiß ich von dem Mädchen, für das ich die sieben Blumen gepflückt habe. Als Dank für meine Hilfe hat es mir ziemlich viel erzählt. Hatte ich das nicht gesagt?»

«Kann schon sein. Wie auch immer, ich brauche einen Helfer.»

Ich hatte keine Ahnung, ob Jorma wusste, dass das Miststück die Gestalt einer Katze hatte, aber vielleicht war es an dieser Stelle auch nicht weiter wichtig.

«Eine Quest? Eine richtige Quest?»

«Ganz genau. Und wenn wir sie erfolgreich hinter uns bringen, wird die Königin des Waldes eine Zeremonie für uns abhalten, und anschließend kannst du als Held nach Hause zurückkehren. Gut, oder?»

«Und wie! Meine Freundin wird total beeindruckt sein.»

Ich nickte zustimmend und musste mich räuspern, weil ich wieder diesen Kloß im Hals spürte. Ich musste daran denken, dass sich der Junge in eine Phantasiewelt geflüchtet hatte, nachdem er seine große Liebe verloren hatte.

«Und du musst mir versprechen, dass du nach Hause fährst, wenn wir mit der Quest fertig sind. Wenn man eine Quest beendet hat, fährt man nach Hause, oder?»

«Na klar, was sonst?»

«Gut.»

Ich erzählte von meinem Auftrag, den Wanderweg zu verlegen, und tat mein Bestes, ihn möglichst dramatisch zu schildern. Ich behauptete, auf unseren Schultern laste eine schwere Verantwortung, denn es müssten nicht nur die Straßenläufer vor den Gefahren des Waldes geschützt werden, sondern auch der Wald vor neugierigen Eindringlingen. Zum Glück kam Jorma nicht darauf, dass er selbst im Grunde auch ein neugieriger Eindringling war. Ich glaube, es gelang mir, die ganze Sache wie eine halbwegs spannende Quest klingen zu lassen.

Allerdings war ich ein wenig zwiegespalten. Meinetwegen durfte die dritte Prüfung gern so einfach sein, wie Gunnar, Greta und das Miststück sie dargestellt hatten. Hauptsache, ich wurde den Todesfluch wieder los. Gleichzeitig wünschte ich Jorma, er würde etwas erleben, was aufregender war, als ein bisschen orangefarbenes Plastikband umzuhängen. Dabei war ich mir gar nicht mehr so sicher, dass es besonders schlau war, Jorma in diese Sache hineinzuziehen.

Mit ihm an meiner Seite war es immerhin kein Problem, zu Gunnars Auto zurückzufinden. Wir stiegen ein und fuhren zum Kreisverkehr an der Tankstelle.

Jetzt, nach dem Mittsommerwochenende, herrschte mehr Verkehr auf den Straßen. Ich reichte Jorma die Karte, die Greta mir gegeben hatte. Die roten Linien wiesen uns den Weg in den touristischen Teil von Tiveden.

Während ich fuhr, sah ich immer wieder auf die Karte. Es gab einen Ort namens Olshammar, der mir bekannt vorkam. Hatte ich mich nicht in dieser Gegend verfahren und war mit dem roten Chesterfieldsofa zusammengestoßen? Ich warf noch einen Blick auf die Karte, die auf Jormas Knien lag.

Plötzlich hatte sie feuchte Flecken.

Jormas Tränen kullerten aufs Papier.

Hinter mir hupten die anderen Autos erbost, als ich langsamer wurde und an den Straßenrand fuhr.

«Was ist los?»

Jorma wischte sich mit dem schmutzigen Arm seiner Daunenjacke über das Gesicht.

«Ich habe dich angelogen. Meine Freundin lebt gar nicht mehr.»

Er sah erst aus dem Fenster und dann auf seine Schuhe. Eigentlich überallhin – außer in meine Richtung.

«Ich glaube, ich muss zurückfahren und ein bisschen mit Alexandra reden. Sie weiß gar nicht, wo ich stecke. Sie ist echt nett. Es tut gut, mit ihr zu reden, wenn es in meinem Kopf ein bisschen zu krass für mich wird.»

Ich muss gestehen, dass ich nichts über psychische Erkrankungen weiß. Als ich sah, wie Jorma plötzlich aus seiner Traumwelt erwachte und über die harte Wirklichkeit weinen musste, hätte ich ihn am liebsten in den Arm genommen und gesagt, dass alles wieder gut werden würde. Aber das wäre ja gelogen gewesen. Ich betrachtete noch einmal die feuchte Karte auf seinen Knien. Sie deckte kein sonderlich großes Gebiet ab. Die Irrenanstalt lag außerhalb von Mariestad, höchstens fünfzig Kilometer entfernt, schätzte ich. Wir könnten schon am Nachmittag dort sein, vorausgesetzt, wir landeten nicht jedes Mal wieder im Kreisverkehr, wenn ich aus Tiveden wegwollte. Einen Versuch wäre es wert. Da gab es nicht viel zu überlegen.

Meine dritte Prüfung musste warten.

Jorma wollte nach Hause.

Daran war nicht zu rütteln.

Wobei ... ich war selbst schon oft von Reisen zurückgekehrt und nach Hause in meine leere Wohnung gekommen. Meistens mit ein bisschen mehr Geld in den Taschen als bei meiner Abreise, aber nur selten mit einem Triumphgefühl. Jorma musste eindeutig wieder in seine Einrichtung zurück, aber hatte er es denn nicht verdient, wenigstens mit dem klitzekleinen Erfolgserlebnis zurückzukommen, dass seine Jagd nach magischen Steinen und Kristallen nicht ganz vergebens gewesen war? Mit Trauer, Sehnsucht und einem deprimierenden Alltag würde er sich noch sein ganzes Leben herumschlagen müssen, egal, ob er wieder gesund würde oder nicht.

«Jorma?»

Langsam drehte er sich zu mir um.

«Ich verstehe ja, dass du nach Hause fahren willst, aber ich brauche deine Hilfe bei dieser Quest. Die Zukunft des Waldes steht auf dem Spiel. Nur du und ich können das lösen. Was hätte deine Freundin wohl gesagt, wenn sie wüsste, dass du nach Hause fährst, anstatt dem Miststück und seinem Volk zu helfen?»

Es war ein riskanter Versuch, weil ich keine Ahnung hatte, wie er reagieren würde, wenn ich seine Freundin einsetzte, um ihn zu motivieren. Nach einer gefühlten Ewigkeit hellte sich sein Gesicht auf, und er lächelte.

«Du hast vollkommen recht.»

«Wirklich? Du sollst dir ganz sicher sein, ob du das auch willst. Und nichts Wichtigeres vorhast.»

Er schloss die Augen und lächelte weiter.

«Ich spüre, wie sie mich vom Himmel aus anfeuert.»

«Das bezweifle ich stark, weil es keinerlei wissenschaftliche Beweise dafür gibt, dass ...»

Ich fing mich im letzten Moment und schlug eine andere Richtung ein.

«Na klar, sie sitzt da oben zwischen den Wolken und feuert dich an, Jorma. Und jetzt ziehen wir in eine Quest, damit du sie richtig stolz machen kannst.»

Er nickte eifrig und sah enorm elektrisiert aus, ja vielleicht sogar glücklich.

«Haben wir Schwerter dabei?»

«Nein, diese Quest hat eher Undercovercharakter.»

«Ein bisschen wie Ninjas?»

«Wir sollen ein orangefarbenes Plastikband verlegen. Ein bisschen wie Ninjas ... könnte man sagen.»

«Aber wir werden schon in Lebensgefahr schweben?»

«Das wollen wir hoffen, Jorma.»

Ich war mir darüber im Klaren, wie verantwortungslos

diese Therapie war, wenn man sie überhaupt so nennen konnte, aber es war schön zu sehen, wie sich seine deprimierte Stimmung in Enthusiasmus verwandelte. Für ihn. Und auch für mich.

Jorma strich sich das strähnige Haar aus der Stirn. Dann ließ er ein paar Mal die Schultern kreisen und atmete tief durch.

«Es tut mir leid, dass ich so nörgelig und negativ war und die ganze Queststimmung zerstört habe. Ich werde mich jetzt zusammenreißen.»

«Kein Problem. Ich bin selbst manchmal ziemlich negativ.»

Plötzlich runzelte Jorma die Stirn und wirkte peinlich berührt. «Habe ich etwa die ganze Biskuitrolle allein aufgegessen, ohne dir etwas davon anzubieten?»

«Das macht nichts, sie war sowieso für dich gedacht.»

Er schüttelte enttäuscht den Kopf.

«Wenn man herumnörgelt und nur an sich denkt, kommt der Tränentriefer und holt einen», sagte er ernst.

«Was hast du da gesagt?»

«Das Mädchen, dem ich beim Blumenpflücken geholfen habe, hat mir erzählt, das wäre eine alte Redewendung in Tiveden. ‹Wenn du herumnörgelst und nur an dich denkst, kommt der Tränentriefer und holt dich.›»

«Worüber hast du eigentlich noch alles mit ihr gesprochen?»

Jorma wusste nicht, dass das Mädchen, dem er beim Blumenpflücken geholfen hatte, eine Waldfee war. Ich war mir nicht sicher, ob ich es ihm erzählen sollte. Einerseits fände er es vielleicht spannend, dass er dem Todesfluch eines übernatürlichen Wesens entgangen war, andererseits wäre es vielleicht auch ein bisschen zu viel auf einmal für ihn.

Ich beschloss, es nicht zu erwähnen.

«Sie hat mir erklärt, das Miststück wäre ein freundliches Urwesen. Der Tränentriefer hingegen wäre ein böses Urwesen, vor dem man sich wirklich hüten sollte. Normalerweise lebt er aber nicht in Tiveden, sondern taucht nur ab und zu auf und bringt großes Elend über die Leute.»

Ich glaubte mich zu erinnern, dass der redselige Wiedergänger im Spiegel etwas Ähnliches berichtet hatte.

«Wir sind beide Straßenläufer. Weißt du, was das bedeutet?»

Ich nickte und sah erneut auf die Karte, um sicherzugehen, dass wir auf dem richtigen Weg waren.

«Früher haben die Bewohner von Tiveden dem Tränentriefer Straßenläufer geopfert, um ihn wieder loszuwerden. Nörgelnde, egoistische und unsympathische Typen, die niemand vermisst hätte, wenn sie spurlos im unterirdischen Reich des Tränentriefers verschwunden wären.»

Auch das kam mir aus der Konversation mit Harald im Spiegel bekannt vor. Ich hielt auf der rechten Seite und ließ ein Auto mit Wohnwagen vorbei, das unbedingt direkt vor einer Kurve wenden musste.

«Verdammt, dass ich die Biskuitrolle nicht mit dir geteilt habe!», jammerte Jorma. «Und die Pfannkuchen auch nicht. Oder das komische Getränk. Das ist wirklich egoistisch. Ich will nicht dem Tränentriefer geopfert werden.»

«Jetzt jammerst du aber ganz schön. Das ist bestimmt auch nicht gut, wenn man dem Tränentriefer entgehen will. Also vergiss es einfach.»

Ich bereute sofort, dass ich so streng gewesen war. Jorma ließ die Schultern hängen und nestelte nervös an seiner kaputten Jeans herum.

«Jetzt hör mir mal zu», sagte ich. «Du nörgelst wirklich

nicht viel, und egoistisch bist du auch nicht, also brauchst du dir keine Sorgen wegen des Tränentriefers zu machen. Ich kenne ein paar Leute in Tiveden, und heutzutage opfern sie gar keine Menschen mehr. Außerdem hast du gerade gesagt, sie würden Leute opfern, die niemand vermisst, wenn sie spurlos verschwinden. Alexandra würde dich aber schon vermissen, wenn du verschwinden würdest, oder?»

Er nickte und sah mich mit einem schiefen Grinsen an.

«Würde dich denn jemand vermissen, wenn du spurlos verschwinden würdest?»

Eigentlich hätten jetzt alle Alarmglocken in meinem Kopf schrillen müssen, aber in diesem Moment war ich vollauf damit beschäftigt, Jorma wieder in gute Stimmung zu versetzen.

«Ich habe nicht vor zu verschwinden», antwortete ich und erwiderte sein Lächeln.

46

Langsam, aber sicher mussten Sebastian und ich einsehen, dass es eine Ewigkeit dauern würde, bis wir genügend Geld für eine professionelle Zauberausstattung zusammenhatten, und sei es nur eine gebrauchte wie aus dem Anzeigenblatt. Unsere Kasse füllte sich viel zu schleppend, denn es gab in den Stockholmer Vororten schlichtweg nicht genug Auftrittsmöglichkeiten. Als uns klarwurde, dass bis zum Erreichen unseres Ziels noch viele Monate mit unserer abgenudelten Show vor uns lagen, verzagten wir allmählich. Das galt insbesondere für mich, da ich mit Charlotta Schluss gemacht hatte, um mehr Zeit zum Geldverdienen zu haben.

Eines Morgens, als ich gähnend in die Küche schlurfte, um zu frühstücken, starrten meine Eltern bestürzt auf die Tageszeitung, die wie immer aufgeschlagen auf dem Küchentisch lag. Sebastian hatte das Haus schon einige Stunden zuvor verlassen, weil er wieder einmal einen Job als Umzugshelfer angenommen hatte.

«Erinnerst du dich noch an diesen jungen Tennisspieler aus Österreich?», fragte meine Mutter.

Wie hätte ich ihn vergessen können? Schließlich war er mein großes Vorbild. Ich schüttete etwas staubiges Müsli in einen tiefen Teller und überflog den Zeitungsartikel, auf den meine Mutter zeigte.

Das österreichische Tenniswunder war tot in einer Umkleidekabine in Paris gefunden worden. Der junge Mann, der über eine Million Dollar verdient und vor seinem Porsche posiert hatte, hatte sich das Leben genommen. Er hatte sich an einem kalbsledernen Gürtel mit Goldschnalle von Hugo Boss erhängt. Der Abschiedsbrief, den er hinterlassen hatte, war eine wirre Aneinanderreihung von Sätzen gewesen, denen zu entnehmen war, wie einsam er sich gefühlt hatte.

«Er war so alt wie du», sagte mein Vater, während er sich eine dünne Scheibe vom fettarmen Käse abschnitt.

Ich setzte mich an den Tisch und nahm ein nährstoffreiches Frühstück zu mir, das mir leider trotzdem keine rechte Energie verlieh.

Es war ein Freitagnachmittag vor einem Wochenende, an dem wir nur einen einzigen Auftritt haben sollten, was eigentlich auch mal ganz schön war. Ich saß in meinem Zimmer und sortierte die Scheine in unserer Kasse. Ein Bündel mit Fünfzigern. Ein Bündel mit Hundertern. Viel zu wenige Tausender. Ich hörte Schritte auf der Treppe, und kurz darauf tauchte Sebastian in der Tür auf.

«Hast du mit Charlotta Schluss gemacht?»

«Ja, hatte ich dir das nicht erzählt?»

«Nein. Ist das schon lange her?»

«Na ja, ein paar Wochen vielleicht?»

Ich wusste genau, wie viel Zeit vergangen war, seit ich die Beziehung beendet hatte. Dreiundzwanzig Tage. Sebastian setzte sich auf mein Bett und zog ein paar CDs aus einer Einkaufstüte. Unter anderem Iron Maiden und Ozzy Osbourne. Ich drehte mich mit dem Bürostuhl zu ihm.

«Woher weißt du das eigentlich?»

«Hab sie heute getroffen.»

«Ach ja? Wo denn?»

«In der Kirche.»

«Wie bitte?»

Er legte die CDs beiseite.

«Weißt du noch, wie du mich unter dem Sprungturm gefragt hast, ob ich schon mal zu Gott gebetet hätte, damit er mir hilft, mit dem Trinken aufzuhören?»

«Ja, aber das war doch nur ein Scherz.»

«Jedenfalls habe ich angefangen zu beten. Und ich war schon lange nicht mehr betrunken. Keine Ahnung, ob es etwas damit zu tun hat, aber wer weiß?»

Wer weiß?

«Wie auch immer. Ich hatte einen Umzug in Nockeby, und als wir fertig waren, bin ich dort in eine Kirche gegangen und habe Charlotta getroffen. Was für ein irrer Zufall!»

«Nockeby? Was hat sie denn da gemacht?»

«Ihre Oma wohnt dort. Wusstest du das nicht?»

Ich schüttelte den Kopf und verspürte ein leises Unbehagen. Eine Art Vorahnung, dass alles den Bach runtergehen würde.

«Weißt du, dass Charlotta in eine eigene Wohnung in Hässelby gård gezogen ist?», sagte er und begann zerstreut an seinen CDs herumzuspielen. «Ich würde ihr gern beim Gardinenaufhängen helfen. Sie hat so hohe Decken.»

Er hob den Kopf und sah mich an.

«Bitte sag ehrlich, falls du es komisch findest, wenn ich zu ihr nach Hause fahre. Dann kann ich es auch sein lassen.»

«Nein, Quatsch, alles locker. Ich hatte einfach keine Zeit mehr, mit ihr zusammen zu sein. Warum sollte ich es komisch finden, wenn du ihr mit den Gardinen hilfst?»

Dabei kam es mir extrem komisch vor.

«Cool. Dann fahre ich gleich hin.»

«Jetzt? Heute Abend?»

«Ja, wir haben doch heute Abend nichts vor.»

«Nein, aber wir sollten vielleicht mal wieder eine Besprechung abhalten? Uns neue Tricks überlegen ... und so was.»

Und schon war die Eifersucht da. Eine zufällige Begegnung in der Kirche, und sie lud ihn gleich zum Gardinenaufhängen zu sich nach Hause ein!

Und ich hatte Sebastian auch noch auf die Idee gebracht, zu Gott zu beten.

Verzweifelt versuchte ich mir einen Grund auszudenken, warum Sebastian und ich ausgerechnet an diesem Abend eine Besprechung abhalten mussten.

Eigentlich war er damals noch nicht eitel, doch als er aus der Dusche kam, widmete er seinem Aussehen außergewöhnlich viel Zeit. Anscheinend war es wichtig, gut auszusehen, wenn man Gardinen aufhängte.

«Ach, übrigens. Nach der Kirche hat Charlotta mir aus der Hand gelesen. Ich habe kurze Finger, was anscheinend heißt, dass ich nicht der Hellste bin.»

Ich hätte am liebsten gesagt, dass meine Finger länger als die Handfläche waren, was auf Intelligenz hindeutet, aber ich wollte nicht angeben.

«Das darfst du nicht so ernst nehmen. Mir hat sie auch mal aus der Hand gelesen, aber so was ist ja eher Spaß.»

Sebastian studierte seine Finger und nickte zerstreut.

«Ich weiß gar nicht mehr, wie diese ganzen Berge und Linien hießen, also ist vielleicht was dran, dass ich nicht der Hellste bin. Jupiterberg, Mondberg ... verschiedene Planeten eben. Schicksalslinie, Herzlinie und so weiter. Wie auch immer, ich hatte jedenfalls einen wahnsinnigen Erfolgsberg und eine irre Karrierelinie. Anscheinend bin ich ein Trottel, für den es im Leben super läuft.»

Er grinste breit und zuckte die Achseln.

«Wie sahen denn deine Berge und Linien aus?»

Ich erinnerte mich noch sehr genau an das Ergebnis des Handlesens. Schwach, kritisch, faul und keinerlei Karriere.

«Um ehrlich zu sein, weiß ich das gar nicht mehr», antwortete ich. «So was nehme ich ohnehin nicht ernst.»

Als Sebastian zu Charlotta gefahren war, um ihr mit den Gardinen zu helfen, bekam ich einen Anruf, der den Anfang vom Ende für uns bedeutete.

Es war ein älterer Herr aus dem Abstinenzverein in Mälarhöjden, wo wir unseren ersten Auftritt mit Gage gehabt hatten. Noch am selben Abend sollte irgendein Fest stattfinden, und ein Fakir hatte in letzter Minute abgesagt. Der Alte fragte, ob wir kurzfristig einspringen könnten.

Sebastians Tricks konnte ich in- und auswendig (und er meine), das Zaubern an sich wäre also kein Problem. Wir hatten unsere gut einstudierten «Zankereien», aber vielleicht konnte ich stattdessen ein wenig mit dem Publikum improvisieren, also wäre auch das kein Problem. Das einzige Problem war, dass Sebastian und ich ein Team waren und man nicht einfach losfuhr und allein zauberte, nur weil einer von uns bei einem Mädchen Gardinen aufhängte.

Ich sagte dem alten Mann zu.

Es wurde ein voller Erfolg. Ich hatte mich oft über unser altes, abgenudeltes Repertoire beschwert. Und ich hatte sogar mit einem Mädchen Schluss gemacht, um Geld für eine neue, professionellere Ausstattung zu verdienen.

Wie sich herausstellte, war es jedoch etwas ganz anderes, allein auf der Bühne zu stehen. Es waren die gleichen alten Tricks – nur konzentrierte sich die gesamte Aufmerksamkeit auf mich.

Die Wertschätzung des Publikums bezog sich allein auf mich.

Die Gage ging komplett an mich.

Es war, als würde ein riesiger Groschen fallen. Zauberei war einfach keine Gemeinschaftstätigkeit, die man zusammen mit einem Kumpel ausführte. Man stand allein im Rampenlicht. Geteilte Freude sei doppelte Freude, hieß es immer. Jetzt begriff ich, dass das völlig falsch war. Mir ging es wunderbar, wenn alle Augen nur auf mich gerichtet waren.

Sebastian und ich hatten keinen Streit und keinen offiziellen Bruch, wir lebten uns einfach nur auseinander. Und das ging ziemlich schnell. Fast genauso schnell, wie er zu Charlotta nach Hässelby gård zog. Er fand es anscheinend cooler, mit ihr zusammenzuwohnen als mit mir und meinen Eltern, und das war vielleicht nicht weiter verwunderlich.

Die Eifersucht darüber, dass er mit «meinem» Mädchen zusammen war, schwelte die ganze Zeit unter der Oberfläche, aber es sollte ein paar Jahre dauern, bis sie sich voll entfaltete. Bis dahin war ich noch überzeugt, dass jeden Moment die künftige Liebe meines Lebens im Publikum auftauchen und mich mit funkelnden, bewundernden Augen ansehen würde.

Leider kam es anders.

Sebastian und ich zauberten fortan getrennt. Ich war mir ziemlich sicher, dass ich mehr Erfolg haben würde als er.

Leider kam auch das anders.

Ich weiß nicht genau, wie und wann Charlotta bei ihm einstieg. Ehe sie mit ihm gemeinsam auftrat, hatte sie als seine Managerin fungiert. Es ließ sich nicht vermeiden, in der Zeitung über Interviews mit ihnen zu stolpern oder beim Zappen in einer der vielen Fernsehsendungen zu landen, wo die beiden von ihrer steilen Karriere erzählten.

Ich weiß auch, dass Charlotta Sebastians erstes Langzeitengagement eintütete, den ersten richtigen Job, von dem sie beide leben konnten. Er trat auf einer Fähre auf, die zwischen Schweden und Finnland pendelte. Charlotta brachte die Reederei dazu, einem Kollegen ein bereits existentes Arrangement professioneller Zaubertricks mit entsprechenden Rechten abzukaufen. So hatten sie ein Fundament, auf dem sie aufbauen und eigene Nummern entwickeln konnten. Ziemlich clever von Charlotta.

Was wäre gewesen, wenn Sebastian und ich in solchen Bahnen gedacht hätten, anstatt völlig planlos zu versuchen, möglichst viel Geld für eine professionelle Ausrüstung zusammenzukratzen? Was wäre gewesen, wenn ich bemerkt hätte, dass Charlotta einen solchen Geschäftssinn besaß? Was, wenn ich Zeit und Energie darauf verwendet hätte, sie richtig kennenzulernen, anstatt mir ein selbstmordgefährdetes österreichisches Tenniswunder zum Vorbild zu nehmen?

Anfangs gefiel mir meine Selbständigkeit sehr gut. Im Alter von zwanzig Jahren begab ich mich auf meine erste Tournee außerhalb Stockholms. Altersheime, Firmenfeste, Einkaufszentren, Einweihungen von Schnellrestaurants. Ich konnte leidlich von etwas leben, was ich gern machte. Und das verlieh mir ein Gefühl von Freiheit und Stolz.

Bis ich eines Tages Charlotta und Sebastian im Fernsehen sah. Ich lag nach einem Auftritt auf dem Bett eines Hotels in Östersund und zappte herum, um mich zu entspannen, als sie plötzlich auf dem Bildschirm auftauchten. Glitzernde, exakt aufeinander abgestimmte Bühnenkostüme, aufwendige Requisiten und ein ziemlich harmloser Humor. Überhaupt nicht mein Geschmack. Aber dennoch.

Es war Samstagabend. Die beste Sendezeit. Ein Millionenpublikum.

Ich bekam sofort hohes Fieber und musste vier Tage im Hotelbett liegen bleiben, was mein Reisebudget sprengte. Obwohl ich nicht duschte, kam jeden Tag eine Putzfrau und wechselte die Handtücher. Außerdem füllte sie die trockengerösteten Erdnüsse in der Minibar auf, die das einzige waren, was ich in diesen fast hundert erbärmlichen Stunden in mich hineinstopfte.

Ich weiß nicht genau, wann ich anfing, mich selbst zu belügen. Wann ich mich in meine eigenen Gedanken zurückzog und einsam und missgünstig wurde. So etwas lässt sich im Nachhinein schwer beantworten. Aber ich bin mir sicher, dass dies der Moment war, in dem ich meine Abscheu gegen trockengeröstete Erdnüsse entwickelte.

47

Jorma saß erwartungsvoll auf dem Beifahrersitz. Während der Autofahrt merkte ich, dass er dringend eine Dusche gebraucht hätte. Der asphaltierte Weg endete nach einem halben Kilometer an einem Wendekreis mit einem Parkplatz für etwa zwanzig Autos. Ich stellte den Wagen neben einem Volvo und zwei Fahrrädern ab. Als ich mich abschnallte und ausstieg, sah ich im Rückspiegel, dass ich leichte Rußflecken auf der Stirn hatte.

Halte durch, dachte ich, bald bist du die Waldfee los. Ich pfiff auf Gunnars Anweisung, den Autoschlüssel auf den Vorderreifen zu legen, und steckte ihn stattdessen in die Hosentasche.

Es war bald sechs Uhr abends. Regen lag in der Luft. Am Waldrand standen mehrere Anzeigetafeln mit Informationen über das Jedermannsrecht, über die Wanderwege, über Pflanzen, die unter Naturschutz standen, und über das Angebot von geführten Touren. Ein Kasten mit Verbandszeug hing an einer Holzhütte, in der sich die Toiletten befanden. Sogar eine Ladestation für Handys und Tablets war vorhanden, weil es so etwas anscheinend überall auf der Welt geben musste. Wenn ein Schild verkündet hätte, dass man im Urwald von Tiveden kostenloses WLAN nutzen könne, hätte mich das auch nicht gewundert.

Vier Wanderwege führten in den Wald, von denen drei

mit orangefarbenen Plastikbändchen markiert waren. Der erste Pfad hieß «Trollrunde», der zweite «Siebenmeilenwanderung» und der dritte «Rote Seerose». Eine mehrsprachige Tafel informierte über diese einzigartige Blume, die man in einem kleinen Waldsee zu sehen bekommen würde, wenn man dem Weg folgte. Aber ich war ja fast schon ein ausgewiesener Kenner der Roten Seerose.

Ich nahm Gretas Karte zur Hand und verglich sie mit dem, was ich vor mir sah. Wenn ich alles richtig verstanden hatte, sollte der rechte Weg, die Rote Seerose, auf einen Weg umgeleitet werden, der weiter links lag. Der Karte zufolge liefen beide Wege etwas tiefer im Wald zusammen und führten am Ende zum selben Waldsee. Greta hatte alles deutlich eingezeichnet, aber ich fragte mich dennoch, ob wir richtig waren. Wahrscheinlich hatte ich einen klarer markierten Eingang erwartet. Dabei war es für uns ja eigentlich nur gut, dass es bis auf den Volvo und die Fahrräder keinen Hinweis auf menschliches Leben in diesem Gebiet gab. Aber ich wollte auf keinen Fall den falschen Weg verlegen, und auf der Karte waren sie nicht mit Namen versehen.

«Jorma, kannst du die Karte mal mit diesen Wegen vergleichen und mir sagen, ob wir deiner Meinung nach an der richtigen Stelle stehen?»

Er stand neben mir und machte einige ungelenke Kniebeugen, um seine Beine nach der Fahrt zu lockern. Ich gab ihm die Karte. Er drehte sie auf den Kopf.

«Wenn man sie so herum hält, sieht es aus, als wären wir total verkehrt. Ziemlich beunruhigend.»

Ich rollte mit den Augen und wollte gerade einen meiner langen Seufzer ausstoßen, als er mich angrinste.

«War nur ein Scherz. Diese vier Wege sehen genauso aus wie die Wege vor uns. Wir sind da, wo wir sein sollen.»

Er gab mir die Karte zurück. Sein Lächeln gefror, als in der Ferne ein dumpfes Grollen zu hören war.

«Du hast doch keine Angst vor Gewitter, Jorma?»

«Nein, das trägt zur Spannung bei. Es wird bald spannend, oder?»

Das konnte ich natürlich nicht garantieren. Immerhin hatte ich etwas für Jorma geplant, wenn wir fertig wären. Eine kleine Sache, von der ich hoffte, sie würde ihm das Gefühl vermitteln, während seiner Flucht nach Tiveden etwas Sinnvolles erreicht zu haben.

Jorma hielt sich dicht neben mir, als wir die Rote Seerose betraten. In diesem Gebiet, das Gunnar und Greta als touristischen Teil von Tiveden bezeichnet hatten, war der Wald anders. Es waren die gleichen Bäume und moosbewachsenen Steine, alles sah genauso aus, aber es fühlte sich anders an. Hier herrschte nicht diese fast unheimliche Stille wie im Reich des Miststücks. Und auch der Duft war nicht so berauschend würzig.

Ehe wir anfingen, die Plastikbändchen umzuhängen, wollte ich das Gelände sondieren. Nach ungefähr hundert Metern lichtete sich der Wald rechts vom Weg ein wenig. Ein steiler Hang unterhalb einer felsigen, mit Moos bewachsenen Anhöhe führte in einen Steinbruch hinunter. Über den Felsbrocken hing ein leichter Nebel. Wir setzten unseren Weg noch hundert Meter fort, bis der Seerosen-Wanderweg und ein schmaler Pfad ohne orangefarbene Markierungen zusammenliefen.

«Ich habe sieben von diesen Wimpeln gezählt. Und die sollen wir also vom Weg, der am Steinbruch vorbei hierherführt, zu diesem Pfad da verlegen?», fragte Jorma und deutete auf den neuen Pfad.

«Richtig», erwiderte ich lächelnd.

Greta hatte mir mehr als deutlich gesagt, dass ich alles selbst erledigen sollte. Jorma durfte mich nur auf die Prüfung begleiten, wenn er danebenstand und zusah. Doch ich beschloss, ihre Anweisung zu ignorieren, denn ich brachte es nicht über Herz, ihm zu sagen, dass er untätig zuschauen musste.

«Gut, Jorma, jetzt darfst du das Kommando übernehmen und mir sagen, wie wir die Aufgabe am besten angehen.»

Er richtete sich auf und schien stolz, dass ich ihm so viel Vertrauen entgegenbrachte.

«Wenn man sich auf eine Quest begibt, ist es wichtig, zusammenzuhalten. Als meine Freundin und ich zusammen gespielt haben, waren wir in einem Clan, wo die anderen manchmal idiotische Alleingänge gemacht haben. Aber wir nicht. Wir haben immer zusammengehalten. Ich schlage vor, dass wir denselben Weg, den wir gekommen sind, bis zum Parkplatz zurückgehen und dabei alle Plastikbänder einsammeln. Von da nehmen wir den anderen Weg links davon und hängen die Bänder wieder auf. Dann sind wir fertig.»

«Ich finde, das klingt nach einer ziemlich guten Strategie. Man merkt, dass das nicht deine erste Quest ist.»

Das sagte ich ganz ohne Ironie. Denn es war ja tatsächlich eine gute Strategie, wenngleich dieser Begriff vielleicht ein bisschen zu hoch gegriffen war.

Das Donnergrollen kam immer näher. Während wir zum Parkplatz zurückgingen, begann es zu regnen. Die Abendsonne war hinter den grauen Wolken verschwunden, und im Wald wurde es erstaunlich schnell dunkel und neblig. Jorma löste den Knoten eines orangefarbenen Bandes von einem Ast und zog es ab. Als wir erneut am Steinbruch vorbeikamen, nahm ich einen strengen Geruch wahr. Wahrscheinlich wurde durch den Regen irgendein Stoff im Boden freigesetzt, der uns jetzt in der Nase stach.

Jorma stolperte und wäre beinahe den steilen Hang hinabgestürzt. Ich packte seinen Arm und zog ihn wieder hoch. Mehr Dramen spielten sich nicht ab. Als wir den Parkplatz erreichten, trug Jorma sieben orangefarbene Plastikbänder. Er half mir, das Schild aus dem Boden zu ziehen, das den Beginn der Roten Seerose markierte, und neben dem nächsten Weg wieder hineinzurammen. Es dauerte einen Moment, bis es gerade stand. Jetzt war das Gewitter direkt über unseren Köpfen. Der Regen wurde immer stärker, als wir uns erneut in den Wald begaben und alle paar Meter ein Band an einem Baum befestigten. Wer sich nicht jeden Tag hier aufhielt, würde nicht bemerken, dass der Wanderweg Rote Seerose einen neuen Anfang hatte. Nach einer Viertelstunde waren wir wieder an der Gabelung angekommen, wo die beiden Wege zusammenliefen.

«Na gut, dann wären wir jetzt fertig, oder?», fragte Jorma und wischte sich den Regen aus dem Gesicht.

Wir hatten die Bänder so umgehängt, dass der Wanderweg der Touristen nun ein Stück weiter entfernt von der Grenze zum anderen Teil Tivedens verlief. Dritte Prüfung bestanden? Von mir aus schon.

Ich steckte die Hand in eine Seitentasche meiner Latzhose und betastete das magische Eisstück. Vor dem Gespräch mit Alexandra war die Idee in mir gewachsen, dieses Eisstück in einen Zaubertrick einzubauen. Ich könnte es dem Publikum zeigen und die Zuschauer sogar nach vorn bitten, damit sie es befühlen und feststellen konnten, dass es wie ein ganz normales Stück Eis aussah. Anschließend könnte ich es auf einen glühenden Grill zwischen brutzelnde Würste und Gemüse legen.

Auch die Geschichte des Eisstücks könnte ich unverändert übernehmen. Eine Klippe, die von den Tränen der Witwen so schwer geworden war, dass sie abbrach und in den Waldsee fiel und ihn für immer gefrieren ließ. Das war eine unglaublich gute Zaubergeschichte. Und während meiner Erzählung könnte das Publikum aus nächster Nähe sehen, dass das Eisstück auf dem Grill nicht schmolz, sondern hart und kalt blieb. Ich könnte sogar jemanden aus dem Publikum bitten, es vom Grill zu nehmen, damit niemand glaubte, ich hätte es heimlich gegen etwas Feuerfestes ausgetauscht.

Das war in der Tat ein richtig guter Zaubertrick. Mit echter Magie. Etwas, das mich unter den Zauberern dieses Landes einzigartig machen würde.

Aber Jorma befand sich auf einer Liebesquest und auf der Jagd nach magischen Steinen und Kristallen. Für ihn war das Eisstück wertvoller als für mich.

«Hör zu, Jorma, ich gehe jetzt zurück zum Parkplatz. Kannst du noch einen Moment hier stehen bleiben und Ausschau halten?»

«Na klar, aber warum? Wonach soll ich Ausschau halten?»

«Ach, einfach nur aufpassen, dass niemand unsere Arbeit sabotiert oder so. In ein paar Minuten treffen wir uns am Auto.»

Er nickte. Ich kehrte ihm den Rücken zu und eilte davon. Der Boden war platschnass und matschig. Als ich den Parkplatz fast erreicht hatte, sah ich eine dicke Wurzel, die quer über den Weg verlief. Ich gebe zu, dass ich für einige Sekunden von Zweifeln befallen wurde und meine Finger den kleinen, wertvollen Klumpen nur ungern loslassen wollten. Doch dann legte ich ihn auf die Wurzel. Wenn Jorma gleich hier entlangkam, würde er das Eisstück nicht übersehen können. Es strahlte und funkelte von den Regentropfen, die darauffielen. Es war unmöglich zu verpassen – hoffte ich zumindest.

Ich stellte mich ein Stück von der Holzhütte entfernt auf den Parkplatz. Während ich überlegte, ob ich zum Auto gehen und nach einem Regenschirm suchen sollte, hörte ich eine Stimme in meinem Rücken.

«Hej.»

Ich zuckte zusammen und fuhr herum. Am Waldrand stand ein kleines Mädchen, etwa fünf Jahre alt. Blasse Haut. Langes blondes Haar. Knallroter Regenmantel und Regenhut. Gelbe Gummistiefel. Das Mädchen hatte sich halb hinter einer Kiefer versteckt, hielt die Hände hinter dem Rücken verborgen und strahlte mich an. Für einen unwissenden Straßenläufer sah es aus wie ein ganz normales kleines Mädchen, und letzte Woche hätte ich mich wohl als Erstes gefragt, warum sie bei diesem Wetter ganz allein im Wald unterwegs war. Jetzt wusste ich es besser.

Leider hatte ich wieder einmal das Pech, Auge in Auge mit einer Waldfee zu stehen.

48

Welche Hand?», rief die Waldfee fröhlich.

Nachdem ich den ersten Schock überwunden hatte, begriff ich, dass sie offenbar etwas hinter dem Rücken versteckt hielt und ich raten sollte, in welcher Hand.

Konnte man zusätzlich zu einem schon bestehenden Todesfluch mit einem weiteren Todesfluch belegt werden? Ob ich erwähnen sollte, dass ich schon von einer anderen Waldfee «besetzt» war?

«Sag schon! Welche Hand?» Die Waldfee blinzelte frech unter ihrem Regenhut hervor.

Sie sah niedlich aus, wenn man einmal davon absah, dass sie ein übernatürliches Wesen war, das mir die Hölle heißmachen wollte. Aber davon konnte ich nicht absehen. Hinter diesem unschuldigen Lächeln verbarg sich definitiv etwas Bösartiges.

Mein Herz klopfte wie wild. Der eiskalte Regen trug auch nicht gerade zu meinem Wohlbefinden bei. Ich warf einen Blick auf den Weg, wo Jorma jederzeit auftauchen müsste. Dann sah ich wieder zur Waldfee und versuchte, meiner Stimme einen festen Klang zu verleihen.

«Du versteckst etwas hinter deinem Rücken, und ich soll raten, in welcher Hand du es hältst? Wie viele Versuche habe ich denn? Und was passiert, wenn ich danebenliege?»

«Dann musst du noch mal raten», sagte sie nach einigen Sekunden Bedenkzeit.

Eine ausweichende Antwort. Natürlich war das irgendeine Falle, wie gemacht, um hineinzutappen. Hielt sie überhaupt etwas hinter dem Rücken? Und was hinderte sie daran, den Gegenstand heimlich von einer Hand in die andere wandern zu lassen, nachdem ich mich entschieden hatte?

Plötzlich dämmerte es mir. Ich begriff, was sich hinter der scheinbar einfachen dritten Prüfung verbarg. Greta, Gunnar und das Miststück mussten gewusst haben, dass es in dieser Gegend noch eine Waldfee gab. Dass diese Kreatur es irgendwie geschafft hatte, über die Salzlinie zu gelangen und unter Touristen und anderen Straßenläufern Unheil zu stiften.

Natürlich wird es eine Zeremonie geben, falls Sie von der dritten Prüfung zurückkehren, hatte Gunnar gesagt. *Falls* Sie zurückkehren. Das hatte mein Misstrauen geweckt. Und zwar zu Recht, wie mir jetzt klarwurde. Sie hatten mich auf eine lebensgefährliche Prüfung geschickt. Deshalb sollte ich den Autoschlüssel auf dem Vorderrad liegen lassen. Und deshalb hatten sie nicht gewollt, dass Jorma mitkam und in die Sache verwickelt wurde.

«Jetzt sag schon, welche Hand», wiederholte die Waldfee und stampfte ungeduldig mit dem Gummistiefel auf.

Wut stieg in mir auf, während sich meine Furcht ein wenig legte. Lieber zornig als ängstlich, dachte ich und deutete möglichst entschlossen auf den linken Arm der Waldfee.

Sie grinste entzückt und streckte mir eine leere, schmutzige Handfläche entgegen. Verdammt!

«Rate noch mal!», piepste sie vergnügt.

Dann zeigte sie mir die andere Hand, in der sie einen Kiefernzapfen hielt. Na gut, also hatte sie wirklich etwas hinter ihrem Rücken versteckt. Sie hielt sich an gewisse Spielregeln. Immerhin etwas, dachte ich grimmig. Dann überlegte ich, ob auch ich gezwungen war, die Regeln zu befolgen.

Was wäre, wenn ich die Waldfee in die Ecke drängen würde oder besser gesagt an den Baum, an dem sie sich herumdrückte? Ich war nicht gut im Nahkampf, aber die Waldfee war nicht größer als ein fünfjähriges Mädchen. Könnte ich sie nicht mit einem kräftigen Fausthieb zu Boden strecken und davonrennen? Ich ballte meine Fäuste und beschloss, zum Gegenangriff überzugehen.

«Komm, Lina, wir gehen jetzt.»

Ich zuckte zusammen, als ein Mann Mitte dreißig hinter dem Toilettenhäuschen auftauchte. Er trug einen sportlichen Regenanzug und hatte einen Korb mit Pilzen, Bären- und Kiefernzapfen in der Hand.

Gerade als ich den Mann vor der Waldfee warnen wollte, sprang sie zwischen den Bäumen hervor und warf sich ihm in die Arme.

«Da bist du ja», sagte er. «Jetzt fahren wir nach Hause zu Mama.»

Obwohl mich der kalte Regen immer mehr durchnässte, wurde mir heiß, und ich schwitzte. Ich war kurz davor gewesen, einem kleinen Mädchen einen Fausthieb zu verpassen. Steif nickte ich dem Vater zu, der seiner Tochter half, den Kiefernzapfen in den Korb zu legen.

«Hallo, ich bin gerade dabei, einen Wanderweg zu verlegen», sagte ich als offizielle Erklärung, warum ich trotz des Mistwetters im Wald war.

Ich strich mit der Hand über meine Latzhose, als würde das beweisen, dass ich zum Arbeiten hier war und nicht, um kleine Mädchen anzusprechen.

Der Vater musste die ganze Zeit in der Nähe gewesen sein. Er wirkte weder beunruhigt noch misstrauisch.

«Wir sind vorhin an einem Steinbruch vorbeigekommen», erzählte er. «Es klang, als würde da unten ein alter Mann weinen. Glauben Sie, jemand könnte sich verirrt haben?»

«Ach, und das haben Sie eben erst gehört?»

Jorma war definitiv kein alter Mann. Was mochte der Vater nur gehört haben? Hatte Jorma im Wald einen Zusammenbruch erlitten? Und warum war er eigentlich noch nicht wieder zurückgekommen?

«Nein, das ist schon eine Weile her. Kurz nachdem wir am Parkplatz angekommen waren. Bevor es zu regnen anfing.»

Der Vater zeigte auf den Weg, der nun nicht mehr mit einem orangefarbenen Plastikband markiert war.

«Ich war gerade eben da und habe den Weg verlegt, und ich habe keinen traurigen alten Mann gehört. Also besteht wohl kein Grund zur Sorge», sagte ich, noch immer in der Rolle eines Beauftragten der Forstverwaltung.

«Eklige Gurke!», rief das Mädchen im roten Regenmantel.

«Stimmt», sagte der Vater lachend. «Da unten roch es nach Essiggurke oder, besser gesagt, nach Essigsäure.»

An dem steilen Hang, der zum Steinbruch führte, hatte auch ich einen strengen Geruch bemerkt. Essigsäure. Essig. Warum nur erschien mir diese Information so wichtig? Es wollte mir einfach nicht einfallen.

Der Vater verabschiedete sich und lief mit seiner Tochter in den Armen zu dem Volvo, neben dem ich geparkt hatte. Bei jedem zweiten Schritt tat er absichtlich so, als würde er stolpern, woraufhin das Mädchen vergnügt quietschte. Einige Minuten später waren sie davongefahren, und ich stand wieder allein auf dem Parkplatz. Was hatte der Wiedergänger im Spiegel mir gesagt, als er mir etwas von Urwesen erzählte?

Falls Sie einem weinenden alten Mann mit blutunterlaufenen Augen begegnen sollten, der nach Essig stinkt und Ihnen voller Selbstmitleid seine zu Tränen rührenden Geschichten erzählt, dann nehmen Sie am besten die Beine in die Hand.

Weinender alter Mann.

Essig.

Der Tränentriefer?

Warum war Jorma noch nicht wieder aufgetaucht?

Ich suchte unter dem Dach des Toilettenhäuschens Schutz vor dem Regen und versuchte die Gedanken zu ordnen, die mir im Kopf herumgingen. Greta, Gunnar und das Miststück hatten mich nicht in die Fänge einer Waldfee geschickt. Aber vielleicht verbarg sich hinter der scheinbar einfachen und ungefährlichen dritten Prüfung etwas ganz anderes?

Hatte Jorma nicht im Wald nach Essig geschnuppert, als wir aus Haralds und Janines Mercedes gestiegen waren? Doch, so war es. Ziemlich dämlich, nach etwas zu schnuppern, dessen Geruch man gar nicht kennt, aber genau das hatte er getan.

Was hatte ich in den letzten Tagen über den Tränentriefer gehört?

Wenn du herumnörgelst und nur an dich denkst, kommt der Tränentriefer und holt dich. Das hatte der Wiedergänger sich von seiner Mutter anhören müssen. Und das hatte auch die Waldfee zu Jorma gesagt, als er ihr beim Blumenpflücken geholfen hatte.

Auf dem Kies des Parkplatzes bildeten sich Pfützen. Der stahlgraue Himmel erhellte sich einige Male hintereinander, kurz darauf folgten heftige Donnerschläge. Ich vergeudete einige Sekunden damit, mir ins Gedächtnis zu rufen, wie man sich verhält, um nicht vom Blitz getroffen zu werden. Dann wühlte ich wieder nach Informationen über den Tränentriefer.

Die Bewohner von Tiveden hatten dem Tränentriefer Straßenläufer geopfert, um ihn wieder loszuwerden. Nörgelnde, egoistische und unsympathische Typen, die niemand vermissen würde, wenn sie spurlos in seinem unterirdischen Reich verschwanden.

Nörgelnd. Egoistisch. Unsympathisch. Ein tiefes Unbehagen machte sich in mir breit. Ich lehnte mich gegen die Tür der Herrentoilette, die unvermutet nach innen aufging. Ich taumelte ein paar Schritte rückwärts, fiel um und blieb mit dem Arm im Pissoir stecken. Der Regen prasselte unaufhörlich aufs Dach. Ich musste an den ersten Abend denken, als ich bei Greta und Gunnar zu Hause war. Greta hatte mir eine Reihe persönlicher Fragen gestellt. Ob ich verheiratet sei und Kinder hätte, ob ich Kontakt zu meinen Eltern hätte, ob es noch Geschwister gebe ... Und am Ende hatte sie gemeint: Dann gibt es also niemanden, der Sie vermissen würde, wenn Sie plötzlich spurlos verschwänden?

Ich rappelte mich auf. Meine Knie waren weich.

Greta, Gunnar und das Miststück hatten mir eine scheinbar einfache und harmlose Aufgabe gestellt, und ich hatte die ganze Zeit gespürt, dass sie mir etwas verheimlichten. Jetzt war ich mir ziemlich sicher, was.

Sie hielten mich für eine nörgelige, egoistische und unsympathische Person.

Eine Person, die niemand vermissen würde, wenn sie dem Tränentriefer geopfert würde.

49

Ich stand im Toilettenhäuschen und fühlte mich genauso am Boden zerstört wie kürzlich vor dem Spiegel in Harald und Janines Wohnzimmer. In meiner Laufbahn als Zauberer war ich nie mit negativer Kritik konfrontiert worden. Ich trat ganz einfach nicht an Orten auf, die professionelle Meckerer anlockten, nicht einmal Redakteure von kleinen Lokalzeitungen. Der Plan von Greta, Gunnar und dem Miststück, mich dem Tränentriefer zu opfern, kam allerdings einem Totalverriss glich. Ich war durchgefallen. Was für einen miesen Eindruck ich während meiner Zeit in Tiveden hinterlassen haben musste!

Ich öffnete die Tür und spähte hinaus. Jorma, den ich überredet hatte, mich bei der dritten Prüfung zu begleiten, war noch immer nicht auf dem Parkplatz aufgetaucht. Ich lief aus der Herrentoilette hinaus und in den Wald hinein. Das magische Eisstück lag noch immer auf der Wurzel, wo ich es hingelegt hatte. Ich steckte es in die Tasche und rannte, so schnell ich konnte, wieder zu der Stelle, wo ich Jorma zurückgelassen hatte.

«Jorma!»

Er war nirgends zu sehen. Durch den strömenden Regen war die Sicht trüb, und ich war bis auf die Knochen durchnässt.

«Jorma!»

Plötzlich hatte ich wieder diesen strengen, stechenden Geruch in der Nase. Er lag wie eine dünne Schicht über dem würzigen Duft nasser Erde und feuchtem Moos. Essigsäure. Ich betrat den inzwischen nicht mehr markierten Weg und folgte dem Geruch wie ein plumper, ständig stolpernder Spürhund. Als ich zu dem steilen Hang kam, der in den Steinbruch hinabführte, übertünchte der Gestank nach Essigsäure alle anderen Gerüche. Ich entdeckte eine schlammige Gleitspur auf dem Boden. Von Jorma, befürchtete ich. War er, genau wie ich jetzt, dem Geruch gefolgt und ausgerutscht? Dort unten zwischen den Steinen war es dunkel und neblig. Ich rief einige Male nach ihm, ohne eine Antwort zu bekommen.

Obwohl das Gewitter über mir grollte und der Regen so stark prasselte, als stünde ich direkt unter einem Wasserfall, drang ein schwaches Geräusch zu meinen Ohren durch.

Ein Weinen.

Ein Schluchzen und Schniefen, das von einem alten Mann zu stammen schien. Es klang so traurig und verzweifelt, dass ich schlucken musste.

In den alten Sagen und Legenden brachten die Sirenen mit ihrem betörenden Gesang Seeleute dazu, ihr Schiff gegen scharfe Klippen zu steuern, woraufhin sie untergingen. Dieses Heulen war keineswegs betörend. Es klang plärrend und resigniert, und trotzdem war ich sofort ein paar Schritte den Hang hinabgelaufen, ohne darüber nachzudenken.

In der nächsten Sekunde verlor ich den Halt und stürzte. Ich glitt über kleine Steine und knorrige Wurzeln. Mein Steißbein bekam etliche Schläge ab. Ich versuchte mit den Ellenbogen zu bremsen, die daraufhin ebenfalls in Mitleidenschaft gezogen wurden.

Als ich endlich bremsen und aufstehen konnte, war

meine Kleidung zerfetzt und schlammverschmiert. Wenn man der Situation etwas Positives abgewinnen wollte, dann war es die Tatsache, dass ich nicht meinen maßgeschneiderten Anzug trug.

Ich sah mich um. Es war dunkel und neblig. Der Essiggeruch hing noch immer in der Luft. Steine mit Moos, Steine ohne Moos, große Steine, kleine Steine, spitze Steine und runde Steine. Zeit für eine Zusammenfassung: In einem Steinbruch gab es eine Menge Steine.

Ich drehte mich zu dem Hang um, den ich hinabgerutscht war. Einige Meter weiter, vom Wanderweg aus unmöglich zu erkennen, klaffte in der Felswand eine mannshohe Spalte. Sie war höchstens zwanzig Zentimeter breit. Von dort kam das Weinen. Es klang so traurig und trostlos, dass ich selbst fast in Tränen ausgebrochen wäre. Ich verpasste mir eine brutale Ohrfeige und versuchte, wütend statt traurig zu sein. Die Königin des Waldes und ihre hinterhältigen biskuitrollenfressenden Anhänger hatten mir einen lebensgefährlichen Auftrag erteilt. Dummerweise hatte ich Jorma überredet, mich zu begleiten, und nun befand er sich vermutlich dort drinnen im Gestein. Beim Tränentriefer.

Jetzt war es meine Aufgabe, meine Quest, ihn zu retten. Wenn es nicht längst zu spät war. Ich humpelte zur Felsspalte. Es gab nicht viel zu überlegen. Auf einer Quest begibt man sich in Höhlen, ohne zu zögern.

Trotzdem zweifelte ich für einen angsterfüllten Moment.

Dann machte ich mich auf den Weg in den Fels.

Ich musste mich seitwärts durch die schmale Öffnung zwängen. Die Felswände waren von schmierigen Algen bedeckt, und es roch muffig und faulig, als wäre die Höhle noch vor kurzem mit Wasser gefüllt gewesen. Während ich meinen Krebsgang fortsetzte, wurde der Weg leicht abschüssig. Von dem heftigen Wolkenbruch draußen war nur noch ein leichtes Rauschen zu hören.

«Jorma?»

Meine Stimme klang dünn. Vielleicht lag es an der Akustik. Ich blieb stehen und lauschte.

Schluchzen und Schniefen.

Ein fernes Echo und doch nah. Traurig. Unbehaglich. Ich hielt den Atem an. Etwas weiter hinten im engen Tunnel konnte ich einen schwachen Schein erahnen. Ich setzte meinen mühsamen Weg fort.

«Musst wohl herkommen und dir eine traurige Geschichte anhören. Musst näher kommen, damit ich sie dir erzählen kann.»

Die Stimme klang jämmerlich. Ich wäre am liebsten umgekehrt, riss mich jedoch zusammen und ging weiter, bis ich in eine niedrige Höhle gelangte, die von dicken, flackernden Kerzen beleuchtet war. An den feuchten Wänden, die mit Algen und glitschigem Seegras bedeckt waren, stapelten sich Hunderte Knochen – ob von Menschen oder Tieren oder beidem, wusste ich nicht. Es stank so ekelerregend nach Essig, dass ich das Gesicht verziehen musste.

Mitten in der Höhle stand ein grob in den Stein gehauener Thron.

Auf dem Thron saß der Tränentriefer.

Ein sehr alter, weißhaariger Mann mit buckligem Rücken und grauer Haut, dessen fleckiger und mottenzerfressener Anzug so aussah, als stammte er aus dem neunzehnten Jahrhundert.

«Musst wohl noch näher kommen, damit ich dir die traurigen Geschichten erzählen kann.»

Er klang wehleidig und kläglich. Und niederträchtig. Seine schmalen Augen waren vom Weinen so rot, als würden sie bluten. Neben ihm auf dem Boden saß Jorma. Er lehnte am Thron, leblos und in sich zusammengesackt wie eine Marionette ohne Fäden.

«Jorma! Kannst du mich hören?»

Er reagierte nicht. Der Tränentriefer schüttelte langsam den Kopf und zog eine betrübte Miene.

«Habe wohl eine ziemlich traurige Geschichte erzählt. Der Junge ist so traurig geworden, dass er Schlaf brauchte. Muss wohl sehr lange schlafen. Seine Tränen werden bis in alle Ewigkeit mir gehören.»

Ich war bis auf die Knochen nass und unterkühlt. Mit klappernden Zähnen trat ich tiefer in die Höhle hinein. Ich versuchte, entschlossen aufzutreten, aber leider quietschten meine Gummistiefel auf dem feuchten Steinboden, was eher komisch klang als respekteinflößend. Ich räusperte mich und versuchte, so furchtlos und gebieterisch wie möglich zu klingen. Angriff ist die beste Verteidigung.

«Ich bin ein Verbündeter des Miststücks. In ihrem Auftrag bitte ich dich, von hier zu verschwinden und das Volk des Waldes in Frieden zu lassen. Und Jorma freizugeben.»

Mich so vorzustellen, fühlte sich besser an, als bei der Wahrheit zu bleiben und zu erzählen, dass es dem Miststück völlig egal war, ob ich krepierte oder nicht.

«Die Königin des Waldes kann mir keine Angst einjagen. Sie und ihre Hexen haben doch alle Magie vergessen, die mich früher einmal beeindruckt hat. Ich bleibe hier.»

Mich schauderte beim Klang seiner nörgeligen, knarzenden Stimme. Gleichzeitig hatte sie etwas Hypnotisches an sich. Unbewusst war ich ein paar quietschende Schritte weitergegangen.

«Lass Jorma frei. Nimm mich stattdessen», stieß ich völlig unüberlegt hervor.

So etwas sagen die mutigen Helden in Filmen und Büchern immer. Oft hatten sie einen Plan, wenn sie sich in die Höhle des Feindes begaben. Ich leider nicht.

«Hast wohl kaum die Macht, über mich zu bestimmen.»

«Aber ... wenn du ihn gehen lässt, kann er allen im Wald erzählen, wie gemein du bist. Auf die Weise würdest du in Geschichten und Legenden weiterleben. Wenn du uns beide gefangen nimmst, könnten die Leute denken, wir wären bloß einem Nachtklopfer zum Opfer gefallen oder so.»

Der Tränentriefer musterte mich lange und eingehend.

«Ist gar nicht so dumm, was du sagst. Will auf keinen Fall, dass meine Taten mit denen eines simplen Nachtklopfers verwechselt werden.»

Ich fixierte ihn mit dem Blick. Es war, als würde man in bodenlose Brunnen voller Elend und Bösartigkeit blicken. Mir lief es kalt den Rücken herunter.

«Vielleicht ist es doch besser, wenn du Jorma behältst», piepste ich kläglich und alles andere als heldenhaft. «Ich habe einen viel größeren Wortschatz als er. Wenn er Geschichten über dich erzählt, könnten sie unzusammenhängend und wirr klingen.»

Mit einer verzweifelten Kraftanstrengung gelang es mir, den Kopf wegzudrehen und den Blickkontakt zu unterbrechen. Ich muss ehrlich zugeben, dass ich nicht den Hauch eines schlechten Gewissens hatte, weil ich meine Meinung so schnell geändert hatte und plötzlich lieber mich selbst retten wollte als Jorma.

Der Tränentriefer stieß einen langen, jämmerlichen und wehleidigen Seufzer aus.

«Bist nichts wert. Bin überzeugt, dass der Junge mehr Tränen hat als du. Hat seine Liebste an eine Krankheit verloren. Wir beide werden gut miteinander auskommen, weil seine Trauer viel tiefer geht als deine.»

Das klang doch wie eine gute, vielleicht sogar lebensrettende Nachricht für mich. Trotzdem konnte ich leider meinen Mund nicht halten.

«Das stimmt. Seine Freundin ist vor ein paar Jahren gestorben, und daraufhin ist Jorma verrückt geworden. Das ist natürlich wahnsinnig traurig, aber er ist jung und hat das ganze Leben noch vor sich. Ich selbst bin schon älter und habe verdammt düstere Zukunftsaussichten. Lass Jorma frei. Nimm mich stattdessen.»

Was zum Teufel trieb ich gerade? Ich muss wohl ziemlich erstaunt ausgesehen haben, als ich begriff, dass ich mich mit meinen Argumenten wieder in dieselbe Ecke zurückkatapultiert hatte, die ich doch eigentlich gerade verlassen wollte. Meinte ich es ernst mit meinem Angebot, oder versuchte ich nur Zeit zu schinden, während ich auf die entscheidende Idee wartete, die uns beide retten könnte?

Der Tränentriefer zuckte mit seinen hängenden Achseln und schaute auf den leblosen Jorma herab. Schniefend zog er ein wenig Schleim hoch.

«Amüsiert mich ziemlich, wie du herumlavierst, als würdest du ernsthaft glauben, du hättest mir irgendetwas zu sagen. Mir, einem Urwesen! Hab mich aber schon entschieden, euch beide zu nehmen.»

50

Ich wollte gerade protestieren, als mein Blick erneut von den betrübten Augen des Tränentriefers angezogen wurde. Er legte den Kopf schief und holte tief und rasselnd Luft.

«Ist wohl Zeit zu testen, ob du dich als würdig erweist, mir in der Unterwelt Gesellschaft zu leisten. Will hören, ob du etwas Trauriges über dich selbst erzählen kannst. Muss erst rausfinden, wie arm du wirklich dran bist. Du armes, armes Würstchen.»

Eigentlich hatte ich nicht die geringste Lust dazu, aber auf einmal konnte ich nicht mehr verhindern, dass ich ungehemmt drauflosquasselte, als würden mir die Wörter aus dem Mund gezogen.

«Wenn ich Geburtstag habe, schalte ich alles aus, um für zehn Minuten meine Ruhe zu haben. Das ist eine Art Ritual. Leider unterscheiden sich diese zehn Minuten nicht groß von den übrigen Minuten des Tages. Mich ruft nie jemand an, um mir zu gratulieren. Dieses Jahr habe ich mir einen solchen Zehnminüter auf einem Rastplatz gegönnt. Da saß auch eine Familie und hat Geburtstag gefeiert. Aber sie haben zusammen gefeiert. Ich hätte auch gern eine Familie und jemanden, dem ich wichtig bin. Ich armes Würstchen. Ich armes, armes Würstchen.»

Oh, was war ich arm dran, weil ich nicht alles im Leben bekommen hatte, was ich haben wollte. Ja, ich war wirklich wahnsinnig arm dran. Der Tränentriefer schluchzte auf. Wir hatten immer noch Augenkontakt.

«Muss wohl zustimmen, dass das wahnsinnig traurig ist. Aber jetzt bin ich an der Reihe. Einmal saß ich an einem Tisch und aß zu Abend. Wollte gerade meinen Teller mit Kartoffeln füllen, als mir auffiel, dass die Schüssel zu weit weg stand. Außer Reichweite. Musste sogar aufstehen, um an die Kartoffeln zu kommen. Ich armes Würstchen. Ich armes, armes Würstchen.»

Dies war wohl die am wenigsten traurige Geschichte, die ich je gehört hatte. Trotzdem wurden meine Augen feucht, und ich nickte dem Tränentriefer mitleidig zu. Was für eine Vorstellung, aufstehen zu müssen, um an die Schüssel mit den Kartoffeln zu kommen! Todtraurig.

«Als Jugendlicher habe ich mit einem Mädchen Schluss gemacht. Noch Jahre später habe ich es bereut. Sie ist mit meinem besten Freund zusammengekommen, und gemeinsam haben die beiden eine Wahnsinnskarriere hingelegt. Ich bin schon seit fünfundzwanzig Jahren neidisch auf sie … Ich armes Würstchen. Ich armes, armes Würstchen.»

Zu diesem Zeitpunkt hatte ich eigentlich keine Lust mehr, auf diesem Thema herumzureiten, denn ich glaubte, längst damit abgeschlossen zu haben. Aber plötzlich erschien mir jedes selbstmitleidige Wort kraftvoll und ergreifend. Ich konnte nur noch stammeln, und meine Stimme versagte beinahe. Ich war so unglaublich arm dran. Die Unterlippe des Tränentriefers bebte.

«Jetzt bin ich wohl wieder an der Reihe. Hatte heute Morgen ganz wirres Haar, konnte aber meinen Kamm nicht finden. Ich armes Würstchen. Ich armes, armes Würstchen.»

Bei dieser traurigen Geschichte musste ich hemmungslos losheulen. Wir waren beide so unglaublich arm dran.

«Das Hotel in Karlsborg hatte nur trockengeröstete Erdnüsse, nicht die normalen gesalzenen. Ich armes Würstchen. Ich armes, armes Würstchen», brachte ich zwischen lauten Schluchzern hervor.

«Habe wohl noch nie Erdnüsse gegessen. Weiß nicht mal, was das ist», wimmerte der Tränentriefer, als hätte ihn alles Unglück dieser Welt getroffen.

Jetzt öffneten sich auch bei ihm alle Schleusen. Der Gestank von Essigsäure nahm mir die Luft zum Atmen und machte mich schläfrig. Ich weiß nicht, wie lange wir noch so weitermachten und traurige Geschichten austauschten. Zeit und Raum lösten sich auf.

«Hast dich wohl als würdig erwiesen, mir in die Unterwelt zu folgen. Muss nur noch eine traurige Geschichte hören», sagte er und wischte sich mit zitternden Händen die triefenden Augen.

Ein kleiner Teil von mir muss gespürt haben, dass ich immer tiefer in eine hypnotische Verzauberung geriet. Inzwischen weinte ich so heftig und verzweifelt, dass meine Schultern bebten, und dennoch gelang es mir, den Kopf abzuwenden und mich auf Jorma zu konzentrieren, der nach wie vor am Thron lehnte. Dieser kleine Teil von mir, der noch immer bei Bewusstsein war, begann jetzt irgendwo tief in meinem Hinterkopf zu schreien: *Hör auf zu jammern! Hör auf, mit dem Tränentriefer darum zu wetteifern, wer von euch beiden bemitleidenswerter ist! Schau dir Jorma an! Er ist wirklich arm dran! Hör auf zu jammern!*

Das war allerdings leichter gesagt als getan. Als mir der Tränentriefer langsam seine knochigen Arme entgegenstreckte, bekam ich Lust, ihn in den Arm zu nehmen und an mich zu drücken, damit wir uns beide bemitleiden konnten. Doch die Stimme in meinem Kopf brüllte weiter.

Hör auf zu jammern! Keiner kann einen Menschen ausstehen, der seine Umgebung verpestet, indem er immer nur jammert und sich selbst bemitleidet!

Meine Gummistiefel quietschten auf dem Steinboden, als ich einige Schritte auf den Thron des Tränentriefers zuging. Er sah mies und elend aus, wie er dort im Schein der flackernden Kerzen saß. Sein Anzug beulte sich aus, als würde unter dem stockfleckigen Stoff etwas krabbeln und kriechen.

«Warte kurz!», schrie ich laut und gellend.

Damit meinte ich vor allem mich selbst, glaube ich, und es half mir tatsächlich dabei, den Blickkontakt erneut zu unterbrechen. Sicherheitshalber verpasste ich meinem tränenüberströmten Gesicht eine erneute Ohrfeige. Ich schüttelte den Kopf und fühlte mich plötzlich merkwürdig wach. Zum ersten Mal, seit ich in die feuchte und essigstinkende Höhle gekommen war, hatte ich echte Angst. Solche Angst, dass mir die Beine zitterten, die Zähne klapperten und das Herz laut pochte.

Ich wollte nicht sterben. Jedenfalls nicht an diesem Tag. Ich wollte Sundbyberg wiedersehen. Ich wollte Musik hören. Ich wollte den schwachen Zigarrengeruch eines maßgeschneiderten Anzugs riechen. Ich wollte Herbstlaub, Neuschnee und Frühlingssonne erleben. Ich wollte beim Essen von einem Idioten aus dem Callcenter gestört werden, der mich fragte, ob ich mit meinem Internetanschluss zufrieden sei. Ich wollte zaubern. Ich wollte vielleicht den Kontakt zu Sebastian wieder aufleben lassen. Ich wollte Greta, Gunnar und das Miststück wiedertreffen und ihnen eine Standpauke halten, weil sie mich in diese schlimme Sache hineingelockt hatten. Vielleicht wollte ich sogar wieder Biskuitrolle essen.

«Hast dich wie gesagt als würdig erwiesen, mir in die Unterwelt zu folgen. Muss nur noch eine traurige Geschichte hören», wiederholte der Tränentriefer mit seiner betrübten Stimme. Dieser Stimme, der man so unglaublich schwer widerstehen konnte. In meinem Kopf tauchten sofort eine Menge Geschichten auf. Dinge, über die ich so gern gejammert und geklagt hätte.

Nur noch eine traurige Geschichte.

Nein, verdammt noch mal, dachte ich und biss so fest die Zähne zusammen, dass mein Kiefer knackte. Jetzt reicht es mit den traurigen und wehleidigen Geschichten. Jorma und ich müssen weg von hier.

«Vor ein paar Tagen habe ich eine alte Dame getroffen. Sie hat im Baumarkt Vogel- und Igelhäuschen gekauft und Futterautomaten für Eichhörnchen. Ich hoffe, dass sie jetzt einen Garten voller Tiere hat.»

Der Tränentriefer blinzelte mit dem einen Auge, als wäre ihm etwas hineingeflogen.

«Versteh wohl nicht ganz, was an dieser Geschichte so traurig sein soll.»

«Erst wollte sie nur ein Vogelhäuschen kaufen, aber dann sind es immer mehr Sachen geworden. Sie hat gesagt: ‹Sehen Sie nur, wie niedlich!›, sobald sie etwas Neues entdeckt hatte, was sie für die Tiere kaufen konnte. Ihr Enthusiasmus war richtig ansteckend.»

Ich lächelte, weil ich mich daran erinnerte, wie fröhlich sie gelacht hatte, als sie mir von dem Eichhörnchen erzählte, dass ihr einen Mandelkeks vor der Nase wegstiebitzt hatte. Plötzlich konnte ich wieder besser atmen und klarer denken. Die Kraft in meinen Beinen kehrte zurück. Und auch der Essiggestank kam mir weniger streng vor.

Der Tränentriefer glotzte mich an. Er öffnete und schloss seinen Mund einige Male und gab eine Reihe von gelben und fleckigen Zähnen preis. Er erinnerte an einen Fisch an Land.

Das Gewimmel unter seinem schmutzigen Anzug wurde stärker.

«Gefällt mir wohl nicht, dass du so ungehorsam bist. Gefällt mir ganz und gar nicht. Will dich nicht noch einmal darauf hinweisen müssen, dass ich traurige Geschichten hören will.»

Er legte eine Hand auf Jormas Kopf und kraulte seine fettigen, wirren Haare. Seine Stimme war so eisig und streng, dass sie mir durch Mark und Bein ging.

Ich beschloss dennoch, weiterhin ungehorsam zu sein.

«Als mein Kumpel Sebastian zum ersten Mal zu mir nach Hause gekommen ist und meinen Zauberkasten gesehen hat, war das so, als hätte er einen Schatz gefunden. Ich weiß nicht, warum mir dieser Augenblick in Erinnerung geblieben ist. Aber es war ein so unschuldiges und freudiges Staunen, das werde ich nie vergessen.»

Es gab keinen Zweifel. Der hypnotische Griff, in dem mich der Tränentriefer gefangen hielt, lockerte sich allmählich. Je mehr ich lächelte, desto leichter konnte ich mich seiner destruktiven Energie entziehen. Inzwischen sah er fast ein wenig verwirrt aus, vielleicht sogar geschwächt.

«Verstehe nicht ganz, was du mit Zauberkasten meinst. Sprichst wohl von einer Kiste, in der du deine Magie aufbewahrst?»

«Na ja, eigentlich ist ein Zauberkasten ein ganz normaler Karton, der ...»

Ich hielt inne, weil mir plötzlich eine Idee kam. Eine Idee, die entweder genial oder total bescheuert war. Ich musste daran denken, was ich über die beeindruckenden Machtkämpfe gehört hatte, die früher einmal zwischen den Hexen des Miststücks und dem Tränentriefer stattgefunden hatten. Dass es über den Baumwipfeln vor lauter Zaubersprüchen nur so geblitzt und gedonnert hatte und dass die heutigen Hexen alle Magie vergessen hatten.

Meistens ist es gut, eine Handlung richtig zu durchdenken. Doch manchmal ist es besser, so wenig wie möglich zu denken und stattdessen dem Bauchgefühl zu folgen.

Jetzt oder nie, dachte ich, als ich mit zitternden Händen die Brusttasche meiner Latzhose öffnete und mein Glückskartenspiel hervorholte.

Showtime.

Mit einem eleganten Schwung breitete ich die Karten zu einem Fächer aus und tat mein Bestes, um selbstbewusst aufzutreten, obwohl ich schon wieder an meinem Bauchgefühl zweifelte.

«Ich würde dich gern mit einer magischen Darbietung beehren. In diesen Karten verbirgt sich ein Rätsel, eine Art Mysterium. Und dieses Mysterium spielt in einem alten Schloss in Transsilvanien. Jetzt werde ich dir erzählen, wie der Herzkönig herausfand, dass der Karobube der Pikdame Geld gestohlen hatte. Doch dazu benötige ich deine Hilfe. Zieh bitte eine Karte. Hilf mir, dieses unerklärliche Mysterium zu lösen, das die Menschen schon seit Jahrhunderten verblüfft.»

Der Tränentriefer starrte mich an.

«Verstehe nicht ganz, was du meinst», schniefte er bockig.

An dieser Stelle musste ich ihm kurz erklären, was ein Kartenspiel war. Ich glaubte, eine gewisse Neugier in seinem bleichen, verheulten Gesicht zu erahnen. Als ich ihm alle Symbole auf den Karten erklärt hatte, erzählte ich ihm die Geschichte vom Schloss in Transsilvanien noch einmal. Der Tränentriefer streckte sich nach dem Fächer aus, den ich ihm entgegenhielt. Ich versuchte mir meinen Ekel nicht anmerken zu lassen, als ich sah, dass seine Hand von schuppigem Ekzem und Pilzflechte bedeckt war.

«Gut. Schau dir die Karte an und merk sie dir, aber zeig sie mir nicht. Jetzt schaue ich in eine andere Richtung, und du steckst sie wieder ins Kartenspiel zurück. Wohin du willst.»

Als er das getan hatte, mischte und stapelte ich die Karten so, dass er genau sehen konnte, was ich tat. Dann teilte ich den Stapel in zwei Hälften und zeigte ihm die Karte, die in der Mitte lag.

«Hattest du diese Karte genommen? Pik-Sieben?»

Er blinzelte ein paar klebrige Tränen weg und nickte.

«Und jetzt schau mal, wer hinter der Pik-Sieben steht. Karobube, der diebische Knecht. Und wer steht hinter dem Karobuben und hat gesehen, wie er die Pik-Sieben gestohlen hat? Herzkönig! Jetzt weiß er, wer der Dieb ist. Glaubst du, du kannst ihn noch einmal auf frischer Tat ertappen? Zieh eine Karte.»

Ich führte ihm diesen Trick mindestens sieben Mal vor. Jedes Mal fand ich die Karte, die er genommen hatte. Jedes Mal lag sie in der Mitte des Spiels zwischen dem Karobuben und dem Herzkönig. Am Ende lehnte sich der Tränentriefer in seinem Thron zurück und schluchzte mit zitternder Unterlippe vor sich hin.

«Das Miststück hat sich wohl mit einem ziemlich mächtigen Mann verbündet. Deine Magie ist ungeheuer kraftvoll und beeindruckend.»

«Machst du Witze?», keuchte ich, denn um ehrlich zu sein, hatte ich mit meinem Kartentrick schon lange niemanden mehr beeindruckt.

«Brauchst mir nicht noch mehr traurige Geschichten zu erzählen. Ist wohl an der Zeit, dass ich mich zurückziehe.»

«Bist du dir sicher? Sonst kannst du auch noch ein Weilchen bleiben und dir anschauen, wie ich die schwere Artillerie hervorhole. Blitz und Donner. Feuer und Explosionen.»

Das war idiotisch und riskant, weil ich solche heftigen Tricks gar nicht in meinem Repertoire hatte. Zum Glück senkte der Tränentriefer seinen Blick und wirkte geradezu untertänig.

«Kannst der Königin des Waldes mitteilen, dass ich sie und ihr Volk wohl bis auf weiteres in Ruhe lasse.»

Ich hätte fast das Gleichgewicht verloren, als plötzlich der Boden bebte. Der Tränentriefer und sein Steinthron verschwanden in einer Wolke aus Rauch und Ruß in der Tiefe. Weil Jorma am Thron gelehnt hatte, wurde auch er in das schwarze Loch hineingezogen, das sich auftat. Ich packte seinen Arm und konnte ihn gerade noch festhalten, ehe er Hals über Kopf in der Unterwelt verschwunden wäre.

Ich hustete mir fast die Lunge aus dem Leib, während ich Jorma von dem Loch wegschleifte. Nach dem ganzen Geheule fühlte ich mich wie ein ausgewrungener Lappen, doch als der Rauch in der Höhle allmählich verflog und Jorma erwachte, wurde ich von Euphorie gepackt.

Es ist niemals sinnlos, Zeit in etwas zu investieren, was man gerne macht, dachte ich im Siegestaumel. Seit den ersten Lachern, die Sebastian und ich vom Publikum im Jugendzentrum in Axelsberg geerntet hatten, hatte ich mich nie wieder so in meiner Zauberkunst bestätigt gefühlt wie heute.

Ich hatte den Tränentriefer mit meiner beeindruckenden «Magie» überlistet. Mit dem alten Kartentrick, den ich mir vor langer Zeit ausgedacht hatte.

Dritte Prüfung bestanden! Das hoffte ich zumindest.

51

Nachdem ich die ekligen Hautschuppen weggepustet hatte, die die Finger des Tränentriefers auf meinem Glückskartenspiel hinterlassen hatten, half ich Jorma auf die Beine. Er sah sich verwirrt um.

«Was ist passiert? Ich weiß noch, dass ich im Wald gestanden habe und fand, dass es total eklig roch, und dann habe ich jemanden flennen gehört und bin im Matsch ausgerutscht. Aber jetzt habe ich plötzlich das Gefühl, ich selbst hätte so geheult, dass mir das Gesicht weh tut. Wo sind wir eigentlich?»

Ich überlegte, ob ich das, was passiert war, dramatisieren oder verharmlosen sollte. Ich kam zu dem Schluss, dass die ganze Situation so unglaublich war, dass man ruhig noch eine Schippe drauflegen konnte.

«In der Höhle des Tränentriefers. Du hast dir einen irrsinnigen Fight mit ihm geliefert und ihn wieder in die Unterwelt zurückgejagt.»

«Echt wahr?»

«Du hast das Bewusstsein verloren, nachdem du ihm eine Kopfnuss verpasst hast. Er hatte ein Schwert und einen Speer und solche Sachen, aber du hast dich auf ihn gestürzt wie ein richtiger Held.»

«Was bin ich cool! Echt krass!»

Dann entdeckte er die Knochen an den Wänden, doch er

bekam keine Angst, sondern schien eher zu denken, dass das alles eine ziemlich spannende Sache war. Als er in das Loch in der Mitte der Höhle hinabspähte, zog ich schnell das magische Eisstück aus der Tasche. Alle meine bisherigen Zweifel waren wie weggeblasen. Diskret bückte ich mich hinter Jorma und legte es auf den Boden.

«Vielleicht willst du mal sehen, ob es hier irgendetwas Wertvolles gibt, das du mitnehmen möchtest? Dann sollten wir schnell von hier abhauen.»

Er nickte, und es dauerte nicht lange, bis er etwas im Schein der flackernden Kerzen aufblitzen sah. Er kniete sich hin. Voller Verwunderung hob er das Eisstück auf, das ich aus dem magischen gefrorenen See mitgenommen hatte.

«Schau mal! Und fühl mal! Das Teil ist ja eiskalt!»

«Ich glaube fast, du hast den Schatz des Tränentriefers gefunden. Der Legende nach ist das ein magischer Stein, der niemals schmilzt. Na ja, Steine schmelzen ja normalerwiese sowieso nicht, aber ich glaube, das ist ein mythenumwobener Steinkristall aus Eis, das niemals schmilzt. Er ist wahnsinnig magisch, und es haben sich schon viele auf eine Quest begeben, um ihn zu finden, aber bisher ist niemand lebend zurückgekehrt.»

Ich fand meine Geschichte halbwegs glaubwürdig, aber zu meiner großen Verwunderung legte Jorma das Eisstück wieder auf den Boden zurück.

«Was machst du da?»

«Ich habe ein schlechtes Gewissen, weil ich an der Tankstelle geklaut habe. Ich will aufhören, Sachen zu nehmen, die nicht mir gehören.»

«Aber er gehört doch jetzt dir, Jorma. Du hast den Tränentriefer besiegt, deshalb hast du auch ein Anrecht auf seinen Schatz.»

«Echt jetzt? Schwörst du? Ich will nichts Dummes machen.»

«Ich schwöre. Der Schatz gehört dir.»

Als wir aus der Höhle kamen, hatte der Regen aufgehört. Jorma streckte das magische Eisstück zum grauverhangenen Himmel hoch. Er sah stolz aus, seine Augen glänzten. Ich zog mich zurück, als er leise mit seiner Freundin dort oben in den Wolken zu sprechen begann.

Wir halfen uns gegenseitig, den steilen Hang hinaufzuklettern, und gingen zurück zum Parkplatz. Als wir uns in Gunnars Auto setzten, wurden die Sitze dreckig von unseren nassen und schlammigen Klamotten. Aber das geschah ihm nur recht.

Während der Fahrt zurück zum Häuschen der beiden Alten wollte Jorma mehr über seinen heldenhaften Kampf mit dem Tränentriefer hören. Ich trug dick auf. Es machte richtig Spaß, einen actiongeladenen und dramatischen Kampf auszumalen, und noch dazu eignete sich meine Fabel offenbar auch als Gutenachtgeschichte. Nach einer Weile schlief Jorma ein und schnarchte friedlich vor sich hin.

Ich verfuhr mich einige Male, sodass es vollkommen dunkel war, als ich zu Greta und Gunnar zurückfand. Nachdem ich den Motor ausgestellt hatte, blieb ich eine Weile mit den Händen auf dem Lenkrad sitzen. Draußen stürmte es. Die Bäume und Büsche rings um das rote Häuschen schaukelten und schwankten. Erneut kochte die Wut darüber in mir hoch, dass sie mir eine so lebensgefährliche Aufgabe gestellt hatten. Geopfert als wertlose Schachfigur im Kampf der Tivedener.

Das war überraschend rücksichtslos von Gunnar und Greta, dabei hatten sie doch einen ziemlich sympathischen

Eindruck gemacht. Ich stieg aus dem Auto und ließ Jorma weiterschlafen. Dann überlegte ich, wie ich mit der Situation umgehen sollte. Sollte ich wütend hineinstürmen oder die Sache lieber ruhig angehen, ungerührt tun und zeigen, dass ich es wirklich verdient hatte, den Todesfluch loszuwerden? Ich beschloss, stoisch und heldenhaft aufzutreten.

Gunnar und Greta saßen am Tisch und sahen erstaunt von ihrer Zwiebelsuppe auf, als ich hereinstiefelte, ohne anzuklopfen.

Der Sturm wehte ein paar Blätter herein, die über den Boden tanzten. Lässig warf ich den Autoschlüssel auf den Tisch.

«Guten Abend, meine Herrschaften. Jetzt habe ich den Wanderweg verlegt und den Tränentriefer besiegt. Wie steht es denn um die Zeremonie, die Sie halten wollten, falls ich zurückkomme. Schon alles vorbereitet?»

«Ach, hallo!», stammelte Greta. «Wie geht es dem Jungen? Jorma?»

«Dem geht es gut. Er sitzt draußen im Auto und schläft. Mir geht es auch gut, falls es Sie interessiert.»

Dann berichtete ich in nüchternen Worten, was sich zugetragen hatte. Wie es mir gelungen war, dem hypnotischen Gejammer des Tränentriefers zu widerstehen, und wie ihn mein alter Kartentrick beeindruckt hatte. Dass Jorma in großer Gefahr geschwebt hatte. Gunnar und Greta hörten interessiert zu, vor allem, als ich von dem Vater erzählte, der mit seiner Tochter im Wald gewesen war und jemanden weinen gehört hatte.

«Was für ein Glück!», sagte Gunnar, nachdem er einen Löffel Suppe geschlürft hatte. «Dann haben die Gerüchte also gestimmt, dass der Tränentriefer direkt an der Grenze zum touristischen Teil des Waldes aufgetaucht ist. Wie gut, dass Sie den Weg verlegt haben. Es hätte richtig schlimm ausgehen können für die unschuldigen Straßenläufer, wenn Sie diese Flaggen oder Wimpel oder Plastikbänder nicht umgehängt hätten. Sehr gut!»

Greta stimmte ihm zu. Dann warf sie einen kritischen Blick auf die schlammigen Fußabdrücke, die ich auf dem Holzboden hinterlassen hatte.

«Jetzt habe ich alle Prüfungen geschafft. Wo ist das Miststück?»

«Wird sicher bald auftauchen.»

Da konnte ich mich nicht mehr beherrschen. Ich fand, das war der passende Moment, um mit der Faust auf den Tisch zu hauen. Also tat ich es. Teller, Töpfe und Besteck hüpften und klirrten.

«Warum haben Sie mir nicht gesagt, dass diese Prüfung lebensgefährlich ist? Ich hätte sterben können!»

Greta und Gunnar warfen sich verstohlene Blicke zu. Ich hielt mir die schmerzende Hand. Gunnar hob einen Löffel vom Boden auf und räusperte sich.

«Wir waren uns nicht hundertprozentig sicher, ob der Tränentriefer wirklich in dieser Gegend unterwegs ist. Anfangs war es nur ein böses Gerücht, und irgendwie hatte niemand Lust, sich dorthin zu begeben, um die Wahrheit herauszufinden. Aber das Miststück war schon bald überzeugt, dass der Tränentriefer tatsächlich dort war. Deshalb wollten wir auch nicht, dass Sie Jorma mitnehmen. Wie gesagt, wir waren nicht hundertprozentig sicher, aber doch so zwischen achtzig und neunzig. Vielleicht sogar noch ein bisschen mehr, eher fünfundneunzig Prozent, wenn ich ganz ehrlich bin und …»

«Ich dachte, Sie würden mich mögen und wären um mich besorgt.»

Einige Sekunden lang war es mucksmäuschenstill im Raum.

«Wie kommen Sie darauf?», fragte Greta verdutzt.

«Mögen ist vielleicht zu viel gesagt, aber Sie waren ernsthaft beunruhigt, als Sie die Rußflecken auf meiner Stirn gesehen haben, und ich dachte, wir wären dabei, Freunde zu werden.»

«Wie kommen Sie darauf?»

«Freunde ist vielleicht zu viel gesagt, aber zumindest oberflächliche Bekannte. Und zwar bekannt genug, um mich nicht direkt in eine Todesfalle zu schicken.»

Gunnar zog den Stuhl neben sich heraus.

«Wollen Sie sich nicht setzen? Ich habe gerade eine richtig gute ...»

«Nicht alles lässt sich mit Biskuitrolle lösen! Sie haben mich geopfert.»

Plötzlich fühlte ich mich vollkommen erschöpft und kraftlos und sank auf den Stuhl. Ich stützte mich mit meinen schmutzigen Ellenbogen auf den Tisch. Weder stoisch noch heldenhaft.

Greta legte mir eine Hand auf die Schulter.

«Als ich klein war, hat meine Mutter immer zu mir gesagt, wenn man herumnörgelt und nur an sich denkt, kommt der Tränentriefer und holt einen.»

«Das höre ich nicht zum ersten Mal, und ich habe schon verstanden, dass Sie mich für einen egoistischen Mistkerl halten, den niemand vermissen würde, wenn er spurlos verschwände. Vielen Dank auch.»

Gunnar stand auf. Er tigerte hin und her und schien sehr darauf erpicht zu sein, in die Küche zu gehen, um etwas Bestimmtes zu holen.

«Jedenfalls haben Sie Ihre Sache gut gemacht, Anton. Das

Miststück wird Ihnen helfen, den Todesfluch wieder loszuwerden. Ihre Prüfungen sind geschafft, und ich finde, das sollten wir feiern. Mit etwas richtig Gutem. Und Weichem. Und Süßem. Und Frischgebackenem. Mit Brombeeren.»

Es klopfte vorsichtig an der Tür, und ich richtete mich auf meinem Stuhl auf.

«Das wird Jorma sein. Er weiß nicht genau, was in der Höhle passiert ist, weil er zwischendurch bewusstlos war. Ich habe ihm erzählt, er wäre ein großer Held und hätte den Tränentriefer persönlich besiegt. Würden Sie bitte so nett sein und einfach nur nicken, wenn er eine Menge seltsamer Sachen erzählt, die gar nicht passiert sind? Ich möchte, dass das für ihn wie ein Abenteuer mit einem glücklichen Ende aussieht.»

Ich war erstaunt, als Greta mich warmherzig anlächelte.

«Ein völlig egoistischer Mistkerl sind Sie also doch nicht.»

Jorma war schüchtern und nicht besonders redselig. Es hatte an seinen Kräften gezehrt, vom Tränentriefer verzaubert worden zu sein. Seinem Appetit hatte es aber keinen Abbruch getan. Greta wärmte einen Eintopf mit Fleisch und Wurzelgemüse auf, den Jorma gierig in sich hineinschlang. Auch ein paar Flaschen Malzbier gab es, ehe Gunnar endlich sein Dessert servieren durfte. Während Jorma sich einen langen Vortrag über die Zubereitung von Biskuitrollen anhören musste, ging ich zu Greta in die Küche.

«Wann kommt denn nun das Miststück?»

«Sie taucht sicher bald auf. Ich glaube, sie ist draußen unterwegs, um sich zu vergewissern, dass der Tränentriefer wirklich verschwunden ist. Heute Abend ist es ja ziemlich stürmisch, also dürfte das kein Problem sein.»

«Stürmisch? Was hat das denn damit zu tun?»

«Das Miststück lauscht dem rauschenden Wind, der Warnungen und Gerüchte weiterträgt. So behält sie den Überblick darüber, was im Wald passiert.»

«Aha, so wie im Lauschenden und Tratschenden Wald?», sagte ich und versuchte, wie ein Tiveden-Experte zu klingen.

«Nein, es ist eher der ganz normale Wind, der durch den ganzen Wald weht. Das Miststück kann als Einzige hören, was er sagt.»

«Aha, verstehe.»

In meinem Bauch machte sich Unruhe breit. Hatte der Tränentriefer nicht ein bisschen zu schnell aufgegeben, als ich ihm etwas vorgezaubert hatte? Hielt er sich in dem Loch in der Unterwelt nur versteckt? War er schon wieder zurück? Hatte er mich überlistet und nicht umgekehrt?

«Sind Sie sicher, dass sie bald herkommt?»

Greta nickte und stellte den Käse und die Butter in den Kühlschrank. Ich wurde vor Nervosität ganz kribbelig.

«Es ist doch wichtig, herauszufinden, ob ich erfolgreich war oder nicht. Wäre es nicht besser, wenn wir noch mal zusammen zum Steinbruch fahren und nachsehen, als auf den rauschenden Wind zu warten? Was, wenn das Miststück einfach weggerannt ist?»

«Misti ist nicht so eine Katze. Beruhigen Sie sich, Anton. Sie wird schon bald kommen.»

Aber sie kam nicht. Und meine Unruhe wuchs mit jeder Minute. Als Jorma so satt war, dass er sich kaum noch bewegen konnte, verließen wir die Hütte und gingen zu meinem Wohnwagen. Ich musste noch eine Nacht in Tiveden verbringen. Noch eine Nacht mit dem Todesfluch. Hätte ich an Gott geglaubt, ich hätte gebetet, dass der Tränentriefer wirklich mit hundertprozentiger Sicherheit in der Unterwelt verschwunden war.

Jorma fand es toll, mit mir den Wohnwagen zu teilen. Ich fand es nicht so toll, das enge Bett mit ihm teilen zu müssen. Ich überredete ihn, erst eine lange und gründliche Dusche zu nehmen. Als es mir gelungen war, ihn in die Duschkabine zu schieben, zog ich meine dreckigen und matschigen Kleider aus.

Um kurz nach Mitternacht hörte ich draußen ein Geräusch. Der Wind war zu einem sanften, monotonen Säuseln abgeflaut. Abgesehen davon war es vollkommen still. Ich spitzte die Ohren, und da hörte ich es erneut. Ein leises Kratzen an der Tür.

52

Ein Nachtklopfer war es nicht, da war ich mir ziemlich sicher. Sollte ich auf Jorma warten und gemeinsam mit ihm herausfinden, wo das Kratzen herkam? Im nächsten Moment erklang jenseits der Tür ein leises Miauen.

Ich öffnete und entdeckte das Miststück, das vor dem Wohnwagen auf der Erde saß. Die Königin des Waldes hatte den Kopf schief gelegt und wedelte sachte mit dem Schwanz. Ich setzte mich auf die Treppenstufe. Sie sprang auf meine Knie und legte den Kopf auf meine Handfläche.

«Guten Abend», ertönte die sanfte Stimme. *«Ich habe eine gute und eine schlechte Nachricht.»*

Ich atmete tief durch. Die Nachtluft war klar und frisch.

«Betreffen sie denn beide mich?», brummte ich misstrauisch.

«Natürlich.»

«Was ist die gute Nachricht?»

«Der rauschende Wind verkündet, dass der Tränentriefer verschwunden ist.»

«Sicher?»

Das Miststück schnurrte so laut, dass mein Bein vibrierte.

«Ganz sicher. Ingrod hat ihren Trauerschmuck, Harald und das Straßenläufermädchen können eine Familie gründen, ohne von dem Wiedergänger gestört zu werden, und der Tränentriefer ist besiegt. Du hast jetzt die drei Prüfungen erfolgreich ab-

solviert und dich Tiveden und seiner Bewohner als würdig erwiesen.»

Ich reagierte mit einer Mischung aus Stolz und Erleichterung.

«Die schlechte Nachricht ist, dass ich die Waldfee nicht finden konnte, die dich mit dem Todesfluch belegt hat.»

«Was?», keuchte ich ängstlich.

«Wir hatten uns vor ihrem umgestürzten Baum verabredet, aber als ich dort ankam, war sie nicht da. Das liegt wahrscheinlich daran, dass ich auf dem Weg zu ihr einen alten Traktorreifen entdeckt habe.»

«Was hat denn der Traktorreifen damit zu tun?»

«Ich lebe schon seit einer halben Ewigkeit in diesem Wald, aber einen Traktorreifen habe ich hier noch nie gesehen. Also musste ich ein paar Stunden darin Probe schlafen. Deshalb bin ich zu spät zu meiner Verabredung mit der Waldfee gekommen, und sie war nicht mehr da. Der Traktorreifen war übrigens wahnsinnig bequem, man konnte sich so schön darin zusammenrollen …»

«Hast du eigentlich schon mal darüber nachgedacht, eine andere Gestalt anzunehmen? In ein Wesen zu schlüpfen, das nicht so viel Schlaf braucht? Ich will endlich von hier weg! Und Jorma muss zurückgebracht werden, er braucht professionelle Hilfe und Ruhe im Kopf.»

Ich stand auf und lief mit der Königin des Waldes auf dem Arm auf und ab.

«Beruhige dich, Anton. Ich habe nämlich noch eine gute Nachricht.»

«Kannst du jetzt endlich mal mit den ganzen guten und schlechten Nachrichten aufhören und einfach nur erzählen, was passiert ist?»

«Nachdem ich wieder aufgewacht war, habe ich ein paar Garnschweine besucht. Wir haben ein gemeinsames Interesse. Sie wi-

ckeln gern Wolle auf, und ich spiele gern damit. Es geht immer so schön wild zu, wenn wir uns treffen, und sie sind immer furchtbar stur, wenn es darum geht …»

«Erzähl jetzt endlich, was passiert ist!»

Ich blieb am anderen Ende des Wohnwagens stehen. Das Licht von der geöffneten Tür erreichte mich kaum, und ich hatte das Gefühl, als würde ich von einer tiefen Dunkelheit umfangen, wenn ich nur ein paar Schritte weiterging.

«Wie sich herausstellte, hatte die Waldfee in der Zwischenzeit nach mir gesucht. Sie hat mich gefunden, als ich mit einem langen roten Wollfaden im Mund aus der Höhle der Garnschweine kam. Ich glaube, es war Strumpfgarn aus Wolle, das ich aufgeribbelt hatte, als ich mit meinen Krallen …»

«Das sind immer noch viel zu viele unwichtige Details!»

«Jedenfalls habe ich mit der Waldfee gesprochen und mich entschuldigt, dass ich zu spät gekommen bin. Sie hat ihr Versprechen gehalten und war einverstanden, den Todesfluch aufzuheben. Morgen früh, wenn du aufwachst, bist du frei», sagte die Königin des Waldes schnurrend.

«Ist das ganz sicher?»

Sie nickte und schmiegte ihren Kopf in meine Hand. Ich war unbeschreiblich erleichtert.

«Aber jetzt habe ich leider doch noch eine schlechte Nachricht.»

Meine Erleichterung verflog augenblicklich.

«Na gut, und was ist die schlechte Nachricht? Sag es mir bitte kurz und präzise und ohne überflüssige Exkurse!», zischte ich und fixierte sie.

«Direkt hinter dir steht ein Nachtklopfer.»

Ich erstarrte. Mir lief es kalt den Rücken herunter, als ich jemanden atmen hörte. Direkt hinter mir. Die Atemzüge klangen wie eine Mischung aus dem Gurren einer Taube und dem vibrierenden Flügelschlag einer Libelle.

«Die gute Nachricht ist, dass ich mich darum kümmern werde, wenn du schnell wieder reingehst, ohne dich umzudrehen.»

Das Miststück hüpfte von meinem Arm herunter. Der telepathische Kontakt zwischen uns wurde unterbrochen. Sie landete elegant auf dem Boden, machte einen Buckel und fauchte mit gefletschten Zähnen das Wesen an, das sich hinter meinem Rücken verbarg. Dann schlich sie mit hocherhobenem Schwanz zwischen meinen zitternden Knien hindurch. Vermutlich erreichte ich meine persönliche Bestzeit im kurzen Sprint über moosbewachsenen Boden, als ich in den Wohnwagen flitzte und die Tür hinter mir zuschlug.

Es hat Vor- und Nachteile, Kopf an Fuß zu schlafen, vor allem in einem engen Bett. Wenn man kein romantisches Verhältnis hat, ist es natürlich ein Vorteil, einander nicht anstarren und anatmen zu müssen. Der Nachteil ist, dass man nicht gut mit den Füßen eines anderen Menschen im Gesicht einschlafen kann. Auch wenn Jormas Füße frisch geduscht waren.

Wir plauderten noch ein Weilchen, worüber, weiß ich nicht mehr. Er schlief vor mir ein.

Wenn ein Todesfluch aufgehoben wird, ist das offenbar eine große Belastung für den Körper. Ich wachte in der Dämmerung auf und hockte den ganzen Morgen mit Schüttelfrost auf der Toilette. Auf die Details will ich lieber nicht eingehen, aber Jorma schleppte seine Matratze hinaus und schlief im Wald, weil er es nicht mehr mit mir in einem Wohnwagen aushielt.

Nach einer erfrischenden Dusche starrte ich mich im Spiegel an. Auf meiner Stirn waren keine weiteren Rußflecken aufgetaucht, und erst nach geraumer Zeit wagte ich daran zu glauben, dass mich die Waldfee tatsächlich befreit hatte.

Zum Frühstück aßen Jorma und ich Getreidebrei bei Gunnar und Greta. Dann wurde es Zeit für die versprochene Zeremonie. Etwa zehn Bewohner Tivedens waren auf die Wiese gekommen, wo wir auch Mittsommer gefeiert hatten. Sogar Ingrod und ihre alten Hexenfreundinnen gaben sich die Ehre, was ich sehr zu schätzen wusste. Und Greta und Gunnar natürlich. Greta war so nett gewesen, meinen Anzug zu waschen und zu flicken. Es war sehr angenehm, endlich die Latzhose und die Gummistiefel ablegen zu können. Harald und Janine glänzten durch Abwesenheit. Vielleicht waren sie vollauf damit beschäftigt, eine Familie zu gründen.

Es war ein schöner, sonniger Vormittag, an dem wir uns um Freyas Pfahl versammelten, der in den blauen Himmel aufragte. Gunnar leitete die Zeremonie mit einer kurzen Rede ein, in der er berichtete, wie es zwei Straßenläufern gelungen war, den Tränentriefer zu besiegen. Es war eine kurze und schlecht vorbereitete Rede, was mich wieder einmal daran erinnerte, dass sie mich auf einen Auftrag geschickt hatten, ohne an meine Rückkehr zu glauben.

Als das Miststück verschlafen aus einem Schuhkarton kletterte und auf Jorma zustolzierte, sah er nervös aus und flüsterte mir ins Ohr.

«Die Königin des Waldes ist eine Katze? Ist das wahr?»

«Ja, ich weiß, es ist merkwürdig. Aber so ist es.»

«Nein, das ist doch cool. Katzen können ihre Krallen ausfahren und aus dem Stand sieben Mal so weit springen, wie sie lang sind. Sie sind kleine Superhelden.»

Jorma ging andächtig in die Knie, als würde er zum Ritter geschlagen. Die kleine grauschwarze Katze legte ihren Kopf in seine Handfläche. Ich hörte nicht, worum es bei ihrer telepathischen Kommunikation ging, aber ich hatte das Miststück gebeten, Jorma irgendeinen Titel zu geben, ihn zum heldenhaften Retter von Tiveden und seinem Volk zu ernennen und ihn darin zu bestärken, das magische Eisstück als Erinnerung mit nach Hause zu nehmen.

Irgendetwas in der Art.

Jorma sah jedenfalls wahnsinnig glücklich aus, als er wieder aufstand und den halbwegs begeisterten Applaus der Leute entgegennahm. Sogar die unsympathische Ingrod, die noch immer ihren Trauerschmuck um den Hals trug, nahm an der Ehrung teil und zog eine Miene, die beinahe an ein Lächeln erinnerte. Zum Abschluss strich die Königin des Waldes einige Male um meine Beine und stupste mich mit dem Kopf an. Ich streckte ihr die Hand hin, weil ich glaubte, sie wollte mir etwas sagen, doch als sie mit dem Stupsen fertig war, verkroch sie sich im Schatten unter einem Campingstuhl und schlief ein.

Als Gunnar, Greta, Jorma und ich die Wiese verließen, nahm ich im Augenwinkel eine Bewegung wahr und sah mich um.

Die Waldfee stand halb versteckt hinter einer Kiefer am Wegrand. Die Perlen in ihrer Haarspange funkelten im Sonnenschein auf, ehe sie zwischen den dichten, uralten Bäumen verschwand.

Jetzt war ich frei und konnte Tiveden endlich hinter mir lassen. Jorma war es innerhalb kürzester Zeit gelungen, seine Sachen im ganzen Wohnwagen zu verstreuen. Er brauchte unbegreiflich lange, um einen «Reservestrumpf» und eine Packung Kaugummi zu finden, die anscheinend unentbehrlich für ihn waren. Ich ging zu Gretas und Gunnars Häuschen. Im Wald war es hell und sonnig, weshalb ich darauf vertraute, dass Jorma eine Zeitlang allein bleiben konnte, ohne wieder in irgendein Schlamassel zu geraten.

Anstatt Greta und Gunnar Vorwürfe zu machen, dass sie mich in eine tödliche Falle geschickt hatten, bedankte ich mich für das Essen und die Gastfreundschaft und dafür, dass sie mich auf das Todesmal aufmerksam gemacht und nicht lockergelassen hatten, als ich daran gezweifelt hatte. Und ich sagte, dass ich ein wenig wehmütig sei, weil ich nun Abschied von ihnen nehmen müsse.

«Wir haben noch einen alten Citroën, den Sie haben können», sagte Greta, als ich meine Dankesrede beendet hatte.

«Er steht hinter dem Haus», ergänzte Gunnar. «Zurzeit wohnen darin Wespen, aber wir können sie sicher überreden, in den Wohnwagen umzuziehen, jetzt, wo er wieder leer steht.»

Ein rührseliger Abschied war offenbar nicht so ihr Ding.

«Wie bitte, Sie wollen ein Auto verschenken?»

«Ja, Sie können es gern bis auf weiteres nehmen. Wir haben genug Autos», sagte Greta mit Blick auf das goldene Wollknäuel neben dem Telefon.

Gunnar legte mir die Hand auf die Schulter und machte eine feierliche Miene.

«Es gibt ein weises russisches Sprichwort, das hervorragend passt, wenn man sich verabschiedet. Leider habe ich es vergessen, aber es ist sehr bedenkenswert und gut.»

«Danke, Gunnar», brummelte ich. «Das haben Sie schön gesagt.»

«Sie sind auf jeden Fall herzlich bei uns willkommen, wenn Sie mal wieder in der Gegend sind. Wir feiern hier ja kein Weihnachten, aber um Neujahr herum veranstalten wir allerlei Firlefanz, der Ihnen bestimmt gefallen würde. Aber

Sie brauchen nicht bis dahin zu warten. Kommen Sie, wann immer Sie wollen.»

Das erinnerte ansatzweise an einen echten Abschied. Und auch wenn ich nicht vorhatte, hierher zurückzukehren, war es schön zu hören, dass ich jederzeit willkommen war. Ich nickte dem wettergegerbten alten Paar zu, mit dem ich mich nackt im Morgentau gewälzt hatte. Plötzlich hätte ich sie am liebsten umarmt, aber das war schwer, weil ich zwei halbmeterlange, in Plastikfolie eingewickelte Biskuitrollen in den Händen hielt.

Ich bekam meinen Citroën, nachdem es Gunnar und Greta gelungen war, eine große Wespenfamilie daraus zu vertreiben. Das Auto war alt und ramponiert, für den Anfang aber völlig in Ordnung.

Mit Jorma auf dem Beifahrersitz fuhr ich los und sah im Rückspiegel, wie Gunnar und Greta mir zuwinkten. Als ich ihre eifrig winkenden Arme sah, war ich richtig gerührt, doch dieses Gefühl verging schnell wieder, nachdem ich begriffen hatte, dass sie sich nur gegen die wütenden Wespen verteidigten.

Mit heruntergekurbelten Fenstern fuhren wir die verschlungenen Kieswege entlang, die uns zurück in die Zivilisation führten. Weg von Tiveden.

53

Ich war höchstens zwei oder drei Mal in Mariestad aufgetreten. Viel mehr gibt es über die Stadt nicht zu sagen. Oder doch. Einst hat dort ein Mann namens Ingvar Krook gelebt, der zum einen die größte illegale Reptiliensammlung Schwedens besaß. Zum anderen fand man in seiner Leiche die größte Menge an Schlangengift, die je in einem schwedischen Körper gemessen worden ist.

Jorma schwieg während der Fahrt zur Einrichtung Bläcktornet, die außerhalb der Stadt lag. Er warf das magische Eisstück von einer Hand in die andere, unendlich fasziniert davon, wie kalt und trocken es war.

«Ach übrigens», sagte ich und zog sein Handy aus der Tasche. «Das habe ich zufällig im Wald gefunden.»

«Oh, super! Vielen Dank!»

«Weißt du, worüber ich gerade nachdenke, Jorma? Wenn du den Leuten alles erzählst, was du in den letzten Tagen erlebt hast, denken sie bestimmt, du hättest es dir ausgedacht. Das darfst du ihnen nicht übelnehmen. Wenn es mal anstrengend in deinem Kopf wird, kannst du dich immer bei mir melden. Dann können wir über unsere gemeinsame Quest reden, denn das ist ja eine Sache, von der nur wir beide wissen.»

«Auf jeden Fall. Ich werde darauf zurückkommen. Das Miststück hat mir sowieso gesagt, ich sollte mich zurückhalten und nicht mit dem Schatz des Tränentriefers hausieren gehen und auch nicht damit angeben, dass ich zum Ehrenhelden im geheimen Abenteuerrat von Tiveden gekürt wurde.»

«Ach, sie hat dir einen Titel verliehen?»

Er nickte stolz.

«Ja, damit solltest du wohl tatsächlich nicht angeben. Dann werden die Leute nur neidisch.»

Es war fünf Uhr nachmittags, als ich von der Autobahn abbog und zu einem anonymen zweistöckigen Gebäude fuhr, das auf einem Hügel lag. Es war weder von einer Mauer noch von einem Zaun umgeben und sah eigentlich recht einladend aus. Ganz und gar nicht wie die Irrenanstalten, die man aus Filmen kennt. Und im Übrigen sagt man heutzutage gar nicht mehr Irrenanstalt.

Ich parkte neben dem Eingang und stellte den Motor aus. Eine bedrückende Stille entstand. Ich möchte nicht als allzu weichherzig und gefühlsduselig dastehen, aber ich hatte tatsächlich eine kleine Abschiedsrede für Jorma vorbereitet. Ich wollte sie damit einleiten, dass ich ihn anfangs nicht hatte ausstehen können, er mir aber nach und nach immer sympathischer geworden war. Im weiteren Verlauf gedachte ich ein paar humoristische Einlagen und Anekdoten über unsere Erlebnisse einzustreuen.

«Alexandra!», rief Jorma plötzlich, als eine Frau mittleren Alters in Jackett und Jeans aus dem Haus trat. Er stieß die Beifahrertür auf, stürmte davon und umarmte Alexandra lange und innig. Dann verschwand er mit ihr zusammen im Eingang des Gebäudes.

Und weg war er.

Ich fuhr los, ließ die Einrichtung Bläcktornet hinter mir und machte mich auf nach Stockholm.

Allmählich wurde es in der alten Karre richtig unbequem. Ich musste meine Beine ausstrecken und hielt an einer Raststätte, die vor allem von Fernfahrern frequentiert wurde. In den letzten Tagen war ich mit hausgemachten Mahlzeiten verwöhnt worden und hatte jetzt Heißhunger auf etwas Ungesundes.

Drei bärtige Männer saßen möglichst weit voneinander entfernt im Gastraum, wo es nach Frittierfett und angebranntem Kaffee roch. Eigentlich hasste ich solche Raststätten, aber es deprimierte mich trotzdem, wenn ich darüber nachdachte, wann ich zum nächsten Mal eine besuchen würde. In meinem Kalender stand kein einziger Auftritt. Der ganze Sommer war leer. Und ein magisches Eisstück hatte ich auch nicht mehr in meinem Besitz.

Ich ging zu dem jungen Typen, der hinter der Kasse unter einer Neonröhre stand, und betrachtete die Tageskarte, die jemand lustlos auf eine kleine Tafel gekritzelt hatte.

«Hallo, ich nehme die Fleischklößchen mit Eiernudeln, wobei ich keine Eiernudeln will, sondern Spaghetti aus Hartweizengrieß, und zwar ohne Sauce …»

Ich hielt inne.

«Ach, vergessen Sie's. Ich nehme das Gericht genau so, wie es da steht.»

Der Typ griff nach einer Kelle und begann eine graue, klebrige Masse aus einem Trog zu schaufeln. Dann hielt auch er inne.

«Die Eiernudeln sind schon ziemlich verkocht, aber wenn Sie ein bisschen Zeit mitbringen, könnte ich Ihnen stattdessen frische Spaghetti machen.»

«Wirklich?»

«Gar kein Problem. Sie müssten nur zehn Minuten warten.»

«Ich habe es nicht eilig. Vielen Dank.»

Das Essen erwies sich als ziemlich mittelmäßig, aber anschließend hatte ich trotzdem ein gutes Gefühl, weil ich so freundlich behandelt worden war.

Als ich mich wieder ins Auto setzte, war ich richtig dösig, was vermutlich an dem schweren Essen und einer Nacht mit wenig Schlaf lag. Draußen war es dunkel, und ich beschloss, mir eine kleine Pause zu gönnen, ehe ich weiterfuhr. Der Sitz protestierte quietschend, als ich ihn ein Stück nach hinten klappen wollte. Ich schloss die Augen und geriet schnell in diesen merkwürdigen Zustand, wenn man noch wach ist, aber schon weiß, dass man gleich einschlafen wird. Dabei bildete ich mir ein, das leise, beruhigende Schnurren einer Katze zu hören.

In Tiveden hatte ich immer wieder das Gefühl gehabt, alles Merkwürdige, in das ich geraten war, wäre nur ein Traum gewesen, aus dem ich jederzeit aufwachen könnte. Jetzt öffnete ich die Augen und blinzelte verwirrt. Ich hatte vornübergebeugt dagesessen, mit dem Gesicht auf dem Lenkrad.

Wo war ich? Wie viel Uhr war es? Saß ich in meinem Passat? War es vor oder nach Mittsommer? Worüber wäre ich glücklicher – wenn Tiveden nur ein Traum gewesen wäre? Oder Wirklichkeit?

Ich richtete mich im Sitz auf und wurde von der Sonne geblendet. Es war schon Morgen, und ich stand in Gretas und Gunnars Schrottlaube vor dem Autohof. Ein großer LKW fuhr mit einer wütend piepsenden Einparkhilfe rückwärts in eine Lücke. Ich lehnte mich zurück, räkelte mich und seufzte erleichtert. Die meiste Zeit hatte ich mich in Tiveden ziemlich unwohl gefühlt, und trotzdem waren die letzten Tage ein Erlebnis, das ich nicht missen wollte.

54

Mit jedem Kilometer, den ich mich der Hauptstadt näherte, wurde die Besiedlung dichter. Farblose Vororte mit anonymen Hochhäusern lösten einander ab. Ich ignorierte die Abfahrt nach Sundbyberg. Stattdessen fuhr ich weiter nach Stockholm hinein und gelangte in eines der protzigsten Villenviertel der Stadt. Wer hier wohnte, hatte viel Platz und durfte seine Ruhe genießen. Gepflegte Grundstücke mit Garagen für mindestens zwei Autos.

Sebastians und Charlottas Villa lag auf einer Anhöhe mit Blick auf eine Bucht, die in der Junisonne glitzerte. Die Glasveranda, die Harald und Janine in der Wohnzeitschrift entdeckt hatten, war beinahe so groß wie meine ganze Wohnung. An ihrem Privatsteg sah ich ein Motorboot liegen. Von einer Brücke in der Ferne drang leises Verkehrsrauschen herüber, davon abgesehen war es still. Selbst die wenigen zwitschernden Vögel schienen sich zurückzuhalten, als wären sie gut erzogen und wollten nicht stören.

Im letzten Sommer hatte ich hier in meinem Passat gesessen und war wieder weggefahren, nachdem ich eine halbe Stunde das Haus beobachtet hatte.

Heute stieg ich aus Gretas und Gunnars Citroën, der in dieser Gegend wie eine rostige Warze hervorstach. Auf den letzten zwanzig oder dreißig Kilometern hatte das Fenster geklemmt und sich nicht wieder hochkurbeln lassen. Meine

Ohren waren ganz taub vonm Wind, und meine Haare standen in alle Richtungen ab. Ich glättete meinen Anzug, der nach der Nacht in dem unbequemen Sitz zerknittert war. Als ich mit der Nase an meinem Revers schnupperte, roch ich einen Hauch von Tiveden. Irgendwie beruhigend.

Ich folgte der dichten, hohen und ordentlich getrimmten Hecke und kam zu einem breiten Gittertor. Zwei diskrete Überwachungskameras beobachteten mich von oben. Die Sicherheitsvorkehrungen waren hier eindeutig besser als in der Einrichtung Bläcktornet. Ich drückte den Türgriff herunter. Das Tor war nicht abgeschlossen. Die gutgeölten Angeln gaben nicht das leiseste Quietschen von sich. Die asphaltierte Auffahrt zur Garage sah neu und sauber aus. Weit und breit kein Blatt oder Steinchen.

Als ich auf die gelb gestrichene Holzvilla zuging, der meiner Schätzung nach nur wenige Quadratmeter zum Herrenhaus fehlten, entdeckte ich Sebastian. Er mähte gerade den Rasen und versuchte, den Sockel einer Sonnenuhr zu umrunden. Er trug ein ärmelloses T-Shirt, eine Trainingshose aus Ballonseide und Badelatschen an den Füßen. Und darin Socken. Ich war etwas erstaunt, dass er niemanden hatte, der die Gartenarbeit für ihn erledigte. Der Rasenmäher war ein altes, handbetriebenes Modell, aber vielleicht mähte er ja gern den Rasen, wer weiß?

Im Film räuspert man sich, wenn man die Aufmerksamkeit einer anderen Person auf sich lenken möchte. Ich probierte es aus, aber er hörte mich nicht. Plötzlich zögerte ich. Vielleicht sollte ich lieber kehrtmachen und abhauen, bevor er mich entdeckte? Ich warf einen Blick zum Haus, um herauszufinden, ob Charlotta nicht an einem Fenster stand oder auf der Glasveranda saß. Doch sie war nirgends zu sehen. Ich atmete tief ein und roch das frischgemähte Gras.

Jetzt oder nie.

«Sebastian?»

Er drehte sich um. Ich hatte ihn schon oft im Fernsehen gesehen und kannte die erwachsene Version von Sebastian bereits. Ein paar Kilo zu viel, solariumgebräunt, ein silbernes Kreuz an einer dünnen Kette um den Hals und ein Toupet, das fast so aussah wie echtes Haar, aber eben nur fast. Sebastian starrte mich eine Weile lang an, ehe er breit lächelte und dabei seine gebleichten Zähne entblößte.

«Das gibt es ja nicht! Hallo!»

Wir blieben eine Weile schweigend stehen. Ratlos und unbeholfen. Ich war einen Kopf größer als er, genau wie früher, und hatte trotzdem das Gefühl, ein wenig den Hals recken zu müssen, um ihm in die Augen sehen zu können.

Langsam, aber sicher überwand Sebastian seine Überraschung und sagte Dinge wie: «Lang ist es her», «Wie geht's deinen Eltern?», und: «War das Tor gar nicht abgeschlossen?» Das half uns beiden, ein bisschen aufzutauen. Er eilte hinter die Sonnenuhr und hob den Deckel einer Kühltasche.

«Möchtest du einen Saft haben? Oder ein Vitaminwasser? Oder Fruchtlimonade? Oder einen frischgepressten Melonensaft?»

«Nein, danke. Ich bin nur auf der Durchfahrt. Ich dachte, ich schau einfach mal vorbei ... und sage hallo.»

Er öffnete eine beschlagene Flasche irgendeines exotischen Getränks.

«Arbeitest du hier in der Nähe?»

«Nein, ich war nur gerade unterwegs. Und jetzt bin ich auf dem Heimweg nach einer ziemlich unglaublichen, magischen Woche, könnte man sagen.»

«Ach so? Du bist also immer noch dabei? Wie cool!»

Er hatte keine Ahnung, dass ich seit fünfundzwanzig Jahren als mehr oder weniger professioneller Zauberer arbeitete. Warum sollte er auch? Das nahm ich ihm nicht übel, was ziemlich befreiend war.

Ich versuchte mich zu entscheiden, ob ich die Hände in die Hosentaschen stecken sollte oder nicht, und ließ Sebastian ein paar Schlucke von seiner Limo trinken, ehe ich ihm in die Augen sah.

«Ja, ich wollte einfach mal vorbeikommen und euch gratulieren. Dir. Und Charlotta. Glückwunsch zu all euren Erfolgen. Toll, dass es so gut läuft für euch. Also wirklich. Glückwunsch.»

Diese einfachen Worte kamen mir vor wie eine Beschwörungsformel, die mir half, mich von einem tonnenschweren Steinblock des Neids zu befreien, unter dem ich die ganze Zeit eingeklemmt gewesen war.

«Danke. Ja, irgendwie ist alles ins Rollen gekommen wie eine riesige Dampfwalze. Mir ist das fast eine Nummer zu groß. Manchmal hätte ich Lust, das ganze Geglitzer ein bisschen zu dämpfen und wieder zu so was zurückzukehren, wie wir beide es ganz am Anfang gemacht haben.»

«Ich mache immer noch so was. Ich bin am Anfang stehen geblieben.»

Er grinste schief. Ich auch.

«Außerdem überkommt mich allmählich das ungute Gefühl, dass ich ziemlich durchschnittlich bin», fuhr ich fort. «Ich kann einen triefäugigen mottenzerfressenen alten Knacker beindrucken, der nicht einmal weiß, was ein Kartenspiel ist. Mehr nicht.»

Sebastian lachte.

«Da hast du gerade unser Zielpublikum beschrieben. Busladungen mit Rentnern vom Land. Daran ist ja auch gar nichts auszusetzen, aber ich habe irgendwann mal daran geglaubt, dass ich cool werden würde.»

«Ist bei mir genau dasselbe. Wahnsinnig cool.»

«Erinnerst du dich noch an dieses erste Firmenfest, bei dem wir aufgetreten sind? Da kam ich mir schon ein bisschen vor wie ein Rockstar. Die Mädels wollten mit uns abhängen, aber wir Idioten haben in einer Ecke gehockt und eine Krisensitzung abgehalten.»

Jetzt musste ich lachen. Natürlich erinnere ich mich noch an diesen Abend. Das war zweifellos die glücklichste Zeit meines Lebens, aber das hatte ich damals noch nicht gewusst.

Ich merkte, dass ich nicht mehr den Hals recken musste, während wir miteinander redeten. Es war, als würde Sebastian oder, besser gesagt, das Bild, was ich mir von ihm gemacht hatte, ein bisschen schrumpfen. Im Grunde war er immer noch genau derselbe normale Sebastian wie früher. Der sich meine Uhr mit Minitaschenrechner ausgeliehen hatte und mir zum Dank sorgfältig ausgewählte Süßigkeiten geschenkt hatte. Der nette Sebastian.

«Hast du nicht Lust, zum Essen zu bleiben? Charlotta ist gerade mit unserer Tochter Elin im Gröna Lund, aber sie kommen bestimmt bald.»

«Nein, ich muss jetzt nach Hause und noch ein paar Dinge erledigen. Aber grüß sie bitte von mir.»

Eigentlich hatte ich kein großes Bedürfnis, Charlotta zu sehen. Jedenfalls nicht an diesem Tag. Vielleicht ein anderes Mal. Sie hatte bereits vor mehr als fünfundzwanzig Jahren mit mir abgeschlossen, und jetzt hatte ich auch mit ihr abgeschlossen. Endlich.

«Ich habe übrigens gerade angefangen, mir alte Horrorstreifen in restaurierten Neufassungen zu kaufen. Weißt du, solche Filme, wie wir sie früher bei meinem Alten geschaut haben. Die sind so schlecht, dass sie schon wieder gut sind. Leider will sie niemand mit mir sehen. Falls du Lust hast, könnten wir mal so einen richtig trashigen Abend veranstalten.»

«Gerne.»

Wir gingen zum Tor und plauderten über unsere früheren Marathonsitzungen vor dem Videorekorder.

Wenn man jemanden trifft, den man viele Jahre lang nicht gesehen hat, hat man entweder das Gefühl, man hätte sich voneinander entfernt. Oder man drückt einfach auf Play, nachdem die Freundschaft eine Weile auf Pause gestanden hat. Jedenfalls sagen die Leute das immer. Ich habe in dieser Hinsicht kaum Erfahrung, weil ich nur einen einzigen Freund im Leben gehabt habe. Für mich und Sebastian war es jedenfalls so, als hätten wir einfach auf Play gedrückt. Wir tauschten Mailadressen aus, weil ich gerade kein Handy hatte. Ich warf einen letzten Blick auf das eingezäunte Grundstück, den Garten, die Garage und die, gelinde gesagt, beeindruckende Villa. Dann wandte ich mich wieder Sebastian zu. Es war Zeit, nach Hause zu fahren.

«Mach's gut.»

«Du auch, Anton. Bis bald.»

Als ich gerade durch das Tor gehen wollte, beugte Sebastian sich noch einmal vor und umarmte mich lange.

55

Sundbyberg empfing mich mit einer Kombination aus Nachmittagssonne und leichtem Nieselregen. Der Ort sah aus wie immer. Ziemlich nett. Und ziemlich langweilig. Um Geld zu sparen, hatte ich mir keinen Stellplatz gemietet. Das hatte zur Folge, dass ich immer mindestens zehn Minuten nach einem Parkplatz suchen musste, weshalb die Heimkehr für mich immer schon mit schlechter Laune verbunden war, noch bevor ich überhaupt zur Tür hereinkam. Diesmal ärgerte ich mich nicht. Die Parkplatzsuche dauerte eben.

Wenige hundert Meter von meinem Mietshaus entfernt entdeckte ich eine freie Lücke und überlegte, ob ich schnell noch einkaufen sollte. Aber dann entschied ich mich dagegen.

Vor meiner Tür stand eine Frau mit lilafarbenem Regenschirm. Sie hustete und hatte rote Augen. War sie krank, traurig oder beides? Ich blieb stehen und sprach sie an.

«Alles in Ordnung?»

Sie hob den Regenschirm. Es regnete gar nicht stark, aber vielleicht wollte sie nicht, dass ihre schwarzen Haare nass wurden. Sie war in meinem Alter, vielleicht ein paar Jahre jünger, groß und schmal und sah ziemlich normal aus, so, wie man es wohl auch von mir sagen würde. Sie putzte sich die Nase, räusperte sich und sah etwas betreten aus.

«Nein, nein, ich hatte nur etwas im Hals.»

Ich nickte und ließ sie in Ruhe, um mich wieder der Tür zuzuwenden. Die Frau deutete auf eine Einkaufstüte zu ihren Füßen.

«Ich dachte, ich hätte normale Erdnüsse gekauft, aber sie sind trocken geröstet. Das ist, als würde man Nüsse mit Staub essen. Wenn ich beim Kauen einatme, muss ich immer husten.»

Ich blieb mit einem Bein im Treppenhaus. Sie sah etwas beschämt aus, als ich sie entgeistert anstarrte.

«Mir geht es ganz genauso», sagte ich. «Ich muss von trockengerösteten Erdnüssen auch immer husten.»

Ihr Gesicht hellte sich auf.

«Leiden Sie zufällig auch an Tiramisu-Husten?», fragte sie. Ich vermutete, dass sie auf das feingemahlene Kakaopulver reagierte.

«Nein, damit hatte ich noch nie größere Probleme», antwortete ich und blieb unschlüssig stehen, während ich fieberhaft nach einer lustigen und klugen Bemerkung über Tiramisu suchte.

Zum Glück redete sie stattdessen weiter.

«Wohnen Sie hier?»

«Ja.»

«Ich heiße Saga. Ich ziehe gerade ganz oben ein.»

«Ah, ich wohne auch ganz oben. Dann werden wir Nachbarn. Die Wohnung hat länger leer gestanden.»

Als ich vor über einer Woche mit dem Ohr an der Wand gelauscht hatte, um herauszufinden, wer nebenan einziehen würde, war ich noch enttäuscht gewesen, weil ich gehofft hatte, möglichst lang allein auf meiner Etage wohnen zu dürfen.

«Hallo, Nachbar», sagte sie.

«Hallo, Saga. Das ist ein … ungewöhnlicher Name», sagte ich und hörte, wie ungeschickt das klang.

Leider ist Smalltalk noch nie meine Stärke gewesen.

«Meine Oma hieß so. Ein ziemlich altmodischer Name.»

«Ja, wahrscheinlich heißen heutzutage nicht viele so.»

«Vermutlich nicht.»

«Ich heiße Anton. Das ist auch ziemlich altmodisch.»

«Hallo, Anton.»

«Hallo, Saga.»

«Ich komme eigentlich aus Falköping.»

«Hallo, Saga aus Falköping.»

«Hallo, Anton aus Sundbyberg.»

Das war wahrscheinlich nicht gerade die spektakulärste Konversation, die je zwischen zwei Menschen stattgefunden hatte, aber ich war so gefesselt, dass ich kaum merkte, wie sehr es inzwischen goss.

«Wartest du auf jemanden? Hast du die Schlüssel und den Türcode und so? Oder hast du dich ausgesperrt?»

«Nein, es ist alles in Ordnung, ich bin schon dabei, mich einzurichten. Aber ich hatte einen Riesenärger mit meinem Umzugsunternehmen. Eigentlich hätten meine Möbel schon letzte Woche hier sein müssen, aber die Umzugsleute haben es tatsächlich geschafft, unterwegs ein Sofa zu verlieren.»

«Wie kann man denn ein Sofa verlieren?»

«Gute Frage. Es ist spurlos verschwunden, und jetzt sind sie auf dem Weg hierher. Aber ohne das Sofa.»

«Vielleicht ist es einfach vom Lastwagen gefallen?», fragte ich und hatte mit einem Mal ein seltsames Gefühl.

«Aber wie kann man ein Sofa auf der Straße verlieren, ohne es zu merken?»

Dieselbe Frage hatte ich mir letzte Woche auch schon gestellt. Mein Herz schlug ein wenig schneller. Ich hatte keine Ahnung, wo Falköping genau lag. Vor langer Zeit war ich einmal dort aufgetreten. Eine kleine Stadt irgendwo in Västergötland, wenn ich mich recht entsann. Fuhr man am Vätternsee entlang und kam in die Nähe von Tiveden, wenn man Richtung Stockholm fuhr? Natürlich konnte ein Umzugswagen verschiedenste Strecken fahren, aber ich musste die Frage ganz einfach stellen.

«Ist es vielleicht ... ein rotes Chesterfieldsofa?»

«Woher weißt du das?»

Saga sah mich mit ihren blauen Augen entgeistert an. Sie wirkte fast ein wenig erschrocken.

«Ich glaube, ich weiß, wo es ist», sagte ich, und sie wich einige Zentimeter von mir zurück, als wäre ich eine unheimliche Wahrsagerin, die ihr gerade etwas Schlimmes über ihre Zukunft prophezeit hatte.

Ich versuchte, so ruhig und normal wie möglich zu wirken, um ihr keine Angst zu machen.

«Ich bin letzte Woche mit einem roten Chesterfieldsofa zusammengestoßen. Es stand mitten auf der Straße, als wäre es von einer Ladefläche gefallen. Es war nicht beschädigt, aber möglicherweise ist es vom Regen nass geworden. Und wenn es niemand geklaut hat, steht es wohl immer noch am Straßenrand.»

Saga ließ mich unter ihren Regenschirm und drückte mir den Griff in die Hand, damit sie auf ihrem Telefon die Karten-App öffnen konnte. Wir standen dicht nebeneinander, und ich versuchte ihr zu zeigen, wo ich ungefähr mit dem Sofa zusammengestoßen war. Dann rief sie bei dem Umzugsunternehmen an und sprach mit den Helfern. Sie waren tatsächlich in derselben Gegend gewesen wie ich. Wir kreisten einen Ort ein, wo sie nach dem Sofa suchen würden. Die

Wahrscheinlichkeit war ziemlich gering, dass am fraglichen Abend in dieser Gegend noch ein anderes rotes Chesterfieldsofa verschwunden war.

Saga schien glücklich zu sein, dass sich das Rätsel gelöst hatte. Obwohl ich es normalerweise nicht gern kuschelig mag, fand ich es richtig kuschelig, mit ihr unter dem Regenschirm zu stehen und dem Prasseln des Regens zu lauschen. Sie roch gut. Nicht übertrieben parfümiert, sondern einfach nur gut.

«Unglaublich. Das ist doch wirklich ein irrer Glückszufall.»

Ich musste ihr zustimmen. Glückszufall war ein gutes Wort.

«Du stößt in einer ganz anderen Gegend mit einem Sofa zusammen, das eigentlich auf dem Weg zu deiner Nachbarwohnung sein sollte. Das ist unglaublich seltsam. Man könnte fast meinen, eine höhere Macht hätte ihre Finger im Spiel gehabt, oder?»

«Wer weiß?»

Und wo wir gerade bei den unglaublich seltsamen Dingen waren, gab es noch eine andere Sache, die ich Saga erzählen musste.

«In deiner Wohnung hat vorher eine alte Dame gewohnt. Ich kann mich gar nicht mehr daran erinnern, wie sie hieß ... was ziemlich traurig ist, denn sie war immerhin mehrere Jahre lang meine Nachbarin. Wie auch immer, es kann sein, dass sie spukt. Das ist nichts, wovor man Angst zu haben braucht, aber ich weiß, dass sie sich gern Tierfilme angesehen hat, das habe ich immer durch die Wand gehört. Wenn du dir also auch manchmal so was anschauen würdest, wäre sie bestimmt froh. Ich habe ein paar solche Filme auf Bluray, falls du sie dir ausleihen willst. Über das Meer und Haie und so was. Sag einfach Bescheid. Vorausgesetzt, du hast einen Blu-ray-Spieler?»

Sie bedachte mich mit einem langen, eindringlichen Blick, den ich nicht richtig zu deuten wusste.

«Also ich meine ja nur, falls es eventuell spuken sollte. Wenn es dich zu sehr nervt, kann ich dafür sorgen, dass ihr Geist weiterzieht. Und wenn ich es nicht schaffe, habe ich einige Kontakte zu Leuten, die sich mit übernatürlichen Dingen sehr gut auskennen. Die können wir um Hilfe bitten.»

Ich hatte das unangenehme Gefühl, ich hätte mir alle Chancen verdorben, je wieder mit ihr ins Gespräch zu kommen. Bestimmt würde sie mir bis in alle Ewigkeit ausweichen und wegsehen, wenn wir uns im Treppenhaus begegneten.

«Danke für den Tipp! Aber erst mal bräuchte ich Hilfe beim Gardinenaufhängen, glaube ich.»

«Da solltest du mal mit dem Typen aus dem zweiten Stock reden. Der ist unheimlich groß. Ich glaube, er spielt Basketball. Nicht professionell, aber in einer guten Amateurmannschaft. Er braucht wahrscheinlich nicht mal eine Leiter, wenn er dir hilft.»

Ich drückte Saga ihren lilafarbenen Regenschirm wieder in die Hand, wünschte ihr viel Glück mit dem Sofa und ging ins Haus.

56

Es war stickig in meiner gut geputzten und sparsam möblierten Wohnung. Für Inneneinrichtung hatte ich mich noch nie besonders interessiert. Für mich war es am wichtigsten, dass alles intakt, sauber und funktional war. Und nicht zu teuer. Ein Vorteil am Alleinleben ist, dass Stifte und andere Gegenstände immer noch genau am selben Ort liegen wie vor einer Reise.

Ich hob einen Stapel Post vom Boden im Flur auf, ging in die Küche und riss das Fenster weit auf. Dann warf ich die Werbung weg, die ich bekommen hatte, obwohl auf meinem Briefkasten stand, dass ich keine Werbung wollte. Leider fand ich auch eine Mahnung von meiner Hausratsversicherung vor. Hatte ich keine Einzugsermächtigung erteilt? Offenbar nicht. Nach einem schnellen Blick in den Kühlschrank stellte sich mir die Frage, warum ich vorhin nicht schnell noch eingekauft hatte. Ich ging in mein Büro im Schlafzimmer und setzte mich an meinen nicht mehr ganz modernen Computer. Dort loggte ich mich bei meiner Bank ein und bezahlte die Rechnung. Auf meinem Konto sah es richtig finster aus. Dann las ich meine Mails und sah den Mittsommergruß vom Elektronikdiscounter und die Mitteilung von meinem ehemaligen Agenten, der mich mit seiner guten und schlechten Nachricht zu erreichen versucht hatte.

Kaum hatte ich die beiden Mails gelöscht, trudelte eine neue ein. Von Jorma. Er hatte ein Selfie gemacht, auf dem er stolz mit dem magischen Eisstück in der Hand posierte. Er sah richtig glücklich aus. Ich musste lächeln. Das Motiv hinter ihm erkannte ich wieder.

Die Aussicht auf einen Hof durch ein geschlossenes Fenster. Eine geharkte Kiesfläche, umgeben von Blumenbeeten. Ich hatte eine Menge Fotos mit diesem Motiv auf seinem Handy gesehen und vermutete, dass dies Jormas Zimmer in Bläcktornet war. Hoffentlich war es ein gutes Zeichen, dass er endlich auch ein Bild von sich selbst in seiner Umgebung gemacht hatte. Ich nahm mir die Zeit, ihm eine lange und sogar ziemlich lustige Antwort (wenn ich das so sagen darf) zu schreiben.

Anschließend mailte ich meinen Eltern und fragte sie, ob sie nächste Woche mit mir Mittagessen gehen wollten. Es wurde höchste Zeit, dass ich sie richtig kennenlernte. Sie waren immer noch glücklich verheiratet, hatten ein erfolgreiches Berufsleben hinter sich und bestimmt eine Menge interessanter Dinge zu allen möglichen Themen zu erzählen, wenn ich es nur zuließ und mit ihnen redete. Und ihnen zuhörte.

Als ich meine Korrespondenz beendet hatte, wollte ich gerade meinen maßgeschneiderten Anzug ausziehen, um unter die Dusche zu springen.

Ich erstarrte mitten in der Bewegung.

Es war, als würde plötzlich ein Alarm in meinem Kopf losgehen, es blinkte und schrillte, und ich versuchte zu verstehen, warum mein Gehirn einen solchen Aufstand probte. Dann zog ich das Jackett wieder an, stürmte die Treppen hinunter und zur Tür hinaus.

Zum Glück stand Saga immer noch im Regen.

«Ansonsten könnte ich dir natürlich auch bei den Gardinen helfen. Wenn du willst.»

Sie spähte unter ihrem Schirm hervor.

«Ich dachte eigentlich, ich hätte mit einem ziemlich großen Zaunpfahl gewunken.»

«Ja, am Ende habe ich ihn ja auch gesehen. Du hast doch noch nicht mit dem Basketballspieler geredet, oder?»

Ich hörte selbst, wie nervös ich klang.

Sie schüttelte sanft den Kopf.

«Wenn du mir mit den Gardinen hilfst, willst du nicht gleich zum Essen bleiben? Ich habe übrigens auch Bier und normale gesalzene Erdnüsse da, nicht diesen trockengerösteten Mist. Und gegen neun hätten wir mit ein bisschen Glück auch ein angestoßenes Chesterfieldsofa, eventuell mit leichtem Wasserschaden, auf dem wir sitzen können.»

«Das klingt gut. Ja, gern.»

«Vielleicht kannst du sicherheitshalber auch ein paar Tierfilme mitbringen, falls die alte Dame auf die Idee kommen sollte zu spuken?»

«Natürlich. Man weiß ja nie.»

Saga und ich lächelten uns an. Ich hatte das Gefühl, es war das erste Lächeln von vielen.

Und ausnahmsweise sollte ich recht behalten.

Danksagung

Danke, Märet Jonsdotter, dass du während der Séance meine Fragen beantwortet hast.

Ich danke dem Menschen oder wem auch immer, der meinen Pullover aufgeribbelt hat, während ich in Tindras Hütte übernachtet habe.

Mein Dank geht auch an Pär Brandt, der sieben Wochen minuziöse Arbeit leistete, indem er mir technische Informationen über die Saab 37 Viggen, die Thulin Typ G, die de Havilland DH 98 Mosquito, den Svenska Aero Jaktfalken und die Friedrichshafen FF 33e zusammenstellte. Unglücklicherweise hatten wir uns vorher nicht abgesprochen, sonst hätte ich dir gesagt, dass es in meiner Geschichte überhaupt nicht um alte Flugzeuge geht. Trotzdem danke.

Ein herzliches Dankeschön an den Heimtrainer, der mir geholfen hat, die ganzen Biskuitrollen zu bekämpfen.

Danke, Anders Fager, weil ich mir die Schwarze Ziege in Västergötland ausleihen durfte.

Ein besonderer Dank gebührt dem Volkskundler Halvar Brygga für seine beharrliche und gründliche Forschung zu den Nachtklopfern. In seinem Eifer öffnete er leider versehentlich nach dem vierten Klopfen die Tür. Ruhe in Frieden, Halvar.

MIX
Papier aus verantwortungsvollen Quellen
FSC® C083411
FSC
www.fsc.org

Das für dieses Buch verwendete Papier ist FSC®-zertifiziert.